ÀNIMA DE TRAMUNTANA

NÚRIA ESPONELLÀ

ÀNIMA DE TRAMUNTANA

Premi Prudenci Bertrana 2020

Columna

COL·LECCIÓ CLÀSSICA
PRIMERA EDICIÓ: SETEMBRE DEL 2020

PUBLICAT D'ACORD AMB PONTAS LITERARY & FILM AGENCY

AV. DIAGONAL, 662-664 - 08034 BARCELONA
ISBN: 978-84-664-2696-1
DIPÒSIT LEGAL: B. 12.836-2020
FOTOCOMPOSICIÓ: GRUP62

www.columnaedicions.cat

EL JURAT DEL 53È PREMI PRUDENCI BERTRANA DE NOVEL·LA (2020), CONVOCAT PER LA FUNDACIÓ PRUDENCI BERTRANA, EL FORMAVEN: MONTSE BARDERI, XAVIER CORTADELLAS, GLÒRIA GASCH, GEMMA LIENAS I CARE SANTOS.

A la meva família i a totes les
dones que m'han precedit.

«Tota la saviesa i tota la sinceritat estan comprimides en aquest inapreciable moment del temps en el qual travessem el llindar de l'invisible».

Joseph Conrad, *El cor de les tenebres*

«[...] Amics, i amigues, rebeu en ofrena flors
escadusseres d'aquesta garlanda
que al cap de dos mil i cent anys de trenada
encara olorosa com prat al capvespre he trobat».

Maria Àngels Anglada,
Les germanes de Safo

«S'inflava i s'enrodonia en forma de pit de dona, fent-li, per a major retirança, de mugró, una escreixença o menhir natural que cloïa el planell per la banda del pla, destacant, fortament retallat, sobre la clarícia del cel».

Víctor Català, *Solitud*

Taula

Dramatis personae

PRESENT

Armand: arqueòleg i professor.
Elvira: germana gran de la Mínia.
Estel: infermera i amiga de la Mínia.
Íngrid: filla de l'Elvira.
Mínia: arqueòloga.

PASSAT

Abarkis: metge guaridor, pare de Saratin i Dana.
Aethra: besneta d'Àmnia. Viu a Empòrion al segle II aC.
Aiunin: àvia d'Ekinar, remeiera i fetillera.
Àmnia: germana petita d'Ekinar, casada amb el grec Agató.
Atabels: guerrer, fill d'Ekinar i Utibels.
Ateranina: esclava d'Ekinar.
Basped: germà d'Ekinar, comerciant.
Bilana: segona germana d'Ekinar.
Binturke: fill del noble Nabar.

Cassandra: sacerdotessa del temple d'Àrtemis a la Palaiàpolis o ciutat antiga d'Empòrion.
Dana: germana petita de Saratin.
Egeu: fill d'Aethra.
Ekinar: mare d'Atabels, neta de la remeiera Aiunin.
Gaunin: mare de Binturke i esposa de Nabar.
Korbis: sacerdot del temple principal d'Indika (Puig de Sant Andreu d'Ullastret).
Nabar: cap dels guerrers d'Indika.
Nalbe: guerrer i amic d'Atabels.
Nisunin: filla de Tibastir.
Saratin: sacerdotessa del temple de la gran deessa mare a Indika.
Tibastir: pare de Nisunin. Mestre d'obres.
Utibels: espòs d'Ekinar, administrador de propietaris rurals.

Preludi

MÍNIA

I

(2019)

El temps s'ha replegat en un racó, a punt d'arquejar el cos i saltar com un gat.

Les dues fotos que reposen damunt la taula del despatx, una al costat de l'altra, mostren la família al complet: el pare d'aire atlètic i ulls incisius mira sorrut cap a la càmera; la mare somriu benvolent, jove i bonica, i la germana gran, ja adolescent, fa uns morros de tres pams perquè no devia voler que la fotografiessin. Ella té cinc anys i entrecreua unes cames seques, els ulls oberts com taronges i els cabells escarolats, d'un ros cendra. S'arrapa a les faldilles de la mare, que està pendent del gest garratibat de la filla gran. L'Elvira sembla haver sortit d'alguna discussió acalorada de les que acostuma a mantenir quan no li donen la raó en tot. Sempre ha mirat d'espolsar-se les puces i de fer-la sentir culpable. És una manera de comportar-se que la va atabalar de petita, fins que va deixar de respondre al joc provocador de qui, en principi, hauria pogut ser un exemple, perquè els més petits acostumen a imitar els grans.

Li hauria agradat tenir una germana amb qui teixir complicitats, amb qui prodigar una amistat estreta, fabricada amb dosis altes de confiança mútua i de secrets xiuxiuejats a cau d'orella, però això no ha estat possible. Les persones són com són i ella no pretén canviar ningú, com volia fer el seu pare.

Agafa la segona fotografia, hipnotitzada per un record que encara li cou. Es contempla durant uns segons: ella mateixa, de perfil, mostra una panxa consistent de cinc mesos d'embaràs i somriu enmig d'un camp d'espigues. Deixa lliscar el dit damunt del vidre i l'acarona amb lentitud. S'adona que la imatge s'ha mogut una mica i penja d'un costat. Comença a desfer els agafadors del marc, vol que estigui ben col·locada. La redreça. Ara sí.

Poc després, amb un anar i venir de mà suau, la torna a lloc, al costat d'una capseta de fusta envernissada. Crida l'atenció perquè a la tapa hi ha una incrustació d'ambre on va quedar atrapada una formiga.

La foto i especialment la capseta testimonien per a ella una pèrdua més gran que totes les absències del món. La va escollir com a joier perquè l'insecte, una formiga-mòmia oberta de potes, li havia fet gràcia.

«Fa riure, però quedar-se petrificat deu ser tan cruel com el que jo he viscut».

Havia tardat gairebé cinc mesos a posar el joier sobre la calaixera del menjador, vistent, expectant, obert a les mirades de qui entra a casa seva. Des de llavors s'ha convertit en un registre, un dipòsit de detalls vinculats a un nom, un recordatori de com és de prima la línia que separa la vida i la mort, de fins a quin punt la vida humana és un exercici de funambulisme perpetrat sobre una corda tensa que s'alça damunt del buit aparent. A l'interior del joier només hi ha records de la ingenuïtat feliç d'una criatura. A fora, l'ambre de la tapa desprèn reflexos lumínics que no esborren el patiment de la formiga. Es torna a fixar en les aigües verd marronenques que tiren a groc o a gris perla, segons com ho miri. Aquest ambre, si es pogués tastar, deu tenir un gust salat, com tot allò que cura. La sal de la suor i del plor. La sal de les gotes del mar.

Els objectes que conté la capseta són l'única prova visible de l'existència d'en Jan, una certesa que testimonia el seu pas breu pel món, que li atorga un lloc a la família i el situa dins d'un arbre genealògic que es remunta en el temps. Ella i els seus són un grup semblant a molts d'altres, amb un lligam invisible d'amor, malgrat totes les desavinences, greuges, retrets i desacords.

Des de fa poc més d'un any, l'atzar o una mena de llei d'atracció que regeix els assumptes intangibles la va sacsejar de valent. La pèrdua d'en Jan, una troballa arqueològica inesperada i la separació de l'Armand han marcat un abans i un després a la seva vida.

Ara se sent amb cor de fer balanç de tot plegat. Si l'espiral d'esdeveniments que l'han portat fins on és avui es desfés, podria resseguir el recorregut del fil del destí; si es liqüés, esdevindria un riu que flueix, un corrent que no s'atura mai. Potser veuria així com cada circumstància es concatena amb una altra, com s'han succeït els fets de manera lineal o simultània.

«Que tòtila que soc. D'això... He estat tan ingènua com valenta, a parts iguals».

Arrenca un somriure irònic. Només la seva ànima sap el que ha patit. Hauria de dir que tanca un cicle? Segurament.

La descoberta arqueològica té relació amb dues persones que van viure fa molts segles: dues tombes iberes on han aparegut dos cranis sense cremar i un amulet gravat amb una inscripció que, ara per ara, no pot ser traduïda.

De tot plegat, ella mateixa n'ha escrit una història. Una història sobre un passat remot que també té a veure amb ella. Ja l'ha acabada, però, de moment, la guardarà en un disc de memòria i seguirà treballant en projectes d'excavació, com ha fet sempre.

Gira els ulls cap a la porta del menjador que dona al jardí, alertada pel so d'un tro llunyà que anuncia tempesta. El vent de llevant ha començat a bufar amb ràfegues fortes que empenyen els núvols carregats d'aigua des de la banda de mar i fa envolar les fulles de la buguenvíl·lia del jardí, que es belluguen violentament, trasbalsades per l'esverament de l'aire.

Tecleja un missatge al mòbil:

Vine més tard, sembla que vol ploure

L'Estel respon de seguida:

Ja estic aparcant, no tardo ni un minut

D'acord

Hi afegeix quatre emoticones que apareixen sense buscar-les, perquè s'han convertit en elements distintius, a còpia d'haver-los repetit a les converses de Whats-App. Somriu pensant en el número 18 que van escriure per error un dia d'estiu.

Divuit. Ella ja en té quaranta-quatre i als ulls dels altres i del mirall s'ha convertit en una dona madura. A la quarantena llarga, les decisions, igual que els amors, ja no són tant fruit de la pulsió immediata sinó de l'experiència. Potser per això, després de tantes giragonses vitals, ha reaparegut el Capità Marlow.

2

(2018)

L'Estel l'espera a l'entrada de la finca, un mas de muntanya envoltat de camps de conreu i d'alzinars. L'ha saludat, plantada dins uns texans estrets, com una pomera empeltada sobre un peu d'arbre, amb aquells braços menuts i prims que la fan semblar més jove del que és, tibats sota la samarreta sense mànigues. Se li veu bé l'inici del braç i el tatuatge d'un dofí saltant la cresta d'una onada.

Darrere el mas s'obre una cleda amb cavalls. A la porta del tancat les ha rebut una dona esprimatxada, força jove, però amb la cara tan cremada pel sol que se li marquen tot d'arrugues a l'entorn dels ulls i de la boca.

—La teva amiga i jo ens quedem aquí fora, tu pensa el que vols saber.

La cuidadora dels cavalls l'ha convidat a entrar al recinte. Ella hi ha consentit, encara que tenia el cap a passeig i els nervis li corrien per dins com cucs. Els raigs enlluernadors del sol s'han anat fonent, engolits per l'ombra dels núvols i, en pocs minuts, el cel ha quedat fosc.

—Agafo el paraigua?

Mira el cel mentre repassa mentalment el temps primaveral. Està fent un juny plujós que sembla voler esquivar l'estiu. S'ha tret les ulleres de sol i les ha enfundades a la butxaca de l'armilla texana.

—Val més que no portis res a sobre. A més, et faria nosa, no plourà —li ha assegurat la dona amb l'aire confiat de qui acostuma a fer prediccions sobre el temps.

Tres cavalls de pèl blanc, un d'ells petit i esvelt, més jove que els altres dos, estaven tranquils dins la cleda, però, així que ella ha empès la portella de fusta i ha entrat sola al tancat, han aixecat el cap i s'han quedat immòbils mirant-la, amorrats al carro ple d'userda on estaven menjant.

Quan ha començat a acostar-s'hi, els animals han iniciat una desfilada lenta, l'un darrere l'altre, en direcció oposada a la d'ella, i cada vegada que intentava escurçar distàncies, s'anaven allunyant més i més.

En poca estona han acabat atrinxerats en un angle de la tanca, girats d'esquena. La reacció dels cavalls l'ha descol·locada i s'ha penedit de no haver preguntat com podia haver-se guanyat la confiança d'uns animals que no la coneixien de res.

La cuidadora i l'Estel l'han estat observant des de fora el tancat, sense bellugar-se amb prou feines. Ja estava avisada que elles dues farien com si no hi fossin presents.

Ha recordat les instruccions que ha rebut mentre observava els tres cavalls immòbils, posats de cul, amb les cues llanguides, i intentava fer silenci mental. Ha estat en aquest moment precís que una respiració fonda li ha ressonat al clatell i s'ha espantat. La tenia molt a prop, esbufegant com una bèstia salvatge. De sobte, ha reprimit les ganes d'arrencar a córrer i s'ha obligat a reescoltar el bleixar anguniós que li continuava barrant l'esquena.

Una esgarrifança d'angúnia l'ha recorregut per dins, però s'ha intentat tranquil·litzar. «Deu ser un animal salvatge que està amagat sota la tanca, potser un porc senglar que busca menjar entre els sembrats...».

Sobreposant-se a la primera reacció de temor, ha caminat en direcció al marge que talla el terreny elevat del mas, procurant no fer soroll. Tot i això, els ruflets s'han anat intensificant a mesura que s'hi apropava i, ja a tocar els límits, ha sentit una certa impotència.

El desnivell que s'obre sota els seus peus és molt fort, d'uns tres metres com a mínim, i està tan cobert de vegetació que no es veu res, exceptuant una teranyina de bardisses i d'arbustos espinosos.

La bèstia aquella continua bleixant al fons dels esbarzers, però la respiració ha canviat: ara sembla més aviat l'udol apagat d'un gos o d'un llop. Tot d'una, l'angúnia se li dispara al pit i torna el dolor físic: les punxades al canell i al ventre, potents com el redoblar d'un tambor de tribu. Contradient el que sent, encara fa el cor fort i s'enfila a la tanca, mig penjada sobre els pals de fusta, perquè se sap protegida pel desnivell.

Durant uns segons, els seus ulls clars i inquiets ressegueixen a consciència la xarxa de petits forats que entreteixeixen les bardisses. Al fons de tot no es veu res. Res de res.

Ara els udols s'han apagat, engolits pel silenci. Gairebé a l'instant, s'aparta de la tanca, espantada i perplexa, mentre una onada d'inquietud s'apodera d'ella, en una d'aquelles ventades fredes que et relliguen a antics temors que no saps d'on venen.

Els cavalls segueixen al mateix lloc que abans. Què està passant? Prova d'ordenar mentalment tot de senyals que no és capaç d'interpretar. Trasbalsada per la incertesa, camina amb inèrcia fins a una bala de palla que hi ha al mig del tancat i s'hi deixa caure com un pes mort.

3

Al matí l'ordinador encès ha tornat a reclamar la seva atenció, però ella té el cap en altres coses. Una llesca de llum enlluernadora travessa els finestrals del balcó i es reflecteix sobre els dits de la seva mà nerviüda.

Abans-d'ahir van caure quatre gotes, fins que la tramuntana va escombrar el cel. Ara fa un sol brillant, que irradia per sobre la carena litoral i es vessa damunt la urbanització on està situada casa seva, un xalet senzill des d'on es pot veure una muntanyeta esquitxada de pins, cases blanques i un retall de mar a l'horitzó.

Ha deixat de teclejar perquè té dolor i no es pot concentrar en res. Les punxades al canell esquerre tornen a molestar-la i se l'ha palpat, com si amb aquest gest pogués aturar-ne la intensitat. Es va lesionar el túnel carpià una vegada que havia estat excavant hores i hores en un campament d'estiu; des de llavors, no se li ha curat mai del tot. De tant en tant, segons quin gest fa, pateix punxades agudes que s'intensifiquen quan està nerviosa. Ja ha descartat operar-se, perquè els metges no li asseguren que quedi bé, més aviat al contrari. El dolor que li provoca la lesió és diferent del que li causen els miomes, que es fan sentir com un pes adolorit i cremant. Nota una sensació d'esberlament, de tenir alguna peça trencada sota la forma aparentment perfecta del canell. Preferiria que la pell li hagués quedat insensible i morta, com de suro. Aquest dolor només remet amb calmants, però evita prendre més pastilles.

Quan les fiblades s'han calmat una mica, ha agafat la tassa de te que fumejava sobre la taula del despatx i ha començat a rastrejar mentalment les paraules que li va dir l'Estel l'altre dia: «Observa en quin moment se't dispara el dolor. No pots lluitar contra això, accepta-ho, Mínia». Fa tres mesos que camina per la corda fluixa.

En principi havia volgut anestesiar tots els matisos d'aquell dolor intensíssim que no era físic sinó que naixia de l'ànima. De portes enfora, encara evita dir com se sent. Pateix insomni i alguns matins li costa aixecar-se del llit. S'esforça a treballar, tot i la inèrcia i la sensació d'entotsolament. S'ha aprimat força, perquè el primer mes se li va tancar la boca de l'estómac i continua menjant sense gana. Encara arrossega un sentiment de *t'asseques per dins, desapareixes.*

No pot comptar gens amb la seva germana, la peça més important de la família que li queda. N'ha tingut sort de la neboda, que li truca sovint, i de l'Estel. La seva amiga no l'ha deixat mai. És ella qui la va empènyer a fer teràpia durant els primers mesos de dol. Fins fa poc, ha rebut ajuda psicològica, però ha decidit deixar-la, perquè està cansada de monologar asseguda davant la psicòloga. Sí, el tractament li ha anat bé, ho reconeix, però ara necessita una altra mena d'impuls. Ha de tornar a prendre les regnes de la seva vida per ella mateixa i l'Estel l'està ajudant a reaccionar. L'ha posat entre l'espasa i la paret: «Si te'n vols sortir, has de fer molta activitat: mou-te, torna a reprendre els projectes de feina i no reprimeixis el plor. Deixa't ajudar, ostres!».

Té una trucada al mòbil en vermell. Com que manté el so en vibració, no la deu haver sentit. Retruca.

—Com estàs?

—Pse.

—Ja has esmorzat? Et recordo que, per més que t'aprimis, no seràs mai cap *top model*.

Somriu. La sornegueria alegre de l'Estel la fa reviscolar una mica.

—Estic aplançonada, feta una mortadel·la, com si m'hagués passat un camió per sobre. M'ho agafo bé, no pateixis.

—Tu sempre ets molt gràfica —una rialla fresca—, m'agrada que no perdis el sentit de l'humor.

—Doncs he tornat a passar la nit del lloro, tot i les pastilles que em prenc, i estic força desanimada.

Per uns segons s'obre una pausa tensa. La Mínia alça les celles, però l'Estel no ho pot veure.

—Mira de no enganxar-te a pensaments que et fan mal, fes el favor.

—És que no puc; si cal tenir un cent de serotonina, jo dec estar a menys dos.

La Mínia dona copets a la nansa de la tassa, petits tocs d'anar i venir amb la punta del dit.

—Desfoga't, vinga, t'escolto.

—No et vull fer servir de clínex.

—A veure, Mínia, som amigues o no?

Ella assenteix en silenci, ho ha comprès, però està amoïnada, sempre se n'ha sortit de tot i ara necessita... No vol que sigui dit.

—Estic en deute amb tu —reconeix en veu alta.

—No soc cap entitat bancària, no et confonguis... I ja saps que no tinc pèls a la llengua.

Han acabat parlant de l'experiència amb els cavalls. «Les persones som d'allò més complicades, tant o més sensitives que els cavalls, i probablement força menys fidels», ha deixat caure l'Estel. «Perseguim la felicitat de manera impulsiva i ens fem addictes al que sigui per evitar el dolor i la soledat».

«El pitjor de tot és l'absència dels qui estimem», diu ella. No defuig la situació que està vivint, simplement no la pot tolerar. L'Estel l'entén més que ningú. Pot comptar amb ella, encara que no coincideixin a l'hora d'encarar els problemes i de buscar solucions, com ara de quina manera ha d'afrontar les pèrdues.

—Només vull que estiguis bé —la veu de la seva amiga ha fet una inflexió, un canvi de to més dolç.

És una altra abraçada a distància que la calma. El tacte d'una veu que aturaria el tremolor d'una fulla al vent només de tocar-la amb un dit. Ho agraeix en silenci. Detesta les persones grises i mediocres que traeixen els seus propis ideals i que, per no afrontar els canvis que els cal fer, donen la culpa als altres de tots els seus problemes, com l'Elvira, la seva germana. Per sort —pensa, i continua sent de la mateixa opinió—, al món també hi ha persones lluminoses que transformen la monotonia en joia només amb la seva presència. L'Estel pertany al segon grup.

—Cuida't, sents?

Sempre s'ha considerat una dona activa i lluitadora, però se sent sobrepassada per l'adversitat i, en algun moment, a les estones de solitud, el desànim guanya a la voluntat de tirar endavant i li fallen les forces.

Acomiada l'Estel. Són les onze del matí i ha de concentrar-se en la feina. Quan treballa no pensa en res més i està millor. Té entre mans la redacció del nou informe que li ha encarregat l'ajuntament d'una vila de mar. Han trobat restes d'un castell medieval mentre feien obres de reforma en una plaça del nucli urbà. Estan obligats a preservar-les i li han demanat a ella que dirigeixi l'excavació.

Des de fa dies està embolicada en un laberint de paraules que han de ser prou convincents perquè els tècnics no trobin pegues a la seva proposta. Vol que el jaciment s'integri al nou paviment de la plaça i la part que ha de quedar visible al públic permeti imaginar bé com era el castell. Cal excavar més superfície de la que estava prevista. Per això s'ha fet un fart de mirar plànols antics i documents que descriuen l'antic castell per arribar a calcular-ne les dimensions i delimitar el perímetre, a l'entorn del punt on han fet la troballa. A més haurà d'anar comprovant quines parts de fortificació apareixen, a mesura que vagin excavant.

Ja té l'informe molt avançat, s'ha cansat de prémer lletres al teclat i rectificar línia per línia, quan calia.

No treballa de funcionària en cap museu ni entitat pública, es guanya la vida com a *freelance;* dirigeix projectes i informes arqueològics per a empreses particulars o per a l'Administració. La feina que ara l'ocupa ja ha rebut aprovació i té dotació econòmica, però està obligada a complir uns terminis estrictes. Cal quedar bé, si vol que continuïn confiant en ella, i s'ha d'espavilar.

S'ha tornat a concentrar en la redacció de l'informe i, durant l'estona llarga que ha estat fixada en el seu propòsit, el dolor ha minvat, com si se l'hagués espolsat de sobre pel sol fet de deixar de posar-hi l'atenció.

En algun moment, mentre teclejava a l'ordinador, la pantalla del mòbil ha guspirejat i un clinc metàl·lic l'ha avisat de l'entrada d'un missatge de WhatsApp.

On pares? Tenim resultats interessants
sobre les restes de les tombes

L'ha llegit ràpidament, amb un pessic de curiositat als ulls. És en Magno, un arqueòleg amb qui comparteix ofici i les mateixes dèries professionals que creen complicitats entre els companys de feina. En Magno i ella treballen en projectes molt diferents. Ell excava jaciments ibèrics, ella, en canvi, s'ha especialitzat en restes medievals. En Magno està excavant al fossat de la ciutat ibèrica d'Ullastret. Es coneixen de fa temps i, de tant en tant, es posen al dia i acostumen a fer-se alguna consulta. Fa unes setmanes en Magno li va enviar un avís: «Hem fet una descoberta sorprenent al peu de la necròpolis».

Encara no ha tingut temps de respondre-li, i ja ha saltat a la pantalla un altre missatge:

Els portarà l'Armand. No sé si t'ho vaig
dir, però dirigeix l'equip. Sembla que
les anàlisis de carboni 14 i d'ADN
aporten dades sucoses. Què et sembla?

L'emoticona de cara de sorpresa que tanca la pregunta final l'hauria fet somriure en qualsevol altre moment, però la sola idea de trobar-se cara a cara amb l'Armand la neguiteja. Potser en Magno no sap que ells dos han partit peres i ja no són parella. Amb en Magno no parlen mai de temes personals.

Ha refrenat el que pensa. Fatal. «Em sembla fatal que vingui l'Armand, què vols». Des que s'han separat només fa que defugir-lo, conscient que és relativament fàcil coincidir amb el seu ex per qüestions de feina. Se li fa estrany pensar que allò que l'atzar li va portar temps enrere com una casualitat meravellosa i que ella va considerar un regal, suposi ara un turment. No hi havia cap altre expert per dirigir l'estudi i encarregar les anàlisis? Havia de ser ell, precisament?

Ha intentat frenar el malestar emocional abans de respondre:

Gràcies per dir-m'ho,
me n'alegro

Mentida podrida. Un altre whatsapp li talla els pensaments.

Eh que vindràs?

Podria excusar-se dient que té molta feina, i diria veritat. Però el desig de saber més coses ja ha irromput dins seu com una onada. La picada de curiositat és massa forta i, al final, respon afirmativament.

Li hauria estat difícil tornar-se a concentrar. Val més que ho deixi estar tot.

Agraeix que un company de feina la convidi a compartir els resultats d'una troballa que ha sorprès a tothom. Valora molt la complicitat entre professionals a l'hora d'intercanviar opinions i de discutir sobre hipòtesis diferents. A més, d'alguna manera és una mostra de reconeixement de la seva professionalitat. El seu parer compta, els altres companys confien en ella, la consideren vàlida i mostren respecte per la manera com afronta les excavacions.

Ha assentit per totes aquestes raons i també perquè li convé esbargir-se. Ja tindrà temps d'acabar l'informe a les hores petites d'insomni.

Abans de marxar s'ha penjat la bossa en bandolera sobre el pit i, d'una revolada, ha estirat el paravent i una gorra del penjador de peu, per si torna a bufar la tramuntana.

Ha sortit de casa al cap de poc, l'iPhone enfundat dins la bossa, fent un esforç per no pensar en res més que no sigui el desig irrefrenable de saber què li diran sobre una descoberta que continua essent un misteri.

4

Quatre mesos enrere, la fredor de la sala de l'UCI la va fer estremir. Havia arribat el final d'un període il·lusionant que hauria permès acomplir el seu desig de ser mare. Però feia dies que l'embaràs no anava bé. Estava de cinc mesos i tres setmanes, tenia pèrdues, i aquella tarda va acabar a urgències. Quedar-se a la sala d'espera de l'àrea de parts va ser força traumàtic, tant per a ella com per a l'Armand. Al seu voltant hi havia tot de famílies que esperaven donar la benvinguda a una nova criatura. Ells dos, en canvi, pressentien que estaven a punt de fer un comiat. Ella no volia pensar-hi, conservava l'esperança, encara que una estona abans, en una visita anguniosa, ja l'havien avisat d'aquella possibilitat.

—No podem assegurar res. —La metgessa va arronsar les espatlles—. Pot ser que ens trobem amb un avortament espontani.

La notícia els va trasbalsar. Era l'avançament d'un fet traumàtic, però l'Armand volia fer veure que era un error de càlcul; va dir, segurament per tranquil·litzar-la, que els metges també s'equivoquen i encara tenien possibilitats de sortir-se'n. Que potser es trobaria millor, tornarien a casa i el petit forat que s'havia fet a la placenta es podria tancar tot sol. Ella es va deixar confortar per unes paraules que eren més aviat fruit del desig que no pas de la realitat i que esgrimien probabilitats remotes. Era conscient que tot s'havia acabat precipitant, coneixia bé el risc que corria i sabia que aquelles pèrdues no auguraven res de bo. El seu cor, tanmateix, es negava a l'evidència. No volia perdre el fill de cap manera.

Una hora més tard es van fer realitat les pitjors prediccions. La van ingressar de seguida al quiròfan de l'UCI. L'esperaven la metgessa i dues llevadores, la bata lligada a la cintura i un tapaboques verd. L'havien intentat tranquil·litzar amb paraules d'ànim, mentre ella cridava a cada nova contracció. Va arribar al final dels darrers estremiments, quan el seu cos llassat expulsava la criatura, ja sense resistència. Llavors va gemegar, els ulls enaiguats, el cor partit per la destral del patiment.

En tot moment l'havien atès amb molta delicadesa. Malgrat això, cada paraula amable que havia rebut en aquell moment tràgic era una fuetada. Sempre recordaria el moment més dur, quan la infermera va preguntar amb una veu tan serena i dolça que la va fer esgarrifar: «El voleu embolcallat? Voleu que el rentem o preferiu que el portem tal com surt del ventre?».

Déu del cel, el que volia era veure'l bategar, aquell fill.

Es va mossegar el llavi de sota mentre el cor li bullia. Hauria arrencat a sanglotar i bramar com una nena petita, però el seu dolor era tan fondo que només era capaç de clavar coces en silenci.

I quan ella i l'Armand van accedir a veure el petit, els van portar aquella criatura a mig fer, un nen que per a ells dos no era cap fetus.

La llevadora, que es devia haver compadit d'ella, va atansar-li la criatura amb una delicadesa extrema, perquè sentís l'escalfor del cos menut, gairebé acabat però sense vida.

I en aquell moment va sentir la pell encara calenta sobre el batec del seu propi cor, que martellejava amb ànsia.

Volia tenir un record que avalés aquella existència, com si el nen hagués nascut al temps que tocava i totes les expectatives i les il·lusions que una mare es pot fer es poguessin complir, d'alguna manera, en la seva imaginació. Amb veu gemegosa va dir: *Jan*. El seu fill tenia un nom sonor que es deia amb un sol cop de veu.

El va tenir sobre el pit durant uns minuts eterns mentre sentia la calidesa d'aquell cos tebi: els ditets, les manetes, els peus, la cara menuda gairebé perfecta, la pell llefiscosa a frec del cor, mentre palpava la magnitud d'una tristesa incommensurable. Va poder acomiadar-se'n a la seva manera.

«És bo que l'hagis tingut amb tu», havia acabat dient la llevadora, «t'ajudarà a recuperar-te».

L'Armand la mirava atordit, enfonsat en un silenci punxant, com si no hi fos.

Més tard, quan es van emportar en Jan, la llevadora va preguntar si es volien endur el braçalet de la criatura. Si desitjaven tenir la petjada. Si preferien que li fessin la necròpsia. I tot un seguit de qüestions que ella no hauria volgut respondre ni sentir, però que li arribaven, a mesura que les anava encaixant com podia. L'Armand es va deixar caure a la cadira. S'afogava i es va posar la mà al pit perquè se li havia tornat a disparar la tos. Va assentir a tot el que ella deia. Va deixar que decidís.

«Tu mateixa, fes el que et sembli millor». Però ella estava encallada en el dolor, intentant reconduir els sentiments.

Qui sap quan tornaria a fer les paus amb la vida i si podria recuperar la il·lusió estroncada. S'ho va proposar, però durant moltes setmanes no va ser capaç d'afrontar la situació.

Feia massa temps que la relació amb l'Armand girava a l'entorn del fet de ser pares, se sostenia pel desig de maternitat d'ella, més que no pas per un projecte sòlid de vida en comú. Segurament per aquella raó, la convivència entre ells dos es va fer insuportable. Un tsunami de desànim va acabar arrasant la complicitat que havien alimentat mútuament. La Mínia s'havia acabat tancant a la seva petxina, envoltada d'un mutisme que semblava amagar retrets, i l'Armand no va respondre al que ella li demanava en silenci.

Dos mesos més tard van vomitar tot el que tenien guardat al pit i al ventre, una bola de sentiments matxucats i adolorits. A parer d'ella, l'Armand no li havia fet prou costat, no havia estat a l'altura de la situació. Ell, en canvi, li va retreure que s'hagués obsessionat primer amb la maternitat i després l'hagués exclòs amb els seus silencis. Considerava que ella no es deixava ajudar i va reconèixer que no se sentia capaç d'afrontar la situació.

L'Armand li havia servit en safata motius suficients per fabricar les proves de càrrec de la separació. Al final, la tempesta entre ells dos havia acabat trencant tots els lligams del passat i despertant amb fúria els sentiments contradictoris, les culpes i els retrets.

De bon principi, la Mínia es va veure obligada a encarar la pèrdua a contracor, buscant ajuda terapèutica, forçada per l'insomni i una tristor galopant que li impedia treballar com hauria volgut. Per sort, havia trobat l'assistència d'una bona psicòloga i la companyia d'una amiga fidel com l'Estel. L'enfocament terapèutic inicial li havia permès afrontar la situació amb menys confusió i expressar la ràbia.

L'experiència amb els cavalls formava part d'aquell circuit inevitable que porta l'ànima a fer un recorregut per vies estranyes, sense deixar de pitjar l'accelerador del gas quan apareix la por ni renunciar a prosseguir per culpa de la tristesa o el desànim.

El seu era un mal coent que li feia sentir l'alegria de l'altra gent gairebé com un insult, que l'encarava a la indiferència dels qui ignoraven el seu patiment. Era incapaç de canviar aquella percepció, encara que sabés que ni la ràbia contra la felicitat complaent que es mostrava al seu entorn ni l'emprenyament contra el món li servirien d'excusa. Calia transitar pels viaranys obscurs del dolor. Va fer el primer pas el dia que ho va acceptar, el dia que va admetre que necessitava ajuda. No podia enquistar-se en sentiments que la paralitzaven, calia avançar, retrobar les ganes de viure.

La seva ment racional esquiva segons quines experiències. No està gaire predisposada a sotmetre's a teràpies que abans havia rebutjat, però la sessió amb els cavalls l'ha impressionada força. Com és possible que alguns animals siguin capaços de detectar l'estat anímic d'una persona? És un miratge? Una invenció del seu cap?

Està segura que no ha imaginat res del que va passar. Al mateix temps, dubta de tot. El que va sentir fa pocs dies va ser fruit de la por?

En algun lloc ha llegit que el temor és un animal salvatge que es presenta sense avisar. Sap que està passant per un moment de paràlisi i de bloqueig i tem no ser capaç d'encarar l'experiència que li toca viure.

L'altre dia, quan es va deixar caure sobre la bala de palla, no es va reprimir gens: s'havia posat a plorar i, a mesura que es descarregava del pes de la tristesa, es va sentir alleugerida, assossegada. Poc després el seu malestar es va fondre. Va tenir la certesa que l'animeta d'en Jan se li feia present, l'acompanyava.

Ara que hi pensa, no sap ben bé quanta estona es va quedar immergida en aquell estat transitori que s'escapava del còmput del temps, però ja s'havia desencadenat dins seu una onada d'emoció profunda i, quan va aixecar els ulls, va veure els cavalls girats de cara que avançaven cap a ella.

L'equinoterapeuta va dir que era un símptoma de desbloqueig que l'ajudaria a curar-se de la ferida. Però ella es troba dèbil i fràgil per dins. Li fa ràbia sentir-se feble quan, en realitat, se sap forta. A la feina, és capaç d'aguantar sessions maratonianes cada vegada que presenta un nou projecte d'excavació, i ha de rebatre amb arguments totes les reticències que sorgeixin. O si cal fer un informe, com ara és el cas, més d'un cop li ha tocat replicar un a un els dubtes de gent que no té ni punyetera idea sobre arqueologia. Està entrenada a convèncer qui sigui de la necessitat d'excavar més espais o de la conveniència de fer canvis en la pavimentació, encara que això faci endarrerir les obres. Procura no aixecar-se de la cadira fins que ha guanyat el sí.

5

Poc abans de sortir de casa ha enviat un whatsapp a en Magno:

Ara vinc

Ja al garatge, li ha costat d'engegar el cotxe; és un quatre per quatre vell que ha passat pel taller mecànic unes quantes vegades per culpa d'avaries que semblen insignificants però que es tradueixen en factures prou costoses. Si tingués diners i no arrossegués cap part d'hipoteca, es compraria un vehicle híbrid. Com que no pot afrontar més despeses, de moment esperarà, tot i que no descarta comprar-se un utilitari senzill de segona mà, si el que té ara continua fallant o encara empitjora.

Una estona més tard ha deixat enrere les pinedes que amaguen les ruïnes d'Empúries, a tocar la mar d'un blau celeste, irresistible, que es reflectia al retrovisor del cotxe i, tot seguit, ha enfilat una carretera que travessa una muntanya baixa, en direcció a l'estany avui dia desaparegut que vorejava la falda nord del Montgrí i tota una plana coberta en bona part per aiguamolls, joncs i mates d'espart.

Dos mil anys enrere un gran estuari, format per les goles d'uns quants rius cabalosos, s'estenia a nord i sud del massís rocós, que sobresortia entre les terres humides.

Ja ha tingut més d'una discussió amb companys de feina sobre quins podrien ser els noms de les muntanyes i dels rius del país dels indiketes, que continuava costa avall i també per les terres de l'interior. Totes les converses que han mantingut sobre aquesta qüestió han acabat donant voltes a la idea que és una tasca gairebé impossible. Ningú sap del cert a quins rius de l'antic estuari es refereixen els historiadors grecoromans quan esmenten el Sambuca, el Sambroca, el Ticis o Tichis, el Clodianus, l'Anistus, l'Alba... Tanmateix tot indica que el riu Fluvià aleshores desembocava prop de l'actual Sant Martí d'Empúries, la Palaiàpolis d'Empòrion, una illa unida a terra per un istme. D'altra banda, el Ter era un gran riu que es despartia en tres, a cada flanc del massís rocós. Un d'aquests braços travessava el corredor d'Albons i desguassava a Empòrion, mentre que els altres dos regaven les terres del sud del Montgrí. El braç més meridional afluïa en el mar prop de l'indret que avui dia es coneix com la Gola del Ter, davant de les illes Medes.

El Daró, al seu torn, vessava les aigües en antics aiguamolls i estanys propers a la ciutat ibèrica d'Ullastret.

S'ho va imaginant mentre condueix, perduda en un

panorama força homogeni, compost per tota la gamma possible de grocs que registra Pantone. De l'or brillant al groc canari, passant per un groguenc verdalós que esquitxa els camps d'espigues, a tocar de la carretera. Per un instant s'encongeix una mica, el cul enganxat al seient, i afluixa la marxa. Li agradaria contemplar el paisatge ancestral, la badia que oferia al nord dos ports segurs, Empòrion i Rhode, tots dos fundats pels grecs foceus que abans ja s'havien establert a Massàlia, l'actual Marsella. L'estuari devia ser aleshores una xarxa d'artèries fluvials, flanquejada a tocar del mar per sorres arrossegades que creaven cordons de dunes.

Fent poc esforç mental, perquè és imaginativa de mena, visualitza amb els ulls oberts els petits turons, la plana humida amb aiguamoixos i camps de lli i de cànem, més estesos a la zona de Canapost i Vulpellac, completant el mosaic de camps de cereals cultivats a les terres més altes. Tot un món fèrtil que propiciava l'existència d'un fotimer de vida salvatge, enmig d'una constel·lació vegetal d'arbres, oms, freixes i verns de ribera i, a tocar del mar, tamarius. Enarca les celles involuntàriament, admirada per una visió imaginada que l'asserena. Sota les aigües tèrboles, solcades per ranuncles aquàtics i llenties d'aigua, devien formiguejar els petits animalons, a l'aguait dels ànecs que buscaven refugi entre els canyissos i les mates de jonca. Els sobrevolaven aus que hi vivien tot l'any i ocells de pas que criaven als aiguamolls.

Mira al fons. Per sobre el volant del cotxe hi ha un fons de muntanyes altes amb boscos d'alzines sureres, brucs i ginebrons. Les Gavarres. En aquella època devien ser l'amagatall perfecte de llops, senglars, guineus, i també de cérvols espantadissos.

Les imatges que l'assalten poden ser inexactes, fins i tot equivocades, però li semblen reveladores. La coreografia dels cels d'abans era similar a la que està acostumada a veure? És probable que sí. Cels amb núvols carregats de pluja o escombrats per la tramuntana, rogents al capvespre, i de dia, d'un blau tan nítid que requereix molta concentració saber-hi trobar un trist borrissol de núvol.

Els indígenes estaven obligats a remar i perxar en barcasses poc fondes pels aiguamolls que solcaven l'estuari, en un trajecte sembrat d'illes ancorades sobre turons i tossals habitats.

Mentre circula en direcció al sud, es fixa en els canals de reg i els camps inundats d'aigua que coven l'arròs, granes subterrànies que emergiran aviat en tiges d'un verd viu i que acabaran espigant-se a l'agost. Als marges, la userda reviscola en clapades lilenques i, més enllà, una renglera de xiprers priva de l'embat de la tramuntana a un camp de pomeres. Als vorals, entre clapades de lliris grocs de fulles allargades com espases, sobreviuen acàcies i tamarius que ombregen la carretera. Un desmai solitari espolsa les branques sobre la terra fèrtil; algunes figueres testimonien antics horts a tocar dels masos. A tot arreu hi ha baladres que no acoten mai el cap, ni en temps de sequera. Aquí i allà apareixen pals d'electricitat, pollancres, canyissos, camps de blat i d'ordi que es comencen a vinclar sota el pes de les espigues. Aviat les màquines de segar les arranaran, afaitaran els camps al zero i hi deixaran només bales de palla rodones que dormiran a la intempèrie durant tot l'estiu.

Una estona més tard ha arribat a Serra de Daró, en un tram de carretera des d'on es veu Llabià i la necròpolis de la ciutat ibèrica d'Ullastret, l'antiga Indika.

Un estiu es va enfilar en un turó proper on s'aixecava un punt de guaita. Devia ser una bona talaia, a l'hora de controlar la navegació i preveure qualsevol atac que pogués arribar per la banda de mar. Des d'allà dalt, a través d'alguna clariana de bosc es veuen perfectament el litoral i les poblacions que antigament eren illes, com Pals. I més al lluny, arran de mar, la Fonollera, Puig Mascaró i el Mas Pinell.

«A les terres més enlairades, quina mena de paisatge dominava?». En Magno diu que cal imaginar-les com un seguit de camps de conreu. Vessanes i vessanes de cereals escampades en petites valls, entre carenes i pujols baixos, un microcosmos prolífic d'espigues de blat, ordi, mill, civada, espelta i camps de farratge, segurament veça o rafanistre; i camps de lleguminoses a tocar dels poblats. Sense oliveres ni vinya, només la presència del gra fèrtil ja germinat sota terra, perquè l'agricultura de cereals era la principal economia i els indiketes produïen prou excedents per poder comerciar amb els grecs i els fenicis.

Durant bona estona tots aquests pensaments visuals l'han abstret de qualsevol dolor, i s'ha relaxat. Per un moment, ha tornat a sentir una fiblada de delit que la reconnectava amb la capacitat de contemplar la bellesa de la natura i amb els moments en què ha estat feliç. Respira fondo mentre constata que les imatges que projecta li produeixen benestar. Pot recrear paradisos a l'interior del cor i, només que imagini un lloc com aquest, se sent més confortada. Per damunt dels seus ulls sempre hi ha un fons llunyà de carenes altes que anuncien una elevació de l'esperit, una alenada d'aire fresc enmig de la tristesa. Això l'ajuda a prosseguir.

A tots els punts cardinals s'aixequen altures frondoses, miri on miri. Les Gavarres, les Guilleries, el massís llunyà del Montseny, els Pirineus.

El fons de muntanya segueix dominant l'horitzó, però com ha canviat, aquell paisatge!

6

Durant estona ha prosseguit l'últim tram de viatge submergida en una marea de pensaments, fins que en un revolt de carretera s'ha vist obligada a donar un cop de volant, perquè estava conduint per instint, sense cap mena d'atenció. Ha afluixat la marxa; la carretera és estreta, i hauria de conduir amb més precaució.

Per sort està a punt d'arribar a destí. Ben aviat sabrà si la seva hipòtesi es confirma o no. La troballa de dues noves tombes a peu de la necròpolis ibèrica ha donat corda a tot un seguit d'especulacions. Els resultats de les anàlisis químiques en confirmaran alguna o bé la desmentiran.

És conscient que la feina l'apassiona i la distreu. Si estigués de bon humor, probablement tornaria a sentir les síndromes d'excitació que experimenten els arqueòlegs quan desenterren objectes antics o descobreixen tresors de monedes, ni que siguin àmfores buides rescatades de vaixells enfonsats al mar. Notaria una sensació de pujada hormonal similar a la que provoquen els prolegòmens amorosos i que ella no ha experimentat des de fa temps.

Abans d'arribar al poble d'Ullastret, ha trencat a l'esquerra, camí del jaciment ibèric: una doble ciutat fortificada que va créixer sobre una illa, l'Illa d'en Reixac, envoltada per un gran estany i, al mateix temps, es va estendre dalt del turó que avui s'anomena Puig de Sant Andreu.

Ja a tocar del jaciment, ha deixat el cotxe a l'aparcament ombrejat que reposa a peu de turó. Poc després, en passar la taquilla d'entrada, ha saludat la noia que controla els tiquets i ha emprès el camí que voreja la muralla, tot resseguint l'excavació del fossat, un queixal profund i espectacular de cinc metres de fondària que deixa al descobert la pedrera d'on van extreure les roques per bastir els murs de fortificació, a la ciutat del puig. El que ara es veu és el que queda de la reforma d'una primera muralla d'uns quants metres d'alçada, que s'havia edificat a finals del segle VI aC.

Quan ha arribat a la porta d'accés, l'ha tornat a assaltar una sensació de *dejà-vu*. Cada vegada que visita Empúries li passa el mateix, fa una regressió a un temps pretèrit. Només són sensacions, tot i que, a vegades, li venen al cap imatges d'escenes antigues, com si conegués els llocs que trepitja des de fa molt de temps, fins i tot d'abans d'haver-los vist per primer cop a la vida.

Ha caminat amb pressa, enfilant un dels carrers principals de l'antiga ciutat, en direcció al museu.

Uns minuts més tard, entrava a l'edifici.

En Magno l'esperava a la porta del magatzem, alt, cepat, amb barba de tres dies.

—Ei, Mínia... No sabia si dir-t'ho. —Li ha obert la porta.

—Pobre de tu.

—Hem mig resolt el trencaclosques... Havíem de ser més gent, però ha fallat un dels tècnics i el director ha hagut de marxar per un tema urgent... Haurem de fer la presentació oficial un altre dia... No t'he volgut tornar a trucar per explicar-t'ho, ja que t'anava bé venir.

—Vinga, canta.

—Jo no conec tots els detalls.

—Esclar, com que no treballes aquí... Ha estat idea d'ell? —li engalta referint-se a l'Armand.

L'arqueòleg torça la boca. Què se suposa que hauria de fer? L'Armand és un company. A més, no pot evitar que vingui perquè és l'especialista en analítiques.

La Mínia li escodrinya la mirada. Pel cap li passen tota mena de pensaments: «Vol esquivar la resposta per no comprometre's. Segur que sap que estem separats... Ja es deu haver imaginat que serà una situació incòmoda. Per què l'Armand no ha declinat la invitació a venir? Es pot saber a què juga?».

—No, havia de venir igualment —en Magno trenca el silenci. Li surt un to que deixa pocs dubtes respecte a qualsevol especulació—, ja saps que és l'encarregat de fer l'estudi del material.

Ha obert la porta del magatzem i la convida a passar cap a dins amb aire calmós, aixecant lleugerament els braços llargs d'excavador bregat a la feina, com si s'espolsés de sobre la calor.

—Els d'aquí tots sabem els resultats, però encara no farem pública la notícia, esperarem a la presentació oficial.

—I tu no me'ls vols dir... Avança-m'ho, punyeta —insisteix ella—, ho vull saber: era per ahir —ironitza, conscient que es pot fer pesada de tant insistir—, les restes de la segona tomba són d'un home o d'una dona?

L'arqueòleg fornit que té al davant fa una ganyota un pèl còmica, el cap tirat enrere, i arqueja el coll fins a un punt que podria patir per les cervicals:

—Emprenya reconèixer-ho, però la vas encertar —se li escapa un somriure per sota el nas.

—Les dones gastem una intuïció fina.

Està segura que l'Armand faria el distret per no haver-ho de reconèixer. És un bon professional, però no excel·leix gaire més que d'altres. La condició de professor universitari, encara que faci temps que estigui en excedència, el situa en una posició còmoda respecte a ella i en Magno. Sempre es fa l'acadèmic, com si excavar fos només un *hobbie* per omplir el temps lliure que discorre entre congrés i congrés. Alguns cops l'ha vist comportar-se amb una certa petulància, marcant distàncies davant dels arqueòlegs més joves, un pèl prepotent, fins i tot. És una impressió gestada a partir d'un estiu en què ells dos van coincidir en una campanya d'excavació. «Et poses medalles que no et pertoquen», li va recriminar ella. El coneix prou per saber que, per damunt de tot, l'Armand vol mantenir la imatge de prestigi professional, però també que, en part, actua així per no mostrar-se insegur.

«És incapaç d'assumir responsabilitats en els moments difícils i, al final, fuig per no afrontar-los. No és així com s'ha comportat, al capdavall? Com pot ser que l'hagi admirat tant? Què em va atreure d'ell, quan el vaig conèixer? Quant de temps va tardar a fondre's aquella imatge idealitzada que jo em vaig fabricar?».

Set anys de vida sense comprometre's gaire, abans de patir la primera crisi. Després, havia tornat a prevaldre la voluntat mútua de viure en parella. Es van casar. Però la decisió va ser el resultat d'un amor que s'havia acabat mostrant menys sòlid del que tots dos havien cregut.

Fa dos mesos i mig que han trencat la relació de manera definitiva. Els anys de convivència sumen una dècada i el final de tot ha estat precedit per l'experiència de ser pares, que ha acabat amb l'avortament espontani d'ella, l'espasa que ha tallat tots els vincles.

Al principi, més que una ingènua, havia estat una noia feréstega, capficada en la feina. Només comptava amb alguna experiència amatòria poc rellevant, exceptuant aquella relació amb... Als trenta-quatre anys havia projectat el seu desig d'estimar en l'Armand. Quina ironia tan estúpida.

De sobte, se sorprèn de la virulència dels seus propis pensaments. Està massa ressentida per valorar la relació amb el seu ex, necessitaria prendre distància per poder raonar amb una mica de justícia. N'és conscient i intenta frenar la fúria criticaire que li bull per dins.

—Ja ho tenim tot ben classificat. —En Magno l'ha treta del tràngol mental.

Sobre la taula del magatzem s'apilonen moltes restes d'excavació. L'arqueòleg ha apartat un cabàs amb eines de treball cap a un cantó. Ella torna a concentrar-se en l'ara i aquí i fa un cop d'ull als objectes que s'han trobat a les dues tombes, mentre en Magno els va col·locant arrenglerats sobre la post de fusta i els mira amb una sensació de triomf profanador, amb la satisfacció que experimenta qualsevol arqueòleg davant d'una deducció que pot ser crucial.

Durant una estona de silenci, la Mínia observa el moviment pausat de les mans del seu company, l'ordre pautat amb què apareixen les peces de ceràmica àtica que contenien les restes incinerades, l'una al costat de l'altra. Una d'elles és una *pelike* molt elegant, un vas amb dues nanses i boca ampla, decorat amb una representació d'Ariadna abandonant Teseu després de rescatar-lo del laberint.

—S'assembla a la peça que vam trobar a les primeres excavacions de la necròpolis —diu en Magno amb to de complaença—, les que s'atribueixen a Meleagre.

Ah, sí, li està parlant d'un pintor important de l'Àtica grega. Es fixa en la pintura en vernís negre. Uns quants nois joves, embolcallats en un mantell, o *himation*, que cau sobre la túnica, celebren una cerimònia d'iniciació desconeguda.

—M'agrada més l'altre.

La Mínia assenyala un vas de ceràmica àtica decorat amb figures vermelles molt deteriorades.

—És el que contenia les cendres de la dona —comenta en Magno.

Ella observa el vas embadalida. Tot d'una sent que el silenci li pesa massa.

—La tomba d'ella —diu per trencar la pausa— obre pas a molts interrogants.

En Magno l'ha mirada amb ulls encalmats. Agraeix que sigui la Mínia qui hagi reprès la conversa.

—El més curiós és que l'enterressin amb una falcata, no és un fet gens habitual aquí; a més, en aquesta zona no tenim cap altra tomba femenina on apareguin armes —la mà clivellada d'en Magno assenyala l'espasa de fulla corbada d'un sol tall, típica dels ibers.

—Això podria indicar que era una dona important que pertanyia a una família poderosa?

—No ho sé, és un cas únic i estrany —la contradiu en Magno.

—I si respon a una tradició familiar? —s'aventura a dir ella—. Potser va heretar l'arma d'algun avantpassat... I qui sap si també tenia coneixement de remeis medicinals, ho dic per l'abundància de pots d'ungüent que han aparegut a la tomba...

—Però com expliques la quantitat de fusaioles i ponderes amb què la van enterrar? —En Magno es refereix a les peces de terrissa que servien per tensar els fils dels telers—. La falcata pot ser un detall gairebé exòtic... M'inclino a pensar que era la dona d'un fabricant de teixits noble i ric.

La Mínia ho nega amb el cap. Especula:

—I per què no la propietària? Potser havia obtingut els telers per compte propi.

—Serà difícil que puguem treure alguna conclusió plausible de tot això.

Ella assenteix.

Després de la descoberta, tothom havia admès que es trobaven davant d'un fet desconegut; si més no, la conjunció d'objectes mortuoris era força estranya.

—Recordes el dia que vam estar discutint sobre la qüestió i, al final, va guanyar la hipòtesi que el difunt era probablement un comerciant important?

—Tu, en canvi, vas dir que podia ser una dona, i no et vas equivocar —reconeix en Magno. Recorda perfectament la tossuderia amb què la Mínia havia defensat un altre argument.

Aquell dia ella havia tingut una intuïció i la va expressar en veu alta, però, llavors, ningú hi va estar d'acord.

En Magno abaixa el cap i es mira el mòbil: «Sí que tarda...».

—M'agrada la figureta que heu trobat a la tomba del guerrer —fa ella. No vol que es noti que no li preocupa gens si l'Armand ve o no.

Es torna a fixar en l'estatueta en bronze d'un genet que ja li havia cridat l'atenció la primera vegada que el va veure. Al seu costat hi ha una terrissa que representa un cap de Gorgona, un monstre femení amb serps per cabells capaç de petrificar amb la mirada. Realment té un aspecte lleig i sinistre, no és estrany que les tribus ibèriques l'adoptessin també com a símbol protector, al costat de la imatge del llop que acompanyava els guerrers.

—I les dues sivelles de cinturó? Els caràcters inscrits coincideixen o no?

Aquell era un altre fet insòlit. Per primera vegada apareixien en una tomba de la necròpolis objectes personals amb inscripcions.

—Doncs sí, em vaig aventurar a dir-ho només de veure-les... Però hi ha una altra cosa que t'agradarà —reprèn en Magno. Està tranquil i parla igual com es mou, amb parsimònia inaudita.

—Digues, va —s'impacienta ella.

—Saps la peça petita que hi havia a la tomba del guerrer, la que presentava una inscripció circular?

En Magno es refereix a un plom petit, de gruix irregular, que havia aparegut entre les armes.

—Sí, què?

—Tot apunta que podria ser un amulet.

—Ostres, això sí que és una sorpresa.

—Seu, si vols. —En Magno li assenyala un tamboret de balca, en un angle del magatzem.

—No, no cal... Tardarà molt? —evita pronunciar el nom del seu ex.

—Ja saps com és, el coneixes més que jo —diu. Què li ha d'explicar, que ella no sàpiga?

El comentari d'en Magno l'ha incomodada. Nota una pujada de fel, un reflux amarg. Es crema i s'ha de mossegar la llengua.

—I el fossat? —pregunta per canviar de tema.

—Esperem que les obres de reconstrucció de la muralla tirin endavant... Sempre rebem les engrunes.

—Des de quan l'Administració posa traves als pressupostos? —ironitza: que l'hi expliquin, a ella, que s'ha de barallar per justificar punt per punt tot el que proposa en els seus projectes—. A mi això no em passa.

—Tens un amant a la conselleria? —li engalta en Magno, però, tot seguit, retorna a un posat seriós. S'avergonyeix del que acaba de dir—: Disculpa, no volia fer conya sobre aquest tema.

—Tranquil, em convé riure —vol rescatar-lo. Sí, esclar que sap quina és la situació. En altres moments han fet broma de tot.

Entre ells dos només hi ha una relació de coneixença que no arriba a amistat, però, al llarg del temps, han coincidit en suficients trobades de feina perquè s'hagi consolidat una certa confiança mútua. De tant en tant es posen al dia l'un a l'altre i, encara que no treballin junts, comparteixen informació. És el mateix que fan molts arqueòlegs que tenen interessos semblants. Tot i això, poden passar mesos sense veure's i mantenir el contacte a distància, a través de missatges de WhatsApp o llegint-se mútuament en algun dels articles que publiquen.

Ha pensat que en Magno no l'havia vist mai embarassada, però ja li deuen haver dit també que acaba de perdre una criatura.

—Crec que ja és aquí.

Ho ha dit de sobte, atent als passos que ressonaven fora del magatzem. Al cap de poc, s'ha obert la porta.

—Què, noi? —L'Armand es dirigeix a en Magno.

—Aquí esperant-te, tio... Sempre has d'arribar tard, torracollons? —En Magno li ha tocat l'espatlla amb familiaritat.

L'Armand fa com si res:

—Ja t'he dit que tardaria una mica.

«Excuses de mal pagador, com sempre, ets un expert a fer malbaratar el temps als altres».

Ella simula que no el veu. L'Armand es manté igual com sempre, robust, potser una mica més prim, tot i la panxeta immutable que dissimula sota una camisa mig cordada. S'ha girat cap a ella, amb uns ulls inquiets de caçador contrariat que no s'acaba de trobar bé tancat als despatxos fent anàlisis. Fa pinta de buscador de tresors, mig progre mig esportista, ara vestit de safari, amb pantalons de camuflatge i sandàlies de cuir. «Ens coneixem les febleses, Armand, per més que t'hagis tret l'americana seriosa de professor i facis el fantasma amb una vestimenta que sembla d'Indiana Jones... Sempre t'ha agradat mostrar façana».

Ell s'avança uns passos i la saluda amb un gest que, en qüestió de segons, es desinfla en l'aire. Està tant o més incòmode que no pas ella. Es queda dret com un estaquirot. No les té totes.

La Mínia es tensa. Per què ha vingut al museu? Des que s'han separat, eviten coincidir. Ni tan sols es van veure el dia que ell va anar a recollir les coses que encara li quedaven al xalet: una col·lecció de discos de vinil, unes quantes caixes de vi de qualitat, una cadira de barberia de cuir granatós i braços consistents que havia adquirit en un mercat d'antiguitats i roba d'hivern. Ella va deixar que l'Armand tornés a trepitjar tot sol la casa que tots dos s'havien arreglat al seu gust, amb mobles comprats en mercats d'antiguitats i tot un batibull d'objectes de decoració que havien redistribuït, una vegada van tenir col·locat el parquet de les habitacions i pintats els radiadors planers on ella enganxa els peus els vespres en què la humitat del mar s'infiltra per les parets. L'Armand devia furgar la seva habitació per agafar les jaquetes i els abrics que tenia penjats a l'armari. Per uns instants l'ha imaginat donant la volta al llit de gairebé dos metres d'ample on, al principi, feien l'amor amb assiduïtat. Molts dels records comuns s'han modificat, filtrats pel pas del temps, retocats per la necessitat de cadascú.

La Mínia ha intentat dissimular la incomoditat, no vol que se li noti gens el mal que tragina, però ja se li han tornat a disparar les punxades al canell.

—Ei, com estàs?

Ell li dirigeix primer la paraula, a uns metres de distància, mantenint l'allunyament, mentre en Magno se'ls mira, sumit en la calma més absoluta dels companys que estan acostumats a observar i callar.

—Tu tan puntual com sempre... —li retreu ella. Hauria dit: «Estic feta pols, no veus que ho porto malament?».

—Vols que me'n vagi? —L'Armand arrufa les celles.

—Jo no he dit això. —S'empassa la saliva, no vol que es pensi que està perdent la calma.

L'Armand aparta els ulls; es gira cap a en Magno:

—Per on començo?

—Digues, va —salta el seu company.

—Tu calles com un puta però ja ho saps tot... Tenim dues notícies, per quina començo: la peça de plom i la informació que tenim sobre les inscripcions o els cranis? —dispara.

—M'és igual, digues —li etziba en Magno.

L'Armand prossegueix:

—Pel que fa a la peça, l'especialista en escriptura ha conclòs que probablement es tracta d'un amulet. Primer perquè és molt petita i, segon, perquè el text inscrit és una seqüència de noms repetits. Dos dels noms podrien ser de persona i el tercer d'una divinitat... Pot ser Banbaibar. És possible que fos una fórmula de protecció que devia tenir una funció sagrada o màgica... Quan fem la presentació oficial, ja ens ho explicarà amb detall.

Cap d'ells dos diu res.

—M'esteu escoltant? —insisteix l'Armand.

«No sé per què ho aguanto, això».

—Per què no vas al gra? —dispara ella, i el fulmina amb la mirada. És conscient de fins a quin punt la distància entre ells dos ha fet estralls després de tot el que han viscut... «No se li mou ni una pestanya, com si s'hagués oblidat de tot». Sent com se li activa una pulsió desagradable al ventre.

L'Armand ha serrat els llavis gairebé en una ganyota; l'escruta amb la mirada, els ulls li brillen.

«Ara s'ha emprenyat».

—M'hi aproximo —li replica sense sentir cap mena de pudor.

En Magno no diu res, fa el distret. De cap manera es ficarà a la trampa que aquests dos s'han parat mútuament. Té un tarannà massa discret i franc per poder suportar una conversa plena de tibantors i de referències el·líptiques. No pensa immiscir-se en afers que no li pertoquen. Qui dels dos té raó? És una pregunta equivocada. Les coses han anat prou mal dades. Ella està malament i potser l'Armand s'ha comportat com un covard, però no el vol jutjar. Què faria ell, si estigués al seu lloc? Perdre un fill és una putada de les grosses.

—De les inscripcions de les sivelles, què en sabem? —pregunta la Mínia per desencallar.

—Les hem fet estudiar, també —ara respon en Magno. Vol passar per alt la tensió que s'ha instal·lat en l'aire—: Hi apareixen tres noms. Dos d'home, Utibels, Atabels, i un altre que probablement és de dona: Ekinar.

—E-ki-nar –repeteix ella sil·labejant, com si volgués assaborir cadascun dels fonemes emesos a poc a poc.

En algun lloc ha llegit que els antropònims ibèrics femenins acostumen a portar incorporada la partícula *in*.

—Es pronuncia millor Ekinar —puntualitza. No es pot estar de burxar el seu ex—, els noms d'ells són de mal dir.

—Veig que segueixes amb postulats feministes irrisoris —li retreu l'Armand. Ja ha picat.

—Són conviccions basades en l'experiència —salta ella—. Sempre hem de donar més explicacions per justificar la nostra feina. La realitat és que els càrrecs de poder continuen majoritàriament en mans d'homes directius i en ple segle XXI hi ha empreses que acomiaden treballadores quan saben que estan embarassades.

Què acaba de dir? S'estronca a la darrera paraula. A ella, l'embaràs li havia costat tres mesos de repòs i una proposta de feina postergada.

La mirada d'astorament d'en Magno ho diu tot.

—Vols dir que calia, tot això? —L'Armand manté un to impertorbable. Per dins, va la processó. No té ganes de recordar l'embaràs ni el desgraciat avortament.

—Et podries haver estalviat el comentari fatxenda —salta ella. I prossegueix amb un retret—: Gràcies per l'etiqueta.

—No es mereixen —diu l'Armand amb serenitat calmosa.

S'esfereeix d'aquesta resposta. Està massa tranquil, a parer d'ella. Vol pensar que s'ha posat una cuirassa perquè tampoc ha paït la mort del nen. No pot ser tan insensible, tan cec. Li sembla impossible que no s'hagi adonat de la ferida que la corca per dins, que no l'hagi trobat a faltar en cap moment. «No et disfressis sota una indiferència fictícia, Armand. A la feina et pots fer el milhomes, perquè no t'has de barallar amb buròcrates de torn, la mena d'animals improductius que fan perdre la paciència a un xai hipnotitzat. Crec que m'has estimat; ho vas sentir de debò, el dia que vam perdre en Jan. Em vas abraçar amb els ulls entelats. Érem a la planta de nounats, jo amb el ventre i l'ànima buida. Quina sensació tan estranya... Una criatura que només hem conegut tu i jo, que no ha pogut ser reconeguda per la família perquè no ha nascut. I a sobre després ens van dir: "No passa res, ja en tindreu un altre", com si el fill que has perdut no hagués existit mai... Tu i jo vam compartir el projecte de ser pares, la il·lusió i el daltabaix. No em puc creure que ho hagis oblidat tot tan de pressa».

—Podem avançar? —diu en Magno. Comença a posar-se nerviós, ell que és la calma personificada.

Ara sí, l'Armand s'escura la gola i mira la pantalla del mòbil o ho fa veure. En Magno fa cara de «i a mi què m'expliqueu, som aquí per saber més coses». És igual qui les digui: el fantasma de l'òpera, el doctor Jekyll o Mister Hyde o una reminiscència de Frankestein.

L'Armand se'ls ha mirat de cua d'ull abans de reprendre:

—Hem tingut sort dels cranis. El més interessant és que presenten talls nets d'espasa.

—Els van matar decapitant-los? Això no ho sabíem. —De sobte els ulls d'en Magno s'han obert com taronges.

—Podria obeir a un ritual, no tenim certesa de res i no té per què ser l'execució d'una sentència de mort.

La Mínia respira en silenci, intenta fer tornar les aigües a mare.

—Com s'explica que no els cremessin?

—No ho sabem, però sense això hauria estat difícil, si no impossible, resoldre aquest enigma. El bon estat de conservació dels cranis ha permès que tinguem uns resultats clars... L'estudi de la dentició i les mandíbules ens confirma que són home i dona.

—Per tant, jo tenia raó —ha deixat caure per si no quedava clar que la seva hipòtesi era l'encertada.

L'Armand intercanvia una mirada ràpida amb en Magno, gairebé un cop d'ull furtiu. Ha fet una petita pausa però de seguida prossegueix:

—Hi ha un parell més de dades interessants: les mesures dels cranis confirmen que corresponen a un noi jove de divuit o dinou anys i a una dona d'uns quaranta. Segons el químic que ha fet les anàlisis de carboni 14, devien morir a finals del segle III abans de Crist. I si tenim en compte les característiques de dos vasos de terrissa que s'han trobat a les tombes, encara podríem afinar més: estaríem parlant d'una data a l'entorn del 275 o 270 abans de Crist... Semblaria que el noi hauria estat enterrat abans que ella, encara que és difícil saber-ho del cert. Això sembla contradir-se amb el fet que utilitzessin una ceràmica que ja era antiga per a l'època, a l'hora de guardar les cendres. Però és possible que es tractés de peces estimades i que les preferissin com a urnes.

En Magno es rasca la barba. Hi té quatre pèls raquítics, que fan poca presència. La Mínia l'observa discretament; li sembla haver captat un punt d'inquietud als ulls del seu company. «S'ha posat nerviós, l'home pacient?».

—Així que no són parella?

Ha preferit que sigui en Magno qui faci aquesta pregunta. L'última cosa que li ve de gust és parlar de relacions amoroses davant del seu ex.

—Exacte. A més, les proves d'ADN que s'han pogut obtenir dels cranis confirmen una probable filiació via materna... Segurament eren mare i fill —afirma l'Armand.

Sent una punxada al ventre, aguda com una punta d'agulla. Un altre fill perdut, un altre dol antic.

L'Armand la mira d'esquitllentes. Està vagant per algun pensament que li guspireja als ulls, en un reflex que ella interpreta com un menyspreu.

—Dos dels noms propis són de la mare i el fill —ha prosseguit— i el tercer pot ser del pare... De fet, els noms masculins tenen un mateix sufix, *Beles* o *Bels*, que és habitual en moltes tribus ibèriques.

Al moment un clinc metàl·lic els ha avisat de l'entrada d'un missatge. És el mòbil d'en Magno.

—El director vol parlar amb mi —diu—, vaig a fora, aquí no hi ha bona cobertura.

Ha caminat cap a la porta, amb passos desmanegats que delaten l'alliberament que deu sentir a hores d'ara, això ha interpretat ella.

En Magno respira calmós; ha trobat l'excusa perfecta per no quedar-se amb ells dos i deixar-los sols al magatzem.

L'Armand és el primer a trencar el silenci.

—Has aconseguit avergonyir-lo. —Inclina el cap cap a la porta per on acaba de sortir en Magno fa un moment—. Vols que continuï o ja ens hem fet prou mal?

—No vull barrejar les coses —diu ella amb to avinagrat—, però resulta difícil.

—Mira, entenc que estiguis dolguda, jo també ho estic... Mai no hauria d'haver passat, ja saps que això nostre era inevitable.

—Hauries pogut comportar-te d'una altra manera.

—Com, digues?

—Enfrontant la situació, donant-me suport.

—Ho he fet, a la meva manera; ja sé que tu no ho valores i que, fes el que fes, hauria estat insuficient.

Per un moment es maleeix ell mateix per haver vingut.

La Mínia el talla amb un gest que diu: «Prou, ja ho vam discutir en el seu moment i vam prendre una decisió. No diguis res més».

—Parlem de feina —fa ella. Sap que l'Armand l'ha entès, però no pensa mostrar-li el patiment perquè el disseccioni a la seva manera.

Els ulls d'ell sembla que diguin: *Per què ets tan esquerpa*?

—Mínia...

Diu el nom d'ella i això la frena. L'hauria volgut mirar sense cap ombra de retret, però és incapaç de fer-ho.

—No has tingut la valentia de fer-me costat.

—En què, digues? Penses que no em fa mal, a mi? Ha estat una desgràcia i he intentat ajudar-te, però tu tampoc no m'has deixat.

Reconeix que no ha sabut entomar el cop. Si pogués tornar enrere, s'estalviaria la segona oportunitat que es van donar l'un a l'altre. Amb això, hauria evitat la catàstrofe? Qui ho pot saber? Ja és hora que torni a fer la seva d'una puta vegada.

—Prou, calla! —crida ella.

Està a punt de desnuar-se-li la veu: tem explotar com una bomba casolana, feta de sosa càustica i lleixiu; pot desfer-se en bocins. I ell, ho sent o se n'alegra, de veure-la d'aquesta manera?

L'Armand corruga el front.

—Per què em parles amb tanta amargor?

Es fa ràbia ella mateixa d'haver dit res, ja n'havien parlat prou, de tot plegat.

—No ens hauríem d'haver vist —conclou mentre intenta asserenar-se. Ha aconseguit mitigar una mica el mal humor—, val més que me'n vagi.

Sona contundent. Però l'Armand l'atura amb un gest, a distància. Li ha vingut un atac de tos, l'asma de sempre, i enretira la cara.

—No, ja marxo jo... Sé que no em creuràs si et dic que ho sento molt, de debò. —L'Armand s'ha girat cap a la porta amb un gest ràpid, l'expressió contrariada. Ha sortit del magatzem sense esperar que ella li respongués.

L'ha deixada amb la paraula a la boca. La Mínia ha ofegat un crit de ràbia. Haurien d'haver parlat a fons temps abans de casar-se, però l'Armand no és dels qui creuen que el silenci entre dues persones que conviuen acostumi a ser l'origen de tots els problemes.

—Vols quedar-te més estona? —En Magno ha reaparegut al cap de poc, el rostre ferreny, i amb una ganyota de dubte als llavis, com dient: «Què puc fer per tancar bé aquesta situació?».

Ella li ha llegit les bones intencions a la cara.

—De debò que no cal —contesta agraïda.

—N'has tret l'aigua clara, de tot plegat?

—Crec que sí —fa ella. I s'aventura a dir—: encara queden interrogants per resoldre, com el fet que a la tomba de la dona hi hagués tantes ponderes i fusaioles.

—És estrany.

—Com tantes altres coses —respon ella. Intenta dissimular una nova fiblada al cor que es va repetint en els moments més inesperats i que li pot esguerrar la veu. Li torna a ballar pel pit una tristesa que no vol expressar cap enfora. Prova d'esbandir el sentiment amb una altra pregunta—: Com hem d'entendre el fet que no cremessin els caps?

En Magno continua en silenci, mastegant pensaments. Hauria d'haver desaparegut de l'escena de bon principi. Això és el que passa, quan les relacions personals s'emboliquen amb les professionals. Més d'un cop li ha tocat estar enmig del merder, però ja ho assumeix.

—Si donem per bo que el noi va morir primer que la mare —insisteix ella—, no tindria gaire sentit pensar que van ser decapitats.

—Ho descartaries? —Un Magno dubitatiu li sotja els ulls.

—És difícil saber-ho, però, i si tot plegat respongués a una voluntat de conservar els cranis?

—Em costa pensar que haurien trencat amb la tradició...

En Magno no sembla estar gaire predisposat a acceptar les seves suposicions, no cal que insisteixi. Continua pensant, tanmateix, que no són escabellades i se les guarda per a ella.

—Me'n vaig, gràcies per tot.

S'han acomiadat amb una encaixada de mans. En sortir, una alenada de sol li ha cremat els ulls i se'ls ha protegit amb unes ulleres fosques. És migdia i la temperatura s'ha enfilat sobtadament.

Podia haver evitat veure l'Armand? És gairebé impossible no coincidir amb ell un dia o altre per motius de feina. Ella ha reaccionat instintivament, no ho ha pogut evitar, i al final, semblava que ell estigués disposat a mostrar la seva ferida... «No pot ser, és absurd, i val més deixar-ho tot com està», es diu.

La informació sobre aquesta dona indiketa, Ekinar, l'ha impactada. Devia haver parit molt jove, a l'entorn dels setze anys. Si ha de fer cas de les dades aproximades que determinen les anàlisis, el fill va morir uns set anys abans que ella. En tenia trenta-tres, quan el va perdre? Era una mare jove. Qui sap si volia conservar el cap del noi i hauria demanat ser enterrada anys més tard de la mateixa manera. Va desobeir el costum tribal d'incinerar el cadàver sencer?

Se sent propera a aquesta dona desconeguda; al mateix temps, una curiositat immensa s'ha sumat a la impressió de l'amulet i de la figureta del cavall. Quin devia ser el ritual mortuori?

En més d'una ocasió, un ocell mitològic que acompanyava les ànimes decorava els vasos grecs de terra cuita. Vasos delicats, que devien fascinar els indígenes per la seva delicadesa extrema. Per això els utilitzaven com a urnes per dipositar les cendres pròpies i de familiars estimats. Segurament els guerrers tribals s'identificaven amb alguns trets d'aquells genets estrangers representats com a lluitadors gràcils, que apareixien en la superfície de vernís negre.

L'apassiona la ceràmica antiga. N'està tan *pirada* que fins i tot pot notar el pes d'aquells cossos dibuixats, tant o més que la mirada de l'Armand. Tot plegat li provoca una mena de pudor íntim. Fa massa temps que els sentiments es contradiuen dins seu i no hi pot fer res.

7

Dotze anys enrere la Mínia havia constatat que la realitat és complexa i no s'hi val a aferrar-se a res, quan les circumstàncies empenyen a moure's. Durant un període llarg de vida havia mantingut una estabilitat emocional que semblava feta a prova de bombes. Però aquella temporada tot va canviar.

Feia uns quants anys que es dedicava a l'arqueologia de manera exclusiva. Era una llicenciada en geografia i història que havia adquirit els coneixements arqueològics amb la pràctica constant. Ja portava a l'esquena uns quants projectes d'excavació exitosos; vivia per a la feina i comptava amb una experiència notòria que la capacitava com a bona professional.

Durant aquella etapa professional intensa havia viscut immergida en qüestions laborals, sense pensar en la possibilitat que sorgís cap mena de relació amorosa que pogués aportar-li més benestar del que ja tenia. Fins llavors s'havia allunyat de propostes amatòries, tancada en un cercle d'activitats vertiginós on se centrifugaven desitjos i sentiments.

Tanmateix un dia d'estiu va conèixer un pintor amateur, un paio espontani, decidit i ple d'inquietuds, i s'hi va acabar embolicant afectivament. Tots dos compartien interessos culturals. Ell també havia estudiat història, encara que defugís fer de professor ni treballar a l'Administració o especialitzar-se en alguna altra disciplina i hagués triat un camí que semblava ple d'incerteses, però més lliure.

De seguida la Mínia es va sentir atreta per la pulsió vital d'aquell home de tarannà emprenedor i de creativitat desbordant. Van compartir afinitats: parlaven d'història i d'art i s'entenien bé al llit.

El que havia començat com un rotllet sexual, com deien ells mateixos, impulsat per un desig arravatat i intens, es va acabar convertint en una relació d'amants fidels. Les trobades s'havien anat perllongant durant mesos de manera espaiada i amb certa constància. La relació es va mantenir en el temps més del que ella podia haver imaginat, potser perquè cap dels dos tenia ganes de comprometre's de manera formal. Tot i això, com que els seus objectius de vida eren tan diferents, es van acabar distanciant. Ella volia seguir consolidant el seu prestigi professional en un territori conegut; ell, en canvi, aspirava a fer vida nòmada i viatjar pel món. En algun moment, la Mínia es va sentir ferida. Va saber llavors que se n'havia enamorat. I va haver d'acceptar que no podia esperar gaire res més d'aquella relació. Estava preparada per perdre'l i, quan ell li va anunciar que volia marxar a l'estranger, no li va retreure res, perquè havia estat sincer des del principi. Per a ella, aquell va ser l'únic moment de debilitat, però es va sobreposar a qualsevol intent de retenir-lo.

Durant un temps havia tornat a ser una dona solitària, desenganxada de cap record. Més tard, quan ja ni pensava en la possibilitat d'emprendre cap nova relació amorosa, es va embolicar amb un empresari de barba descurada i conversa eloqüent, que tenia un parlar ràpid i melós. S'havia sentit atreta per un home intel·ligent i divertit que la tractava bé, però amb qui no compartia gairebé res. Tots dos tenien hàbits oposats: ell era un apassionat del futbol i fumava com una cafetera; ella, en canvi, no suportava el fum ni la fal·lera de veure partits de competició a les hores d'oci. Finalment aquelles diferències superficials en aparença no havien permès que sorgís cap lligam sòlid ni que la relació fructifiqués.

A partir de llavors, la Mínia es va tornar a cloure en l'àmbit protegit de casa seva, un úter conegut i segur, i es va limitar a arraconar els sentiments que li coïen sota la pell per concentrar-se de nou en la feina. S'havia exigit viure sola, al seu aire, amb una independència afectiva que no la limités professionalment, a canvi de rebre guanys econòmics i de prestigi personal.

Havia fet un camí solitari fins a la tardor del 2008. Una tarda d'octubre va conèixer l'Armand en un congrés sobre arqueologia a la Universitat Autònoma de Barcelona. Ella s'hi havia inscrit com a oient i l'Armand participava a les ponències. A l'inici, l'havien presentat com a especialista en antropologia física, format en l'estudi de restes humanes a la Universitat Autònoma de Barcelona. Comptava amb un currículum extens, tenia experiència en direcció de pràctiques d'excavacions amb estudiants, diversos màsters i cursos d'especialització a la Universitat de Bordeus.

El va escoltar, asseguda a la segona fila del públic assistent. L'Armand parlava amb fluïdesa i seguretat, semblava un tipus interessant. Tenia un toc de certa elegància, els braços molsuts i les espatlles amples, encara que una mica caigudes, i en cap moment es va treure el barret que li emmarcava el rostre carrat. Gastava un estil sibil·lí en la manera d'exposar el discurs, per com regirava i allargava les frases sense perdre el fil, i gestualitzava amb unes mans molsoses, una mica bonyegudes. Havia fet una exposició brillant sobre les anàlisis de restes humanes i la reconstrucció en tres dimensions del rostre d'un guerrer a partir d'un crani. Va detallar com havien extret les dades antropològiques que revelaven l'edat, el sexe, les lesions i les patologies d'aquell individu. El procés de recreació virtual, la captura de les dades a través d'un escanejat d'alta resolució, la manera com s'havia aconseguit modelar el rostre —nas, ulls, boca, barbeta— a partir de les mesures i càlculs que s'utilitzen a les taules forenses. Tot aquell treball de recomposició permetia veure com era la fisonomia d'un jove que havia viscut feia més de dos mil anys.

En acabar la ponència ella el va anar a saludar a tocar de la tarima. Parlant a peu dret, l'Armand es va mostrar franc i directe, com si el seu posat acadèmic, en realitat, fos postís. Com si només fos una màscara que es posava quan havia de parlar en públic. La barreja de rigor i d'exigència que havia mostrat davant l'auditori es va desfer mentre la saludava de tu a tu. Potser, va especular ella internament, l'aparença distant que transmetia a primer cop d'ull formava part dels seus asos, perquè els alumnes no li prenguessin la mida. Fora del faristol semblava un home divertit, un pèl tronat, que es parapetava sota un barret d'ales ajustades.

L'endemà havien tornat a coincidir al bar de la universitat. Van estar conversant una estona i, quan la Mínia va fer el gest d'acomiadar-se'n, ell la va convidar a sopar.

Aquell vespre van compartir taula en un restaurant d'alta gastronomia de Sarrià, íntim i tranquil. L'Armand havia aparegut tot vestit de beix, sota el mateix barret.

—No te'l treus mai?

—És una prolongació de mi, em serveix per fer discursos i per sortir de farra.

—Calvície?

—Tinc asma lleu i una mica d'alopècia a la part dreta del front... Soc d'esquerres...

L'atac de sinceritat de l'Armand la va fer riure.

—Jo soc autònoma i només faig que pagar. Però estic a favor de les polítiques socials, no m'agrada el neoliberalisme.

L'Armand va riure i se li va accentuar el clotet de la barbeta, mentre la nou del coll li anava amunt i avall, prominent, en una boleta cartilaginosa. La Mínia s'hi va fixar: eren els únics trets físics d'ell que trobava sensuals. Només un pèl eròtics.

—Sempre ets tan directa?

—Reconec que puc ser barroera.

L'aire acadèmic de l'Armand s'havia fos totalment, deixant pas a una expressió distesa. S'acabava de treure el barret i l'havia donat a un cambrer perquè el pengés al guarda-roba de l'entrada. Efectivament, tenia cabells abundants, esquitxats de blanc a les temples, i amb alguna entrada al front. Havia començat a beure d'una copa on brillava, negre com sang presa, un vi de reserva.

—No acostumo a autoanalitzar-me —va prosseguir ella—. Tu sí?

—Puc semblar una mica trivial a l'hora de parlar de mi —va respondre—, soc un mascle i no estic dotat de la subtilitat femenina.

—Sempre fas el pilota, amb les dones? —el va frenar—. Aquest vi és deliciós.

—T'he de dir Mínia?

—Fa temps que em vaig escurçar el nom de pila, Hermínia és massa solemne.

Sonava dur i angulós, com Hespèrides o Hèlade. Preferia un diminutiu, una paraula esdrúixola de tres síl·labes fàcil de pronunciar. Molt sovint, quan la cridaven per altaveu, l'hi reduïen a dues síl·labes: Mi-nia.

Va prosseguir:

—Un dia em vaig empipar amb una operadora i, quan em va demanar que lletregés el meu nom, vaig dir: M de *muermo*, I de *idiota*, N de *nulidad*, otra I de *imbécil*, A de *andrómina*. L'operadora em va preguntar: *¿Y eso qué significa?* I jo: *Lo siento, se me ha colado.* Es una A de *analfabeto.*

Havien tornat a esclafir el riure i ella es va caçar enmig d'un desig que es guardaria bé de dir: li van venir ganes de resseguir el coll de l'Armand i de tocar-li el clotet de la barbeta, que es feia veure amb evidència.

—T'aviso que, si mai em truques, sentiràs un missatge dissuasiu per esquivar els alumnes.

La va convidar a marcar el número del seu mòbil. De seguida va saltar el contestador: «Soc el majordom d'Armand Puig. En aquest moment el senyor no és a casa».

—Així ja tens el meu telèfon.

Va quedar clar que tots dos es prenien la qüestió dels noms amb sentit de l'humor, acceptant les confusions que provocaven com un efecte col·lateral sense cap importància.

Tota aquella bagatel·la irònica els va acabar portant a parlar una mica de tot. Preferències i fòbies. La feina d'arqueòleg i l'experiència professional de cadascun.

—I l'experiència docent? —va preguntar ella.

—Quinze cursos per ser exactes... Tinc força més anys que tu —va deixar caure l'Armand—. Ara m'estic plantejant deixar les classes i demanar una excedència indefinida.

—Si ho pots fer... Jo no tinc la possibilitat d'aconseguir llicències, m'he d'anar espavilant a buscar projectes.

En aquell moment estava preparant les oposicions per guanyar una plaça de conservadora en un museu arqueològic; era difícil que l'aconseguís, perquè hi havia molts candidats.

Al llarg del sopar l'Armand va anar desgranant anècdotes viscudes en la seva experiència universitària a Barcelona i a Bordeus, on havia fet un curs de bioarqueologia. «Al final, ho vaig deixar córrer i em vaig centrar en l'especialitat que m'agradava més». L'entrada a la docència i les col·laboracions amb equips multidisciplinaris que li encarregaven la investigació de restes òssies el van acabar de convèncer que aquella era la seva autèntica passió.

—La feina acadèmica m'obliga a tutelar pràctiques d'excavació dels estudiants, però tinc ganes de dirigir projectes ambiciosos i treballar amb experts de primer nivell.

Va dir que tenia amics especialistes en flora, fauna i anàlisi de pol·len, espores, llavors i fruits. Carpologia, antracologia, fitòlits... Volia treballar amb els millors experts en física i química i tota mena d'anàlisis i proves.

—M'agrada tot el que té relació amb formes de vida —havia prosseguit—, l'estudi de la dieta, per exemple. És fascinant que unes mostres i partícules de terra permetin dir que les restes que fa dos mil anys van ser cuinades en una olla eren de sopa de faves.

—Uf —va esbufegar la Mínia.

—T'estic cansant?

—Al contrari, m'agrada.

No s'avorria gens amb el relat d'aquelles dèries; se sentia seduïda per uns comentaris que els allunyaven de les converses comunes de la majoria de la gent. Va seguir preguntant i escoltant, convençuda que tenia alguna cosa a aprendre.

L'Armand va detallar algunes qüestions tècniques, tenia dubtes de si era fiable la datació per carboni 14 de material orgànic, i considerava que el més important era conèixer l'evolució dels humans.

—Demano un altre reserva?

—Per a mi no cal.

Es veia d'una hora lluny que era un *bon vivant*, un sibarita.

—Tinc una discreta col·lecció de vins de reserva que he comprat als cellers més prestigiosos del país. Saps que un dels vins més cars del món és un Château Lafitte del 1787? Estic segur que no hi tenen res a envejar alguns vins tranquils del país... Només cal espigolar una mica, tenim mostres excel·lents en diferents denominacions —va començar a comptar-se els dits de la mà esquerra—: Priorat, Terra Alta, Montsant, Costers del Segre, Penedès, Conca de Barberà, Empordà... N'he degustat dels millors vins del món, i alguns estan inclosos a la llista dels *Top 100 Wine values* de Robert Parker.

—D'aquest tema no en tinc ni idea —va dissimular un petit sanglot. No estava acostumada a beure vins d'alta graduació i ja anava una mica beguda.

Per la manera com parlava, l'Armand hauria pogut fer de jurat i puntuar bons vins amb la rapidesa i l'experiència d'un *sommelier*.

Després de sopar, es van acomiadar amb dos petons a la galta. L'Armand la va interpel·lar: «T'apuntes a un congrés d'arqueologia a Atenes? M'he acollit a una oferta d'hotels que està molt bé... Tinc un bitllet de sobres, si t'interessa».

Ella va declinar la invitació; no era de les que cedien de seguida a les proposicions d'un home, tot i que ja hi havia caigut en una ocasió que recordava perfectament. L'Armand tenia l'encant de l'erudició, era algú amb qui podia teixir una amistat i parlar de dèries professionals, però no se sentia prou atreta per ell.

No va ser fins al cap d'uns mesos que van tornar a coincidir en una exposició de joguines antigues al Museu d'Història de Barcelona.

Al vespre havien tornat a sopar plegats. Aquella vegada ell va actuar amb molta discreció i ella el va descobrir com un home que amagava la seva sensibilitat sota l'aparença de bon gormand i de professor xerraire. L'Armand semblava haver-se tornat a treure el barret per mostrar-se de manera autèntica.

Van acabar passant la nit al llit d'un hotel. Sobretot perquè ella ho havia volgut i una mica perquè ell va saber seguir-li el joc. En matèria sexual no era un amant excepcional. Això va creure la Mínia. Semblava tenir experiència, però no sabia ben bé on posar el dit i la llengua. Malgrat tot, quan es va asseure davant d'ella i li va enfonsar el cap entre les cames, amanyagant-la suaument, el va deixar fer.

Es van fondre en un ritual senzill, seguint un protocol delicat que l'Armand va marcar, sense pretensions aparents. No semblava que es volgués mostrar com l'expert que no era en matèria sexual; així ho havia reconegut, temps més tard.

La va tocar amb laxitud sincera i una entrega pacient, va recórrer el cos d'ella per complaure-la, abans de donar-se satisfacció ell mateix.

La Mínia es va deixar estimar d'aquella manera. Havia apreciat la sinceritat íntima que allunyava l'Armand de les excentricitats que el feien simpàtic i atractiu quan pronunciava discursos.

Poc després van iniciar una relació intermitent. Ella tenia trenta-quatre anys i ell quaranta-cinc, una diferència d'edat que no va suposar cap impediment. La Mínia no creia que existís una edat idònia per tenir parella; les idees sobre el que era apropiat o no responien a convencions socials. Comptaven molt més els interessos compartits, l'estimació i la voluntat de construir un projecte mutu. Això pensava llavors.

De tant en tant, l'Armand la sorprenia amb una trucada anònima que la informava que havia guanyat un viatge de cap de setmana o es presentava amb algun cotxe antic, dient que l'havia llogat per a l'ocasió, i coses així.

Durant mesos havien anat teixint una relació irregular, amb trobades sovintejades. Compartien la llibertat de retrobar-se quan volien, però la necessitat de passar més temps junts els va acabar portant a prendre la decisió de llogar un apartament en una població tranquil·la.

Van conviure així durant uns quants anys. La Mínia seguia treballant per compte propi, rodava al seu aire, i l'Armand ja no feia classes a la universitat. Li havien concedit una excedència voluntària i no parava mai a casa. Es passava setmanes fora dirigint equips de recerca en excavacions més o menys llunyanes. Les trobades entre ells dos s'havien tornat a espaiar en el temps i el seu distanciament es va eixamplar, perquè llavors ella ja volia tenir fills i l'Armand no.

La primera crisi va arribar com un fet inevitable. Podia haver estat definitiva, però, tanmateix, només va durar un any.

Ella no li va explicar què havia passat al llarg d'aquells mesos de distanciament. Es va mantenir en silenci, primer, responent secament els missatges que li enviava l'Armand, més tard, ignorant-los i mirant d'evitar-lo.

Ell, en canvi, va perseverar amb constància. Insistia a tornar-la a veure i parlar amb ella. Mesos més tard, va fer-li saber que l'estimava i que havia assumit la idea de tenir un fill.

Finalment, la Mínia li va respondre. Uns quants correus electrònics i una trucada van donar pas a la possibilitat de retrobar-se per parlar. Les setmanes següents van ser un assaig d'aproximació que havia acabat donant fruit: ella va consentir a tornar a viure plegats, empesa pel desig de ser mare i convençuda que, a la quarantena, no podia aturar el rellotge del temps. Havia posat només una condició pensant en la maternitat futura: aquesta vegada volia un compromís oficial i una casa prou gran. Poc després, s'havien casat en una cerimònia civil molt austera, amb ben pocs familiars i amics, i van anar a viure en un xalet vora el mar.

Malgrat totes les bones intencions, només els va caldre el primer any per saber que eren els mateixos de sempre i estaven repetint errors. El lligam del casament no els havia fet gaire bé, sobretot a l'Armand, que, en el fons, i així ho va reconèixer al final, hauria preferit mantenir una relació de caps de setmana.

La Mínia sabia que la vida quotidiana acostuma a desplegar-se en un calidoscopi de petites tasques feixugues que, posades l'una sobre l'altra, pesen com lloses. «Et penses que la dona de la neteja ja ho fa tot?». Com que no estava disposada a assumir-ne la proporció més gran, exigia que l'Armand l'ajudés més a casa. També que acceptés guardar-se el desig sexual per als dies propicis d'ovulació.

Al seu torn, ell es podia passar hores buscant vins de reserva en pàgines web especialitzades, fins que ella li saltava a sobre: «Vols fer el favor d'escoltar-me?». Llavors l'Armand li tirava en cara que no estigués mai contenta de res, que fos tan perfeccionista i no li permetés desviar-se ni un mil·límetre del que havien acordat. Deia que se sentia pressionat per tanta insistència. «Que pesades que sou, les dones, necessiteu un *feedback* constant... Ja saps que no m'agrada haver de respondre contínuament, per què no et relaxes una mica?».

Van viure d'aquella manera fins que la Mínia va quedar embarassada. Llavors es va iniciar un temps mort, situat dins un oasi de quietud temporal perquè, a ella, li calia repòs i calma. Va haver de fer llit tres mesos mentre l'Armand provava d'adaptar-se a les circumstàncies i li feia costat.

Finalment, la mort del nen els havia encarat a la realitat. Una setmana més tard la tensió entre ells dos ja era vertiginosa. Un dolor difícil i estrany va fer esclatar la Mínia en retrets: «A les verdes no es pot comptar amb tu; ara no tinc res a oferir, estic patint... Sí, estic ferida i cansada i tu no m'ajudes, no saps ni vols escoltar».

L'Armand ho havia afrontat molt malament, no en va voler parlar mai a fons, tal com ella hauria desitjat. Havia seguit tancat dins el xassís d'home distant, emmurriat en ell mateix, mentre tot s'esmicolava.

L'absència malaguanyada d'en Jan no ha espatllat res, simplement ha il·luminat totes les mancances. Ni l'un ni l'altre han sabut trobar un espai comú ni fer lloc entre els silencis per comunicar-se.

Tots dos han tingut clara la separació després de la pèrdua, perquè aquesta vegada hi ha pel mig una criatura que només han conegut ells dos, un embaràs sense reconeixement social, un avortament prematur. Un fill a mig fer que els ha trencat el cor.

8

L'Armand ha irromput de nou a la seva vida. Era gairebé impossible no trobar-se'l a la feina, un dia o altre. Ella n'és conscient i no es penedeix d'haver anat al museu. No vol fugir de la realitat; tard o d'hora, tots dos havien de coincidir, ni que fos per una circumstància forçosa com ara. Aixeca el cap per respirar fondo però gairebé no sent l'aire. Està viva, malgrat tot, i no pensa recular ni amagar-se per res. A les estones més lúcides, desitjaria reconnectar-se amb l'alè vital, aixecar-se del fang del dolor, reconèixer la vida que batega dins seu. Aquest és el millor homenatge que podria fer al seu fill, però encara està massa tocada. No es veu amb cor d'alliberar-se de la sensació d'ofec ni de canviar l'estat d'insatisfacció que la inunda. La tristesa li encongeix el cor i els ulls, i no sap quan podrà reobrir-los.

Després de sortir de l'edifici s'ha alentit expressament, pensant a deixar temps a l'Armand. Espera que ja hagi marxat del recinte. No vol haver de simular que no el veu ni tampoc obligar-se a passar per alt l'aire d'emprenyat i esquiu amb què se n'ha anat del magatzem.

Ha caminat a contracor, pensant en la feina que l'espera a casa. Haurà de reprendre la redacció de l'informe que té entre mans i acabar-lo d'una vegada. És un tema força urgent; una feina solitària i plena de dificultats que, malgrat tot, li agrada. Se sent cansada i les cames li fluixegen. D'ençà de la mort d'en Jan, menja i dorm poc, ha perdut ànims i força física. El cos li demana anar amb més calma i ja no aguanta la pressió com abans. No rendeix tant a l'hora de la feina i preferiria poder fixar un calendari més flexible, però el dia a dia l'obliga a complir els terminis escrupolosament.

Ha mirat d'esbandir els pensaments que es disparen com ratxes de vent: dates de lliurament que llampeguegen a l'agenda electrònica del mòbil, telèfons de tècnics i de companys a qui hauria de trucar, apunts i idees per ultimar els detalls de l'excavació... Tota una llista interminable de coses que li cal fer.

Per distreure's de la voràgine mental, s'ha fixat en la panoràmica que es desplega davant dels seus ulls. Baixant pel carrer que neix a la part alta de la ciutat ibèrica del Puig de Sant Andreu es veu l'entramat d'un nucli urbà dens i bona part del traçat de muralla. Però la panoràmica queda estroncada finalment pels murs, que amaguen la visió de tot un mosaic de camps de conreu a la banda nord, al lloc on s'estenia l'antic estany. Des que el van dessecar al darrer terç del segle XIX per guanyar terres de cultiu a uns aiguamolls que es consideraven insalubres, només rebrolla de temps en temps, quan les pluges són tan abundants que neguen els camps.

Ha imaginat les muralles de l'illa, que arribaven als cinc metres, reflectides sobre el gran estany que connectava amb el Daró, un riu aleshores navegable per a naus de poc calat i que desembocava en aiguamolls. A través d'aquells camins d'aigües dolces i canals naturals, els indiketes accedien a les maresmes de l'estuari i, finalment, al mar.

Més tard ha emprès el viatge de tornada. Ja a casa, abans de tornar a engegar l'ordinador, s'ha assegut a la seva cadira de pensar, un futon ergonòmic individual, i ha enfonsat l'esquena en el respatller molsut, amb una tassa de til·la a la mà. El canell li torna a fer mal però mira de no fer-ne cas.

Al cap de poc ha trucat l'Estel.

—Estic remoguda. L'he tornat a veure i m'irrita molt...

—Era inevitable?

—Crec que sí. I me'l puc anar trobant.

—Has de tancar bé el cicle, treu-te del cap els records que et fan mal... Arribarà un moment que podràs coincidir amb ell sense que se't disparin totes les alarmes. —La veu de la seva amiga s'ha afluixat, en un viratge dolç com una abraçada.

Recorda les mans de l'Estel sobre l'espatlla abatuda, el dia que ella parlava entre sanglots.

—A part d'això, com portes la pèrdua?

—No trobo consol en res, penso molt en el nen i em fa ràbia no poder-ne parlar amb la meva germana... Diu que no passa res, que en puc tenir un altre; no té ni idea de com em sento.

—Deixa-la estar, segurament no et pot entendre... Per què no prepares una capseta de records d'en Jan i un àlbum amb les fotos de l'embaràs? És una manera de donar-li un espai físic i, si ho poses en un lloc visible, li faràs un lloc a la família.

S'ha obligat a pensar-hi durant uns segons, impotent davant la bafarada trista de records que l'assalten: la imatge del braçalet que li van donar a l'hospital i del xumet que ella es va anticipar a comprar-li. Dos records que es panseixen en un cul de calaix i que li desperten un manyoc d'emocions que li col·lapsen la veu. Hauria cridat, però ha dit tènuement:

—Ho provaré.

Després de parlar amb l'Estel, ha anat a l'habitació d'en Jan. Li ha costat girar el pany i fer enrere el nus d'emocions que l'escanyaven, al pit i a la gola. No hi entrava des de feia tres mesos.

Quan ha empès la porta, tremolant i empal·lidida, ha mussitat el nom del seu fill.

En Jan li dona força, l'ajuda a empènyer. Ja dins la cambra, ha evitat veure's al mirall, plorosa, amb aquella cara de cansament que fa, i ha buscat el que li feia falta, procurant esquivar els mobles de l'habitació: el llitet de baranes, la tauleta baixa on reposen un petit llum i un xai de peluix, i un xifonier de fusta clara. Recorda perfectament què hi ha dins de cada calaix: al de sota, llençolets; robeta per a nadó al del mig, i l'objecte que busca al fons del primer.

Ha agafat la capseta de fusta envernissada amb la incrustació d'ambre que conté una formiga dissecada. Els costats del joier estan pintats amb el dibuix d'una caseta vermella, una catifa d'herba verda i un sol. La va comprar en un mercat artesanal perquè li va cridar l'atenció la formiga. Ara que ho pensa, l'escena de la caseta pinta una llar naïf on hi és tot el que es necessita per viure: la tranquil·litat d'un sostre, l'abundància fèrtil de la terra, la llum que il·lumina la foscor. Aquelles tres gràcies s'aixequen ara com una muralla, amb tots els colors vius —vermell, blau, verd, groc— que li esclaten a la cara en un xarbot agre. La presència de la formiga atrapada dins l'ambre, que tant li havia agradat de bon principi, la inquieta. Ja devia anunciar que la sobrevolava la desgràcia.

Ha mirat de fer el cor fort, pensant en el seu fill i, amb molta delicadesa, ha posat el braçalet i la petjada de la criatura que li van donar a l'hospital dins la capseta.

Per a ella, són objectes tan íntims que la fan dubtar de posar-los a la vista dels qui entrin a casa.

Les mans li tremolen, no és gens fàcil tornar a tenir entre els dits tots aquests records ni rescatar la foto més bonica que l'Armand li va fer durant l'embaràs. Però algun dia s'hi havia de posar.

Finalment ha seguit la recomanació de l'Estel i, a mesura que col·locava tots els records sobre el marbre de la calaixera del menjador, s'ha sorprès ella mateixa de la serenitat que s'anava instal·lant en cadascun dels seus gestos infonent-li força.

El seu fill es fa present en aquest petit mausoleu.

Després del ritual íntim, s'ha sentit més alleugerida i s'ha tancat a treballar al despatx. Durant un parell d'hores ha estat redactant una proposta de millora de l'excavació, perquè la nova pavimentació de la plaça integri el dibuix del perímetre del castell, així els vianants podran imaginar-ne les dimensions i coneixeran millor com era el centre antic de la vila.

Investigant a l'arxiu, ha aclarit quin espai ocupava; ha acarat plànols antics i nous, però li caldrà treballar més sobre el terreny per anar-ho confirmant.

Ja ben entrada la nit, l'insomni ha tornat a fer acte de presència, una vegada més. Estirada al llit, ha aclucat els ulls amb el cap ben despert. S'ha pres un calmant després de sopar i les punxades al canell han minvat, però ara un formigueig estrany li recorre el front. Impossible adormir-se.

Evita connectar el mòbil, no vol que el cap se li torni a poblar de pensaments que giravolten entorn de notícies que sempre són desgràcies. L'altra cara de la vida passa de puntetes, submergida en la feina diària dels qui porten les criatures a escola i agafen el cotxe, el tren o el metro per anar a treballar i allarguen la jornada, atropellats, i encara se senten culpables de no estar prou pels fills. A hores petites no escolta mai aquesta mena de cròniques nefastes en què s'han convertit els espais de notícies. Té el cap i el cor massa carregats per llançar-se a les tenebres del món exterior, ja en té prou amb la pròpia foscor per quedar desvetllada.

Calla. Escolta els cruixits dels mobles i les parets que s'assenten sobre els fonaments i que li passen per alt durant el dia. En el silenci de la nit prenen veu i forma. Els mobles projecten ombres a les parets i enllà dels vidres foscos hi ha vida nocturna, al jardí, als carrers de la urbanització i de la vila.

A mesura que passen els minuts es ressent dels nervis que li punxen els ulls. No els pot tancar, perquè un pessigolleig nerviós l'hi impedeix. Què no donaria per sentir el pes de les parpelles llassades de cansament que es disposen a cloure's? Però no, tot el cos punxa i no hi ha manera de descansar. Si provés de tornar-hi, l'insomni agafaria un to amargant i encara seria pitjor.

Enfonsada al sofà, ha clavat la mirada en la lluna ennuvolada que es veu per la finestra, provant d'endevinar les ombres dels pins, deglutides per la nit. Ha imaginat, amb ulls perduts, els penya-segats foscos ran de mar, com si estigués asseguda en un vagó de tren per una ruta abrupta i anés deixant enrere la costa, en un seguit de sospirs ràpids.

Descarta anar al llit, segur que no dormiria. Una pulsió estranya li remuga a la panxa. La reconeix, és l'angoixa. Fa espetegar els dits, tant de bo fos qüestió de màgia, de fer-la desaparèixer, com un prestidigitador que agités les mans en l'aire. Fa setmanes que aquesta enemiga no la visitava i ha tornat, com torna un glop de fel a la boca quan el fetge es carrega massa. Els sentiments embriaguen més que l'alcohol i el que ha fet avui l'ha trasbalsada de debò, ara se n'adona. Es mossega el llavi de sota. Quant de temps haurà de suportar aquesta ratxada de mals moments? Sospira contrariada perquè ja intueix que aquesta nit serà llarga.

El rellotge digital de l'habitació marca les tres de la matinada i tot continua igual. Ha llegit una estona fins que se n'ha cansat. No pensa ficar-se al llit i donar voltes i voltes esperant un son reparador que no arriba ni estar pendent de cada hora que passa sense aconseguir agafar el son. Creia que aquesta tortura no tornaria a colpejar-la amb tanta força a la seva vida, es pensava que l'havia mig vençut. Va a rentar-se a la pica del lavabo. Gairebé no gosa emmirallar-se però es veu d'esquitllentes. El neguit se li transparenta a la cara. «No sé si ho podré resistir, hòstia!». Quant de pes, quanta nit fosca per davant, quanta gent que no deu poder dormir, com ella. Perquè ha perdut algú, perquè l'han desnonat, perquè li acaben de diagnosticar una malaltia greu, perquè no té ningú amb qui abraçar-se.

Només li ha calgut calçar-se de nou, perquè encara no s'havia tret la roba per posar-se el pijama. S'ha abrigat amb el paravent que dormia desinflat i girat a l'anvers al penjador de l'entradeta i, després de tancar la porta principal, ha sortit al carrer amb la clau entaforada a la butxaca.

Vol caminar per esbandir la pena, caminar per deixar caure els pensaments com si fossin fulles seques que el vent arreplegarà en una rafegada. Caminar per anar enlloc i perdre's, per desentumir els peus i les mans balbes, mentre exhala l'ofec que li oprimeix el pit. Avança sense rumb a través dels carrers de la urbanització.

La humitat freda de la nit li fibla el rostre, però l'agraeix. Va fent tentines sota els balcons dels apartaments i cases ara silents. Baixa en direcció a la vila. El centre urbà encara queda lluny, prou lluny per perdre's fent ziga-zagues i giragonses pels carrers aparentment tranquils del barri. Els que han d'anar a treballar ja dormen, els joves reconnecten el mòbil d'amagatotis i els vells insomnes escolten la ràdio a un volum baix. Tota ella tremola, les cèl·lules titil·lants com les fulles dels pins i les palmeres que resisteixen la deixadesa dels estiuejants que s'hi repengen o hi llencen xiclets i burilles de cigarretes. Els arbres es mantenen a peu de carrer, estoics. Empeny els peus, sense fer cas del pampallugueig de la llum que es despenja dels fanals i dibuixa ombres bellugadisses. Avança, abstreta en el soroll somort dels seus propis passos.

Ha arribat a la vila. Gira en un carrer secundari. Al fons, en una placeta enjardinada, un grup de joves, nois i noies, vestits amb jupa negra, celebren un *botellón* gens clandestí. Seuen arran de vorera, envoltats de llaunes de cervesa i d'una escampadissa d'ampolles buides. Mamen directament d'un tetrabric que deu ser de vi, de sangria o d'algun licor barat. Se'l van passant l'un a l'altre. Potser s'emborratxaran fins a arribar al coma etílic i acabaran la nit a urgències. «Per què?». Estan malament a casa o només volen aprofitar la foscor per experimentar la pèrdua de sentits que provoca l'excés d'alcohol? Quin sentit té, tot això? Un dia o una nit com aquesta van néixer en un llit hospitalari, van ser benvinguts al món com ho hauria estat en Jan, si hagués viscut.

Qui sap què han mamat. Potser han crescut desarrelats i senten que no pertanyen enlloc.

Quantes vegades no ha renegat ella de la vida durant els darrers mesos? Per què continua tan ressentida?

Ha deixat enrere el jardí, les palmeres sofertes, una morera frondosa i els llorers que fan tanca, indiferents al ritual d'ingesta alcohòlica que té lloc sota l'ombra que projecten. S'allunya per un carrer paral·lel, amb la remor somorta de fons que exhala la matinada. La vila fa veure que dorm amb un ull badat i l'altre mig cluc, en un equilibri estrany, com una granota que s'aquieta dins les aigües remogudes, sustentant-se en la fulla d'un lotus.

Ha deixat enrere un angle de caixer automàtic on dorm un rodamon allargassat sobre una màrfega. Segueix caminant, no sap ben bé cap a on, només vol evitar arribar a la zona del port en aquesta hora; segur que alguns bars encara estan oberts, i hi deu haver noctàmbuls que busquen brega. Nota un pessigolleig fràgil als ulls, la punxada dels corrents d'aire que s'aixequen inesperadament quan creua un carrer obert al mar. Intenta no recordar i avançar d'esma, com un robot. Trenca a la dreta, a l'esquerra, resseguint illes de cases, reculant i avançant; passa per davant d'una parada d'autobús deserta.

Quan s'ha cansat de donar voltes, ha caminat recte fins al passeig de mar. Veu uns quants homes sota una palmera. Sent crits de baralla. Tot d'una es desperta i pensa en tot el que li podria passar anant sola de nit i que fins ara havia ignorat, de tan abstreta com estava. Recula i torna a enfilar el carrer per on ha vingut.

És conscient de la pèrdua de noció del temps i d'haver marejat l'insomni donant voltes per barris que es connecten com vasos comunicants, i redreça camí en direcció a la seva urbanització. Anant a peu de nit, la perspectiva de la població canvia completament. No ha estat fins molt més tard que ha assolit la visió del CAP.

De lluny, l'edifici hospitalari es veu com una petita mola il·luminada on gairebé ningú dorm. Les infermeres descansen a estones per torns, com l'Estel. A sobre, estan mal pagades. Si no estimessin una mica la feina no podrien aguantar-ho. Com es pot suportar el dolor propi i el dels altres cada dia sense l'esquitx de la compassió? Les imagina entre torn i torn fent capcinades en una cadira incòmoda. Es veu ella al costat de la mare el dia que li va dir: «Mira sempre d'agrair el que tens». Sent que les cames li fallen, repenja l'esquena en una paret, ofega un sanglot i s'arrupeix, el cos entortolligat.

Quan aixeca el cap, una lluerna li passa davant la cara. La veu volar fins a un fanal proper. Deu buscar la llum, un lloc calent on refer-se de la gelor nocturna. Ella també nota la humitat i el seu cor fred necessita escalfor. Aquesta lluerna que desplega les ales fa ben poc era només una cuca d'aquelles que la repugnen, però s'ha convertit en una papallona blanca. La podria aixafar amb un cop de mà, però què hi guanyaria, matant-la? La mira durant uns instants. Potser ella també pot viure una metamorfosi semblant. El patiment ha de tenir un punt d'inflexió. Vol deixar la pell de cuca i revolar com ha fet la lluerna. La veu aterrar sobre el vidre del fanal. Té dret a viure igual que ella, per més insignificant que sembli. No és poca cosa un home o una dona davant la immensitat de l'univers? Hi ha alguna art més depurada i fràgil que la de batre les ales en plena nit? Només per això la vida d'aquesta lluerna ja tindria sentit. «Obeeix la natura i no es pregunta res: ha mutat, pondrà ous i es morirà tranquil·la. Ho puc fer jo també?».

Ha arribat al xalet a les cinc de la matinada. Asseguda al sofà del menjador, pensa en la dona indiketa que la va precedir fa gairebé 2.300 anys. Qui sap si dormia o també donava voltes sobre la màrfega i s'aixecava rabiosament, com si la nit l'hagués colpejat fins al punt de quedar amb els nusos dels dits blancs, de tant insistir.

Sense voler, a la pantalla fosca de la ment se li fa clara la visió d'una indígena de cabells negres i pell bruna, molt sòbria, ulls allargassats i llavis gruixuts. Vesteix un mantell brodat, recollit sobre el muscle amb una agulla de bronze, i una túnica llarga, cenyida amb un cinturó que porta inscrit el seu nom. Un punyalet li sobresurt del cinyell.

La veu caminar al costat d'un cavall de crinera brillant que transporta el cos d'un noi.

La sent propera, com una companya de camí. Qui sap si Ekinar tindria alguna a cosa a dir-li que la podria ajudar. Els sentiments humans no han canviat al llarg dels segles, però la manera d'encarar les pèrdues segurament sí. Devia haver estat iniciada a l'edat adulta en un ritual de pas segurament relacionat amb la fecunditat, en un santuari natural. Probablement una cova propera a una font o a un dels rius de l'antic estuari.

Especula amb la idea que el lloc escollit fos la muntanya del Montgrí. És una intuïció que ha tingut quan mirava la necròpolis de la ciutat ibèrica. Totes dues assenyalen el nord d'Indika. Quan era dalt del puig de l'antiga ciutat, ha traçat amb la mirada una recta imaginària i, desviant-la al lluny en un angle, ha anat a parar a les coves prehistòriques del massís muntanyós. S'hauria de comprovar topogràficament, però no li sembla que sigui una idea tan escabellada.

El Montgrí devia ser un massís rocós i diferent, que destacava entre la vegetació frondosa i les terres fluvials i d'aiguamolls. Els historiadors grecoromans l'havien anomenat *Mons Malodes* i també *Scala Hannibalis* perquè deien que, vist des del mar, tenia forma d'escala. Ha buscat informació sobre l'origen del topònim, però no n'ha tret l'aigua clara. Res no permet esbrinar tampoc com l'anomenaven el indígenes.

Juga amb la idea que la muntanya estigués consagrada a una deessa mare antiga. Tot plegat no s'allunya gaire de la tradició més propera, que ha vist en el massís la forma d'un cos de dona.

És probable que les dones d'Indika, hereves d'una cultura ancestral, compartissin algunes tradicions celtes, però haurien adoptat també costums dels grecs emporitans, amb els quals mantenien lligams forts de comerç. En algun lloc ha llegit que els homes d'Empòrion anaven curts de dones i prenien per muller les natives.

Sigui com sigui, tot apunta que les dones iberes, també les del nord, van tenir un paper important en les cerimònies sagrades. Tenien poder d'influència en algunes decisions importants, com les druïdesses celtes? O més aviat obeïen una tradició tribal de fetilleres i remeieres d'origen humil, comparable a la que exercien les xamanes del continent americà? Mentre hi pensa, va fent càbales sobre la qüestió. «Devien ser les encarregades de venerar els esperits dels morts i tenien do de profecia, com les sacerdotesses gregues... Segurament coneixien les plantes medicinals i utilitzaven substàncies al·lucinògenes. És probable que gaudissin d'un cert prestigi dins la tribu i coexistissin amb homes sacerdots. Algunes escollides devien ser també sacerdotesses».

Ekinar era, sens dubte, una dona de família noble que va ser enterrada seguint un protocol desconegut. Tant el cap del fill com el seu es van salvar del foc de la cremació. Per quina raó?

Tota una restinyera d'especulacions desfila dins el seu pensament. S'aferra a la imaginació com a revulsiu contra l'insomni. Està desvetllada com si s'hagués pres tres cafès ben carregats.

La visió d'Ekinar se li fa clara dins la ment.

«La sento propera; sé que té alguna cosa a veure amb mi que està relacionada amb la història que ara em toca viure. Les seves vivències segurament s'assemblen a les de moltes dones que hem afrontat la vida i la mort al llarg del temps. També les dels homes, pares, fills, amics o amants que ens han acompanyat. Ara mateix no encerto a dir res més sobre això: sento que estic caminant sobre una corda prima que s'alça damunt l'abisme».

S'ha aixecat del sofà d'una revolada i se n'ha anat al despatx. Obre el mac i comença a escriure.

Primera part

EKINAR

9

(298 aC)

En aquella vida llunyana Ekinar era neta d'Aiunin. La seva àvia consagrava les noies a les coves de la muntanya sagrada on deien que habitava la deessa mare que regeix el destí humà, atorga fertilitat i conserva la fortalesa, com les roques que planten cara al mar. Des dels temps antics les remeieres de la tribu coneixien fórmules màgiques, arrels i plantes medicinals que curaven els mals del cos i de l'ànima. Eren dones respectades per les famílies nobles i també pels sacerdots que oficiaven les cerimònies d'iniciació dels guerrers al bosc de les alzines altes, en un indret al sud d'Indika que s'aixecava com una fita fronterera a l'horitzó, amb muntanyes que marcaven el final de les terres empantanades.

Les dones de la tribu indiketa coneixien el cicle de la vida i la mort, que era per a elles una realitat molt propera. Ben poques sobrepassaven els trenta anys de vida a causa dels parts i les febres i malalties que els produïen les picades dels mosquits que abundaven en aquella terra d'aiguamolls. Entenien la vida com un cercle sense final, en què néixer, créixer i morir esdevé un moviment perpetu.

La gran deessa mare s'expressava a través de les muntanyes, fonts, llacs, rius i brolladors sagrats on elles celebraven el culte. Llocs amb aqüífers subterranis, coves amb escletxes tectòniques, que eren una manifestació de la fecunditat i concedien la fertilitat a les dones. El mar desvetllava supersticions i pors a l'entorn dels monstres que el poblaven i dels naufragis que patien els mariners. Les aigües dolces que flueixen en un corrent continu, en canvi, eren font de vida.

Ekinar havia nascut en una casa noble d'Indika, enmig de tres germans: Basped, Bilana i la petita Àmnia. Tots van créixer envoltats de petits luxes i servits per dues esclaves comprades a un mercader púnic. Les filles gaudien de certs privilegis: no s'havien d'escarrassar en les tasques domèstiques més dures que obligaven les nenes a moldre els cereals a mà, fer farinetes o anar a buscar aigua.

Als dotze anys, tot just travessat el llindar de la infantesa, Ekinar i altres noies d'Indika havien celebrat l'entrada a la pubertat abans de l'equinocci d'estiu. Un matí havien sortit de la ciutat acompanyades per una petita escorta de guerrers, en direcció a la muntanya sagrada. Duien corones de flors al cap i vestien túniques fines de lli i sandàlies d'espart, però no semblaven pas un estol de coloms bonics sinó una colla de llobes avesades a caminar sota el sol i la llum de la lluna. Per això, els homes de la ciutat d'Empòrion, que anaven escassos de dones, deien d'elles que tenien mirada de gat salvatge i una bellesa rústica i encisadora. En aquella ocasió les acompanyava un seguici de dones d'edat madura, totes mares o àvies avesades a parir criatures amb dolor i a assumir les tasques més feixugues de la vida familiar.

Ekinar caminava al costat de Saratin i Gaunin, dues noies de família noble com ella. Durant estona van avançar entre camps de cereals arrenglerats al peu de petits turons que s'aixecaven sobre els aiguamolls. Els genets que les protegien s'havien dividit en dos grups de tres i obrien i tancaven la comitiva.

L'àvia d'Ekinar precedia les dones, investida d'autoritat, la capa negra encaputxada i una espasa de fulla corba heretada del seu pare, qui l'havia rebuda com a regal d'un comerciant de les tribus del sud. L'arma tenia una empunyadura de bronze que sobresortia del cinturó i li fregava la túnica negra a cada pas que feia. La vella Aiunin caminava sòbriament, amb aquella autoritat natural que l'experiència de vida atorga a les dones que se saben defensar per elles mateixes i tenen un poder infranquejable, guanyat per mèrit propi.

Havien arribat a un recolze de camí des d'on es veia el riu que vorejava la ciutat i desembocava, una mica més al nord, en grans aiguamolls estesos al peu d'una carena baixa de muntanyes que permetien arribar serpentejant fins al gran estuari: tot un món envaït d'illetes i d'estanys connectats entre si, per on circulaven barques de poc calat plenes de mercaderies. Una estona més tard havien arribat a l'embarcador del gran riu Teker. En aquell punt hi havia un pont de fusta i de cànem trenat que es movia com una serp en l'aire. Com que aquell pont s'havia d'anar refent de temps en temps, ja que les fustes s'acabaven podrint per culpa de la humitat, i no suportaven gaire carregament, hi havia també un pas de barca per anar a l'altra banda de riu. Un parell d'homes es guanyaven la vida transportant gent i carros sobre una barcassa planera.

Els guerrers s'havien replegat darrere el grup de dones, per deixar-les passar primer.

—I vosaltres, què mireu? —Aiunin va escridassar els barquers, que observaven les noies amb ulls lascius, i els va dedicar una mirada severa.

L'anciana va ser la primera de pujar, acompanyant les més joves.

—Feu via a remar, que aviat hem de ser a dalt la muntanya! —Va arrufar l'entrecella i el seu rostre estriat encara es va corrugar més.

Un cop travessat el riu fondo, cabalós i d'aigües tèrboles, havien prosseguit en direcció a la muntanya sagrada. Les noies caminaven en processó alegre, sabien per boca de les seves mares que la deessa era venerable, sàvia i temible: podia volar en la foscor, guiava les ànimes dels esperits i coneixia el secret de la fecunditat i de la vida més enllà de la mort.

Després d'una estona llarga de camí, van arribar al peu del massís rocós. Allà el bosc d'alzines i pins creixia espès sobre grans roques calcàries i argiles que afloraven entre la vegetació com punts negres, contrastant amb els gresos lilosos. Remuntant cap a les coves sagrades es veien les sorres grogues de les dunes, esteses sota la muntanya, cap a la banda de mar.

Al cap d'un moment van arribar a una font que brollava entre les roques. A primera hora de tarda, l'aire feia olor de terra molla i un aligot d'ales negres va creuar el cel. La vella Aiunin ho va considerar un bon auguri i es va aturar per invocar la deessa de les aigües, que atorga a les dones la capacitat d'engendrar criatures sanes.

Poc després, van abandonar la zona més boscosa per enfilar un camí rocós i costerut, salvant el pedrigoleig i els penya-segats que deixaven veure pendents innaccessibles.

Finalment es van detenir en un revolt de camí, just en una ondulació de paret rocosa. Allà mateix s'obria el peu, la paret rocosa de la gran cova sagrada on les noies celebrarien la iniciació. La balma de la deessa mare es badava com una clivella per on elles havien d'entrar. Dins el ventre d'aquella cavitat sentirien els batecs de la mare terra. Rebrien el poder de la fecunditat i, si la deessa ho consentia, el do de la clarividència que permet conèixer el destí i aliar-se amb les forces creadores.

Aiunin va demanar als guerrers que descarreguessin tot el que portaven: uns quants sarrons amb menjar, gerres que havien omplert a la font i uns vasos d'argila sembrats amb tiges de blat que ja despuntaven. Els homes la van obeir i, en acabar, es van allunyar per anar a seure al caire d'una roca. Portaven aliments suficients per passar les hores que convingués.

Elles van seure a terra i van menjar i beure per refer-se de la llarga caminada.

Quan ja fosquejava, les dones més grans que acompanyaven les noies van iniciar les pregàries a la deessa a l'entrada de la caverna, mentre les joves feien ofrenes de pa, fruits i llana.

Aiunin havia dipositat els vasos amb blat germinat a

l'interior de l'avenc i es va quedar a dins. Asseguda sobre un pedrís, havia començat a mastegar una bola d'herbes fermentades i va anar cridant les noies, una per una. Ekinar va ser la primera.

—La teva mare vol que t'ensenyi el que sé.

Al fons de tot flamejava un soc d'alzina amb espurneigs que s'encenien en la foscor i il·luminaven la filera de vasos amb cereal germinat.

—Un cop ha arrelat el gra, la tercera lluna fa créixer la tija i al proper pleniluni naixeran les espigues. –Els dits secs d'Aiunin van arrencar una tija. La van aixecar, mostrant un embolic d'arrels cargolades com cucs—. Tu també ets terra, un dia seràs fecundada per un home i la teva sang alimentarà la llavor que granarà dins teu.

Poc després, estirada damunt d'un tou de palla, la jove Ekinar va sentir com la mà d'Aiunin furgava dins seu mentre recitava una oració inintel·ligible. La noia va xisclar d'angúnia.

—Calla i aguanta.

La va renyar amb veu tallant com una punxa de ganivet. Després va dir:

—Ets una dona i la deessa mare et protegeix. Recorda que els fills que tindràs són una llavor que un dia tornarà a la terra. Si mai perds una criatura, retornaràs a la deessa el fruit que has rebut, i aquest cicle no es trencarà mai.

Es va passar pel cap l'amulet de coure que lluïa al pit on hi havia gravada una fórmula màgica de protecció amb el nom de la seva nissaga i del déu Banbaibar.

—El vaig heretar del teu avi, que era un home savi i valent. A partir d'ara el portaràs tu. No te'l treguis mai, et protegirà.

Durant uns instants, la vella va retenir l'amulet a la mà, ben fermat, com si amb aquell gest palpés l'esperit de l'ancestre més venerat a la família que vetllava per ells. Després el va donar a Ekinar, mentre recitava paraules en veu baixa, invocant els esperits de la terra que habiten l'aigua, els boscos i el cel perquè els donessin salut i aliment. Si la seva nissaga havia sobreviscut a les calamitats era gràcies als déus, a la mare terra, als sacrificis que havien ofert perquè la seva casa fos beneïda i protegida, i als familiars honorables.

—Tinc una neta sorda, mal llamp! Què esperes, a lligar-te'l?

Aiunin era de poques paraules, però quan s'enfadava feia por.

—Ara pren-te les herbes —li va atansar un vas de terrissa ple d'un xarop llefiscós, una barreja de sàlvia, farigola, romaní, belladona i alguna altra substància que no podia ser revelada—. Pensa en els dies i les nits que fa que fermenten...

Havien estat guardades dins d'una àmfora segellada amb fang, tal com es feia amb les sitges de gra que abastien la ciutat d'aliment i generaven riquesa.

—Hem sobreviscut fins avui i els costums estrangers no són pas millors que els nostres. Promet que seràs fidel a la nostra nissaga i faràs ofrenes a la gran mare.

La deessa ancestral compartia honors amb les deïtats gregues, Àrtemis i Demèter, després d'anys d'intercanvi comercial amb els emporitans.

—Me l'he d'acabar? —Els ulls d'argent viu de la noia van brillar sota la flama de la llàntia. Era massa jove per entendre què volia dir engendrar i anar-se'n a l'altre món, encara que havia vist morir l'avi i una neboda petita.

Més tard, quan ja havien passat per la cova totes les noies, Aiunin va sortir fora. L'anciana es va fregar les teranyines dels ulls entelats, que ja no hi veien bé com abans, i, amb veu rogallosa, va dir que les instruiria sobre els misteris de la mare terra i la transmigració de les ànimes perquè, en aquests afers, les dones no necessitaven el vistiplau de ningú.

Cap d'elles podria relatar mai com havia estat iniciada als misteris, aquell era un secret que no podia ser revelat.

Ekinar va sentir l'aire fresc que venia de la banda del mar. Li va semblar que el sol pujava dins seu i que començava un nou temps, que no sabia ben bé com seria. Compartia amb les altres joves el poder d'engendrar la vida i el domini de les feines aparentment senzilles i les qualitats més preuades: la fidelitat a la família, la paciència que calia per moldre el blat i l'ordi a mà, l'astúcia justa que mitigava el foc en les baralles familiars i ajudava a trobar un lloc per a cadascú, fins i tot a les cases més humils que tenien una sola estança i on pares, fills i avis menjaven i dormien plegats. També tindria la fortalesa que requerien els parts —ella n'havia vist un, a casa seva.

Després d'una estona, les noies i les dones que les acompanyaven es van afegir als cants de melodies senzilles i pregàries de benvinguda a la primavera, seguint els sons de les flautes dobles, o *aulos*, que interpretaven dues joves.

En acabar, la vella remeiera va anunciar que escolliria una noia que fos capaç de transmetre els misteris de la deessa.

Ekinar era al costat de Gaunin, la filla d'un terratinent molt ric. Va sentir com la noia murmurava en veu gairebé imperceptible: «M'escollirà a mi». Potser ho deia perquè era prima i escanyolida i tenia ben poca gràcia.

Malgrat la seva joventut, Ekinar sabia per boca de la seva mare la mala influència que tenen algunes dones que, mancades de bellesa i de talent, en la seva desconfiança s'aferren a la riquesa amb ambició desmesurada.

Aiunin va tocar l'espatlla de les joves oferents, una per una. La seva mà va deixar enrere Gaunin i la seva pròpia neta fins a arribar a Saratin, a qui anomenaven *Magrana* perquè tenia els cabells tirant a vermells com la fruita dels magraners i les crineres d'alguns cavalls quan brillen al sol.

Tothom sabia que, de ben petita, Saratin havia fet florir un ametller només de tocar-lo. Durant les festes del solstici d'hivern era costum que les noies ballessin amb cascavells als peus a l'entorn d'uns ametllers situats en un camp fora muralla. Aquells arbres tot just començaven a treure botons i encara els faltava un cicle de lluna perquè les flors es descloguessin. Després d'haver dansat, la petita Saratin n'havia tocat un i, just l'endemà, aquell arbre va florir abans que cap altre. Aquell fet havia estat considerat com a senyal que la filla d'Abarquis posseïa un do especial.

—Tu ets l'escollida —havia dit Aiunin.

Gaunin va empal·lidir de sobte. Va semblar que se la menjava la ràbia i que estava a punt de plorar.

L'anciana va assenyalar una gran alzina de branques retorçades.

—Puja en aquella branca i penja-t'hi —va ordenar a Saratin.

Aquelles paraules van sonar com una ordre inviolable i la noia la va obeir. Enfilada en una branca gruixuda, va afermar els genolls i es va deixar caure cap per avall. Aiunin havia fet una invocació a la deessa, els braços mirant al cel i, poc després, va començar a tallar els cabells de la noia amb un punyal esmolat.

—Esperem que el teu pare ho accepti i sàpiga guiar-te.

Abarquis, el pare de Saratin, era un metge guaridor de prestigi. Qui sap si veuria amb bons ulls que la seva filla rebés aquell testimoni, encara que la tradició reconegués el poder de les remeieres i que Aiunin fos una dona respectada.

—Et sap greu, Ekinar? —Els ulls petits de fura de Saratin la van interpel·lar.

—Jo no tinc res a envejar a ningú.

—M'agrada com ets.

Un cop van haver acabat, Ekinar i totes les altres noies es van tallar les trenes, en senyal del canvi d'edat: deixaven enrere la infantesa i s'estrenaven a ser dones i mares. Els cabells creixerien de nou i es tornarien a fer trenes, però es pentinarien d'una manera diferent, cargolant-les o relligant-les sota el mantell.

Després de la cerimònia, les dones més grans que les acompanyaven van començar a fer raonaments sobre la sort i l'enginy de saber escollir un bon espòs. Des d'on eren no veien els guerrers, que s'havien quedat prou lluny d'elles.

—Mireu que sigui valerós i us sàpiga defensar.

—Busqueu un home que no tingui tares.

—No pas per això serà més amable al llit. Encara que el triem nosaltres, estem obligades a acceptar-lo com a amant i senyor del nostre cos sense saber si n'hem pres un de dolent o un de bo.

—Podem repudiar-lo, si demostrem que ens maltracta.

—Això és cosa de mal provar quan ets al llit conjugal...

—Si l'espòs us tracta amb violència, us defensarem davant dels homes del consell.

Van menjar fruits secs regats amb mel i beguda d'ordi fermentat i, quan ja n'havien pres en abundància, algunes d'aquelles dones van començar a dir obscenitats i a discutir sobre quines eren les millors postures per a la pràctica del sexe i com els cicles de la lluna marquen el temps més propici per quedar embarassada.

Tot això va durar fins que Aiunin va interrompre les riallades i va ordenar que retiressin les gerres de cervesa i repartissin pastissos de mill i mel. Les noies es van lliurar al ball, al so de melodies cada cop més agudes que les van anar embolcallant com la boira espessa que a les nits s'aixecava sobre els aiguamolls.

Més tard, van estendre unes quantes mantes per dormir.

L'endemà havien iniciat el camí de retorn a casa acompanyades pels guerrers.

En poca estona van deixar enrere un trencant que vorejava la muntanya en direcció a la ciutat d'Empòrion i que resseguia la riba d'un gran estany. Si s'haguessin enfilat més, haurien vist la gola dels tres grans rius de l'estuari, una gran extensió d'aiguamolls, les muralles d'Empòrion i, en l'horitzó muntanyós, Rhode, un altre port d'escala dels grecs foceus.

Van caminar atiades pel record dels efluvis de la beguda ritual, sabent-se protegides per la treva que s'havia establert feia poc amb altres tribus veïnes i que els guerrers s'havien compromès a respectar.

Havent travessat el riu per segona vegada, es van aturar una estona a descansar en un recolze de camí i, poc després, van reprendre la marxa. Passat el migdia, arribaven a les envistes d'Indika. La muralla encastellada de l'illa, erigida sobre les aigües d'un gran estany, i la fortificació del puig, envoltada per un fossat sec enorme, mostraven l'opulència infranquejable de la capital en tota la seva esplendor.

10

(279 aC)

Un home baix i fornit, d'ulls foscos i espatlles amples com un bou, va agafar un ganivet de fulla esmolada i va escodrinyar els tres caps tallats que regalimaven sang sobre una taula de fusta.

Li acabaven de portar els caps encara calents, arravatats als enemics sordons la nit anterior. Ja estava habituat al ritual de preparar-los i fer-los enclavar, i no va fer cap ganyota de fàstic ni tampoc de menyspreu. La seva mirada impassible i el nas ganxut li conferien l'aspecte d'una rapinyaire acostumada a arreplegar cadàvers. Tot just feia un dia, aquells caps encara estaven units als cossos dels homes a qui pertanyien. Encara obeïen el batec dels seus cors i rebien la sang vital a través dels canals que havien quedat estroncats a l'alçada del coll per uns quants talls nets d'espasa.

Els tres caps eren trofeus de guerrers victoriosos, entre els quals Binturke, el fill del vell Nabar. Un d'aquells caps havia estat escorxat, segurament perquè l'armat volia posseir la pell com a mostra d'un guany particular. Els altres dos, en canvi, conservaven totes les parts toves: els ulls sangonosos, la llengua garratibada treta enfora, les rascades d'espasa a la pell, i, a l'interior, el cervell on els déus dipositaven l'ànima dels homes abans que naixessin.

Al cap de poc va aparèixer un altre home que vestia una túnica rústica de sarja.

—Salut, ferrer. T'hauràs d'esperar perquè encara no he acabat.

L'home que havia entrat va assentir mentre li tornava la salutació.

—Deixa'm que prengui la mida per saber si els claus que tinc forjats aniran bé —va demanar el ferrer, i es va acostar a observar els caps tallats amb mirada experta.

Amb una manassa rabassuda, els va agafar un per un i els va amidar amb un cordill, des de l'occipital fins al front, sense fer cas de les taques de sang que li degotaven per sobre les mànigues. La túnica rústega les anava absorbint i en va quedar amb prou feines un rastre opac que es va fondre amb la roba fosca com un rodal d'ombra.

—Un té una bona ferida al front, i aquell altre, l'escorxat, una dent corcada, i aquest... El crani és alt i voluminós, d'ossos prominents, sobretot la part de darrere. Un cap gros; sens dubte, devia ser un home molt robust.

—És el que va matar Binturke. Ha ordenat que el tractéssim com els trofeus més preuats, per això m'ha fet portar oli de cedre expressament, de part d'Abarkis.

—El metge guaridor?

—És vell i ara només visita Nabar, però no li falta mai de res.

—Necessitaré un clau més llarg, sort que ja en tinc uns quants de forjats.

—Mentre vas fent, jo prepararé els greixos.

Com era tradició, barrejaria en una gerra sagí animal i resina i n'untaria els dos altres caps. El trofeu de Binturke, però, rebria un tractament diferent, amb l'oli més car de cedre que es podia trobar als ports i que provenia de terres llunyanes.

Després de fer el preparat que serviria de base i d'haver-lo deixat en un vas de terrissa perquè reposés, va abocar un raig d'oli de cedre dins una plata fonda i es va fer un pinzell lligant un manyoc de pèls de cavall. Tot seguit, amb una lentitud estranya que no s'esqueia a l'aspecte tosc d'aquell home, va anar sucant aquell pinzell rústic en l'oli i fregant amb cura la cara deformada, com si netegés la d'un familiar.

Unes hores més tard, una vegada untats tots els caps, el ferrer va portar els claus amb què caldria penjar-los a les cases més nobles, de manera pública, perquè servissin com a mostra de l'escarment que havien rebut els sordons que es volien apropiar del cereal. D'aquella manera farien públic també el prestigi dels guerrers de la ciutat.

Aquella tasca requeria molta destresa. Calia trepanar els caps amb encert, de manera que el clau els travessés des de la part superior del front fins a la base de l'occipital sense trencar cap os ni provocar un sol esquist.

II

(296 aC)

Un matí de principis d'estiu, poc després d'haver estat iniciades, Ekinar i Saratin van acompanyar Aiunin als afores de la ciutat. Era la tercera vegada que sortien a collir herbes, arrels i escorces destinades a fer preparats medicinals i celebrar rituals.

Un cop més, contràriament a l'opinió dels pares d'Ekinar, la vella remeiera va rebutjar ser escortada per cap guerrer, com era costum. «En tot cas, que vingui el seu germà Basped a fer-nos la guàrdia, ja és prou valent, a més; aquesta filla vostra no és poruga com la gran». Aiunin es referia a Bilana, que s'havia casat amb un terratinent de la ciutat i amb prou feines sortia de casa.

Basped era el segon germà i ja tenia edat de saber defensar-se. La petita Àmnia, en canvi, tot just era una nena.

Per la seva part, Saratin havia aconseguit el vistiplau del seu pare, que s'enorgullia de tenir una filla que no abaixava mai la mirada.

—Us heu de saber valdre soles. —L'anciana havia tirat el coll enrere, com si es desempallegués d'una nosa, i va escrutar les noies amb una mirada tallant.

Les joves nobles com elles no tan sols aprenien a filar, teixir, tocar la flauta i ballar danses rituals, sinó que rebien entrenament en l'art de la defensa per part de germans o d'altres familiars. Davant d'un atac enemic, haurien sabut refusar els cops i contraatacar amb el punyal, en cas que fos necessari.

Aiunin les va obligar a guardar-se l'arma al cinturó per tallar plantes i anar protegides.

Feia dies que no plovia, els camins estaven empolsegats i el fang que vorejava els aiguamolls s'escrostonava en terrossos secs i grisos.

Al final, Basped no les va acompanyar perquè l'anciana va dir que no calia. Aiunin caminava davant de les dues noies, tota negra com un corb, el cap cobert per un mantell de lli i les espardenyes d'espart, polsoses i desfilades. Les robes bones les guardava per a les cerimònies i els rituals de pas.

Tot d'una es va aixecar una mica de vent del nord i Ekinar en va inspirar una alenada llarga, fins a omplir-se'n el pit. La força l'esperonava per dins i les ganes de viure s'agitaven a parts iguals dins seu, com si encara fos una nena. Però ja no ho era, ni Saratin tampoc. Es va fixar embadalida en el caminar decidit de la filla del metge guaridor, els plecs airosos del mantell que s'obrien damunt la túnica llarga i s'envolaven lleugerament a cada pas que feia. En algun moment, la seva àvia es va treure un ganivet del cinyell i es va aturar davant d'uns canyissos que creixien vora del camí. Va fer vinclar una canya robusta i, buscant-li el peu, hi va clavar la punta del ganivet i hi va fer un tall esbiaixat.

—Per a què la necessitem?

—Farem una eina. Avui no recollirem arrels, fulles ni fruits.

La vella va partir el cap de la canya en tres brocs, de manera que s'obrissin com una urpa.

—Però si no és temps d'abastar figues... —va mussitar Saratin.

—Qui ha dit que no? I no et facis la sàvia —la va renyar l'anciana—, hi ha remeis que no es poden tocar amb els dits.

—Anirem al bosc?

—No.

Pel cap d'Ekinar van passar unes quantes imatges. Fins a aquell moment, en diferents sortides, havien arrencat arrels de mandràgora i tallat fulles d'estramoni i flors de saüc, que requerien la incisió d'un podall o d'un ganivet; el romaní, l'espígol i la farigola, en canvi, es trencaven en brots, amb una lleu estrebada de la mà. Amb les seves explicacions, Aiunin havia dibuixat les plantes mortals que eren prohibides, com la cicuta i la tora blava, que creixia a l'alta muntanya, i els bolets verinosos del bosc, amb tota mena de detalls, diferenciant-los dels fruits tòxics que, utilitzats en petites quantitats, calmaven el dolor. Les fulles del cànem i del cascall, el fruit de les roselles, n'eren dos, d'aquells remeis. El cascall s'escapçava quan encara era verd i es deixava assecar en un racó ombrívol.

Aiunin deia coses incomprensibles: «Els deixarem pansir, perquè la natura morta té més força que la que neix». Les càpsules de cascall servirien per aplacar els espasmes menstruals i els mals de queixal. Fins i tot, els metges com el pare de Saratin les utilitzaven per adormir els pacients abans d'extreure punxes clavades o cremar les ferides amb ferro roent, perquè el turment físic fos més suportable.

L'anciana recordava amb exactitud escrupolosa una cinquantena de preparats fets amb herbes remeieres, la manera idònia d'assecar les arrels, els fruits i les flors, i de picolar-los al morter. També les quantitats exactes que calien per fer infusions, ungüents o pomades.

—Avui recollirem el secret més preuat.

—Quin és, no ens el diràs?

—La paciència és una de les virtuts de la deessa. —La vella va fer un posat sever, els llavis serrats.

Amb la canya sota el braç, va deixar enrere el camí principal que conduïa a les terres baixes de l'estany. Havia pres un corriol ample que s'enfilava cap a un turonet envoltat per camps de cereals, ben granats i a punt de sega.

Les noies la van seguir, mentre l'anciana les guiava, amb la mirada perduda al lluny i el pas lleuger.

Una estona més tard es va aturar en un reguerol d'aigua, estret com un queixal esmolat i, girada cap als sembrats, va començar a recitar una fórmula màgica amb paraules que se li escapaven per entre els buits de la boca desdentegada. En acabat, va dir amb veu parsimoniosa que els ensenyaria «el que sabem les senyores de l'aigua, els animals i les pedres des de temps immemorials... Però no us diré com es prepara la beguda sagrada fins que sigui l'hora».

Poc després, quan la vella va desvelar a les noies la manera com calia recollir els esquitxos que deixava la deessa sobre els camps i quins càstigs s'aplicaven als qui desobeïen l'ordre de no tocar-los, les dues noies es van reafirmar en el seu destí.

En el moment que la seva àvia es va reclinar sobre les herbes i va estrènyer el nus del sarró que contenia el bé més preuat, Ekinar es va sentir alliberada pensant que rebre una responsabilitat com aquella hauria estat gairebé una maledicció. Preferia que l'escollida fos Saratin, amb qui s'avenia i a qui admirava. No li importava gens, ben al contrari, que l'àvia materna hagués triat la filla del metge com a successora. Ella s'assemblava a la mare, només volia ser mestressa dels seus afers, fer negoci amb els telers i prendre espòs. No envejava Saratin i potser, per això, entre elles dues s'havia teixit una amistat sincera.

De tornada, ja a la ciutat d'Indika, Aiunin es va endur el seu tresor a l'estança més fosca de la casa familiar on preparava els remeis. Cataplasmes de violeta i col cuita per curar inflamacions de matriu, pomada de sàlvia i fonoll que anava bé per treure les nàusees i generar llet materna, ungüent fet amb pell de serp contra les picades de mosquit i d'escorpí...

Ekinar s'havia pres aquella tasca com una obligació; encara que valorés els coneixements antics, no tenia cap desig de seguir els passos de l'àvia.

—Veniu cap aquí, que us he d'ensenyar més coses. —Aiunin els va explicar alguns costums estranys que tenien les plantes i els animals—. El bernat pescaire sol criar de dos a set ous, al final del temps fred, sempre després del pleniluni... Les ovelles, i això no passa amb altres femelles com nosaltres, les dones, tarden més a ser fèrtils que no pas els marrans, perquè un sol mascle n'ha de muntar moltes... Fixeu-vos també que diem *cabraboc* a l'ovella que es comporta com si fos un marrà, vet aquí, igual que algunes dones que no volen prendre espòs.

—Jo no em vull casar —va assegurar Saratin amb brusquedat, en un to de veu tranquil però ple de convenciment. Al fons de la mirada, li brillaven les ninetes com flames.

—Doncs seràs una cabraboc, però això no et treu cap facultat, hi ha hagut senyores dedicades a la deessa que no han pres home... Sabeu que hi ha plantes femelles guerreres que es mengen la terra de les altres? El romaní, el tomaní i la menta són així. És un do que els ha atorgat la mare lluna.

Aiunin no havia deixat de parlar, mentre anava arrenglerant les petites càpsules sobre una taula cantonera. Tot d'una va quedar muda i esguardà Ekinar amb els ullets vermellosos i entelats dels ancians. La noia va sostenir la mirada amb un interès creixent de *què em dirà ara?*

—A mi no m'enganyes, tu, tot això no t'agrada, però t'ho he d'ensenyar perquè t'has de saber mantenir lluny de les plantes invasores —va sentenciar la vella despertant més preguntes que no pas respostes.

—Què vols dir, àvia?

—La vida no et serà fàcil i has d'estar preparada. Aprèn a administrar la voluntat, la força, la ràbia i la confiança per al dia que la deessa et posi a prova.

—Quan serà això?

L'anciana es va posar a riure, mentre la cara de la seva neta es transformava en una ganyota de dubte.

—Primer has d'aprendre a distingir la belladona de la mandràgora, arrencar bé l'escorça de les arrels i saber trinxar la polpa i barrejar-la amb greix... Cada cosa al seu temps.

Aiunin era gata vella. Coneixia els paranys de la vida tan bé com les plantes que collien els druides de les terres del nord i els *iatroí* grecs, experts en l'art de buscar arrels guaridores que calmaven les inflamacions, les febres i els mals de pell.

—Jo no t'ensenyaré a fer cap encanteri per enamorar els homes, tu no el necessites... No cal dir que tu tampoc —va afegir dirigint-se a Saratin—. La natura és sàvia, dona a cadascú el que li cal, però nosaltres no l'entenem... Les fruites de la pomera i la prunera tenen molta polpa no pas perquè ens en servim d'aliment sinó per protegir les llavors... Enteneu què vull dir?

Ekinar va balancejar el cap, expectant.

—Ens pensem que tot està fet per a nosaltres, però la vida ens demostra que només som una llavor.

Saratin va somriure, semblava estar a gust amb la xerrameca de la vella. Ekinar no. El que necessitava en aquell moment era que aparegués la mare per la porta i l'anés a salvar, ni que fos demanant-li que l'ajudés una estona als telers. S'hauria deixat endur de seguida, per evitar que l'àvia la fes navegar per aiguamolls foscos. Però la vella tenia xerrera i va continuar explicant com calia interpretar, segons deia, alguns dels misteris de la vida.

—El pare sol fa néixer l'herba groga amb què preparem un oli que serveix per guarir les cremades. Però sense aigua no hauria estat possible res, tampoc cap mena de curació. I si la mare lluna no influenciés les plantes, no tindríem flors estranyes i perfumades com la rosa, el nard o la sàlvia, que ens curen. Per això el perfum d'aquestes flors allunya els mals esperits... Un altre dia us ensenyaré com es fa la infusió de ruda, que ajuda les dones que han de parir abans d'hora.

Ekinar va mirar la seva àvia.

—L'hauré de fer servir, jo?

—Fes-me preguntes que es puguin respondre.

Li havia acabat dient: «Au, noia, dreça el pit amb coratge, el futur està escrit però no sempre ens és permès llegir-lo. Pensa en el sacrifici del teu avi, que va morir per defensar les terres del teu pare dels qui les hi volien prendre. D'ell hem heretat la força de caràcter, i això vol dir fer el que toca, encara que no sigui del nostre gust. Hem de viure amb noblesa, només així la vida val més que la mort».

—Però ens morim per sempre, no? —va preguntar Saratin.

Aiunin no va trigar ni un batec de cor a contestar:

—Veieu que les plantes perdin les llavors per a no res? I encara, si fos així i les mares s'extingissin, hi continuaria havent aigua per fer créixer la vida.

Aquell dia es va fer curt. Com si pressentís la crida de la deessa cap a l'altre món, la vella les va anar cridant altres tardes. Al llarg d'unes quantes llunes van aprendre a preparar ungüents amb plantes, greixos i vísceres d'animals; a picolar arrels, flors seques i pells de serp en un morter de pedra, i a ritualitzar ossos de senglar i ullals de llop que servien com a protecció. En una ocasió, l'anciana va dir:

—Els llops són animals nobles i valents i, si un d'ells et mira als ulls, adquireixes el poder de llegir el pensament de les persones.

Les noies la van escoltar enriolades, mirant-se amb complicitat.

—Encara que us en foteu, és així. Nosaltres som llobes, també. Fa anys, a tocar el riu, ens van atacar uns bandits. Volien raptar les joves que venien amb mi i les seves mares. Se les haurien endut captives, i qui sap si les hauríem vistes mai més. Així que totes vam desenfundar els punyals que dúiem i ens vam defensar... Els vam fer recular, encara que una de nosaltres hi va perdre la vida.

—No m'ho havies explicat mai, això.

—Ara ja ho saps. No us deixeu acovardir mai —va prosseguir amb veu greu—, les dones de la nostra tribu som fortes, fins i tot les més pobres estan acostumades a parir al camp i segueixen treballant... Vosaltres dues teniu la fortuna de ser filles de bona família, però en una altra terra potser estaríeu obligades a quedar-vos tancades a casa. En canvi, la nostra tradició us permet sortir, defensar-vos i afrontar l'enemic.

12

(294 aC)

—És hora que prenguis espòs, filla.

A principis d'estiu li van recordar que ja tenia edat de marxar de casa. La mare d'Ekinar havia pres la decisió de casar la filla mitjana. Àmnia era massa petita i la deessa no li havia concedit encara la sang que fa fruitar les dones madures.

Quan es va acabar la festa de la sega, la capital es va preparar per a la celebració d'esposalles entre els joves que ja havien deixat enrere la infantesa.

Cada any els nois que tenien edat de prendre una dona que els donés fills participaven en una exhibició guerrera fora un descampat que s'estenia a peu de muralla. La tradició marcava que prenguessin una sola dona, encara que, a vegades, els més rics acontentaven el seu desig amb esclaves concubines.

—Que guanyi el meu cosí! —va cridar Àmnia. Era una nena menuda, però tenia un bon espinguet de veu.

—Calla, que encara no han sortit.

Les noies que participaven en la celebració eren una

vintena. Ekinar anava acompanyada per la dona del seu germà Basped, una cosina de la família materna i altres noies de casa noble. Gaunin n'era una. Seia al mig del banc, tibada com un pal, i elles dues amb prou feines s'havien dirigit la paraula. Ekinar la va mirar de reüll. Li va semblar la mateixa noia orgullosa de sempre, carregada de collarets i polseres d'argent, amb un pentinat postís de trenes molt ben recollit. No era pas gaire bonica, però tenia un pare molt ric.

Assegudes sobre dos troncs de roure que servien de banc, l'un a tocar de l'altre, les noies van observar la desfilada dels homes que formaven part de la guàrdia del cap dels guerrers i que havien entrat primer al camp.

A l'entorn del descampat havien encès sis focs amb tions d'alzina i els homes es van anar disposant al mig, en fileres, com si es preparessin per començar un atac. El capitost Nabar, amb una cicatriu prominent al front, la pell bruna i lluent sota el casc i l'escut de bronze, va passar revista amb l'armadura de desfilar. Ja era un home d'edat madura, però el seu cos musculat, fet a còpia de cops d'espasa, conservava tot el vigor. Nabar lluïa sota el sol rigorós com un déu. Ert sobre la muntura, va passar davant dels seus homes de confiança amb l'aire dels victoriosos, com si estigués a punt de dirigir una gran host i d'envestir un enemic per esborrar-lo de la faç de la terra i endur-se'n el seu crani. Tot allò era una demostració, però el gest obedient del centenar de guerrers que li havien promès fidelitat a mort, l'altivesa rude dels seus posats, feien que tot plegat semblés una empresa certa.

Tots aquells guerrers, protegits per un casc que deixava a la vista les puntes de cabells esbarriats al vent, amb la llança a la mà i l'espasa encara embeinada, havien arrencat a cridar, picant amb fúria la cuirassa que lluïen al pit i aixecant l'escut, a l'uníson. Poc després, les espases van xiular en tallar l'aire mentre ells exhibien la seva força: braços boteruts i prominents de tant manejar les armes, cames robustes que desafiaven les vores de les botes altes de cuir.

A continuació van desfilar els joves genets, armats amb casc, pectoral i escut. Portaven collarets de bronze i d'or, una cinta de cuir lligada als cabells i túniques cerimonials, brodades amb sanefes de fil vermell.

Ekinar en va reconèixer uns quants, parents de veïns o d'amics de la seva família, entre els quals un nebot, fill de la seva germana Bilana. Tots aquells nois pertanyien a la noblesa, famílies de terratinents i propietaris rics, administradors, comerciants importants, jutges o guerrers. Fos quina fos la seva nissaga, haurien d'exhibir el domini de l'espasa i demostrar fins a quin punt coneixien l'art de la lluita, a l'hora de defensar-se. Muntaven cavalls ferrats sense sella, perquè era costum que els guerrers saltessin del cavall en plena lluita per batre's cos a cos.

Poc després es van presentar a l'entorn del camp quatre homes que portaven tambors grans i els van fer retrunyir amb força mentre els joves s'alineaven i es preparaven per arriar els cavalls, els uns contra els altres. Al cap de poc es va sentir el so esquerdat d'un corn que provenia de la muralla, i tots van sortir en estampida i van començar a lluitar a cavall. Feien passades amb l'espasa en l'aire i intentaven fer caure un contrincant. Les proteccions no els impedien descavalcar d'un salt, rabent, si calia, i lluitar a terra, que és el que havien acabat fent.

Els qui volien ser guerrers es batien entre ells a peu dret, amb l'espasa a la mà dreta, amb moviments ràpids i destres, tan precisos que semblava que no havien fet res més que allò tota la vida. Alguns s'hi lliuraven amb fúria, com si es tractés d'una batalla campal que ningú volgués perdre, potser perquè se sabien observats per qui més desitjaven.

Ekinar va escoltar impressionada el retoc de tambors mentre veia l'estesa de cavalls rabiüts i els braços insistents del noi en qui ja s'havia fixat. En algun moment va témer que caigués a terra i s'esbotzés el cap. Aquella era una demostració de força, mai a vida o mort, encara que més d'un acabés ferit per algun cop d'espasa o una caiguda imprevista.

—A qui donaràs el teu regal?

La petita Àmnia s'havia acostat a Ekinar quan havien donat per acabada l'exhibició.

Ella no va tenir cap dubte: va triar Utibels, no pas perquè lluités millor que els altres, sinó perquè no el van poder tombar del cavall en cap moment. Li havia semblat un jove valerós i va anar a lliurar-li un ram d'espigues de blat, com era costum entre les noies que volien mantenir el llinatge i tenien dret a escollir l'espòs.

Aquell matí totes les noies van donar el seu present, excepte Gaunin. Dies més tard, Ekinar va saber que els pares de Gaunin l'havien promès al capitost Nabar, que havia quedat viudo i sense fills i tenia força més anys que no pas ella.

Els pares d'Utibels i d'Ekinar van deixar passar una llunació completa abans de donar el consentiment a la unió dels seus fills. A l'entrada de la tardor havien iniciat el ritual de noces. Ekinar es va presentar amb el rostre cobert per un vel de lli finíssim i una túnica molt ben brodada amb flors d'argent. Va caminar uns passos i, poc després, es va enretirar el vel davant de la mirada desitjosa d'Utibels. Per damunt del coll de la túnica li sobresortia el coll menut i la cara fina, tornassolada pel sol com una perla de llum i emmarcada per unes arracades amb àmfores de bronze que li penjaven alegrement dels lòbuls de les orelles.

L'endemà havien fet un convit luxós on van menjar xais i porcells molt tendres, sacrificats tal com manava el costum. Van oferir als convidats tota mena de pans de blat, civada, mill i espelta, fruits secs, oli d'oliva grec molt preuat i escàs, peix fumat i sèpies fresques, carn a la brasa, porc salat i també confit en greix, que omplien moltes plàteres fondes de terrissa, i mel de flors silvestres en quantitat copiosa.

Sis esclaus els servien vi i cervesa d'ordi i blat, aromatitzada amb artemísia, en copes de plata.

La cerimònia havia durat fins al capvespre. Aquella nit Utibels va irrompre a casa d'Ekinar, la va agafar en braços d'una revolada i la va fer seure dalt del cavall. Ella hi va consentir, els ulls murris i el cap ben alt, sabent que seguien el ritual de rapte que prosseguia a la cerimònia, i tots dos van galopar fins al bosc a cercar un amagatall convingut per passar-hi la nit.

En tornar, la jove va deixar la casa familiar per anar a viure amb l'espòs, que s'encarregava d'administrar les terres de propietaris rics que pagaven molts tributs als homes del consell i als guerrers més importants. Feien una vida senzilla, però Ekinar tenia una esclava que l'alliberava de les tasques domèstiques més dures i luxes que molta gent no es podia permetre, a més d'un rebost ben proveït.

Utibels rebia una bona paga per la seva feina. Ekinar, tanmateix, va anar incrementant el dot que havia rebut, una arca i un bagul plens de teixits de llana i lli, una vaixella de terrissa bona, a més de cinc àmfores de blat i dos telers heretats de la seva mare. En poc temps va arribar a tenir-ne cinc d'iguals, tots verticals, bastits amb pals de fusta de roure entre els quals s'aguantaven els fils caients, tensats amb pesos de terracota que mantenien la tensió de l'ordit.

Per temporades, la seva germana petita Àmnia i unes quantes nebodes havien après a filar al fus i a teixir a casa seva, ja que Sosin, la dona del seu germà Basped, patia tremolors a les mans. Àmnia era la que tenia més destresa i sabia brodar el lli amb agulles molt primes. Ekinar li va ensenyar a puntejar amb perfecció les teles. Dibuixaven primer les ornamentacions al picat, amb una agulla proveïda d'un suro que fixaven sobre la tela. Després mullaven un puny de fibra d'espart amb cera fosa en aigua de flors de blavet i el passaven sobre els punts del picat, així el dibuix quedava imprès a la tela. Brodaven branques ondulants, realçant els relleus, sanefes i espirals que imitaven flors i altres motius simètrics molt bonics.

Ekinar va voler seguir el camí de la mare, va prendre al seu servei tres filadores i dues teixidores i va aconseguir més telers verticals. Totes aquelles dones coneixien molt bé l'ofici, teixien ordits perfectes per fer túniques i mantells de lli i de llana. La qualitat de les teles, els colors vius obtinguts amb tints cars i els brodats de filigranes van acabar donant fama a l'obrador d'Ekinar, fins al punt que es va veure obligada a buscar més dones que volguessin teixir a preu fet i sabessin brodar. Ella trobava plaer a ocupar-se d'aquells afers, aconseguia les millors llanes i el lli més fi, calculava amb encert les quantitats que li caldrien i, a l'hora de vendre, obtenia bons guanys. Les esposes de terratinents i de comerciants importants li encarregaven peces úniques. Sovint preparava teles quadrades que només calia cosir per fer-ne túniques o brodava vels de cotó de Nàucratis per a les dones més riques que rebutjaven els teixits tradicionals per simple caprici.

Utibels era un home considerat i la respectava. Deia que, si algun dia queia en desgràcia i el feien captiu, ella no s'oferís mai com a ostatge a cap enemic, valia més que guardés la família.

Onze llunacions després de les núpcies havia nascut el primer fill, Atabels, i, temps després, una nena que va sortir abans d'hora. Una nena que es va morir i li va donar un part difícil, fins al punt que la matriu se li va esguerrar per sempre més. L'àvia Aiunin, que havia quedat cega i s'anava apagant de tan vella com era, va dir que Ekinar era de ferro i havia heretat la seva fortalesa.

Uns dies abans d'abandonar aquest món la va cridar al seu costat.

—Jo me n'aniré aviat. —Asseguda en un banc, va semblar que la mirava a través dels ulls orbs—. La vida és plena de pèrdues, no et deixis vèncer mai per la desesperació ni la por... És això el que ens fa febles, pensar que ens morim del tot.

Potser era veritat, com deia Aiunin, que a l'origen del món tot era una sola cosa i no existia cap diferència entre allò que és femení i allò que és masculí, perquè el déu consort i la deessa mare eren bons i estaven d'acord. Encara que la descendència humana s'hagués dividit en races enfrontades i que el mal hi hagués fet estralls.

Malgrat tot, Ekinar sentia que la vida no s'havia mostrat desfavorable amb ella i no va ser fins més tard, als vint-i-sis anys, que la va colpejar la dissort.

Una tarda d'hivern, tornant de recaptar impostos a les propietats més llunyanes del territori que depenien del govern de la ciutat, el carruatge en què viatjava Utibels es va estimbar per un penyal. Les cames li van quedar atrapades sota una roda traïdora que va aguantar el pes de tota la càrrega. Dos servidors el van traslladar fins a Indika sobre un cavall lleuger, apressats per la gravetat de les ferides.

Abarquis, el metge guaridor, que estava acostumat a veure ferides sagnants, a recosir homes esbudellats i tancar els ulls als moribunds que agonitzaven, va atendre de seguida Utibels. Va manar que l'estiressin sobre la millor màrfega i no va estalviar cap remei. Quan va desfer l'embenatge tosc amb què havien intentat estroncar la sang que brollava imparable, va veure la magnitud de les ferides d'Utibels. El pobre home tenia les cames segades ran de cuixa, els genolls trinxats i unes quantes costelles trencades. Malgrat que respirava, el dolor agut li havia fet perdre el coneixement i amenaçava de dessagnar-se, per poca sang que seguís perdent. Qualsevol metge hauria determinat que aquell pacient es trobava a un pas d'anar-se'n del món, tot i que el cor li bategava. Però Abarquis va pensar que si Utibels havia sobreviscut a l'hemorràgia i al trasllat fins a arribar on era, devia ser que encara podia salvar-se. Apreciava Utibels, que tenia per esposa una amiga de la seva filla Saratin. Sabia també que calia afanyar-se de valent. Havia ordenat que un ajudant preparés ferro roent per cauteritzar les nafres i, impulsat per la necessitat urgent de curar-lo, va posar les mans sobres les ferides terribles de les cuixes, rodejant-les amb fermesa i pressionant-les amb la mateixa delicadesa amb què hauria agafat una criatura. Era qüestió de donar temps a l'ajudant i evitar la sagnia.

Les primeres cures havien donat una treva a la situació. Quan Utibels va tornar en si, ja no tenia cames. Abarquis s'havia vist obligat a prendre la decisió dràstica de l'amputació. Malgrat tot, el trencament de les costelles devia haver afectat el cor i els pulmons, perquè Utibels respirava amb dificultat i amb prou feines podia suportar les punxades salvatges que li provocaven les ferides, tot i les dosis de cascall que li anaven subministrant. Abarquis sabia que no hi podria fer res més.

Ekinar estrenyia la mà del seu espòs com si volgués retenir-lo a la banda dels vius. I llavors Abarquis, el metge aplicat i coratjós que els apreciava, i que havia vist morir tants pacients i havia afrontat una i altra vegada el sofriment i el desconhort familiar, va reprimir un gemec. Se li van humitejar els ulls veient Utibels inconscient i aquella dona que estava perdent l'home que estimava.

Després d'haver-se despertat, Utibels havia començat a patir febres altes que es van allargar durant una setmana. Va acabar delirant durant tres dies i tres nits. Ni Abarquis ni cap sacerdot ni fetillera tenien ja cap remei que pogués guarir-lo.

Ekinar va fer front a la pèrdua acompanyada per Àmnia i la família del seu germà Basped, que li era més propera, perquè compartien veïnatge a la ciutat del puig. Amb la seva germana gran gairebé no havien conviscut, ja que Bilana havia abandonat la casa familiar de ben petita per anar a viure amb uns oncles que no tenien descendència. En aquell moment, a més, Bilana era una dona casada, carregada de fills, i vivia escarrassada d'un cap de dia a l'altre.

Ekinar va portar dol més enllà del temps que les dones acostumaven a guardar quan moria un familiar proper. Després d'haver passat tres equinoccis d'hivern va endreçar la túnica negra i es va tornar a enjoiar i perfumar una mica. Feia goig, vestida amb lli brodat i mantells de llana fina. Hauria pogut prendre un nou espòs. Era prou jove i, si hagués escoltat les recomanacions familiars, s'hauria tornat a casar, però ella s'hi va negar en rodó.

Va ser en aquell període que es va dedicar amb afany a la feina dels telers i, com a dona que governava el seu destí, es va veure obligada a salvaguardar-se d'alguns homes que la pretenien. En una ocasió, un terratinent ric que visitava la ciutat havia anat a buscar-li teixits i, quan ella li va demanar a canvi monedes d'argent, la va abordar dient: «Senyora, primer podríem estrenar la roba que heu brodat per a mi, us donaré el que vulgueu i més». Se li havia acostat més enllà del que era prudent i, amb un gest lasciu de cargol bavallós, li va tocar el pit. L'actitud barroera del foraster li va remoure la sang. Sense pensar-s'ho dues vegades, va desenfundar el punyalet que duia amagat entre els replecs de la túnica, i el va agullonar amb la fulla tallant a frec de cara: «Si volgués un home, ja me l'hauria buscat, ho enteneu?».

13

(277 aC)

Aquell estiu el fill d'Ekinar havia fet divuit anys. El temps de pluja quedava lluny, als torrents ja no hi havia rastre de les rierades marronenques de la primavera i l'aigua reescalfada dels aiguamolls criava algues que cobrien la superfície aquosa d'un tel verdós que donava a les terres pantanoses l'aparença de grans basses, bullents sota el sol.

Un vespre, a l'hora en què els ramats ja no pasturen, les ànimes errants tornen a moure's en la foscor i els llops cacen a la muntanya, el torn de guàrdia de la muralla es va alertar.

—Ho heu sentit?

Indika estava a punt d'adormir-se, envoltada per un tel de boira nocturn, provocat per la calor que s'estenia sobre els aiguamolls. Feia dies que havien entrat a l'època bona per a la navegació i el comerç. Dalt del puig, els dos temples nous brillaven sota la lluna, amb una magnificència elegant que enorgullia les famílies nobles de la capital dels indiketes. Als peus del puig, la muralla de l'illa es reflectia sobre l'estany, esquitxada per una lluna enterenyinada de núvols, tota fantasmagòrica.

Entre la guàrdia de cadascuna de les muralles acostumava a haver-hi sempre un capitost que donava les ordres. En temps de guerra, els homes adults que no tenien tares físiques estaven obligats a fer rondes i s'alternaven entre ells durant la nit. Però aquella era una època prou tranquil·la. Un bon grup de guerrers feia la guàrdia i reforçava les portes principals de les dues fortificacions. A la ciutat del puig, en una porta a l'extrem nord de la muralla des d'on es dominava el camí d'accés principal, uns quants homes controlaven un dipòsit d'armes de ferro i de còdols de riu, per si calia llançar pedres amb la fona.

Estaven preparats per a qualsevol atac a la ciutat. Tanmateix, però, quan s'enemistaven amb alguna altra tribu procuraven lluitar a camp obert, per evitar danys innecessaris.

En aquella hora els guardes de torn de l'*oppidum* del puig feien la ronda, caminant sobre les ombres tentinejants d'una vintena de torxes que es projectaven sobre les torres de defensa i es mantenien enceses tota la nit. Eren una bona colla d'armats, guarnits amb casc rodó i cuirassa, l'espasa llarga i la llança a la mà. Del pit d'un d'ells penjava un corn de bou, per si calia alertar la ciutat de qualsevol atac nocturn.

—S'ha tornat a sentir, és un avís —va repetir un dels guerrers que vigilaven la porta principal de la muralla, a l'extrem sud-oest. Els seus companys de ronda també estaven alertats.

Un altre xiulet llarg i agut, provinent de l'últim tram

de fortalesa, va tornar a trencar el silenci. Els guardes de les torres els estaven donant un senyal clar: algú devia haver traspassat el pont que s'aixecava sobre el fossat i enfilava el camí d'accés a la fortificació.

Davant la incertesa del que estava passant, els tres guerrers havien començat a desplegar-se sobre els merlets dels murs que protegien la porta principal, disposats a atacar a qui pretengués acostar-s'hi. Fos qui fos, hauria de salvar un pas difícil, protegit per una paret avançada que tancava en cremallera l'entrada, fet que obligava els intrusos a girar-se i descobrir-se. Aquell era un sistema de defensa que permetia atacar els enemics des de dalt dels murs i ferir-los pel flanc o per l'esquena.

Ben aviat, però, els guàrdies de la muralla van comprovar que no seria necessari reprimir cap atac. Un sol home a cavall, que s'acabava d'identificar com a súbdit del govern indiketa, havia demanat pas.

Ja a dins, el missatger va dir que portava noves sobre un espoli de cereals. A tot el territori que estava sota la jurisdicció de les famílies més nobles hi havia molts establiments agrícoles i poblats que tenien un nombre considerable de sitjars. Alguns es trobaven al llarg del riu Teker, terra endins, fins al peu d'un gran estany; d'altres circumdaven les ribes dels altres rius de l'estuari. Un d'ells era un assentament vora el riu Clodiano, en una zona molt productiva de la riba nord, que era el que havia patit l'atac.

L'aspecte descuidat de l'emissari, la seva cara bruta i uns cabells tan nuats que, per desenredar-los, hauria calgut un rasclet de ferro, feien pensar que devia ser un caçador solitari que no tenia on caure mort. Semblava un pobre miserable que hagués cavalcat fins a Indika a donar la notícia esperant alguna recompensa. Només es van desfer les reticències dels guerrers quan el desconegut va mostrar una làmina de plom que l'acreditava com a missatger.

Una estona més tard, aquell foraster es va trobar en presència dels homes del consell que s'havien aplegat a la casa de govern. Eren una vintena de nobles que regien els assumptes del territori i l'organització de la defensa de la capital: guerrers de fama ben guanyada, terratinents que posseïen grans extensions de cereal, administradors i funcionaris importants, algun comerciant ric. Només faltava Nabar, a qui havien escollit entre tots per presidir les reunions. Acostumaven a trobar-se en moments de crisi, quan calia posar pau entre poblats, fer front a atacs d'altres tribus, vetllar perquè es complissin els acords de transport de mercaderies o quan calia prendre decisions importants. Els assumptes habituals d'administració de justícia eren tasca d'alguns funcionaris que coneixien bé la tradició.

—El noble Nabar no pot venir. Us escoltem: què us ha dut fins aquí? —el va interpel·lar un guerrer que ja havia arribat a la senectut, la túnica vermella i unes argolles d'or que li feien d'arracades.

El desconegut va semblar que no arrencaria. Feia cara d'animal degollat, atemorit potser per la solemnitat dels homes que l'estaven escoltant o per l'aixafament del viatge, que li havia xuclat la paraula. Va tirar el cap enrere, com si volgués agafar aire mentre algun dels nobles el mirava amb cara de fàstic.

—Se... senyors —va balbucejar finalment. Parlava

travat, a punt d'escopir les paraules—, m'hi he vist obligat perquè ha passat un fet greu.

Un cop es va haver desencallat, va explicar que aquella mateixa tarda un grup de guerrers sordons, comandats per un capitost, havien assaltat els indiketes que vigilaven el lloc. S'havien endut un carregament important de cereals que guardaven en barcasses preparades al riu per salpar l'endemà mateix.

Una part d'aquella càrrega, que havia de ser transportada aigües avall, en direcció al mar, estava destinada a pagar impostos als homes del consell. Bona part de la mercaderia serviria per abastir la capital indiketa i els excedents es quedarien als ports d'Empòrion i Rhode. Després sortirien cap a Massàlia i d'allà en direcció a altres destinacions com Atenes, on en aquell moment hi havia escassetat de cereals, per ser intercanviats per oli i vi grec. Es tractava d'una gran quantitat de gra que havia estat guardada a tocar dels camps de conreu, en sitges revestides amb argila que protegien el gra de la humitat i estaven tapades amb palla, fang i una gran pedra que impedia l'entrada d'aire.

Els atacants havien aprofitat el moment que els camperols, després d'obrir les sitges, havien carregat el gra a les barques. S'havien llançat sobre ells i els guerrers que escortaven el cereal, n'havien mort uns quants i havien pres les dues barcasses amb la intenció de saquejar el carregament i fugir en direcció a les terres del nord.

—No podran transportar res fins que no s'aixequi el dia.

La veu de l'emissari es va anar apagant de cansament.

A la sala, les flames de les torxes exhalaven un fum espès que s'escapava pels forats oberts cap a l'embigat de fusta del sostre, creant ombres tètriques als murs emblanquinats de calç, decorats amb motius lineals.

—Maleït sigui Ertebas! —El noble més ancià del consell es referia al capitost dels sordons—. Està furiós des que li vam negar pas franc per la part de muntanya que ens pertoca i deu considerar que demanar-nos ajuda és humiliar-se.

—Senyor, es veu que tenen poca collita...

L'emissari va tornar a parlar sense esma.

—No el defensis, llamp que el partís! —L'ancià va escrutar l'emissari amb una mirada punyent. Els ulls envermellits li van brillar dins la cara envellida, tota solcada d'arrugues—. Si la seva gent passa gana, ens podria haver ofert algun intercanvi.

—On són ara? —va preguntar un dels nobles que els escoltaven.

—A tocar del riu, encara amb les saques carregades a les barques.

—Només s'aturaran si fem una incursió ràpida i els impedim marxar. Què en penseu? —va dubtar un altre dels homes reunits.

Tots els nobles del consell es van mirar entre si, amb un aire d'autoritat infosa que no amagava una certa preocupació. La majoria formaven part de famílies de terratinents i de guerrers importants que dominaven la ciutat i el territori d'Indika des de feia segles. Estaven vinculats als homes del consell per pactes de fidelitat i mantenien tot un sistema de clienteles, amb impostos i privilegis.

—Cal que avisem Nabar de seguida.

—Deu estar descansant, però li hem de demanar consentiment —va afegir el més ancià.

El vell Nabar havia complert cinquanta-vuit anys i patia dolors forts a causa d'una caiguda del cavall que li havia afectat l'esquena i el cap. Tenia ferides mal curades i, d'ençà del cop, havia perdut força la memòria.

Poc després, dos homes del consell van travessar la porta sòlida de roure que permetia accedir a la casa familiar del cap dels guerrers. Un home de la guàrdia personal de Nabar els va acompanyar, a través d'un vestíbul espaiós, per un passadís ample, adornat amb objectes de bronze, amb parets pintades amb bandes horitzontals de pintura negra i vermella i un sostre de bigues de fusta ben tramades.

Quan van entrar a la cambra del vell guerrer, Nabar estava mig incorporat al llit, l'esquena falcada per un parell de coixins de llana. L'acompanyaven un servent i la seva esposa. Gaunin lluïa una diadema d'argent subjectada a un pentinat amb rínxols fets amb tenalles, a la manera de les dames més nobles que imitaven els costums grecs, i vestia una túnica plegada rematada per una sanefa porpra. Tot i l'ostentació externa, les seves faccions no eren agraciades i, malgrat que tenia la mateixa edat que Ekinar i Saratin, semblava més vella.

—Senyor, val més que em quedi, tenint en compte que...

Nabar va aixecar la mà per interrompre-la. Torçant la boca sota el cap embenat, la va mirar d'esquitllentes.

—Ves-te'n, senyora —va acomiadar-la amb la veu empastada per efecte d'algun medicament. I dirigint-se al servent—: i tu també.

Encara conservava la fortalesa d'esperit, però el seu cos musculat a còpia de cops d'espasa ja no tenia el vigor d'altres temps, quan lluïa l'espasa sota un sol de justícia i s'enfrontava a l'enemic amb fúria. Tot allò formava part del passat, però els guerrers seguien guardant-li el gest obedient, perquè li havien promès fidelitat a mort.

Gaunin va mirar amb menyspreu els visitants i tot seguit va marxar amb aire contrariat.

Malgrat el cansament i les fiblades de les ferides, que li havien aprofundit les arrugues, el rostre de Nabar conservava un aire encara ferm. Durant els anys de puixança havia suportat l'influx orgullós del poder que li conferia presidir el consell amb molta dignitat, evitant provocar les tribus veïnes i mantenint l'ordre al territori, de manera que els guerrers el respectaven més que no el temien.

Un servent va afegir un altre coixí al tou que sostenia l'esquena del vell guerrer.

—Amb quants homes comptem? —va preguntar Nabar com si no sabés quin era el nombre d'homes que ell mateix comandava.

—Senyor, només caldria enviar-n'hi una trentena.

—Feu el que calgui.

Al final, els nobles del consell havien actuat amb cautela i van enviar-hi els que estaven més ben preparats per fer incursions, entre els quals el fill d'Ekinar.

14

(277 aC)

Poca estona després d'haver-se reunit a la casa de govern, els guerrers més experts es van agrupar en un escamot, disposats a fer una escaramussa per recuperar el carregament de gra. Eren una quarantena d'homes joves, entre ells Atabels, i els comandava Binturke, el fill de Nabar. Portaven llances i dargues, escuts rodons més lleugers que els permetrien defensar-se al galop, si fos necessari. Marxarien sense cap cerimònia prèvia, com acostumaven a fer en temps de guerra; s'estalviarien així el servei de vi i les borratxeres. Abans d'atacar, ja farien invocacions a l'esperit del déu llop, cadascú pel seu compte.

Atabels s'havia situat a la segona fila.

—Vull que ens cobreixis la rereguarda anant i tornant —li va ordenar Binturke, la pell d'oliva negra i una barbeta de boc ben retallada.

—Ho he de considerar un honor o bé un càstig? —Atabels li va clavar una mirada desafiant. Feia uns quants anys tots dos havien sobreviscut als boscos fins a l'entrada de l'hivern amb un pa, un dard de ferro i un ganivet, i s'havien rebolcat al fang i a les cendres durant les cerimònies dels guerrers.

Però Binturke no era un company que s'avingués a la vida salvatge. L'havia mirat amb altivesa, alçant el coll, on relluïa un collaret d'or d'un valor considerable.

—Has jurat fidelitat al meu pare —el va escrutar amb ulls de malfiança.

—No l'he demostrat fins ara?

—Què et passa? Quins retrets m'has de fer? És per Nisunin, la filla del mestre d'obres?

—Sé que li has fet arribat un missatge tot just avui... Ella em va escollir a mi, serà la meva dona, ja ho saps —es va queixar Atabels—. No t'hi atreveixis o s'haurà acabat el meu jurament...

—Ah, sí? Hi estàs obligat —el va desafiar Binturke—, em deus el mateix compromís que al meu pare.

La paraula d'un guerrer era tan sagrada com les seves accions, i Atabels havia promès obediència al vell capitost Nabar.

—No pas si faltes a la veritat, i ja saps que puc dir coses que et farien caure.

—Jo seré el nou cap del consell. —Binturke havia tensat la mirada, desdenyós, i va treure una punta de llengua, com si anés a fer un llengot.

—Encara no t'hi han proclamat.

Dalt del cavall, que es bellugava nerviós, el fill de Nabar el va mirar amb les celles mig alçades, somrient amb fredor.

—Ser infidel als teus juraments et faria odiós als ulls dels homes del consell, Atabels... Ets el guerrer més valent, el que millor cobrirà la rereguarda. Que t'acompanyi Nalbe, el teu amic.

—Les teves mofes m'ofenen, Binturke, no necessito que em reconeguin una noblesa que ja m'he guanyat.

Dos anys abans, amb setze hiverns fets, Atabels havia lluitat contra un grup de bandits que volien apoderar-se d'un poblat indiketa, a tocar de la frontera. En el frec a frec de la lluita havia fet saltar guspires de les cuirasses enemigues amb la seva espasa i, en tornar a casa, quan el vell Nabar el va voler premiar, va dir que l'honor era el seu profit principal.

—No gallegis tant, ja saps qui mana —va saltar Binturke.

—Tampoc vull una fama que ofengui el teu pare —sabia que, si guanyava massa renom, li podien retreure l'ambició i ell només pretenia conservar el rang—, prefereixo un escalafó més baix i poder fer el que em plagui amb la meva vida.

—Si no ets fidel a qui et mana, que avui soc jo, pots perdre-ho tot. —Binturke, amb el cap inclinat a una banda, semblava buscar-li el costat feble per atacar-lo.

Atabels ho havia entès, sabia el risc que corria enfrontant-s'hi.

—Sé molt bé quines són les meves obligacions, no m'agrada que les posin en dubte, la noblesa es guanya —va escodrinyar-lo sense abaixar el cap— i no es pot usurpar.

—Ja saps què t'hi jugues.

El to amenaçador de Binturke, que ara dirigia el grup, no el va pas acovardir.

—Compliré el meu deure, però a la tornada passarem comptes, si no respectes el meu dret.

—No presumeixis tant, no tens l'astúcia ni la valentia dels llops —li va retreure Binturke.

—Tu no ets qui per dir-m'ho —el va desafiar Atabels.

—Jo dirigeixo la llopada. Dic quan cal atacar i sé qui és el més dèbil.

Tots dos sabien que la fama de ferotges que tenien els guerrers ibers era ben merescuda. Dels depredadors salvatges havien après moltes arts de batalla i els imitaven en les seves estratègies: acostumaven a sortir en colles seguint un guerrer en cap i, un cop al camp de batalla, intentaven trencar el front enemic fent-lo dispersar. Els guerrers havien après a observar la manera com actuen els llops a l'hora d'atacar els ramats de bous i vaques en escamots de sis a vuit exemplars, dirigits sempre pel mascle que té més experiència. El llop dominant mira de trencar el cercle de defensa dels braus provocant-ne algun fins a fer-lo reaccionar. D'aquesta manera, el cercle es debilita i els altres llops poden entrar a estirar algun vedell i endur-se'l.

Així actuaven ells, quan anaven en escamot. Però, si s'enfrontaven entre si, es debilitaven.

Atabels havia mantingut la mirada alta, i encara va dir:

—Sé imitar els llops: guardo fidelitat al clan, però ataco quan em veig obligat a sobreviure.

Binturke va fer una ganyota, com si estigués a punt de riure.

—A ella, no la tindràs —va deixar anar de sobte—. Ja l'he posseïda i és igual que totes les dones...

L'expressió d'Atabels es va desencaixar. S'havia tombat endavant, arrapant l'espasa.

—Desgraciat, fill de mala mare! Com goses, miserable?

Binturke havia fet recular el cavall. Els guerrers els estaven cridant a fer pinya. Calia marxar de pressa.

—Aquesta me la pagaràs! —va cridar Atabels.

Binturke no va respondre. Ja havia arriat l'animal i el va deixar amb la ràbia a la boca.

Tot seguit, els guerrers havien galopat cap al nord, la túnica curta fregant les gamberes a mitja cama, muscleres de ferro, el casc, les botes altes, protegits per cuirasses al pit i escuts de fusta reforçats amb bronze i decorats amb cares de llop i motius tribals, l'espasa llarga i un punyal enfundat a tocar del fermall del cinturó, per si calia defensar-se en la lluita cos a cos.

Muntats en cavalls bregats que estaven acostumats a viure sense treva i que només portaven un disc frontal com a protector i una manta en comptes de sella, els genets van cavalcar a les fosques.

En plena nit havien arribat a les envistes del lloc on acampaven els enemics. Volien atacar per sorpresa i no van tardar gens a llançar-se sobre el campament provisional, proferint xiscles i crits estridents tal com acostumaven a iniciar la lluita, com si estiguessin posseïts per l'esperit del déu llop.

Els sordons, amb prou feines una trentena, sorpresos per l'atac, havien respost desordenadament i massa tard.

Els homes de Binturke, espasa en mà, van desmuntar per combatre finalment a peu dret. Ben aviat van mostrar la seva superioritat en la lluita. Tot i això, alguns d'ells van rebre ferides. Nalbe n'era un. Un sordó que portava un gran braçalet en forma de serp l'havia escomès per l'esquena i, en girar-se per protegir-se, l'indiketa havia rebut un cop d'espasa. Per sort, només li havia esgarrapat el canell. Nalbe es va escapar i va poder estroncar de seguida la sang que li rajava, cargolant-s'hi un retall esquinçat de túnica.

Durant l'atac, Atabels i Nalbe havien combatut junts, però, en el fragor final, Atabels es va apartar sobtadament per tornar a muntar a cavall.

—On vas?

—He d'impedir que s'escapi el capitost! —Atabels va cridar amb fermesa mentre assenyalava un genet que fugia davant d'ells.

Nalbe el va seguir, atiant el cavall i pensant a guardar-li la rereguarda. Encara que els animals estiguessin cansats, aguantarien. Tots dos genets van començar una carrera, però tot just havien girat al primer revolt del pas, Nalbe va perdre el seu amic de vista. Atabels havia accelerat el trot i es va endinsar en la foscor. Estava perseguint un guerrer prou destre que acabava de ferir uns quants indiketes. Volia evitar que se li escapés i va aconseguir encalçar-lo en la carrera, ja lluny del grup. Tanmateix, però, el seu contrincant havia reaccionat de pressa, girant-se per desafiar-lo. Atabels es va sentir una esgarrapada al costat dret del tors. En la negror de la lluna nova, gairebé sense veure-s'hi, es va defensar per instint: els seus reflexos aguts li van permetre contraatacar i, amb l'espasa ràpida, va ferir el sordó d'una estocada mortal. En acabat, després d'haver-lo abatut, li va arrencar el casc i, agafant-lo pels cabells, li va separar el cap del cos a talls d'espasa, tal com manava la tradició. Aquell cap li valdria com a trofeu guanyat en defensa de la tribu, els homes del consell ho veurien com una mostra de victòria i ell en sortiria enfortit.

En la distància ressonaven els bruels d'eufòria dels homes del seu escamot, que havien recuperat el carregament de cereals. Nalbe no apareixia; es devia haver quedat enrere. Va escoltar la cridòria desfermada que se sentia al lluny mentre lligava el cap del vençut amb una soga i el penjava tot seguit del llom del seu cavall.

Alguns dels seus companys havien fet el mateix després de guanyar en l'atac: tallar els caps dels enemics i clavar-los a la punta de la llança o estacar-los al cavall. El sacerdot Korbis els comminava a obeir aquell ritual antic, deia que així el déu de la guerra els permetria prendre la força dels esperits que acabaven d'abatre.

Quan arribessin a Indika netejarien amb calç els caps enemics i enclavarien els dels guerrers més importants a les façanes de les cases nobles, com a símbol de poder. Seguien practicant aquell costum des de temps remot, un ritual que no era entès pels estrangers ni pels grecs foceus. Però ells no hi havien renunciat, encara que admiressin la cultura dels emporitans, que consideraven aliats a l'hora de fer pactes o intercanvis de comerç.

Poc després de l'esclat alegre de l'escamot, Atabels es va sentir vivament la punxada que havia rebut al costat dret. La ferida li sagnava molt, calia afanyar-se, i va tustar el cavall per recular cap on era el seu company. En aquell moment, el so d'un galop ràpid va ressonar davant seu, fins que va aparèixer l'ombra confusa d'un genet.

—Nalbe?

15

(277 aC)

L'endemà de la incursió guerrera dos ases tiraven un carruatge que transportava saques de gra i un parell d'àmfores de dues nanses i peu afuat, plenes de cervesa. Dos individus els guiaven.

—Vigila que el carro no es tombi —va advertir un dels homes, assenyalant un solc de pedra per on s'escorria una claveguera d'aigües de pluja.

Era l'emissari que el dia abans havia alertat de l'espoli de cereals. Anava acompanyat d'un altre home amb qui seguia a peu la bona marxa del carregament. Acabaven de traspassar la torre del sud-est, una de les vuit sortides de la ciutat alta.

El carro va trontollar lleugerament, mentre l'emissari assegurava els batents del portal amb taulons de fusta acoblats amb peces i reblons de ferro.

Segles enrere el poblat primitiu, tant a l'illa com al puig, havia crescut fins a convertir-se en una trama ben urbanitzada, amb carrers principals i illes de cases de planta quadrada o rectangular aixecades sobre fonaments de pedra. Els que governaven la ciutat havien edificat una primera muralla de més de dos passos d'alçada.

Més endavant, en temps del besavi d'Ekinar, la fortificació havia triplicat la seva superfície, alhora que es reformaven les torres i les entrades. Una d'aquestes era aquella porta, que permetia accedir a l'embarcador principal de l'estany. En aquella època, noves pedres extretes del fossat havien servit per enlairar els murs antics, reforçar les torres i coronar una setena torre de planta quadrada al nord, per tal d'evitar setges i assegurar la protecció de la ciutat per la banda més accessible. A ponent, en canvi, la fortificació quedava molt ben protegida pel fossat monumental de tall abrupte i perillós. Des d'allà es controlava el pas de mercaderies.

Anys més tard, el consell de govern de la ciutat havia considerat que calia reforçar les defenses a la zona nord, oberta a la part baixa, per on s'accedia a l'istme de l'illa i també al vessant oriental del puig. Per arribar-hi, calia transcórrer obligadament per un camí prou ample que resseguia la muralla i connectava l'illa de l'estany amb la terra ferma.

Malgrat que, en aquell moment, l'amenaça d'invasions estrangeres es veia com un fantasma llunyà que no els havia d'afectar necessàriament, si arribava el cas, la fortificació els protegiria de qualsevol possible atac. Indika comptava amb uns quants centenars d'homes preparats per sufocar revoltes internes que poguessin afectar l'estabilitat del territori i rebatre els atacs de tribus veïnes. Eren bons guerrers des de feia generacions. Fins i tot alguns avantpassats havien participat com a mercenaris de les tropes gregues a la batalla d'Himera, a Sicília, on havien clavat caps d'enemics en piques. Des de feia temps, però, els grecs havien anat perdent la predominància comercial enfront dels cartaginesos; a més, els romans començaven a disputar-se amb Cartago pel domini de la Mediterrània.

Les famílies més nobles, enriquides amb el comerç de mercaderies havien contribuït amb escreix en la reforma d'ampliació de la muralla. Els homes del consell, al seu torn, van recaptar nous impostos a tot el territori i havien aplegat més de mil homes, tot un exèrcit de picapedrers, obrers i esclaus, que, al llarg d'uns quants anys, van excavar el fossat amb molt de sacrifici. Primer trencant els blocs de pedra amb pics i arrencant-los de la roca mare. Després, tots aquells blocs pesants van ser arrossegats fins al peu dels fonaments amb carros per poder aixecar els nous murs ciclopis.

Finalment la muralla s'havia recobert amb parets de tova, rematades per merlets que els permetien protegir-se dels atacs de fletxes i llances. Les principals portes d'accés havien quedat protegides per corredors que feien d'embut i impossibilitaven l'entrada massiva d'enemics i qualsevol atac frontal.

Durant els anys que havia durat l'ampliació, la besàvia d'Aiunin, que també era remeiera, havia atès molts obrers que tenien ferides infectades amb aigües calentes de farigola, ungüents i cataplasmes. Les aplicava amb el recitat de fórmules màgiques que servien per espantar els mals esperits, a fi que tornessin a l'inframon. Molts d'aquells homes l'anaven a veure quan ja havien visitat el sacerdot guaridor i fet ofrenes als déus, que semblava que no els escoltaven, i després que algun ferrer hagués cauteritzat la ferida, i en tornar-hi amb la cicatriu encara supurant, els hagués dit que no hi podia fer res més.

El consell d'ancians d'aleshores havia ordenat que la porta principal de la muralla, oberta al sud-oest, mostrés l'esplendor de la capital amb una decoració que recordés l'art de la seva tribu: una motllura amb bigues de roure flanquejaria els dos murs d'accés. La fusta havia estat decorada per dos escultors amb motius geomètrics que imitaven les espirals, circumferències i entrellaçats amb què la mare naturalesa es manifesta a la terra. Aquelles formes d'aire circular completaven la visió d'una civilització que se sustentava en els cicles de la natura.

Era un treball artesà que mostrava la noblesa de la ciutat, perquè tothom que hi entrés en tingués constància.

Res de tot allò sabien els dos individus que aquell matí transportaven el carregament fins a la riba de l'estany. Ho ignoraven tot, apressats per altres prioritats.

Ja a l'embarcador, l'emissari va comprovar que els homes del consell havien complert la seva paraula i va acomiadar l'acompanyant que l'havia ajudat a transportar el carruatge. A tocar de l'aigua l'esperaven quatre remers que ja havien embarcat el seu cavall i l'ajudarien a estibar el carregament rebut com a paga pel seu servei. Abandonaria Indika i, aquesta vegada, no afrontaria camins de terra i de muntanya a peu, sinó que tindria una barca. Sortiria a través dels aiguamolls en direcció al mar i, arribant a Empòrion, enfilaria el trajecte del riu que desguassava al peu de la ciutat antiga per retornar al seu poblat.

16

(295 aC - 285 aC)

Anys enrere, Atabels s'havia mostrat com un pura sang d'ulls estirats i brillants i de cos flexible. El seu pare es va adonar de seguida que l'esperit del noi era fort i no seguiria el seu ofici i, quan el seu fill va complir els vuit anys, li va regalar un cavall negre. Era un exemplar molt bonic, de crinera lluent, que descendia de cavalls salvatges i havia estat ben ensinistrat per a la lluita. Poc després, Utibels va buscar un tutor perquè instruís el noi en l'art de la guerra.

El jove Atabels va aprendre a muntar i desmuntar amb l'agilitat d'un esquirol i a lluitar en el descampat que envoltava la ciutat, fora muralla. El seu cos es va enfortir, musculat per l'ús de les armes. Manejava l'espasa i el punyal amb la mateixa destresa amb què disparava la llança o tirava pedres amb la fona.

Cinc anys més tard va ser iniciat com a guerrer, a principis de tardor. La cerimònia havia començat a la casa de govern, que tenia l'entrada vedada als intrusos. En companyia de Binturke i d'altres joves com ell, van celebrar un banquet ritual. Per primera vegada, Atabels va veure el fogar d'aquella cambra prohibida: una enorme graella de ferro construïda sobre lloses de pedra verticals on cremava un bon caliu. Entre el fum de les brases s'apilonaven els trossos de cabrit que menjarien durant l'àpat ritual. Quan els seus ulls es van haver acostumat a la foscor, va entreveure una restinyera de lleixes a la paret, atapeïdes de peces de vaixella: copes, bols, vasos i plats de diferents mides. I en un angle de l'estança una taula-altar, presidida per un crani de llop als peus del qual, estintolats a la paret, es desplegaven moltes cuirasses, cascos, espases i llances. Dos guerrers havien portat un porc senglar viu, lligat amb una soga. El van aguantar mentre un ajudant del sacerdot el degollava. Poc després, van deixar que el senglar es dessagnés sobre la cassoleta de la pedra de sacrifici que hi havia a l'estança. Durant estona la sang es va anar escolant per un regueró fins a omplir una gerra de terrissa.

En acabat, els guerrers van esquarterar l'animal i el van posar sobre les brases, juntament amb el cabrit.

El sacerdot havia començat a preparar un picolat d'espècies amb cireret, cascall i arrels trinxades en un morter de pedra molt gran, de roca de gres extreta de la pedrera dels Clots. Hi va afegir un polsim de substàncies aromàtiques i brots de romaní i farigola. Després havia barrejat tots els ingredients amb aigua i un vi extremament fort.

En acabar aquella litúrgia, els joves aspirants a guerrers es van asseure en banquetes per beure i menjar.

Korbis s'havia posat dret. Les nines dels ulls li guspirejaven vermelloses sota la llum de l'estança. Embotit dins el mantell cerimonial negre, semblava un voltor. Havia començat a esbudellar un corb amb un punyal esmolat i, quan va acabar d'examinar les vísceres de l'au rapinyaire, va dir amb veu inflexible:

—Té el fetge bo i la tripa també. És un bon auguri.

Tot seguit va alçar un vas de terrissa que contenia el beuratge que havia preparat ell mateix.

—Teniu els déus al vostre favor, no els defraudeu —va exhortar-los.

Tot seguit en va beure un glop. Només un. Perquè encara que rebaixessin aquell vi grec amb aigua, les espècies n'enaltien els efectes i calia beure'n amb mesura. Tots sabien que, malgrat les precaucions que prenien a les cerimònies, a vegades algun guerrer n'havia fet una ingesta excessiva que li havia costat més d'un deliri.

Binturke va ser el següent a tastar la beguda cerimonial, fent honor a la seva nissaga. Els cabells llargs, untats amb sagí de senglar li lluïen, intensament negres. No era gaire alt, però les seves faccions anguloses i la seva mirada d'orgull tenien l'expressió entonada dels fills dels qui se saben protegits per la llei. Al seu torn, Atabels va beure amb el cor confiat, mentre invocava el seu rebesavi, pare d'Aiunin i home honorable, perquè li concedís la força a l'hora de lluitar.

Abans d'acabar el ritual, Nabar es va presentar a la sala, vestit amb una túnica vermella. Sota la llum d'un raig oblic que entrava per l'escletxa de la porta, els va escrutar un per un, amb uns ulls saltadors i foscos de geneta salvatge que feien respecte. De seguida va estirar un braç corpulent, enarborant l'espasa de puny brunyit, i tots els joves van abaixar la mirada. Nabar els va donar instruccions sobre el que haurien de fer en arribar al bosc i, quan va acabar, va dir:

—La nostra força prové de l'espasa, per això els guerrers forasters ens temen. Alguns ens consideren uns salvatges, però nosaltres guardem la paraula donada, respectem els déus i els homes nobles i estimem les dones que infanten.

Nabar es va retirar sense dir res més i ni tan sols es va acomiadar de Binturke, el seu propi fill, tal com era costum en els cerimonials de guerra.

A l'alba, els joves van muntar cavalls que portaven el llom protegit per una simple manta rústega de lli, sense agafadors ni sella, i que els servirien de llit de viatge durant tot el temps que estarien lluny de casa.

Van sortir en direcció a les muntanyes altes que es realçaven al sud, allà on s'acabaven els aiguamolls, i que semblaven tallar el cel i estroncar la terra allà mateix, com si el món no tingués continuïtat. Malgrat tot, el territori continuava més enllà, per altres carenes muntanyoses i valls fèrtils.

Per iniciar-se, els joves haurien de sobreviure vagant pel bosc, a la intempèrie; només els estava permès refugiar-se en alguna cabana si emmalaltien. Protegits per capes de cuir i pintats de cara i braços amb carbó i sang de cabrit, la pell del cos empastifada amb cendra per protegir-se de polls, xinxes i aranyes, semblaven feres salvatges. Com a armes, portaven un punyal de defensa, un arc i un buirac ple de fletxes per poder caçar algun cérvol o alguna daina quan els ataqués la fam. La tradició només consentia que tornessin abans d'hora si mataven un llop. Quan algun d'ells ho aconseguia, podia abandonar el bosc i entrar de nou a la ciutat perquè, des d'aquell moment, tothom el respectaria.

Atabels no va témer mai la mirada d'ulls grocs dels llops que corrien per la muntanya. Es va enfrontar a les ombres de la muntanya i guardava un secret d'aquell temps.

Quan va tornar a Indika va complir el jurament de fidelitat al vell Nabar, que el va proclamar guerrer. Ja a casa, el seu pare li va donar un dot considerable i armes bones. L'home havia visitat el ferrer més expert en l'art de trempar espases llargues i també de forjar les millors puntes de llança, sagetes, destrals, ganivets i navalles. Uns dies abans havia aconseguit una mena de ferro provinent d'un poble aixecat sobre el riu Teker anomenat Kerunta, situat dalt d'una muntanya de terra roja. En el seu lloc d'origen, un grup d'obrers havien extret el material de la roca amb pics i martells, mentre una colla de dones recollia les roques descompostes amb restes de terra i argila i les rentava en unes basses, extraient la sorra i separant, amb molta paciència, els granets de mena, o mangra, que servirien per fabricar ferro. Tot un carregament d'aquell material havia estat transportat en carros d'eixos per la Via Heraclea, tot vorejant un congost que permetia accedir a les terres d'interior, entre boscos que resseguien el curs del gran riu en direcció a la plana baixa, fins a arribar a Indika. Amb aquella mangra de qualitat, Utibels va encarregar una espasa llarga amb mànec de bronze repujat. Ell mateix va anar a veure com els obrers del taller de forja atiaven el foc del forn amb manxes i fonien la mena, que quedava al roig viu, i com el mestre ferrer martellejava les coques de ferro sobre una gran pedra arrodonida i allisada. L'espasa d'Atabels, feta a l'estil de les que utilitzaven els guerrers celtes, tenia un tall precís, doble i mortal.

En poc temps el noi va posseir tot l'armament que li calia a un bon genet: un gran escut oval reforçat per un umbó central de ferro decorat amb siluetes de serps als quatre costats, una cuirassa, un casc, genolleres i proteccions de cuir. Havia desestimat cap altre reforç, ja que les fones estaven destinades als que lluitaven a peu i no podien tenir cavall ni pagar-se l'armament pesant.

Havia començat a servir el capitost Nabar. S'entrenava amb altres guerrers i combatia a camp obert, on era preferible lluitar, ja que no temien tant els setges per part de forces invasores com el saqueig de les sitges curulles de gra i de les riqueses que mantenien el poder de la ciutat.

Més tard, amb divuit hiverns a l'esquena, Atabels va despertar a l'amor. Ignorava que li quedaven poques llunes perquè s'acomplís la mala sort que el destí li havia deparat, però la mort ja l'estava estalonant.

Per les festes de primavera, ell i els seus companys havien participat en una nova exhibició de forces. L'altivesa rude dels seus posats hauria fet creure a qualsevol intrús que tot allò era l'inici d'una lluita real a camp obert.

Al llarg de tres dies havien lluitat amistosament; tot i això, algun d'ells va prendre mal, una esgarrinxada d'espasa o talls de poca importància que no els impedien prosseguir. Tots aguantaven, perquè sabien que els qui lluitessin millor aconseguirien favors, béns de prestigi i l'interès de les noies que assistien a la demostració, acompanyades per familiars.

En aquella pugna amistosa, Binturke havia defugit lluitar amb Atabels, que va acabar abatent tres companys guerrers, bellugant-se com una fletxa i arriscant-se a cada cop de mà.

En acabar, una noia de pell olivàcia molt bonica el va anar a trobar a peu del cavall. Era Nisunin.

17

(289 aC - 279 aC)

Al llarg de quinze hiverns i quinze primaveres el mestre Tibastir havia dirigit l'edificació de dos temples nous al cim del puig. De bon principi tots els esforços van anar encaminats a la construcció del temple més gran, que havia de presidir la capital i atorgar un espai de privilegi a les cerimònies importants que se celebraven durant l'any.

Una vegada finalitzat el temple principal, s'havia iniciat la construcció d'un segon edifici de dimensions més reduïdes. Durant aquell llarg període, molts picapedrers experts, ajudats per jornalers i esclaus, gairebé un centenar, van treballar de valent sota les ordres del mestre d'obres.

Sota el mandat del consell d'ancians que presidia Nabar, la ciutat havia viscut una època de prosperitat, fins al punt d'aconseguir que els nobles més rics contribuïssin en escreix en la construcció dels temples, que gaudien de tot luxe de detalls. Tal com feien els grecs a les acròpolis, els havien aixecat en un punt màxim d'elevació des d'on es dominava una panoràmica completa de la ciutat, formada per la població de l'illa i la del puig, totes dues ben fortificades. Era una manera de mostrar fortalesa moral davant dels forasters i dels mateixos súbdits. Si les muralles asseguraven la integritat física dels pobladors, els temples vetllarien per les seves ànimes.

L'antiga casa de culte, on els guerrers de la tribu invocaven l'esperit del déu llop i oferien caps tallats i cranis de llops i gossos en èpoques passades, era lúgubre i insuficient. Calia dignificar el culte al déu i la deessa mare i ostentar-lo davant de tots els que accedien a Indika.

Una vegada assegurats els fonaments sobre el terreny rocós, els obrers havien aixecat els murs amb pedres de gres, ben travades entre si, gràcies a petits tascons que els donaven més solidesa. Els contraforts van requerir molts esforços a l'hora de rebaixar els blocs i fer-los encaixar bé. Les cantonades van ser construïdes amb carreus cúbics que enfortien l'edificació. Les columnes, altars i carreus, en canvi, eren de pedra més tova i fàcil d'esculpir que provenia de la pedrera dels Clots.

A poc a poc havien anat donant forma als edificis, tallant, escairant i polint amb destresa les peces, amb malls, tallants, escodes, buixardes, ratlladors, escarpes i punxons. Així s'havien alçat les plantes rectangulars de cada temple, amb una cella, o *naos*, i una *pronaos* situada al davant, separades per un petit mur fet amb blocs de gres ben escairats.

Tibastir havia escollit els millors experts en l'art de l'escultura. Alguns d'ells coneixien bé l'arquitectura dels temples grecs i van intervenir per donar forma a columnes, capitells i frisos amb un treball pacient i laboriós. També els ajudaven obrers especialistes que s'havien encarregat de preparar les peces: tot primer, la base de cadascuna de les columnes cilíndriques de gairebé nou passos i mig, cisellades amb canaleres, amb pedestals quadrats de dues motllures, la inferior més grossa que la superior, i després, el fust.

Els capitells de les columnes estaven esculpits amb dues volutes en forma d'espiral, una decoració d'ovals i un àbac ornamentat que responien a un art més refinat que el de l'antiga casa de culte d'Indika, que ja formava part del passat.

Una vegada van haver muntat cadascun dels arquitraus que sostenien el fris esculpit, la cornisa i el timpà superior, Tibastir, el pare de Nisunin, va ordenar als obrers que col·loquessin els acroteris de cada temple per coronar-los, a tall de cresta, presidint l'entrada. A l'interior, van aixecar vestíbuls i sales de parets policromades amb estucs vermellosos.

Les obres havien finalitzat amb el beneplàcit del sacerdot Korbis, que va fer una ofrena fundacional.

Feia més d'un any que els dos temples funcionaven. El més gran i elevat estava consagrat al déu de la guerra, encara que el déu del vent, el déu llop i una divinitat en forma de porc senglar compartien també les ofrenes de culte. Les deïtats gregues, que els indiketes identificaven amb divinitats pròpies, no hi tenien altars. Fora de l'edifici principal s'aixecava una pedra amb cassoleta per fer sacrificis expiatoris i, dins el recinte sagrat, o *hieron*, s'aixecava un faristol de pedra que sostenia un plec de tauletes de terrissa. Totes elles formaven part d'un calendari lunar que permetia predir els eclipsis de lluna i de sol en un període de divuit anys. Aquell era un dels poders principals del sacerdot, que sabia extreure els càlculs, a través dels cicles de 223 llunacions, que anava marcant a les tauletes. Cada divuit anys i uns dies es repetien els eclipsis parcials, anulars o totals. Aquells dies eren considerats funestos, la gent es quedava a casa i Korbis i els seus ajudants, vestits de blanc rigorós, feien ofrenes als déus.

El segon temple acollia la presència de la gran deessa mare, que hi tenia un altar. A l'exterior, algunes dones oferents acostumaven a deixar fruits i cereals arrenglerats sobre un banc de fusta, com a testimonis d'alguna petició o bé en agraïment per una collita de cereals abundant, un bon part o la curació d'una malaltia. També oferien cares de terrissa amb el rostre del monstre Medusa o peveters cisellats amb el cap de la Demèter grega que feia créixer els sembrats. I hi cremaven perfums d'espígol, orenga i romaní.

Tibastir havia adquirit tan bona fama que el mateix Nabar li va encarregar la reforma de la seva casa familiar.

El dia que el jove Atabels va decidir anar-lo a trobar, el mestre d'obres dirigia la construcció d'una porxada nova a la casa del cap dels guerrers.

El noi es va presentar davant del mestre d'obres vestit amb la millor túnica de lli brodada que tenia i un mantell subjectat a l'espatlla per una fíbula de bronze, que li feia joc amb el braçalet.

El pare de Nisunin el va escodrinyar en silenci, la cara carrada i uns ulls petits que s'enfonsaven sota el front ample.

—Ets fill d'Utibels, jo coneixia bé el teu pare.

—Soc un guerrer de família noble, senyor, per això goso presentar-me davant vostre per fer-vos una petició.

El mestre d'obres es va dur la mà al cinturó de cuir que li empenyia la panxa enlaire fent-li aixecar la túnica per sobre el genoll. «Ja sé per què vens», va acabar dient, «la meva dona i la meva filla m'han parlat de tu». Per un moment, Atabels es va asserenar pensant que li havien obert camí. Va començar a dir: «Senyor, la vostra filla...». Però aquell home rabassut que gaudia de bons privilegis i que era ben considerat pels homes del consell va estroncar-li les paraules amb una resposta clara: «La meva filla encara és massa jove per prendre espòs... Fes-te valer com a guerrer i torna quan hagi passat l'estiu vinent, llavors en parlarem».

Atabels es va sentir decebut per aquella rebuda. Va entendre que li caldria guanyar més prestigi i que l'única manera d'aconseguir-ho era demostrar el seu coratge, no pas en una exhibició, sinó en el camp de batalla.

Se'n va anar cap a casa seva amb el cor dividit entre l'eufòria de l'enamorament i el regust agre d'un rebuig que es podia capgirar, si Nisunin li era fidel com ell creia i la sort l'acompanyava.

Havia baixat per un carrer on abundaven les sitges de cereals. N'hi havia més de dues-centes com aquelles en tota la ciutat, encara que algunes ja no servien perquè, a mesura que s'anaven fent velles, es desestimaven per ensitjar el gra i s'omplien de deixalles i runes. Les sitges útils, en canvi, igualment excavades a terra, a molta profunditat i amb les cavitats en forma d'àmfora, boques estretes i tapades amb fang, de manera que quedessin ben segellades, eren un bon rebost per a la ciutat. Així, estanques, podien guardar granes durant desenes d'anys, però això no passava mai, perquè s'anaven buidant al llarg de cada temporada. En aquell moment molts d'aquells graners subterranis ja eren plens de cereals, sobretot d'ordi i blat, i també espelta, civada i mill.

Atabels va pensar que, malgrat l'amor que Nisunin i ell sentien l'un per l'altre, la relació amb la família d'ella hauria de dormir en silenci, com fa el gra de cereal dins les sitges. Abans de tot hauria d'esperar i demostrar que mereixia la seva filla.

Mentre hi pensava, es va girar a mirar els dos temples del puig. Tornarien a ser beneïts durant la festa de la sembra, a l'entrada de la tardor. Ell hauria de tornar abans, amb alguna prova de la seva valentia, perquè calia que els pares de Nisunin el veiessin com un guerrer noble en aquella celebració important. Korbis presidiria la cerimònia que s'oficiava als temples. Hi assistirien camperols i gent de la ciutat i de poblats veïns, que depenien de la bondat de les collites i que farien ofrenes per demanar la fertilitat dels camps i dels ramats a la deessa protectora. Els fidels portarien ofrenes, figuretes que representessin homes, dones i animals o plantes que simbolitzaven els atributs de la deessa: coloms, espigues de blat, mel i fruits secs o raïm, que es conreaven en petites produccions. Cada ofrena respondria a una petició a la divinitat fecunda. I Nisunin hi participaria.

18

(279 aC)

Un silenci ple d'incerteses va planar sobre la cambra. Ekinar havia deixat l'agulla de cosir sobre la banqueta. La seva neboda Ikeatin, amb dits lleugers i posat alegre, teixia en un dels telers verticals que estaven estintolats a la paret. Feia dies que la noia ordia el seu vestit de noces, una peça de lli molt delicada que portaria un brodat fet amb fil d'argent. Anava separant l'entramat de fils que queien, tensats per pesos de terracota, i els entrelligava de manera horitzontal amb una destresa admirable. Era sens dubte, després d'Àmnia, que ara vivia a Empòrion, la millor teixidora de totes les que treballaven per a Ekinar i que li lliuraven peces acabades, que ella brodava per a les dones nobles de la ciutat. De tots aquells teixits sortirien túniques de qualitat, elegants, rematades per sanefes amples i brodats de flors i fruits, i tenyides de groc i vermell. Aquells dos colors, que provenien dels millors tints fets amb arrels de gavarró i de rogeta, costaven molt d'obtenir i estaven destinats a les famílies nobles. Les dones del poble, en canvi, acostumaven a portar el lli natural o bé el tenyien amb blauet, que era el color destinat a la gent més humil.

En aquell moment el sol era al seu zenit i projectava un feix de llum brillant que zigzaguejava al fons de la cambra.

Ikeatin es va girar a mirar la seva tia, probablement sorpresa pel silenci que s'havia fet entre elles dues. Ekinar procurava acompanyar la feina amb converses i durant hores havia dissimulat prou bé, amagant els neguits que la turmentaven i que tenien a veure amb la marxa del seu fill Atabels. Malgrat tot, la incertesa dels seus pensaments reapareixia de tant en tant per esborrar-li el somriure.

La remor exterior l'havia sobresaltat i en la seva mirada ferma va aparèixer el rastre del patiment.

—Que passa alguna cosa?

—Escolta. —El to imperatiu d'Ekinar va fer callar la neboda. Una cridòria llunyana arribava a través dels murs. De seguida, una ombra d'inquietud va aparèixer als ulls negres d'Ikeatin.

Ekinar s'havia aixecat de la banqueta de pressa. Dreta al llindar de la porta, va empènyer el pern de fusta i, tot seguit, va sortir al pati. Ikeatin va anar a cridar les seves germanes, que vivien a la casa veïna. Van sortir, totes, l'una darrere l'altra, i van seguir Ekinar, que ja enfilava amb passos ferms el carrer. Al fons, dalt de tot, lluïen els dos temples sota el sol com pedres de foc, sobresortint per sobre els terrats de les cases.

En aquella hora, a la casa de govern, els homes del consell celebraven el segon aniversari de construcció dels temples i havien retut honor als escultors i al pare de Nisunin.

Ekinar i les seves nebodes van alentir el pas en arribar a la part alta de la ciutat; just allà, una petita multitud s'atropellava enmig del carrer que desembocava a la porta d'accés principal de la muralla i els barrava el pas. Van veure un grup de guerrers que intentava posar ordre des d'un replà contigu al mur d'entrada. El fet que l'accés a la ciutat estigués protegit per un corredor que facilitava la defensa a vegades resultava un obstacle, perquè estrenyia el pas a la gent que volia avançar.

Ekinar va maleir la curiositat dels que empenyien per darrere i cridaven, a viva veu, que l'escamot de guerrers es trobava fora de la ciutat. Va lamentar els impediments que comportava la muralla que els protegia en cas que fossin atacats, si anaven mal dades.

Ekinar va agafar Ikeatin pel braç; rere d'elles, les altres nebodes intentaven mantenir-se juntes entre la gentada que s'amuntegava als carrers. Un sentiment d'impotència creixent surava en les seves mirades. Ekinar va llegir el desconcert a la cara d'Ikeatin pensant que, tal vegada, la noia intuïa, igual que ella, que tota aquella eufòria es podia ensorrar de sobte i, malgrat la seva joventut, havia entès que allò que els homes aixequen per protegir-se es pot convertir en un parany.

Aquell matí que no oblidaré mai vaig sortir d'estampida, esperant la tornada del meu fill. Ikeatin i les altres meves nebodes van venir amb mi per fer-me costat. Un dels criats del meu germà havia sortit a pas de porta cridant:

—Ja són aquí!

El meu germà era fora en una empresa comercial massaliota i la meva cunyada feia llit, perquè no es trobava bé. Nosaltres vam córrer fins al cap de carrer, allà amb prou feines es podia circular. Tot s'havia omplert de gent que volia rebre els nostres guerrers i ens vam haver d'obrir pas com vam poder. La remor de la gent i el so dels corns que donaven el senyal d'arribada es van barrejar amb els crits de benvinguda dels homes que guardaven la muralla.

La gentada sorollosa ens va sobrepassar amb una xiscladissa que s'elevava per damunt de la ciutat. Vam avançar a empentes mentre sentíem entonar cants d'eufòria. Jo no estava gens tranquil·la, tot eren incerteses i el cor em bategava fort.

Per fi vam poder traspassar la porta principal de la muralla, a les envistes del gran fossat i del camí de pujada a la ciutat. Llavors em vaig animar pensant que retrobaria el meu fill.

Poc després, vaig veure al lluny una colla de guerrers extenuats i bruts, amb la pell recoberta per una capa escrostonada de pols i traces de sang fosca escampada pels braços i les cames, i vaig començar a tremolar per dins.

De seguida va córrer el rumor que havien salvat el carregament de cereals i la gent va seguir aclamant-los.

Tots estaven tan assedegats que feien pena. Alguns homes del cos de guàrdia van anar a enfonsar els cascos en un abeurador proper a la muralla i van portar regalimant d'aigua fins als guerrers, que van anar bevent per recuperar les forces.

Uns quants cavalls havien començat a tirar, embogits per l'olor de l'aigua, i van fer tombar més d'un casc ple.

Alguns genets que cobrien l'avantguarda del grup van desmuntar, carregats amb la darga i la llança, mentre els animals sortien en desbandada per anar a abeurar-se a l'estany. Les pobres bèsties tenien els narius de color vermell encès per l'esforç a què havien estat sotmeses.

Jo només portava de cap trobar el meu fill i, quan vaig veure que no guardava l'espatlla dels guerrers principals, vaig tornar a tenir un mal pressentiment.

Binturke capitanejava el grup amb aire desdenyós, cridant sota el casc rodó coronat per un grapat de pèls de cavall i amb la llança en l'aire. Tenia un aspecte temible: les traces negres del carbó li encerclaven els ullets de malfiança i del coll li penjava un cap tallat que regalimava sang. Havia fet aturar els homes que el seguien i, amb posat superb, va aixecar el trofeu sangonós com a testimoni de la victòria que havien obtingut.

Aquell gest va provocar l'eufòria entre alguns guerrers i familiars que els havien anat a rebre. Però ni el seu pare, Nabar, que estava enllitat, ni la seva mare havien sortit de la ciutat. Coneixent Gaunin, vaig pensar que era massa orgullosa per exposar-se a les mirades de la gent, segurament no es volia barrejar amb els qui considerava inferiors a ella. Binturke va descavalcar davant dels ancians nobles que li havien sortit al pas i junts es van encaminar cap a la casa del consell, que tenia entrada directa per la muralla. Els altres homes havien desmuntat i saludaven els familiars i amics que anaven a trobar-los.

Al final, em van deixar passar. Jo no estava per a res, feia estona que havia perdut les meves nebodes, i vaig buscar amb impaciència el meu fill entre els genets que anaven arribant. Aixecant la mirada vaig repassar la fila de ferits que anaven tot darrere. S'havien tret el casc que els tapava la cabellera esbarriada, però Atabels tampoc era entre ells.

Vaig seguir buscant amb neguit, fins que se'm va fer clara la visió dels qui tancaven l'escamot. A poc a poc, els crits i les aclamacions es van desfer i l'alegria inicial de benvinguda es va apagar com una foguera sota un ruixat fort.

Les meves nebodes m'havien trobat i Ikeastin em va tocar l'esquena. Se'm va gelar el cor quan vaig veure aparèixer a la rereguarda dos cavalls amb les boques plenes d'escuma que transportaven els cossos de dos guerrers. Un d'ells era el meu fill.

Vaig arrencar a córrer, ben trastocada; no volia creure el que veien els meus ulls. Fins en aquell moment havia tingut l'esperança que les temences que m'assaltaven no fossin certes. Però tot era ben real, i tant que ho era. Vaig sentir els plors de les meves nebodes i Nalbe que em deia amb veu rogallosa: «Ha estat el més valent».

Jo era part d'un lament que s'arrossegava per la meva sang i creixia com un foc roent dins meu. Vaig cridar amb una veu que amb prou feines reconeixia com a meva, un esgarip greu com el d'un home, que va sorgir sense la meva voluntat.

Va ser com si m'arranquessin el cor. Em vaig marejar, mentre uns i altres em sostenien. No recordo gaire res més, llevat d'un pensament que es repetia dins meu: «Malaurada de mi! Oh, trista sort!».

Fins molt més tard, ja a casa, no vaig ser capaç de tornar en mi. Ja havia perdut una filla acabada de néixer, no n'hi havia prou, encara? Per què la deessa m'havia pres el meu fill? No podia acceptar-ho, de cap manera.

Mai no vaig desitjar que ell prengués les armes. Sabia que un guerrer està sempre en mans de la fortuna, exposat a la mort, per poc que la lluita se li giri en contra. Un pas en fals, una decisió equivocada per part del qui comanda la colla, qualsevol discussió abans de presentar batalla pot dur mala sort i desgràcia. Em va venir al cap el mal record de quan Atabels havia tornat ferit d'una acció contra uns bandits i la recança de no haver intentat convèncer el meu home perquè l'encaminés a seguir-lo en empreses menys arriscades. Podia haver après a fer d'administrador o bé comerciar, com el meu germà Basped. Ben aviat, però, em vaig adonar que tots aquells pensaments eren inútils, perquè ja no era a temps de fer res.

La sacerdotessa Saratin es va presentar a mitja tarda, em va abraçar i em va xiuxiuejar a cau d'orella: «T'he de dir una cosa del teu fill, vine'm a veure quan puguis».

Tota l'estona no van parar de venir familiars i amics, però jo tenia el cap en una altra banda, només sentia aquell riu d'aigua cremant que em partia pel mig.

Àmnia va sortir d'Empòrion només de saber la notícia i va arribar cap al vespre. Ella i Bilana van atendre la gent que ens venia a acompanyar el sentiment. Àmnia feia compliments a tothom i jo estava absent, atuïda per un rosec covat al cor, mentre rebia condols que no m'alleujaven gens.

El vell Nabar patia del mal d'oblit i el vaig disculpar, però Binturke no es va dignar a enviar ningú en nom seu. Només els homes del consell van fer venir un emissari a dir-me que sentien la mort d'Atabels, sense mostrar cap altre reconeixement.

El cos del meu fill va quedar exposat al pati de casa i vaig passar molta estona al seu costat mirant-lo. Àmnia i la meva esclava Ateranina l'havien rentat i li havien cosit les ferides de llança abans de vestir-lo amb una túnica de gala i unes botes de cuir noves. Al costat, lluïa l'espasa i la cuirassa, com a testimoni de la seva valentia. Al voltant del seu cos, la meva estimada Àmnia havia escampat un grapat de lliris grocs i lilencs dels que creixen als aiguamolls. Tenien uns pètals lluminosos, tan sedosos i febles, que em van fer tremolar per dins perquè, tot just arrencats, ja es començaven a marcir. El meu fill els tocava amb les puntes dels dits inermes i, malgrat tot, estirat sobre la banqueta, damunt d'una estora de balca trenada, semblava un jove ple de vida. Amb el cor pesant com una llosa, vaig treure-li l'ullal de llop que duia penjat al pit i li vaig posar l'amulet del besavi que m'havia donat l'àvia Aiunin. Després vaig ordenar a la meva esclava que busqués la millor peça de vaixella que teníem, una gerra antiga que era molt valuosa. Estava pintada amb figures vermelles, i la guardàvem per servir vi a les festes assenyalades. Vaig escollir-la perquè volia que les cendres del meu fill reposessin dignament.

Ben aviat vaig haver agraït les mostres d'estima als familiars i veïns, van marxar tots.

Jo tenia el cor massa trencat i, havent perdut el meu home, els pares i l'àvia Aiunin, que coneixia els misteris d'aquest món, la meva germana Àmnia era l'única persona en qui podia recolzar el cap com una mare faria amb una filla. Ella em comprenia més que ningú i em va fer molt de costat. Es va quedar a fer-me companyia, després que Ateranina se n'anés a dormir i, de tant en tant, em preparava infusions de til·la i de cascall per calmar els nervis.

Vaig recordar tot el que jo mateixa li havia dit a Àmnia quan va acceptar casar-se amb Agató. La vaig advertir que les dones gregues necessitaven sempre un tutor, un *Kyrios*, en deien. A ella no la considerarien una dona lliure, tal com ens reconeixien a nosaltres, pel sol fet de pertànyer a una família noble. «Germana, com que la nostra mare és morta i el pare això no t'ho dirà, ja t'ho dic jo: pensa que no administraràs els teus béns i dependràs del teu espòs, fes-te'n la idea, que no sigui que, quan et faci seva, l'avorreixis... Sembla que Agató és un bon home, però té quinze anys més que tu. Rumia bé la teva decisió. Si no l'acceptes, jo et defensaré davant del nostre pare... No voldria un destí trist per a tu». Feia uns quants anys d'allò, i encara semblava que veia el rostre juvenil de la meva germana, la cara de rosa fresca, els ulls negres d'agulló que et miraven amb tanta franquesa. Tenia gravades al cor les seves paraules: «T'agraeixo que vetllis per mi, germana, no pateixis,

Agató em plau i, si mai em sento malament, us ho faré saber. Confio en tu i en Basped».

Em considerava gairebé una mare i, en saber la meva desgràcia, havia vingut prest al meu costat, només de saber que jo la necessitava. Vaig repesar en silenci el valor que tenia la meva germana, la serenitat que era capaç de guardar a cada moment. Quan jo havia perdut la confiança en tot, em va acompanyar il·luminant la meva foscor. Vaig trobar ajuda en la seva mirada ferma i confiada, que em prometia sobreviure en la foscor, igual com fa la llavor de blat que arrela dins la terra.

En negra nit, sempre recordaré que era lluna nova, algú va trucar a la porta de casa. Era Nalbe, que volia parlar amb mi. Portava el canell embenat i feia cara d'esgotament. El vaig fer passar a dins de seguida. Va dir que em volia explicar una cosa que no podia guardar-se per a ell sol i jo l'hi vaig agrair, tenint en compte que era el millor amic del meu fill. Vam parlar d'amagat d'Àmnia, que havia vetllat per mi quan jo descansava i, sedada per les infusions, dormia en una altra estança.

Nalbe es va apropar al cos del meu fill i el va tocar en silenci. A la llum titil·lant de les torxes, li vaig veure els ulls entelats quan es va asseure al meu costat. El seu relat va ser molt dur. Les seves paraules em van remoure les entranyes i vaig quedar muda. El que m'estava dient era massa greu perquè jo ho pogués pair. En escoltar-lo, la meva indignació va créixer encara més, atiant el foc del meu mal amb la llenya seca del ressentiment i la ràbia.

Aquell relat ignominiós, explicat per un guerrer fidel, em va fer perdre la confiança en el govern de la ciutat. Vaig creure-me'l, perquè sabia que Nalbe tenia un caràcter noble i les seves explicacions m'ajudaven a entendre què devia haver passat i per què Binturke no havia demanat als homes del consell de retre honors al meu fill, com si fos un guerrer qualsevol, un arreplegat.

El nostre honor familiar era sagrat i jo em veia obligada a mantenir-lo.

—És difícil provar res —va dir Nalbe—, tampoc no en sé tots els detalls i seria la meva paraula contra la del futur cap dels guerrers que pretén presidir el consell.

—Demanaré que es faci justícia.

—No creç que serveixi de res. Hauré de prendre venjança jo sol...

—T'ho prego, no et vull veure mort també, no facis res de què et puguis penedir —vaig suplicar-li.

Quan va ser fora, vaig buidar-me plorant en silenci i, de tant en tant, afegia oli a les llànties que estaven enceses a l'altar familiar, procurant que no s'apaguessin. La meva germana havia fet una ofrena amb oli de romaní i espígol i, abans d'adormir-se, havia invocat l'esperit de la nostra àvia perquè vetllés per nosaltres.

Se'm va fer clara més que mai la desesperació de la deessa Demèter, de qui havia sentit explicar que va davallar als inferns buscant la seva filla Persèfone. Però saber que una divinitat havia passat per una experiència semblant tampoc no em consolava gens.

19

(279 aC)

A les fosques, dues mans àgils van aixecar un travesser de fusta que quedava amagat sota una arca de roure. El tauló va cruixir lleugerament en deixar-lo a terra, en un angle apartat on no arribava la catifa d'espart que cobria l'estança.

Qui havia enretirat el travesser va furgar dins el clot que s'obria sota terra, un forat cavat a la pedra mare que sostenia les parets de la petita estança. La llum tènue que entrava per un petit finestró, l'únic forat de respiració d'aquella cambra encovada, va deixar entreveure la tapa de bronze d'un cofre. Després que aquelles mans esquives obrissin la caixa amb un moviment ràpid, es va sentir un dring inquiet de monedes i, poc després, el travesser va tornar a lloc, com una llosa de pedra.

A mitja tarda, un estranger havia travessat el llindar d'un dels portals sòlids, amples i de fulla revestida amb bronze que guardaven la casa de Nabar. El servent li havia obert la porta fent-la girar sobre un gran pern.

El foraster va aguantar amb aire tranquil la mirada

del serf, que l'havia repassat de dalt a baix baixant els ulls per la túnica llarga, típica dels grecs, fins a recalar en les espardenyes d'espart, una mica garrelles i desgastades de les puntes. Poc després, sense fer cas de la ganyota de disgust del servent, va dir:

—Anuncieu-me al vostre senyor: soc l'emissari del comerciant massaliota.

Al cap de poc va reaparèixer el servent i el va acompanyar a l'interior. Al fons d'un passadís estret s'obria una de les sales més ombrívoles i airejades de la casa, que donava a un pati porxat amb emparrats d'heures, on els homes de la família de Nabar acostumaven a descansar els dies xafogosos d'estiu.

De dins estant de la sala es va sentir una veu greu:

—Fes-lo passar i ofereix-li un seient.

L'ordre venia de Binturke. Estava assegut en un setial amb un respatller alt, al bell mig de la saleta mal il·luminada. La imatge del fill d'un dels homes més respectats de la ciutat era del tot oposada a la del guerrer que el dia abans havia descavalcat mostrant davant d'un públic enfervorit el cap tallat d'un enemic. Sense les robes sangonoses i brutes i havent-se netejat les crostes de fang i de pols sota l'aigua neta, Binturke semblava un altre. El guerrer va fer una llambregada ràpida al visitant, els ulls incisius, sense aixecar-se en cap moment del seient.

—Ves a avisar l'escriba que s'espera a l'altra sala —va manar al serf.

Mentre l'estranger el saludava amb un gest de respecte i prenia lloc davant seu, Binturke es va limitar a quedar-se arrepapat a l'ombra, calçat amb sandàlies de cuir i vestit amb una túnica a genoll rematada per un voraviu vermell, color de sang i de victòria, que acompanyava sempre els homes poderosos. La fíbula d'or que li subjectava el mantell negre sobre l'espatlla i el fermall del cinturó que hi feia joc li donaven un aire senyorívol.

Es van sentir ressonar passos decidits a l'interior de la casa i, poc després, va entrar l'escriba que Binturke havia fet cridar.

—Senyor... —Un home d'aspecte noble va fer una lleu reverència, enarcant l'esquena.

—Bé, on és la carta? —Binturke va mirar el foraster, expectant.

—Us porto el que vau encomanar, a més de la meva acreditació.

L'estranger va ficar la mà per sota els plecs de la túnica llarga. Tot seguit li va mostrar un segell que l'acreditava com a emissari i un estoig de cuir que contenia un rotlle de plom. Lleuger de moviments, va extreure la làmina enrotllada i la va desplegar amb compte.

—Aquí teniu el que volíeu, senyor —l'hi va allargar al jove guerrer—, està escrit en les nostres dues llengües, ibèric i grec jònic, tal com vau demanar que féssim expressament per a vós.

Binturke havia insistit que el text fos traduït, tot i que no era costum. Durant uns instants en què l'atenció dels qui eren a la sala va planar per l'aire expectant, com un aligot que sobrevolés una presa, el fill de Nabar va romandre en silenci, mirant el plom amb deteniment. Amb un moviment àgil d'ulls havia resseguit la inscripció un parell de vegades, de dalt a baix, com si volgués extreure'n el significat a còpia de passar-hi per sobre. L'escriba del seu pare li havia ensenyat a interpretar aquells signes que només coneixien uns pocs ibers nobles, instruïts en lletres. Tots sabien interpretar les dues variants d'aquell sistema de signes, una simple i l'altra dual, segons que els signes designessin un sol so o tota una síl·laba, com era el cas del document que havia encarregat Binturke.

Després de repassar la làmina, el guerrer la va donar a l'escriba.

—Digueu-me si heu entès el mateix que jo, Bantor, vós que em vau instruir en aquesta art i la coneixeu millor que ningú. Confirmeu-nos si hi ha tot el que cal en una carta d'aquesta mena abans de donar-hi el vistiplau.

L'escriba va començar a llegir la dotzena de línies amb paraules que apareixien sense separació entre elles, gravades sobre la superfície del plom amb un punxó molt fi.

—Llegiu-ho en veu alta —va ordenar el fill de Nabar.

El noble escriba va començar a desgranar paraules. A l'escrit, hi figurava el nom de la persona que feia l'encàrrec, el mateix Binturke; el de l'armador de Massàlia amb qui tancaria el tracte, i el de l'emissari que li portava aquella carta, a més d'instruccions clares sobre quina mercaderia calia embarcar, com es faria el transport al llarg de la costa per arribar a Empòrion, i de quina manera la remolcarien fins a Indika, en tres vaixells de poc calat. S'hi especificaven les quantitats que s'haurien de pagar, amb la condició de tancar el tracte en el termini de quinze dies. La carta acabava amb una salutació final i els noms dels implicats en l'empresa, a tall de signatura.

Finalment, l'escriba va aixecar els ulls del plom i va assentir amb un balanceig de cap, tranquil i ferm, que parlava més que cap paraula. Binturke el va acomiadar fent esbategar la mà en l'aire.

—Us compensaré, Bantor, ja us podeu retirar.

Després va fitar l'emissari empetitint els ulls, com si volgués observar de prop algú que era inferior a ell.

—Suposo que com a delegat del comerciant de Massàlia amb qui tinc el tracte m'he de fiar de vós —va fer una cantarella de dubte.

—Sí, senyor, ja heu vist el segell i la carta que m'acrediten.

Binturke va tornar a fer una ullada al document.

—Totes les instruccions que vaig donar consten escrites al peu de la lletra, però sapigueu que, si n'incompliu alguna, us reclamaré els costos i no tindreu via franca a les nostres terres. —Va parlar com si ja presidís el consell.

L'emissari grec es va tocar la barbeta. Havia esperat uns segons a contestar; semblava que calculés la resposta, sabent què s'hi jugava.

—Nosaltres prenem el compromís, senyor, però no estarà tot fet fins que tinguem el contracte, si esteu d'acord amb el que consta a la carta.

Binturke es va posar una mà a la cinta de cuir repujat amb bronze que li subjectava la cabellera.

—Tot el que diu em sembla bé, però afanyeu-vos a enllestir el contracte i dur-me el carregament... Us he donat una paga i senyal prou gran i no us donaré cap més moneda fins que ho tingueu tot a punt. Recordeu que la condició és rebre-ho tot abans que comenci el mal temps... Ja podeu marxar.

S'havia aixecat del setial nobiliari i va fer fora l'emissari amb un gest de mà ràpid, com si se'l volgués espolsar de sobre. El grec es va acomiadar amb una reverència lleu abans d'enretirar-se de la sala.

Al cap de poc, el servent havia acompanyat l'estranger a una altra estança on s'alineaven, en lleixes disposades a cada paret, moltes peces de terrissa fines i ben cisellades. Totes relluïen a la llum d'un parell de llànties de bronze, polides i brillants. Van travessar plegats la sala, trepitjant una catifa brodada amb motius vegetals que cobria el terra, també emblanquinat i tenyit de vermell. Al contrari que les cases humils, que feien pudor de farinetes, sopa negra de sang i llet agra, la casa familiar de Nabar era perfumada amb olors de pi i d'essències provinents de Nàucratis i altres terres llunyanes, que havien estat comprades a comerciants fenicis i que cremaven en el caliu d'un peveter de terrissa.

Els dos homes van sortir finalment a un vestíbul on hi havia tres telers verticals amb pesos de fang cuit i una cortina de lli brodat que separava les estances de les dones de la resta de la casa. En aquella hora no hi havia ningú.

La mare de Binturke reposava a la cambra, mentre un servent atenia el seu home, que tornava a estar prostrat amb febre sobre la màrfega on acostumaven a dormir.

La nit anterior, Gaunin havia rebut el seu fill, cansat

i brut, a l'entrada de la casa noble. Li va donar la benvinguda sense abraçar-lo, i després va dir:

—No ets un guerrer qualsevol, t'has de fer valdre encara més; no et reconeixeran si no els demostres que tens autoritat i prens el poder abans que ells decideixin què volen fer.

—Tinc prou plata amagada —va respondre Binturke.

—Ai, infeliç! La plata et pot servir per engreixar voluntats, però primer has de ser astut i actuar abans que ells. Pren model del teu pare, si t'hi vols assemblar.

Les paraules tallants de Gaunin encara ressonaven al vestíbul com ganivets invisibles i Binturke semblava disposat a fer-les complir.

20

Dos dies després de l'arribada dels guerrers, Àmnia havia sortit de la casa d'Ekinar amb la idea d'enllestir els paraments per a la cerimònia de cremació. S'havia cobert el cap amb una toca negra i la seva cara de faccions anguloses, emmarcada per trenes relligades, tenia una expressió de fermesa natural. Abans de marxar de casa havia dit: «Ho faré tot jo», amb una convicció que no deixava espai a cap rèplica. Avisaria els parents i ho faria preparar tot per a la celebració: encarregaria llenya per a la pira funerària, olis i ofrenes diverses, un xai i una quantitat suficient d'*àcratos,* un vi grec que calia rebaixar amb aigua.

Ekinar va interpretar que el comportament decidit d'Àmnia era una manera de demostrar-li lleialtat. Ja no era la noia que es feia l'enfadada quan no comptaven amb ella; la maduresa havia accentuat el seu caràcter ferm i no s'alterava fàcilment.

Va agrair la bona voluntat de la seva germana petita, pensant en les virtuts que posseïa i en com havia madurat. L'amor que es tenien l'una per l'altra era més gran que totes les dificultats que es poguessin presentar a les seves vides. Es va quedar més tranquil·la, doncs, deixant en mans d'Àmnia tots els preparatius, sabent-se ella mateixa sense forces ni delit.

La tristesa li impedia fer res que no fos quedar-se immòbil al costat del seu fill.

A mig matí Basped es va presentar a casa seva. El seu germà la va abraçar i ella se'n va desfer amb pesantor.

—Tot s'ha perdut —va murmurar.

—Ens tens a nosaltres.

Van seure a tocar de l'altar familiar on seguia cremant una llàntia de greix. Amb el seu germà tenien prou complicitat per entendre's amb una mirada i Ekinar no va poder amagar la seva torbació.

—Què calles, germana?

Es va sentir bullir la sang de nou i va explicar el que havia amagat a la seva germana per no preocupar-la. Va parlar de les sospites que tenia Nalbe i del convenciment que no les podrien demostrar.

Basped va exclamar, esfereït:

—Aquest mala bèstia! Si governa, serà un tirà... El teu fill era massa noble i li devia plantar cara. —Per uns instants, havia blasfemat entre dents.

—Què es pot esperar de qui té per mare una serp verinosa? Ha mamat la llet de l'ambició i de la gelosia que Gaunin posseeix en desmesura. —Quan ho havia acabat de dir, Ekinar va sentir amargor a la boca. Es va estalviar de dir: «Aquella mala puta és gelosa com una gossa en zel i es va casar amb el vell Nabar només per interès».

La mirada del seu germà es va enfosquir.

—Què podem fer?

—No puc permetre que el meu fill no tingui dret a una venjança, però no vull que tu en surtis perjudicat.

—T'arrisques al pitjor.

—M'ajudaràs?

—Hem de ser molt prudents.

El seu germà li havia agafat la mà. Ekinar va xiuxiuejar-li alguna cosa a cau d'orella i ell va assentir amb un gest.

Al cap de poc, Basped va anar a veure el cos d'Atabels i el va tocar amb un gest de tendresa que els homes no solien permetre's. Amb els ulls enaiguats, va agafar l'espasa del noi.

—La faré inutilitzar avui mateix i pagaré les despeses de cremació.

Ekinar havia esbossat un mig somriure trist. Li va semblar que el seu germà havia envellit. Tot i que era ric i tractava amb els comerciants més poderosos del territori, tenia la pell enfosquida pel sol de tant trepitjar els embarcadors on tancaven els tractes comercials. Unes arrugues profundes se li marcaven al front. Va pensar tot això, però es va dir que potser eren els ulls d'ella que estaven cansats i ho veien tot negre. Ella sí que devia haver envellit de cop, corcada pel disgust. Aquells tres dies li havien semblat més llargs que tots els anys viscuts fins a aquell moment.

—No sé si ho resistiré. —Una fiblada la va tornar a travessar per dins.

—Germana, no t'enfonsis.

Basped l'havia agafat pel braç i ella va sentir la força

d'aquella mà ferma, acostumada a viatjar en barcasses remuntant el riu o resseguint els aiguamolls fins a la costa marina. La mà que, en més d'una ocasió, havia pres rumb cap a Massàlia, *Ebussos* o en direcció als ports més importants de la costa sud com Kesse, Saiganthe o Malaka. Aquella mà ossada que sabia negociar i tancava tractes amb una encaixada als ports d'Empòrion i Rhode. La mà segura que inspirava confiança als mercaders de terra endins, que compraven al seu germà béns de luxe; la mateixa mà que estava avesada a encarregar cartes comercials als qui treballaven a les ordres dels més rics.

—Faràs el que t'he demanat?

—Compliré la meva promesa —li va assegurar Basped.

—Accepta això. —Ekinar es va deslligar una bossa de cuir del cinyell i l'hi va allargar.

—De cap manera —s'hi va negar ell—, guarda't la plata per al que pugui venir.

Ella el va mirar amb fermesa, com si no l'hagués sentit.

—No siguis tossuda. I no facis aquest posat tan trist, vull veure que aquests ulls s'aclareixen.

Ekinar ja no recordava que hagués estat feliç ni que els seus ulls negres haguessin brillat mai d'alegria. Per un instant, els dos germans van emmudir, l'un davant l'altre, fins que ella va enretirar la bossa i se la va guardar, amb la sensació que pesava més que abans. Cap pesantor no era comparable a la càrrega del seu mal i dins el seu pensament ja havia anat creixent un altre pla de revenja que no pensava explicar a ningú.

Basped es va estirar les mànigues que li constrenyien els braços, forts com travessers, i la túnica ran de genolls encara se li va escurçar més.

—T'asseguro que no se sortirà amb la seva. De moment, faré el que pugui per impedir-ho.

Ekinar va assentir, convençuda que havia fet bé de no confessar-li tot el que sabia. Ja era suficient que sabés que Binturke havia exposat Atabels a un perill innecessari i que probablement pretenia Nisunin. La resta de sospites haurien incomodat el seu germà més del compte; a més, l'honor familiar l'obligaria a enfrontar-se cara a cara amb Binturke. Allò era perjudicial per a Basped, que necessitava mantenir bones relacions amb els homes de Nabar. Ekinar s'havia limitat a explicar la meitat del que sospitava. Es tractava d'un afer massa greu, del qual no tenia cap prova, excepte el testimoni de Nalbe. I Nalbe només era un guerrer humil a qui els nobles de la ciutat haurien acusat de mentider i fabulador si hagués parlat sense testimonis per acusar l'aspirant a presidir el consell.

Jo tenia trenta-cinc hiverns repartits entre el pit i l'esquena, una edat que moltes dones no arribaven a traspassar. Anys enrere havia acompanyat el meu home fins a l'últim moment, sabent que tenia els dies comptats. Vaig estar al seu costat per sostenir-li el cap quan estava enfebrat i moribund, sense llàgrimes a les galtes, segura que em reuniria amb ell a l'altra vida. Però mai m'hauria imaginat que perdria el meu fill abans d'hora i ni tan sols me'n podria acomiadar. Allò em feia desesperar. Res del món em podia semblar més injust ni cruel.

—Tinc sort de tu —vaig mussitar.

Basped era el germà amb qui jo havia compartit més moments en els darrers anys perquè vivíem a tocar. Bilana, en canvi, que havia sobreviscut als parts i les malalties, estava massa enfeinada i no tenia temps ni de respirar, i Àmnia, que hauria fet qualsevol cosa per mi i ara em feia companyia, vivia durant l'any a Empòrion. La proximitat amb el meu germà, doncs, i la bona entesa que sempre havíem mantingut les meves nebodes i jo afavorien la confiança entre nosaltres. Basped apreciava molt el meu espòs i, en vida d'ell, havien fet bona amistat.

—Puc fer res més per tu?

Vaig negar-l'hi amb el cap, agraïda, mentre la seva mà em premia l'espatlla.

Jo havia estat iniciada per la meva àvia, sabia defensar-me prou bé amb el punyal, tot i no empunyar-lo amb la mateixa destresa amb què teixia i brodava. Fins llavors em podia haver considerat una dona amb sort, perquè no estava obligada a fer les tasques familiars més feixugues, com ara moldre el gra, filar durant hores i hores o assecar i fumar anguiles i bogues pescades als aiguamolls. Tenia teixidores que treballaven per a mi i em podia permetre el luxe de posseir aliments preuats que intercanviava per teles brodades i també vaixella fina i joies que arribaven de l'altre costat de mar. Sempre havia viscut en l'abundància, però en aquell moment em sentia la dona més desgraciada del món.

Ser filla d'una família noble i haver-me casat amb un home bo no m'havia estalviat el patiment de perdre l'únic fill que em quedava viu.

—Atabels serà sempre l'orgull de la nostra nissaga i ha mort com un guerrer valent i fidel.

El meu germà em va recordar els lligams de la nostra tribu; els indiketes veneràvem el valor en la batalla, fins a tal punt que els nostres guerrers, tant o més que els d'altres pobles veïns, eren respectats i temuts a tot arreu.

—De què em serveix tot això? —vaig replicar mentre maleïa per dins el caràcter lluitador que el meu fill havia heretat del besavi i de l'àvia paterna, el seu esperit inquiet, la ferocitat amb què manejava l'espasa i la seva lleialtat.

En altre temps jo havia cregut en el valor de la fidelitat extrema que porta els guerrers a la mort. Ara la rebutjava amb fúria.

No em sentia capaç de seguir-ne parlant; a més, calia enllestir el que anàvem a fer.

—I l'intermediari grec que ha de fer tractes amb el comerciant de Massàlia?

—No pateixis, ho tinc tot lligat —va fer el meu germà.

—Que els déus us protegeixin, senyor.

La veu d'Ateranina, la meva esclava, va ressonar rere meu. Aquella dona coneixia bé el sentiment d'abandonament i els riscos que entranya la misèria. Potser més que jo, que havia viscut lliure i que en aquell moment em sentia esclava del dolor.

El meu germà s'havia recol·locat el cinturó de cuir on duia penjat un punyalet, per si calia defensar-se.

—Me'n vaig, tingues per segur que ho arreglaré bé. Fins demà.

Quan el meu germà va ser fora, Ateranina va dir:

—Ho sento molt, si pogués...

La vaig fer callar amb un gest de la mà.

—Senyora, no sabeu com us entenc —va afegir—, sempre m'heu tractat molt bé en aquesta casa, i jo he procurat correspondre-us.

Jo havia rebut Ateranina com a present de noces de part de la família del meu espòs.

—Quant de temps fa que et van arrancar de la teva família?

—Tenia catorze anys acabats de fer i no he tornat a veure els meus germans... No sé si en queda algun de viu.

La majoria de les esclaves havien estat capturades en incursions guerreres o comprades a mercaders que venien per mar. Però Ateranina m'havia explicat que els seus pares vivien prop de Massàlia i eren tan pobres que no podien mantenir-los. Els havien lliurat com a servents i, a ella, l'havien venut a un comerciant massaliota, que la va revendre a la família del meu home.

—En aquesta casa tots m'heu tractat bé.

Suposo que ho va dir perquè sabia que en altres cases no passava el mateix. Algunes esclaves donaven plaer en secret als seus amos, bé perquè eren forçades o perquè amb el temps acabaven apreciant els homes a qui servien. No era el cas d'Ateranina.

Les paraules de la meva esclava em van commoure.

—M'has de perdonar, Ateranina.

—Per què, senyora?

—Perquè no havia pensat mai en el teu patiment... Ara me n'adono i vull compensar-te. Pots anar-te'n al teu país, si vols. Demanaré al meu germà que t'arregli el viatge fins a Massàlia, hi aniràs ben acompanyada i, un cop allà, t'hauràs d'espavilar.

—El meu poblat és a tocar de la ciutat massaliota. Buscaré els meus germans, han de ser vius, encara...

Vaig pensar que Basped trobaria la manera d'embarcar-la i de trobar algú que la protegís fins a arribar a destí.

Ateranina va ajuntar les mans en un gest de reverència.

—Que els déus us beneeixin, senyora! Però...

M'estava preguntant amb la mirada què pensava fer jo.

—Tant li fa, jo tinc uns altres plans... Deixaré aquesta casa i aniré a viure amb la meva germana Àmnia.

—Quan?

—D'aquí a pocs dies —vaig dir jo.

—Us vull servir fins que marxeu, senyora.

Li vaig agafar una mà entre les meves, agraïda. Ella encara va insistir.

—Per què...?

—De moment, no et puc dir res més.

—Senyora, em tindreu amb l'ai al cor.

—Les dones som prou fortes per aguantar la incertesa —vaig respondre.

Tant ella com jo sabíem perfectament que naixem per morir, encara que el cicle de la vida no es tanqui mai. Coneixem els perills dels parts i les desgràcies que porten els combats. Vam ser educades per lliurar els nostres fills a la deessa, quan fos l'hora. Jo mateixa havia après a suportar els embats de la vida, sabia defensar-me en cas que m'ataquessin, però mai hauria pensat que el meu destí m'impediria saber la veritat a temps i que la mort se'm presentaria amb la seva cara més amarga.

Segona part

MÍNIA

21

La nit passada ha estat escrivint fins a caure rendida de cansament. Sense adonar-se'n, mentre anava desgranant els esdeveniments, ha acabat emergint la veu d'Ekinar, com si li expliqués tot el que va viure en primera persona. Ekinar l'ha estat acompanyant en la intimitat i li ha parlat com si la tingués al seu costat, rememorant una vida remota. Se li ha fet present i li ha obert les portes del seu cor, un cor vell que tanmateix s'assembla al d'ella, perquè hi pugui furgar a fons. Així ho interpreta, per això ha escrit sense descans, amb la fúria dels posseïts que cavalquen pel món de la inspiració, on es guarden totes les històries reals i imaginàries possibles.

Al final, quan ja estava llassada, se n'ha anat al llit. Ha pogut dormir quatre hores d'una tirada. Recorda haver somiat amb el Capità Marlow. S'havia perdut per la muntanya i l'ha trobat dins una cova. Tenia l'aspecte d'un alquimista: la barba llarga i els ulls d'un blau brillant extraordinari. Ell ha forjat un somriure lleu, gairebé imperceptible: «Estic experimentant al meu laboratori, vull fusionar desig i amor». I mentre li mostrava dos flascons plens d'una substància fosforescent, amb tots els colors de l'arc de Sant Martí, l'ha penetrat amb la mirada.

S'ha despertat en aquell moment, força alterada i una mica avergonyida. De què? S'estava negant el plaer, per no sentir que traeix el sentiment d'absència envers un ésser estimat? Per què? O és que ella no ha de tenir dret a atendre les seves necessitats més íntimes? Ha adormit el seu desig sexual durant mesos perquè la tristesa ocupa el seu cor, la seva ment, el seu cos. Alguna fibra interna l'alerta del perill de morir-se per dins, si no reacciona. L'insomni maleït que pateix només és un senyal d'alerta que ho indica clarament. O comença a acceptar la situació o seguirà el suplici, la tortura que està esmicolant la seva ànima a pessics.

Tot just ha començat a encarar la situació. Tolera millor les hores de vetlla, també. A diferència dels primers mesos, ja no es posa tan nerviosa ni s'aixeca contínuament a beure o a prendre més pastilles. Ho evita de manera conscient i, en els pitjors moments, ha après a guanyar el pols a la tensió interna fent respiracions profundes que la calmen. Després es posa a escriure sense interrompre's. I quan l'esgotament la venç del tot, com un enrampament sobtat, s'estira al llit i es queda immòbil, allargassada, encara que no s'adormi, esperant el moment que la llum travessi els llistons de la persiana i l'empenyi a viure un nou dia.

Dins seu corre un cuc que no descansa mai. Quant de temps fa que viu al xalet? Tres anys, des que es van hipotecar amb l'Armand. Està a punt d'arribar l'estiu, tornarà la xafogor polsegosa i més tard vindran la tardor i l'hivern, els vespres freds que tancaran mesos de desvarieig. S'haurà curat una mica? Faci el que faci, els sentiments van per dins i està cansada de fer de psicòloga d'ella mateixa.

S'ha vestit a poc a poc, sospesant el sentiment ambigu que la inunda, una barreja de dolor comprimit i de compassió creixent cap a ella mateixa. Pensa en l'informe d'excavació i en tota la feina que l'espera. Sap que, si posa l'atenció en la quotidianitat, tindrà energia per prosseguir.

Un dia la seva mare, quan encara no havia emmalaltit i tenia el cap clar com una muntanya nevada i una memòria feta a prova de bombes, li havia dit: «Quan les coses no vagin bé, pensa que tens força per superar el que estàs passant. No te n'oblidis. En els moments foscos cal recordar que el sol tornarà a sortir, tot passa».

Algun dia recuperarà les ganes de viure? No demana l'alegria desenfadada dels qui volen menjar-se el món perquè encara no han experimentat cap pèrdua, només desitjaria experimentar una mena de serenitat confiada que la vacuni contra la tristesa.

S'ha pres un cafè i s'ha posat a treballar en l'informe d'excavació fins a l'hora de dinar.

Més tard, ha arribat l'Estel.

Fa un temps plàcid, gairebé calorós al pic del sol. Assegudes a la taula del menjador, amb el balcó obert, han conversat de cara al jardí. Per sobre la barana es veu un bocí de mar d'un blau pujat, intens, i retalls de la petita cala que s'estira com una mitja lluna als peus de la urbanització. És l'època que li agrada més, perquè el jardí esclata de sobte i la sàlvia i l'espígol, tan rústics en comparació amb el delicat muguet que l'hivern passat va plantar en un parterre, treuen flors que es desclouen amb la mateixa fúria delicada amb què giravolten les ballarines russes.

—Tens una bona panoràmica —ha dit l'Estel.

Des del jardí també es veu el mar, encara que els pins i les cases impedeixin tenir una visió completa de la platja. Però aquí i allà predomina la llum. Els raigs enlluernadors del sol encenen l'aigua de les piscines dels xalets que estan edificats sota el talús del jardí. Alguns agosarats es banyen a la cala de la urbanització. Ben pocs. L'aigua encara deu ser molt freda i tothom espera l'estiu per llançar-se a conquerir un bocí de sorra. La Mínia també, malgrat que llavors ja hauran arribat els turistes que envaeixen la costa.

Amb un dit estirat en l'aire, l'Estel ha assenyalat la foto i la capseta de records d'en Jan que presideixen la calaixera.

—I això?

—T'he fet cas, pesada... Vols més te?

Sense esperar que l'Estel li respongués amb cap gest d'assentiment, ha abocat la tetera a les tasses de ceràmica blanca que reposen sobre la tauleta de vidre. Un rajolí marronenc ha començat a decantar-se fent un gluglú líquid.

De fons, a través dels altaveus que la Mínia ha connectat al telèfon mòbil, sona una suite per a violoncel de Johann Sebastian Bach.

—T'he portat una mica d'encens. —L'Estel ha furgat

dins la bossa de mà com si escarbotés terra, en un gest que fan sovint les dones, quan busquen algun objecte perdut entre el desordre íntim. N'ha tret una capseta llarga de color blau marí i l'hi ha donat. Al lateral de la capsa es pot llegir: *A transporting aromatic experience.*

La Mínia l'ha obert amb una punta d'ungla arrodonida i ha estirat un bastonet, atapeït i estret com un broc, que semblava fet de molsa seca. L'ha encès amb un llumí i, durant uns instants, ha estat observant la ratlla vermella que es menjava la punta del bastó, com una lava incandescent que avança, mentre el fum perfumat començava a envair el menjador amb una fragància de resines i de fusta noble de sàndal.

—Gràcies pel detall, m'he acostumat a cremar-ne.

Ha pensat en els cremadors d'ungüents que, en el passat, les dones oferien a les deesses: peveters amb banyes de cérvol dedicats a Àrtemis i bustos de Demèter. Li ha retornat la imatge de la deessa, lluint unes arracades grosses i una fíbula a la base del coll que li recull tres plecs de túnica.

—Adoptaràs el meu ritual? —somriu l'Estel. Tot seguit, s'ha empassat un glop de te i ha aclucat els ulls assaborint-lo.

—No és teu —li ha replicat.

—Veig que tornes a estar en mode *guerrera amazona.*

La Mínia mig somriu.

—Tinc estones de tot.

—T'aniria bé escriure un diari, t'ajudaria a buidar el pap i treure tot el que et bull a dins.

—No em ve de gust fer un diari... Tinc una història de ficció mig escrita —li ha confessat.

Un aire de sorpresa ha il·luminat els ulls gris cobalt de l'Estel.

—Ostres, de què va?

—Té relació amb les tombes que et vaig dir. Són d'un guerrer i la seva mare, fins i tot sabem els seus noms. Ella va perdre el fill...

—Ja, vols parlar de tot el que estàs passant a través d'una dona que no ets tu...

—No ben bé, també m'interessen els homes que l'acompanyen. De moment, només he començat.

El rostre ovalat de l'Estel, emmarcat pels cabells llisos color de terra, tallats a l'inici de coll, dibuixa una ganyota divertida.

—No hi podré sortir com a personatge?

—Et puc posar dos mil anys a sobre, si vols. —Ha tornat a somriure involuntàriament. Sense adonar-se'n, ha reconnectat amb la sornegueria que gastava abans de la seva desgràcia.

Agraeix l'espontaneïtat, la franquesa amb què parlen entre elles.

—Estàs recuperant l'humor, això està bé —constata l'Estel.

Si enveja alguna cosa de la seva amiga, és l'aire de felicitat que desprèn. Qualsevol diria que sempre està contenta, encara que tingui prou raons per rebufar de cansament, perquè es passa bona part del dia tractant malalts. El fet que hi estigui acostumada no pressuposa res; no deu ser gens fàcil mantenir la calma treballant als passadissos d'urgències d'un hospital.

—M'imagino la protagonista marxant d'Indika per anar a viure a Empòrion.

—Una dona que ha patit una pèrdua important i que canvia, si més no de lloc. —L'Estel ha seguit bevent. Durant uns segons, l'ha mirat per sobre la tassa—. Per què t'interessa tant aquesta civilització?

Estan assegudes frec a frec. Les uneix la proximitat, la música pletòrica de J. S. Bach i les paraules sinceres que intercanvien entre elles sense haver d'anar amb compte per res.

—D'alguna manera són els nostres ancestres... M'agrada investigar i imaginar com vivien, com encaraven l'existència.

Pensa que no es pot entendre bé el present si no es coneix el passat, el propi i el col·lectiu. Què està fent, ella, si no processant els records i les pèrdues més recents? Sense assumir-los, no podrà tornar a viure amb una certa lleugeresa ni desfer-se de tant de pes acumulat.

—Portem una motxilla molt plena, així ens va —ha dit l'Estel—. Per què no t'especialitzes en aquest tema?

Ella ha fet que no amb el cap, convençuda.

—Ja he fet la meva tria, treballo en projectes molt diferents, m'he d'adaptar als encàrrecs que em fan els clients, tant si és alguna empresa privada com l'Administració.

L'Estel s'ha tret la jaqueta fina de cotó; a sota, porta una samarreta blava sense mànigues que deixa veure el tatuatge del dofí, a l'inici del braç esquerre. És discret, comparat amb els que porten les actrius i models. La Mínia recorda tatuatges macarres que algun cop ha vist en alguns braços musculosos d'home: calaveres, àncores, cors amb algun nom dibuixat amb tinta blava fastigosa. Un dofí és infinitament més delicat.

—No t'he preguntat mai per què portes aquest *tatoo.*

—Me'l vaig fer quan vaig trencar la relació amb el cirurgià cardiòleg i el vaig engegar a passeig. Volia celebrar la meva llibertat. Mira que m'agradava... Un tio intel·ligent, fogós, que a més té calés... Però pretenia tenir-me a estones, sense moure fitxa. Li anava de conya mantenir una dona *pija* a casa i tenir-me com a amant tota la vida... Quin horror!

Tot d'una, s'ha inclinat endavant i esclata a riure estrepitosament.

—Para, boja. I per què un dofí?

—És tan lleuger... Salta d'aquella manera tan gràcil per sobre les onades... L'agilitat és la qualitat que admiro més. Saber lliscar i no deixar-se atrapar per res... Saps que és un altre animal perfecte per fer teràpia assistida?

Ella ha assentit. La sessió amb els cavalls li ha deixat marca. També recorda haver llegit algun article sobre la intel·ligència dels dofins i com es comuniquen entre ells amb un sistema codificat de sons d'alta freqüència.

—L'oracle de Delfos estava dedicat al dofí —ha recordat—, els grecs el consideraven l'animal d'Apol·lo, Posidó i Afrodita. Deien que el déu Apol·lo s'hi hauria encarnat per poder abordar les costes de Crisa, en la ruta de Delfos.

—No en tenia ni idea, tu.

El sol ha encès el menjador. L'Estel hi està encarada i es tira una mica enrere, fent visera amb la mà.

—T'estàs enlluernant... —S'ha aixecat i ha anat a desplegar les cortines del balcó.

Agraeix que l'Estel vulgui distreure-la, que miri de

fer-li oblidar la tristesa, sabent que per dins té mala llet acumulada i que dissimula la pena per no espatllar el dia a ningú.

—Per què no entrem en alguna *app* de cites, tipus Tinder o Happn? Ens divertirem una mica... Mira, tinc el Happn a punt: *encuentros y citas.* Hi ha de tot... Vaig a crear un perfil —ha començat la recerca, amb l'índex apuntant al mòbil.

—Primer de tot cal seleccionar el tipus d'homes amb qui vols creuar-te —prossegueix—, després penjar una foto personal.

L'Estel ha recorregut la seva galeria d'imatges i ha escollit una foto on no surt gaire afavorida.

—Ara he de definir si vull un perfil de *relación amorosa, nada demasiado serio* o *ya veremos*... Clico a *Ya veremos*, per si de cas. —Arrufa el nas d'una manera exagerada, pallassa.

Han continuat el joc de distracció.

—*¿Cómo te consideras? Genio del microondas, campeona en pedir comida, tengo mis especialidades, llámame chef.*

—Que cutre, no? Pot sortir un perfil deplorable... A veure?

Finalment han aparegut els homes. Fotos de tios amb samarreta sense mànigues ensenyant múscul, preparats per fer marxa, embotits dins un equip esportiu de justesa exagerada, dels que marquen pit i cuixes amb exactitud. Les edats oscil·len entre els vint i els quaranta.

—Són molt joves, no?

—Massa, és que al principi, quan m'han demanat la data de naixement, m'he equivocat i he posat 2000.

—Se suposa que tens divuit anys?

—Es veu que sí.

Han trencat a riure sorollosament, com si haguessin escampat alguna mena de gas irrisori enmig d'un espectacle còmic i no poguessin parar. Estan tan enriolades que semblen criatures. L'Estel ha acabat fent un esgarip sorollós que semblava un singlot.

—Estàs com un llum —ha dit la Mínia.

Una estona més tard, quan ja els havia passat la bogeria, han agafat les tasses de te i s'han mirat l'una a l'altra. A poc a poc s'han anat calmant, i l'aire desfogat i ximple de feia uns moments s'ha tornat seriós.

—No estàs gaire bé, oi?

La pregunta li ha arribat de pressa, com una fletxa.

—Continuo patint insomni —ha admès. I s'ha empassat un glop de te a poc a poc. Encara crema—. Però ho suporto millor...

—Pren-te melatonina i, si no fas prou, una pastilla de les que et va receptar el metge.

—No vull, totes les iaies de vuitanta anys hi estan enganxades.

Aquest cop l'Estel li ha clavat una mirada de retret, tot arquejant les celles. Les comissures dels llavis se li han tancat sobre les dents menudes, com la cortina d'un escenari a final d'acte.

—Ets addicta a les ruïnes, no? —Els ulls murris li brillen—: No vindrà d'una altra droga. Quan estiguis millor, segur que pots deixar les pastilles. Ara accepta el mal menor: te les fots i ja està.

—Quan ens vam conèixer al batxillerat, també reies descollonant-te i eres igual de manaire.

—T'ho has pres malament? No era cap ordre.

borinada de records va esclatar dins seu mentre repassava imatges i paraules i li venia al cap el dia que el pare i ella s'havien tornat a dirigir la paraula, després d'anys de no dir-se res. Després del naixement de l'Íngrid, la filla de l'Elvira, el seu pare s'havia presentat a l'hospital. Volia conèixer la neta.

Quan la va veure a ella, se li va acostar amb lentitud i va pronunciar unes paraules conciliadores: «Fa massa temps que no parlem, noia, i no vull que sigui per culpa meva».

Després d'escoltar la Francine, va trucar a l'Elvira tot aguantant les llàgrimes i fent força a la musculatura de la boca perquè no se li escapés cap gall. Intentaria donar la notícia amb calma, parlar de com calia dir-ho a la mare i decidir si havien d'anar o no a França.

Els pares s'havien separat feia temps. A casa no van arribar a saber mai si ell ja tenia una amant o si l'havia conegut més tard. La mare refusava parlar d'aquell assumpte, deia que haurien acabat separats igualment. Evitava dir mal del pare davant les filles i afirmava que estava millor tota sola. Devia haver dissimulat la ràbia i la va transmutar bolcant-se en ella i en l'Elvira, com si l'abandonament només fos un impàs, un temps d'espera fora de l'espai i del temps, abans de tornar a reviscolar.

La Mínia havia tingut una relació força complicada amb el seu progenitor, ben al contrari que la seva germana gran, amb qui es portava vuit anys.

Com moltes nenes, havia sentit una atracció afectiva pel pare a la infantesa. Hauria estat exagerat dir que havia patit cap mena de complex d'Electra, cap fixació

—Estàs acostumada a fer quadrar els pacients, però jo no estic hospitalitzada, per sort.

L'Estel ha posat les mans molt juntes, en un gest de disculpa que a la Mínia li ha recordar la salutació d'agraïment amb què la professora de ioga tanca les classes. Diu *Namasté,* palmell contra palmell.

—Ho sento, m'ha sortit el fibló d'infermera.

—Estic massa susceptible —ha reconegut.

—Ha passat alguna cosa que ignoro?

—Ja ho saps, m'indigna que ell es comporti com un cràpula...

—Només fa dos mesos que us heu separat, ho has d'anar paint, tot plegat.

—Per què no em pot dir que ho sent, que li sap greu?

—Mira de centrar-te en tu, a ell no li demanis res, perquè aquesta demanda et frustra. A la seva manera potser està fent un gran esforç i no ho saps... Pensa que no actua per mala fe, deu ser incapaç d'afrontar aquesta pèrdua, no té les eines que tu tens ni la teva voluntat. O sigui que deixa'l, oblida-te'n. És com molta gent que no et mira als ulls per no posar-se a plorar, no saben què fer ni com afrontar-ho. Potser no s'ha sentit capaç d'estar present ni sap com digerir el que ha passat.

—Trobo que ets molt magnànima amb ell —s'ha queixat—. No parles igual d'aquest cirurgià teu...

—No és *meu* i ja el tinc perdonat i oblidat. A veure, Mínia, tu mateixa admets que la vostra relació estava tocada de mort.

—Sí, sé que tot el que ha passat no té remei. Vull entendre-ho, però em fa mal. Tampoc em veig amb cor d'afrontar el que em vas dir... Encara no he desmuntat l'habitació... —ha evitat dir d'en Jan—, no puc.

—Quan ho sentis, ja ho faràs, no et forcis. De moment li has donat un lloc al menjador, que és visible per a tothom que entri a casa teva.

Una hora més tard s'han acomiadat a pas de porta. L'ha vista marxar, petitona, prima, embotida dins els texans com sempre. Ha pensat que brilla amb la bellesa sorprenent dels cims, la mateixa llum que es reflecteix a la carena quan el sol hi peta de valent. Amb aquella claredat que deixa en passar l'aire de l'espontaneïtat, quan s'expressa a través d'algú.

Ha inspirat, pensant que aquesta bellesa també és dins seu, però de moment no pot brillar. Ha corregut a esbatanar el balcó per sentir l'alenada de l'aire fresc que ve del mar.

«Els homes no acostumen a donar tantes voltes a les coses com nosaltres».

Ha pensat en els homes que apareixen en la història que està escrivint. Quins devien haver influït en Ekinar, a l'hora de prendre decisions? A part de Basped, a quins va admirar? Amb tota probabilitat, el seu home. Segurament professava un amor incondicional pel fill. Tot i això, no la imagina com una mare possessiva o controladora, sinó d'aquelles que ho capten tot d'un cop d'ull i saben adaptar-se a les circumstàncies.

22

Recorda perfectament la trucada que va rebre un matí de novembre de l'any 2003.

—*Êtes-vous la fille de monsieur Juli Ricard?*

Va respondre afirmativament a la veu femenina que parlava amb dificultat, a l'altra banda de la línia.

Aquella veu desconeguda li va dir que el seu pare havia patit un accident de cotxe en una carretera de l'Alta Provença francesa. Era mort. Tenia seixanta-dos anys i en feia dos que vivia a Sisteron amb la Francine, la dona que li acabava de trucar.

La Francine havia marcat el primer telèfon de la llista de contactes de família que el pare portava sempre al damunt. Amb veu plorosa, va dir que allò era un cop dur i que en Juli havia deixat escrit que volia que l'incineressin. Es va oferir a buscar una casa d'hostes que les acollís, a ella, la germana i la mare, si volien anar a l'Alta Provença per dir-li el darrer adeu.

En acabar la conversa la Mínia va penjar, atuïda. Tenia el cor encongit i moltes ganes de plorar. Una tam-

obsessiva per la figura paterna. Simplement era un referent, una autoritat amb qui la Mínia petita empatitzava i que, tal vegada, l'havia ajudat a construir una personalitat confiada i segura. Encara que fos un home exigent, la valorava quan s'esforçava a fer bé les coses.

El seu pare posseïa un cert instint negociador i l'habilitat de saber crear riquesa. Tenia una empresa tèxtil prou important. Ell i la seva dona havien educat les filles en l'esforç, però, d'alguna manera, només l'Elvira en va recollir el relleu: després d'estudiar secretaria, havia treballat a l'empresa familiar, fins que el seu pare es va vendre el negoci a una companyia estrangera. Més tard, va trobar feina en una agència immobiliària.

La Mínia, en canvi, havia desobeït els designis paterns. L'admiració pel pare va decaure ja a l'adolescència, quan el criteri d'ella es va afermar. Va defensar llavors amb tossuderia que volia ser arqueòloga contradient el seu progenitor, que no ho va acceptar de cap manera. L'home tenia altres plans per a la filla petita. Volia que estudiés empresarials i havia comprat un local per instal·lar-hi un petit negoci. Era un destí fet a la mida dels anhels d'un home que apreciava la seguretat econòmica per damunt dels valors fugissers i insegurs de la creativitat artística o de feines vocacionals que li semblaven quimèriques i arriscades, com la que havia escollit la seva filla.

La Mínia va tenir clar ben aviat que li agradava la història i la seduïa la idea d'excavar. Aquella dèria es va presentar com un delit intens, després d'un estiu d'acampada a l'aire lliure. A casa van pensar que seria una fal·lera passatgera, però no va ser així. Ella volia escollir un futur diferent, el seu propi futur, i el pare no ho va tolerar. Li havia etzibat: «O sigui que et vols dedicar a desenterrar morts? Aquesta no és una feina per a tu». Devia pensar que podia fer-la canviar d'opinió, però, quan va veure que ella estava decidida a matricular-se tant sí com no a Filosofia i Lletres, li va dictar sentència: «Si penses sortir-te amb la teva, t'hauràs de pagar els estudis». Va ser un «no comptis amb mi» que la mare va mirar d'eludir, repartint les deixes d'una casa que havia tingut en propietat entre l'Elvira i ella. La mare, amb més o menys encert, acostumava a complaure els desitjos de les filles.

La mala relació amb el pare va tensar la família i va provocar els pitjors judicis de la germana gran, que l'acusava de desobediència. Al principi del trencament, la Mínia s'havia sentit culpable. Va patir molt, fins que va decidir que el més important de la vida era ella mateixa i que existiria sense el suport ni el consentiment del pare.

Se n'havia anat a viure en un pis d'estudiants. Treballava en botigues turístiques a l'estiu i va aconseguir una beca.

Anys més tard, el pare i ella s'havien tornat a concedir el do de la paraula. El pare desitjava fer les paus i ella hi va consentir. Entre ells no hi va haver cap abraçada des del cor ni cap escodrinyada plorosa. Havien tornat a parlar sense retrets. Evitaven comentaris sobre el passat que poguessin encendre cap inici de discussió. Conversaven per telèfon, de tant en tant, sobre coses quotidianes molt essencials. Era un diàleg menys fluid del que la Mínia hauria desitjat, però net i lliure de greuges i exculpacions.

La mort del seu pare la va encarar al llegat que li havia transmès de manera inconscient, un patró de rigor i exigència que l'Armand li havia retret més d'una vegada. Ella era conscient que l'obsessió perfeccionista impresa pel pare i el disgust i el sentiment d'abandonament i de traïció que la mare no va expressar mai havien marcat el seu tarannà i actuaven en ella de manera inconscient. Aquell aspecte invisible devia haver condicionat també la relació amb els homes que havia conegut.

23

A mitja tarda ha rebut un whatsapp d'en Magno.

> Mira't aquest link: «L'exposició de caps tallats desperta molt d'interès».

Ha clicat sobre l'enllaç, esperant que s'obrís, mentre gravava la darrera part de l'informe d'excavació en un llapis de memòria. Té previst lliurar-lo demà mateix.

Uns instants més tard, s'ha desplegat la notícia a la pantalla del mòbil: «Èxit de visites en l'exposició dels anomenats *cap-trofeu* al Museu d'Arqueologia de Catalunya».

Quan la va visitar per primera vegada, encara no estava embarassada. Va quedar impressionada davant la visió dels caps travessats per claus de ferro de gran llargada. Caps escindits per talls d'espasa. Quina angúnia. Tot i això, la gent els va a veure, guiada pel mateix instint de morbositat i de xafarderia innata que provoca l'efecte tafaner quan passa algun accident. No, no creu que sigui només per aquesta causa. Els mou també la curiositat, l'afany de conèixer, de saber per què una determinada civilització va tenir uns costums tan diferents, una manera de pensar i de fer que no ens és comprensible. «Volem respostes, necessitem saber el motiu per poder-nos explicar tot el que no entenem... Probablement per això aquesta exposició desperta tant d'interès».

L'enemic vençut deixava de ser humà, es convertia en un objecte sense ànima? Amb fredor, sense alterar cap gest ni consentir cap emoció que pogués despertar alguna mena de compassió, uns homes van enclavar els cranis. Eren caps de capitostos vençuts en batalla o qui sap si de malfactors perillosos. La impudícia del poder, sempre exhibit pels qui guanyen.

Tots aquells caps tallats tenien nom. Algú devia haver plorat per ells i, al capdavall, penjaven com a trofeus de victòria a les façanes de les cases importants. Era aquella una tradició prou macabra, que tenia un sentit ritual. Probablement creien que l'ànima habitava en el cap i arrencar-lo del cos era una manera d'apropiar-se de la força invisible de l'enemic. O també una forma d'honorar l'esperit, quan el crani conservat era el d'un ancestre.

Els romans van descriure aquell costum que practicaven els celtes i les tribus iberes del nord com una pràctica salvatge. Tanmateix, ells van trepitjar molts pobles per sotmetre'ls al seu imperi.

L'esgarrifa pensar que encara hi ha talibans que fan el mateix. La història es repeteix en bucle i la humanitat avança lentament, com un llimac, sobre la roca dura dels prejudicis, sense voler entendre que comparteix una existència comuna a la terra. Tot plegat és decebedor, però encara vol creure que el coneixement i la consciència poden desmuntar la maldat humana mostrant-li la seva pròpia estupidesa.

Es frega els ulls. Li tiben de cansament. L'experiència que està vivint és dura i es resisteix a acceptar una situació que la venç anímicament en molts moments.

«He estat una ingènua, perseguint la felicitat de manera impulsiva? Sense voler, l'he projectada en la maternitat...».

Quan analitza la situació, es veu reflectida al mirall del desamor.

Ahir en van parlar amb l'Estel.

—Ets humana, no acceptes la mort i la pèrdua. Creus que no superaràs aquesta situació, i les creences són les que més ens condicionen.

L'Estel diu coses així.

—Vols que em posi a ballar? Que faci veure que el patiment no existeix? —es va mig defensar.

—Vinga, treu la mala llet que portes dins, ja és hora.

—Te'n fots de mi?

S'havien assegut a la terrassa del jardí i l'Estel va forjar un somriure lleu, quasi imperceptible.

—T'entenc, però si no et sacsejo una mica t'ho quedes tot a dins.

—Tens raó —va reconèixer.

En el fons, intenta arraconar l'aprensió que li desperten les seves pors. La por de perdre la criatura ha passat a convertir-se en el temor de no poder ser mare mai. Mai més.

—Als humans en agrada tenir-ho tot assegurat; si fos per nosaltres, continuaríem mamant, enganxats al mugró, però la incertesa ens fa créixer.

Hi havia una dolçor brillant als ulls de la seva amiga.

—Se suposa que venim a ser feliços —va saltar ella—. A riure, a estimar i a desitjar-nos...

—Ep, ja saps que he tingut amants, però no soc de suro, també pateixo. —L'Estel es va recolzar a la post de la taula. Els cabells ran de mandíbula, tallats en cortina recta, tan recta que semblava que se'ls hagués tallat amb unes tisores de podar. Havia deixat caure la mà i hi va repenjar la barbeta—. Segurament no ens caldria el patiment, si ho tinguéssim tot après.

Ella va pensar en el seu cor esberlat.

—Això que dius no és una creença? La mort, en canvi, és real.

—Tu creus en la mort o en la vida?

—En les dues... El meu fill no ha pogut néixer, no el tinc aquí. —Va empassar-se la saliva, mirant d'afermar la veu—: A vegades em sembla que el sento, que és amb mi, però crec que m'autoenganyo per sobreviure.

—I si fos així, què? Està bé, si a tu et serveix. Les creences les fabrica la ment i moltes són falses. Al final, allò que val és el que sents.

—Estic adolorida.

—És qüestió que ho acceptis perquè es pugui mitigar, t'has de permetre estar malament.

—Quina putada!

—Et puc parlar com a infermera que soc? Emprenyar-te no t'ajuda. Si tens les dues cames trencades, has de fer llit... Tingues paciència amb el teu procés.

Es va aixecar una mica de vent i la Mínia va fer veure que es distreia desplegant els punys de les mànigues de la camisa. No va dir res, però amb el silenci ja pagava. L'Estel li va agafar la mà durant uns segons. La confortava sentir-se acompanyada per la seva amistat, aquesta mena de gestos silenciosos l'ajudaven a desfer la pedra que encara li bloquejava el cor.

24

Quadern de notes

18 de juny, 2018

A més d'escriure sobre Ekinar, a partir d'ara he decidit prendre nota de coses personals. Tot el que em passi pel cap i que estigui relacionat amb mi. Descarto la idea de fer un diari, simplement seran comentaris i pensaments. Impressions i idees esparses. Penso que em pot ajudar a afrontar la situació i a remoure les males herbes que han fet arrels en el meu cor, qui sap si això servirà per extirpar-les.

Han passat quatre mesos, exactament quatre, d'ençà de l'avortament. M'he hagut d'encarar a un duel intern on es debatien la rebel·lia i l'enuig. «Per què ha passat? Per què al meu fill?». Hauria volgut fugir, però, on? No existeix cap lloc del món lliure de lligams ni de sentiments, cap espai on es puguin aparcar les emocions ni evadir-se del malestar. El meu cos ha protestat, s'ha encongit, tensat pel dolor, igual que la meva ànima. Tot just surto d'una gran sacsejada, un esclat de commoció, tristesa profunda i ràbia que ha esclatat en focs d'artifici, també. Les brases dels sentiments que cremen i s'escampen per tots els racons socarrimats del meu cor han posat a prova la meva resistència.

Encara no he apaivagat del tot el desconsol. Al principi m'hi aferrava, però en algun moment de lucidesa vaig entendre que calia fer un salt i trobar un nou camí. Vull que el meu cor s'expressi. Fa setmanes que he començat a lliurar-me al dolor sense por, a respirar en els moments que m'ofego. Procuro moure'm i treballar amb intensitat. També necessito eines per canviar la manera de fer, però sempre he estat reticent a recórrer a segons quines teràpies de grup. Al final, m'he apuntat a fer més classes de ioga i meditació. Ja he començat a posar en pràctica els exercicis, sobretot en els moments àlgids de patiment i, quan tornen les punxades i l'ofec al pit, miro de no rebutjar-los. Faig com qui escolta un nen quan fa una rebequeria. Intento sentir-los sense fer-ne gaire cas, fins que l'emoció es va desfent i el plor de la criatura que protesta dins meu s'esvaeix al moment d'escoltar-lo.

Però no em vull enganyar, la meva ferida encara ressona com un crit dins una catedral buida. A diferència del principi de tot, procuro no deixar-me arrossegar pel retronar de les emocions. Espero que a poc a poc es vagin calmant. He començat a afrontar la situació, a desfer la fantasia de «no me'n sortiré». A combatre pensaments terribles. Algun encara segueix molt viu: «Ja no tindré cap fill, estic sola i, a més, se m'ha covat l'arròs...».

Se suposa que he d'aplicar el que estic aprenent a les classes de ioga. La professora és una bona professional, té una veu mel·líflua, però molt ferma. Miro de seguir-la: «Porta la respiració a cada punt del cos que protesta, posa-hi consciència, fes tres inspiracions i allarga l'expiració tant com puguis…». Som un grup de quatre, però ella parla gairebé sempre en segona persona: «Observes com puja el diafragma, amplies l'aire fins a la part alta dels pulmons…».

Ara mateix no tinc gaires ganes de submergir-me en el meu univers. És com encarar-me a un forat negre tenebrós on m'ofego. Reconec que a vegades cal bussejar dins teu, saber immergir-te i sortir a respirar fora.

El coneixement dels altres, el coneixement d'un mateix i de l'altre amplien la visió del món, impulsen a la recerca constant. No sé si jo he de buscar o simplement trobar. Potser només cal mirar endins per descobrir com funciona l'univers.

En realitat, però, fa mesos que evito sentir-me, mirar com estic de debò. Perduda, trista. Treballo molt, dormo poc, recordo tot el que no voldria haver viscut… A més, he represès les passejades que vaig abandonar quan havia de fer repòs obligatori; surto a caminar cada nit a pas ràpid pels carrers de la urbanització per cansar-me fins a l'esgotament més absolut, perquè el meu cap deixi de pensar, el cor se'm tranquil·litzi i, amb el cos llassat, finalment pugui dormir.

L'insomni és una tortura sibil·lina, una agonia lenta que no et permet aclucar els ulls. L'endemà no serveixes per a res, estàs tan baldat que has de recórrer al cafè a dojo, tres o quatre espressos ben carregats o acabar amb la dosi corresponent d'aspirina per poder rendir a la feina. He llegit que la privació de son, si es prolonga massa temps, té conseqüències nefastes en el funcionament de la ment i provoca tares neuronals greus… Em nego a acceptar que he de continuar d'aquesta manera, tampoc vull convertir-me en una addicta a la medicació, així que faig els exercicis de respiració conscient, procuro concentrar-me a la feina i miro de no fugir quan se'm disparen les punxades... Què expressa el meu dolor? Veig en Jan, el sento, el deixo de tenir, ja no existeix.

Parlo de coses que ni tan sols explicaria a l'Estel. Les diria a la meva mare, si fos viva i conservés, com abans de caure malalta, aquella memòria prodigiosa que tenia pels detalls concrets. Ella sabia exactament on era tot: «Trobaràs la disfressa de princesa que vas estrenar quan tenies sis anys al penúltim calaix del costat dret de l'armari empotrat. Els mocadors brodats que us vaig fer a tu i a la teva germana estan guardats en una capsa de sabates, a la segona lleixa de la prestatgeria del garatge». I així, absolutament amb tot. Cada objecte, cada vivència, tots els records ben endreçats al seu lloc igual que als compartiments cerebrals. Arrenglerats en una cadena de sinapsis neuronals que la grapa fosca de la desmemòria va anar desconnectant cap al final, quan el seu cos ja estava massa cansat de lluitar contra el càncer i els guerrers del seu sistema de defenses s'havien rendit a l'enemic. Potser no n'hauria de parlar així, ben pensat, si ho pogués mirar de la manera que ho veuen algunes persones que m'estimen. Vull pensar que la Quima, la meva mare, vetlla per mi, que és al meu costat, igual que el meu fill, i que tots dos viuen en un món lluminós on no hi ha patiment com aquí, al planeta de les tres dimensions, dels simis amb smartphone, *dels troglodites hiperventilats que piulen pel Twitter, dels setciències que renuncien a qualsevol forma de transcendència. Els meus àngels particulars tenen nom: Quima i Jan.*

Encara no he trobat cap mètode, si és que n'hi ha algun, que em permeti afrontar les pèrdues. De moment, m'he de refugiar en la feina, que m'alena a tirar endavant.

Acabo de mirar les fotos de l'exposició. Caps que van allotjar cervells i ànimes. Sense voler m'ha revingut la imatge del fill d'Ekinar.

19 de juny, 2018

M'he embolicat en una recerca força infructuosa sobre els noms ibers de muntanyes i rius del territori. No em vull rendir davant les dificultats. M'agrada furgar un món ignot, la terra dels mots pretèrits, com qui excava en les profunditats d'un camp abandonat que amaga milers de pedres antigues, que reposen el son dels oblidats. Aquests dies, millor dit, les nits que he estat escrivint, m'he dedicat a manllevar les hipòtesis que més em convencen, a l'hora de posar nom a rius que m'interessava situar en el mapa. El Fluvià n'és un. Clodiano és tal com l'anomena Ptolemeu. Si hagués de fer cas d'un dels lingüistes més reconeguts, pot ser que no sigui cap nom ibèric i que Ptolemeu es confongués quan cita dos altres orònims, Sambuca i Sambroca, per designar probablement la Muga i el riu Ter. És més, si la variant Sambuca es referís al riu Muga, Sambroca podria designar el Fluvià. Dos rius amb un traçat paral·lel, en certa manera bessons i amb un nom similar. Qui ho pot saber del cert? En tot cas, ja he fet la tria —Clodiano—, encara que també m'agradi la idea de pensar en bessons bivitel·lins que s'han format en dos òvuls diferents —les muntanyes de la Garrotxa d'una banda i el Montnegre de l'altra, al límit del Vallespir i l'Alt Empordà— que han estat fecundats per l'esperma d'un mateix pare vigorós, el Pirineu Oriental.

25

—Què fas? —La veu sinuosa de la seva germana l'ha treta de cabòries.

No pensa dir-li que està escrivint una història fictícia sobre una dona que va passar per una experiència semblant a la d'ella fa molts segles. Comparteixen la memòria emocional de totes les mares que han perdut un fill. La seva germana sembla no voler-ho entendre. Ni tan sols li ha preguntat: «Com estàs? Com te trobes?». Només ha continuat el seu atac amb un altre interrogant:

—Per què no contestes? —i, sense donar-li temps de respondre, li ha engaltat—: Què li has dit a la meva filla?

L'Elvira li acaba de trucar només per fer-li un retret. «En realitat no vol saber res de mi... Només pretén fer-me sentir culpable, com sempre».

—Jo?

—És que no em vol explicar res, està fent la maleta, segur que ja saps on va.

—T'asseguro que no, no en tinc ni idea.

—No m'ho crec, a tu t'ho diu tot.

El to matusser de l'Elvira es tensa com un arc a punt de disparar la fletxa.

—Com que te l'escoltes tant...

—Això no és veritat, a més, quina culpa tinc jo, de la vostra mala relació? Això ja és el súmmum —replica, irritada. L'Elvira li acostuma a trepitjar els sentiments nobles com si fossin escombraries.

—Tu li has donat la raó des d'un primer moment. Aquella vegada que va marxar de casa, bé que et va venir a veure i te la vas escoltar quan renegava de mi, en comptes de dir-li que soc la seva mare...

—No és veritat, em va dir si podia ajudar-la. Què havia de fer, jo? Tancar-li la porta als morros?

—La vas voler per uns dies.

—A sobre! Però si tu l'havies fet fora de casa, per Déu... Jo vaig insistir que tornés amb tu, però ella no va voler.

Dos anys enrere, la seva neboda se li havia presentat demanant ajuda, amb els ulls plorosos i una cara de disgust que feia trencar el cor. Ella l'havia acollida, esperant que la situació es calmés i tornés amb la seva mare. Però l'Elvira no sembla disposada a voler entendre res.

—Com que et té a tu, a mi no em fa ni cas —ara sí, deixa anar la fletxa enverinada.

La Mínia se sent bullir la sang.

—Però, què dius? Mai he volgut suplantar-te com a mare, per favor! —aixeca la veu, empesa per la indignació.

—Ets una egoista, Mínia.

Està a punt de perdre la calma.

—Si això et sap greu, és que tens un problema!

Ha estat a punt de dir-li que és un corcó i que no li pensa tolerar que, cada vegada que parlen sense dialogar de debò, li estampi el seu problema a la cara, com una bufetada. Però l'Elvira ja ha penjat el telèfon, com sempre que la contradiuen en el que diu o argumenta.

«Penja i ja ho té solucionat. És queda igual perquè tot li entra per una orella i li surt per l'altra, però jo tinc un caràcter diferent i, quan una paraula m'entra a l'orella, se'm queda a dins donant voltes».

Està farta d'aguantar-la. Fa anys que l'Elvira es comporta d'aquesta manera, tirant-li dards infectats amb el virus del ressentiment. Tot això ve de lluny. D'alguna manera, la seva germana li recrimina que fos la preferida de casa. Ella no creu que això sigui veritat, però l'Elvira va créixer engelosida i continua igual. Al pare no li va perdonar que hagués passat per alt finalment la rebellia de la germana petita. Sempre ha dit que sent la germana gran es va haver d'empassar molts gripaus i ningú l'hi ha agraït mai l'obediència. L'Elvira tampoc suportava que ella i la mare, encara lúcida, conversessin amb sinceritat absoluta sobre la vida i la mort, sense que cap de les dues es desfés en plors ni es tanqués en el mutisme. En una ocasió es va queixar: «Esclar, tu ets la nineta de la mare, i el papa també tenia predilecció per tu, t'ho va perdonar tot... I a tu ja t'està bé». L'havia mirat acusadora i ella va tenir la sensació d'haver comès algun robatori, d'haver profanat alguna mena d'altar on es guardaven les formes modèliques de com han de ser les relacions de família. A la mare, a vegades se li escapava el riure per sota el nas: «No li facis cas, nena, la teva germana és més sentida que un pet reveixinat». Sí, molt sentida, l'Elvira, però no vol ser mai responsable de res i sempre intenta fer-li pagar els plats trencats.

La mare les va deixar fa tres anys. N'acabava de complir setanta-vuit. Li havien diagnosticat un càncer de ronyó que va acabar fent metàstasi i, a mesura que la malaltia avançava, també va anar perdent la memòria. Al final, però, es va apagar amb un somriure als llavis.

Poc després de la seva mort, les dificultats de relació entre elles dues es van tornar més enrevessades que mai, sobretot per la mala relació que l'Elvira té amb l'Íngrid, la seva filla petita.

—Rrrr...

Un so metàl·lic com una rèmora llunyana segueix al silenci que ha deixat l'Elvira, de manera tempestuosa. La Mínia esbufega mentre desconnecta el mòbil. L'embat de la seva germana l'ha feta posar de mal humor.

Temps enrere, no es va voler enganyar respecte de la seva mare: sabia que no superaria el tumor i que li quedava un període de vida relatiu. La seva germana, en canvi, es negava a veure la realitat i encara menys a parlar-ne. El diagnòstic de la malaltia terminal les havia afectat a totes dues, però els primers símptomes de pèrdua de memòria van ser decisius perquè l'Elvira proposés que la mare anés a viure amb ella i els seus dos fills. Ja estava divorciada i va insistir a acompanyar la Quima fins on fos possible. La va cuidar molt bé, ningú l'hi podia retreure.

Ella es va oferir a compartir-ne les cures, tindria la

mare els caps de setmana, per vacances, i sempre que convingués. Al principi la visitava sovint, però de seguida va tenir la sensació de fer nosa, de ser un destorb per a l'Elvira. A la seva germana no li anava mai bé l'hora, s'inventava excuses o es quedava tota l'estona a escoltar el que deien ella i la mare. La conversa acostumava a ser ben innocent i, si no hagués estat que la Quima anava sedada fins a la medul·la per no patir, gairebé hauria estat còmica. Sobretot al final, quan la Quima ja s'apagava i confonia noms i paraules o deixava anar frases absurdes, dignes d'una antologia de disbarats. No hi havia res a espiar, cap crítica malèvola contra ningú, només una complicitat especial entre la presència poderosa i única de la mare i una Mínia sincera i comunicativa. Esclar que abans, en altres èpoques, havien tingut una relació mare-filla ben típica, amb baralles constants a l'adolescència, i disputes domèstiques sense importància. Més tard, quan la Mínia va esclatar per enfrontar-se al pare i es va mostrar rebel i agosarada, amb aquell caràcter tan seu que no es deixa dominar, la mare havia fet el paper de mitjancera. D'aquella etapa en va néixer un lligam fort, entre elles dues. La mare sempre va procurar desfer malentesos i llimar diferències.

L'Elvira ho deu tenir ben present, tot allò, si més no de manera inconscient. Durant aquell període va aconseguir que la Mínia se sentís una mica exclosa en aquella casa, com si no fos benvinguda, i s'agraís que espaiés les visites. La seva germana semblava voler acaparar la mare, fer-la seva, tenir tota l'estimació per a ella sola, com si l'afecte de qui t'ha engendrat es pogués posseir o segrestar. Com si al cor d'una mare no hi cabés tot l'amor, un amor capaç d'irradiar, repartit entre filles i fills.

Després de la mort de la Quima, la distància entre l'Elvira i ella havia crescut com un mur espès fet de silencis llargs i de converses breus, amb alguna trobada familiar per Nadal i felicitacions d'aniversari puntuals. Poca cosa més.

Amb el pas del temps, la situació s'ha agreujat a causa de l'Íngrid. El dia que la noia va dir a l'Elvira que era lesbiana, la seva mare es va posar feta una fera i la va fer fora de casa. La Mínia només l'havia acollit.

Fa setmanes que intenta prendre's la situació com un aprenentatge, tot són proves que cal anar superant. No vol donar més importància al que li ha dit l'Elvira i tampoc busca cap mena de compassió per part seva. Només li agradaria que entengués la situació i es mostrés més afectuosa. Amb gestos, més que no pas amb paraules, perquè ella detesta que li dediquin frases buides, com a vegades fa la gent.

«Quan estàs trista, agraeixes que t'abracin o t'agafin la mà en silenci. És qüestió de tendresa simplement, no vull que ningú em compadeixi; sempre he fugit del victimisme, crea més addicció que la xocolata, és el pitjor de tot.

»Potser sí que els humans som addictes al psicodrama, necessitem experimentar, imaginar i actuar contínuament per por d'escoltar el que no ens agrada o per no sentir-nos buits per dins. Ens fa pànic enfrontar les pròpies ombres i voldríem escapar de la mort...».

Al capvespre ha trucat l'Estel.

—Quin preu vas pagar per desobeir el teu pare?

—Al principi em vaig deprimir una mica, fins que vaig decidir que, si el que jo volia fer no li semblava bé, era el seu problema.

—Vas ser forta... La família està constituïda com una tribu i el pitjor càstig és que te n'expulsin.

—Encara me'n sento fora. Amb la meva germana, per exemple, no hi puc comptar, és tan freda... Saps què m'ha tornat a dir? «No passa res, ja tindràs una altra criatura». No sé per què me n'estranyo, ja sé com les gasta.

—En el seu moment la vas destronar i no t'ho ha perdonat.

—Però si aviat farà cinquanta-dos anys!

—I què?

—Això no justifica que es comporti així... És veritat que va cuidar bé la mare, quan va emmalaltir, però tot ho volia decidir ella i m'obligava a anar amb peus de plom. Sempre ha estat molt gelosa.

—La teva germana actua amb immaduresa. Si no acceptes que tens sentiments destructius i que has d'aprendre a gestionar-los, tens un problema de per vida —diu l'Estel.

—Sembla estar feta de pasta de moniato...

Sent una certa agitació quan ho diu. Potser sí que és la seva manera de fer-li pagar que, en néixer ella, perdés el lloc preeminent a casa. La Mínia petita va irrompre com un bolet intempestiu enmig de la placidesa blana de l'hort familiar i l'Elvira nena no li havia perdonat la suplantació.

—Res, estigues per tu i tingues paciència. Ja sé que em repeteixo, però, a més d'estar activa, deixa sortir el que sents... La teva ferida és molt fresca, que no et faci por entrar al bosc... Se t'apareixeran els monstres, la por, l'enuig, la tristesa, però és l'única manera que tens de poder-ho recol·locar tot, d'ordenar les peces i arribar a l'essència, a allò que realment t'aporta pau i que és més important per a tu... Sé que ho pots fer.

Agraeix la confiança que té amb ella, sobretot que digui les coses més profundes així, a raig.

Amb l'Estel es coneixien de l'època de l'institut. Van fer el batxillerat juntes. Després, al llarg d'uns anys, la relació d'amistat es va mantenir a mig gas, amb trobades esporàdiques i una certa complicitat, malgrat la distància que les seves vides havien pres. No va ser fins a la trentena, però, en una trobada d'exalumnes, que van reconnectar de ple. En dues hores de conversa es van posar al dia de tot. Es va produir en aquell moment una comunió feliç entre elles dues, com si fossin germanes de cor i s'endevinessin el pensament amb una mirada. Des d'aleshores, els llaços d'amistat només han fet que anar-se estrenyent i han propiciat una comunicació constant i inalterable, fins a tal punt que l'Estel va fer de testimoni al seu casament, al costat del seu nebot, el fill petit de l'Elvira.

Darrerament encara estan més unides i, quan se sent perduda i desconcertada, li aboca els sentiments descordats, sense contemplacions ni reticències. L'Estel sol escoltar-la amb aire serè, sense cap mostra d'alterar-se, i li referma el seu suport.

Li acaba d'entrar un whatsapp:

Ei, tia, guapa! Ara et truco

Uns instants més tard, veu l'Íngrid per la pantalla del mòbil i el sol fet de sentir-la li produeix una alegria especial. La seva neboda la interpel·la amb una mirada neta d'ulls esparpillats, negres i brillants. Porta els cabells recollits en una cua i un mocador groc cenyit al front, com si estigués a punt de córrer una marató. Practica el *running*. S'alegra molt de veure-la feliç. Sembla una altra noia, ben diferent de l'adolescent que fa uns anys s'havia presentat a la porta de casa seva amb aire trist, arrossegant un *petate* de supervivència que li tibava a les espatlles. Vestia una samarreta lila amb les sigles LGBT i la frase «Totes som lesbianes, gais, bisexuals i transsexuals». Havia entrat queixant-se de la seva mare: «Quan li he dit que m'agraden les noies i que tinc una nòvia s'ha posat com una moto, sembla boja; segons ella, soc massa jove i segurament canviaré... Diu que si li porto cap amigueta d'aquestes, ja puc marxar de casa i que no m'ho vol sentir a dir més, però jo no penso callar, si no li agrada com soc, que es foti!».

L'Íngrid havia patit una mica abans de destapar-se i atrevir-se a explicar-ho a la seva mare i la resposta havia estat decebedora.

Aquell dia que la noieta es va presentar d'improvís va reconèixer que se sentia rara, que a secundària li deien *marimacho* perquè volia ser un noi i no s'enrotllava amb tios com les seves amigues. La Mínia l'havia anat escoltant i va deixar que la seva neboda es desfogués amb la cara amorrada al sofà.

Recorda l'Íngrid de petita com una nena tossuda i independent que sabia entretenir-se sola i fer la seva, al contrari que el seu germà petit. L'Oriol era un nano maquíssim, molt sensible, però amb una certa dependència afectiva. Necessitava sempre algú per jugar, acostumava a estar massa pendent dels altres i a reclamar l'atenció dels seus pares. De més gran, l'Íngrid havia estat una xavala espavilada i desperta, una mica desmanegada, un argent viu que anava amunt i avall amb una motxilla plena de coses estrafolàries.

És un bitxo meravellós. L'Íngrid que ara parla pel mòbil té un somriure d'allò més deshinibit, com sempre que li fa confessions sobre les seves experiències sexuals, d'un erotisme descarat i alhora naïf. Quan parla de sexe no té pèls a la llengua. Alguna vegada fins i tot l'ha feta ruboritzar quan li explica les seves experiències.

—Et trobes bé, tia?

—Una mica millor, gràcies.

—Jo estic *on fire*, de *subidón*, tinc un *rollete* amb una altra titi... —es dispara—: Ha, ha, ha...

Li retorna gràficament la primera revelació íntima que li va fer l'Íngrid temps enrere: «Vaig amb una estudiant de Medicina... Fem pèting. Ai, tia, que no ho saps? Doncs és tot el que es fa excepte el coit: llepar, acariciar, ficar els dits... En vaig aprenent, llegeixo el llenguatge corporal. Això sí, això no. Tinc avantatge perquè no espero res, no tinc necessitat i vaig fent, escolto, em centro en la noia que està amb mi».

En pocs anys la seva neboda ha madurat de valent i sembla haver entès moltes coses. Recorda el dia que la va anar a felicitar pel seu aniversari; ella —la *tia guapa*— es va deixar embolcallar per l'abraçada tendra de l'Íngrid i li van venir llàgrimes als ulls.

Li agrada l'espontaneïtat desenfadada de la seva neboda, que ara xerra a l'altra banda de la pantalla i de tant en tant torça els llavis, en una ganyota graciosa.

—Ah, saps què? L'Oriol ha començat a treballar d'agent forestal.

—Fantàstic, quina bona notícia!

Les converses d'elles dues sempre estan plenes d'interjeccions, de girs col·loquials, d'associacions il·lògiques. Tota una saturació de frases escapçades o extremament curtes que, en boca de l'Íngrid, es converteixen en divertides.

—Me'n vaig de vacances a Menorca dues setmanes... Com mola, no?

Somriu, continguda dins la samarreta esportiva mentre els braços musculosos que perfilen un tors ben fet, llis i planer, de vint-i-pocs anys, semblen voler sortir corrents.

No es pot dir que sigui guapa, tampoc fa pits, però, tot i això, és atractiva, té uns ulls d'argent viu que es mengen qui la mira i vessa espontaneïtat per tots costats. Només de veure-la, la Mínia sent l'aire de frescor que desprèn, fins i tot a través de la distància.

—Fes el favor d'explicar-l'hi a la teva mare —l'adverteix.

—Per què? I una merda!

Li ha sortit el mal geni.

—No siguis tan tossuda —la renya amb to amistós, encara que l'entén perfectament.

De vegades l'orgull la converteix en una noia aspra i intractable, sobretot quan s'enfronta a la seva mare.

L'Íngrid ha trencat tots els patrons familiars pel que

fa referència al sexe, s'ha mostrat diferent i decidida a l'hora d'escollir la seva inclinació sexual.

Pel cap de la Mínia passa una rafegada de pensaments: «La meva germana és massa rígida, no vol ni sentir a parlar de canviar la seva manera de fer... Fa el mateix que el nostre pare. El dia que li vaig dir on creia que fallava, es va emprenyar com una mona. Amb mi, l'Elvira es mostra impermeable. Està dominada per les aparences i els costums inamovibles i ha intentat modelar la filla a la seva manera, però li ha sortit al revés».

La seva neboda, en canvi, és de mena versàtil, intempestiva i lliure; té la naturalesa d'una rosa dels vents, fluctuant i oberta als bufaruts que es van girant de costat segons les llunes, a l'hora més impensada. És comprensible que l'Elvira, en el seu desig de domini, no pugui acceptar aquesta llei de caràcter i no la sàpiga tractar.

Ella la comprèn força bé, l'Íngrid, això creu, almenys.

—L'hi has de dir, a la teva mare —insisteix.

—Hòstia, és tan pesada... Ja t'ha trucat?

L'Íngrid esbufega sonorament, arrufa les celles i mormola un «ja ho veurem» apagat, com si es justifiqués d'una decisió que no pensa replantejar-se. De seguida recupera l'aire llibertari amb un somriure d'orella a orella. Canvia de tema i comença a relatar anècdotes sobre les amistats conspícues que té pel món.

Al final, s'ha descabdellat amb un comentari imprevist.

—Tia, he sabut una cosa... És que no sé si dir-te-la —murmura en veu més baixa i dubtosa. Sembla que s'ho estigui repensant.

La noia ha adoptat un gest de disculpa, els palmells de les mans junts, com si estigués a punt de fer una confessió que li resulta incòmoda.

Intueix de seguida que deu ser una cosa grossa.

—Què? Digues.

S'han produït uns segons de silenci que han passat com el tall d'una dalla entre pantalla i realitat. L'Íngrid ha tornat a obrir la boca:

—L'Armand surt amb una noia que va ser companya meva a l'institut i que fa pràctiques d'arqueologia... S'han conegut en un camp de treball d'intercanvi de joves; es veu que ell hi va anar a fer una conferència i ella es va quedar flipada. Ho sento, tia, és molt fort. Fa tan poc que... Potser no t'ho hauria d'haver explicat, però no vull que ho sàpigues per algú de fora.

De sobte la seva neboda ha emmudit, probablement torbada pel sentiment de culpa que provoca dir una veritat crua que espatlla tot el plaer d'una conversa com la que acaben de tenir elles dues.

—Has fet bé de dir-m'ho, prefereixo saber-ho —reconeix, més que res per tranquil·litzar-la, tot i la ràbia que li fa escoltar-ho, ni que sigui explicat per algú que té bones intencions i només li vol bé.

Això sí que no s'ho esperava. Se sent traïda. Era l'última estocada que pensava suportar. D'acord que estan separats, però els lligams encara són molt frescos, massa recents. Tot d'una, dins el seu cap es desencadena una ventada de pensaments ferotges.

«Ja està bé, el cabronàs, podria haver esperat una mica... Quina barra que té! No ha tardat gens a buscar-se'n una altra, no suporta estar sol i deu haver tret tota l'artilleria de seducció, la xerrameca que té a l'abast. Imbècil. Que no em vingui amb rebaixes per compensar-me de la separació».

Tot seguit comença a disparar dards de revenja: «Trucaré a l'advocada, ja ho crec, demanaré una revisió del compromís adquirit en el repartiment dels béns comuns. Allargaré el pagament de la part del xalet que li pertoca, no penso pagar-l'hi tan aviat, que es foti!».

Tot plegat deu haver durat uns segons, només. A la pantalla del mòbil, la seva neboda contreu el rostre, tova i afectada, com un préssec madur.

—Em sap molt greu, tia... T'estimo molt —xiuxiueja.

Li agraeix la tendresa amb un somriure forçat. La reconforta l'afecte càlid de l'Íngrid, no vol preocupar-la més del compte i encara menys que se senti culpable per haver-li dit la veritat.

Es diuen adeu. Un petonet amb la mà als llavis. Muà. Muà.

Després es deixa caure a la cadira.

L'Armand no és l'home que ella havia imaginat. Tot els bons dots de conversador que mostra quan pot gaudir dels moments de plaer se li esfumen davant les hores fosques de la vida, quan van mal dades.

«És incapaç d'afrontar la situació, ha amagat el cap sota l'ala i actua com un egocèntric».

S'adona de fins a quin punt han tingut un problema seriós de comunicació, ells dos.

Sempre havia cregut que li donaria suport en tot. Per ser justa, cal reconèixer que, en algun moment, l'ha ajudada en l'àmbit professional, però en la vida familiar no s'ha comportat de la mateixa manera. Sempre defugia els problemes afectius.

«Si no sabia com encarar la pèrdua, per què cony no m'ho deia? Per què no n'hem pogut parlar? En Jan era tan seu com meu. Encara no fa ni quatre mesos... I ara va i s'enrotlla amb una noia que podria ser la seva filla. Refotut cretí!».

«Actua igual que el meu pare, en pau descansi». Li revé la imatge d'un home de seixanta-i-pocs anys, ben conservat, atlètic, orgullós. Un home alliberat de l'estrès del negoci que acaba de creuar la frontera de la senectut. Podria haver encarat la vellesa amb tranquil·litat, vivint al costat de la mare, però es va escapar lluny per anar-se'n a viure amb aquella francesa.

Potser no té cap dret a qüestionar-lo; la seva mare sempre havia evitat criticar-lo davant d'ella i l'Elvira, tot i que no el justificava.

«No soc qui per jutjar els meus pares, però això de l'Armand és imperdonable».

Ha tardat una estona a recuperar-se i, finalment, asseguda davant de l'ordinador, ha enviat un e-mail a la seva advocada. En la seva còlera, pensa en la bateria de requeriments que aixecarà contra l'Armand. El demandarà per haver-se beneficiat del premi que va guanyar amb un projecte que va redactar ella, de cap a peus. En aquell cas, l'havia ajudat i ho podria demostrar, perquè té la confirmació del registre de propietat intel·lectual a nom d'ella. Ha estat una estúpida renunciant a la part d'èxit que li pertocava. Trucarà al president del jurat que va atorgar els reconeixements a l'Armand i li exposarà la seva queixa, li és igual si la pren per neuròtica o si fa el ridícul, tant li fot el que pensi d'ella, hòstia. Es penedeix d'haver estat tan tova. Com pot ser que s'hagi avingut a una solució intermèdia en la partició de béns comuns? Fins ara havia exculpat l'Armand pensant que compartien la mateixa experiència traumàtica. Ha estat tan entotsolada en emocions estancades... Massa absent per fer cap reivindicació ni tampoc per demanar el que li correspon per justícia. Reclamarà la revisió de l'acord, tenint en compte que ha pagat factures de la reforma del xalet. Les deu tenir totes guardades; si no, les demanarà al constructor, al fuster, a l'electricista, al jardiner, a qui calgui.

«Allargaré el pagament de la part que em correspongui per haver-me quedat aquesta casa. Encara no sé per què se'm va acudir comprar-la amb ell... Apel·laré als tribunals, si fa falta, m'estimo més afrontar el risc d'haver de pagar costes que deixar-ho córrer».

Les fiblades han contraatacat una vegada més, al canell i a la panxa, i s'ha hagut de prendre un calmant.

Una hora més tard, quan el suflé emocional havia baixat una mica, s'ha pogut desentaforar del fang dels pensaments. És conscient de la ràbia que cova i veu amb claredat que s'està gratant les crostes de la ferida i, amb les esgarrinxades, torna a sagnar. El dolor, com un expert tallador de suro, s'afanya a llescar-li l'alegria, arrencant-li bona part de l'escorça que ja havia començat a fabricar per protegir-se. De nou, la realitat torna a deixar al descobert la nuesa de la seva ànima.

«Impossible dormir, tal com estic».

S'ha passat bona part de la nit escrivint al despatx.

26

S'ha llevat amb la ment enterbolida, però s'ha pres un parell de cafès ben carregats i cap al despatx.

Ha treballat tot el matí, fent fora la son a batzegades, tancada davant l'ordinador per acabar l'informe. Passat el migdia, ha enviat un missatge a la persona que li va encarregar la feina per demanar hora de visita. Vol lliurar-li el document en mà, comentar-li tots els detalls amb calma i saber què n'opina, de la seva proposta. Aposta per eixamplar la zona d'excavació i fer alguns canvis de pavimentació, i això repercutirà en les obres. Des del principi, el responsable de les obres li ha deixat molt clar: «Hem d'enllestir el tema, no ens podem permetre tenir una part de nucli urbà potes enlaire tot l'estiu, estem en una vila marinera i el turisme és la nostra principal font d'ingressos». És una tasca relativament senzilla: cal restaurar les restes que han trobat sota l'antic paviment de la plaça Major. Ja han fet la radiografia del subsol, que dibuixa de manera clara l'estructura d'un castell medieval. Una part de restes ha de quedar visible als vianants i hauran d'acabar de pavimentar la plaça. La remodelació es reprendrà tan bon punt s'aprovi l'informe.

Volen iniciar la reforma ben aviat, però ella necessita una confirmació prèvia de suport, abans d'organitzar-se del tot. Necessita configurar l'equip que l'ajudarà a excavar: un tècnic i una companya arqueòloga amb qui ha treballat en altres ocasions. Gent competent i fiable. I, si apareixen restes òssies, ja buscarà un especialista que no sigui l'Armand, per descomptat. És un tema una mica urgent, tenint en compte els terminis a què s'ha compromès.

Al final, ha parlat per telèfon amb l'alcalde.

—Hem de començar al més aviat possible... Tenim un mes com a màxim, abans d'entrar a l'agost.

Mentre el sentia ha visualitzat l'home prim i ben afaitat que la va rebre fa un mes i mig, poc després d'haver guanyat les eleccions municipals. Repeteix mandat i ha arrasat amb una candidatura independent. Es veu un tipus esportista, d'aire nerviós.

—Tinc molt clar com s'ha de fer l'excavació —afirma ella—. Es pot acabar a temps, si no falla res.

—Hauries de posar-te d'acord amb el tècnic d'obres, per veure com ha de treballar l'excavadora.

Assenteix, és important que no arrenquin cap resta de la zona d'excavació. Abans que acabin d'aixecar el paviment vell, marcarà el perímetre que ocupava el castell, guiant-se pel dibuix de la prospecció.

—Tan bon punt hàgim aclarit els detalls, començarem a excavar.

Quadern de notes

25 de juny, 2018

Avui dissabte m'ha despertat la llum que s'escolava per les escletxes de la persiana. Quantes hores he dormit? Gairebé cinc. O sigui que estic millorant a poc a poc, tot i els disgustos i les emprenyades. Fa un dia assolellat i he sortit a passejar una mica ran de mar per esbandir cabòries.

L'advocada encara no ha respost el missatge que li vaig enviar. Quan vegi totes les demandes que li he exposat pensarà que m'he tornat ximpleta. Més que una nota de demanda, li he enviat un memorial de greuges.

És probable que l'Armand em truqui quan el seu advocat li faci saber que he canviat de parer i vull unes altres condicions. Espero que no, però si ho fa, només li agafaré el telèfon si estic d'un mal humor suportable. Prefereixo no parlar-hi, no vull que la veu se m'esguerri i es desfermi un temporal, amb tot el que li puc arribar a dir amb mala bava. Val més que evitem una altra conversa amarga com la del dia que em va trucar per venir a recollir les seves coses. Li vaig dir: «No toquis res que sigui meu ni tampoc de la llista que t'he passat». Em va contestar queixant-se si volia que es quedés amb les escorrialles. I jo: «Si m'haguessis de pagar tota la feina que he fet a casa, et quedaries amb res. A dreta llei, hauries de marxar amb una mà a cada ou». Això.

Que pocs mesos després de la nostra separació s'hagi embolicat amb una noia que podria ser la seva filla em sembla d'un cinisme delirant. No ha tingut ni la decència d'esperar un temps prudencial... No li cal fer cap treva, a ell?

Quan l'hi he explicat a l'Estel ha dit que potser és una

reacció desesperada perquè no suporta la pèrdua. «Sí, ara disculpa'l. I una mè». Que no em vingui amb cap argument exculpatori, és un pocavergonya i ja està.

Ella insisteix que m'ho he de prendre d'una altra manera, sé que em vol ajudar a entomar-ho amb més calma, però a mi em surt el ressentiment.

Hem estat conversant molta estona perquè jo estic encegada, ho reconec. Fins que m'ha dit una cosa que m'ha fet pensar: «Saps què he après, a urgències? Els pacients no volen medicaments, en realitat, volen que els diguem que no els passa res, que es curaran i que viuran molts anys... Però sense un tractament, molts d'ells no podrien sortir de l'hospital... Tiraràs endavant, però no oblidis que la teva medicació passa per fer un canvi en la manera com encares la situació».

«Per sort no estic a l'UCI», he dit.

Abans de penjar, hem quedat per anar a la platja demà de bon matí. Aquest cap de setmana no té guàrdia a l'hospital. M'ha semblat una bona idea: «D'acord, quedem a Sant Martí d'Empúries, em penso banyar».

Ja és diumenge. S'han trobat al peu de la casa forestal, a tocar del poblet, un indret ara solitari des d'on s'obre la visió a una part de la badia: la platja llarga de sorra fina i l'esquelet pedregós del moll grec; més avall, els roquissars de les Muscleres i, al fons, l'*skyline* de cases blanques de l'Escala que es perd en la costa més abrupta fins a Punta Grossa i Montgó, esquitxada d'urbanitzacions emblanquinades. I encara, darrere la primera línia de muntanyes, el cos pelat i imponent del Montgrí.

Han baixat a la platja que queda parapetada rere un

espigó llarg. És molt d'hora i només es veuen dos pescadors que han tirat la canya, lluny d'elles.

El mar està tranquil com una bassa d'oli i el sol vermellós encara recorda el moment de l'alba. S'han tret els *shorts* i les camises i han estès les tovalloles a la sorra. Poc després, abrigades sota un gran mocador estampat amb dibuixos de caixmir, han començat a parlar. L'Estel l'ha escodrinyada amb ulls brillants, sota el serrell curt i la mitja melena ben raspallada.

—Em sento fatal, no ho puc evitar —ha admès ella.

S'ha descabdellat explicant-li el que ha passat. Té ganes de buidar-se amb algú que la pugui entendre.

—Xerro com una cotorra —ha acabat dient.

—T'escolto, però fes pauses i ves a la respiració... T'ajudarà a no identificar-te tant amb aquests sentiments que et trasbalsen.

—Ho sé, ho sé —ha reconegut—. Sembla que m'hagi oblidat de tot el que sé, és una putada.

—Tens raó. I què penses fer, amb aquesta putada? Tens tot el dret a sentir ràbia i estar emprenyada, però vols continuar injectant-te verí o el llençaràs perquè no et corri per les venes?

—Parles com una infermera o una psicòloga clínica.

—És el que soc. He d'atendre tota classe de persones, parlar amb elles, fer broma quan cal treure ferro a la situació o quadrar-me, si es passen... M'ha anat bé aprendre tècniques que estan fora del circuit acadèmic i que tenen a veure amb la psicologia —ha torçat els llavis—. Però tu no feies ioga i meditació? No em vas dir que això t'ajudava a encarar-ho millor?

—Fa dies que ni hi penso.

—Has de capgirar la situació —fa l'Estel.

—Això. I què més? —es queixa.

—M'has demanat ajuda, no? T'estic parlant de reconciliar els teus sentiments, perquè no et quedis encallada en la ràbia. Si no, no pots avançar. Estàs encarant dues pèrdues, Mínia, la del teu fill i la d'un projecte de parella.

—Ho sé.

—Al llarg de la vida anem experimentant i interactuem entre nosaltres. Saps què penso? Interpretem una obra de teatre, representem papers, i les persones que formen part de l'escenari poden tenir alguna cosa a ensenyar-nos. Per exemple, a no caure en la rancúnia. Pot ser que algú actuï a la teva vida en aquest sentit i, quan entens què et cal aprendre, aquesta persona desaparegui de l'escena.

—He de pensar en les bones intencions d'aquest poca-solta? —ha reaccionat amb recel—. I, a sobre, perdonar-lo?

L'Estel somriu.

—No és això. És un procés intern teu... Tu pots decidir abandonar els pensaments de judici i de venjança, perquè només t'amarguen. Deixa de donar-hi voltes i, a ell, posa-li les demandes que vulguis. Però fes-ho des de la tranquil·litat, amb el convenciment que exigeixes el que et correspon.

—És difícil no involucrar-me amb les emocions...

—T'hi has de posar. Jo ho vaig fer quan em vaig divorciar del meu marit, l'anestesista que em va deixar per una traumatòloga més jove... S'ha de reconèixer que era guapa, la tia.

—Com us enrotlleu, a l'hospital!

—Ho vols provar o no? Només cal que et relaxis i visualitzis, t'aniré guiant.

Li ha semblat una idea prou excèntrica, però vol estar millor i ho ha acceptat.

Només de tancar els ulls ha sentit ràbia i enuig. A poc a poc han anat apareixent altres emocions i, en algun moment de la visualització que no hauria pogut concretar, la imatge del seu fill s'ha fet present. Llavors s'ha sentit embolcallada per un reflux de tendresa profunda i dolça, com una carícia. De seguida ha notat una punxada als ulls i l'obertura del cor que, esmicolat, deixava sortir la tristesa. Poc després, aquest estat ha deixat pas a una emoció intensa i una sensació d'imantació que mantenia els bocins del seu cor units. A l'instant, s'ha escampat dins seu una onada de calma.

Amb els ulls tancats, ha seguit encara el que li deia l'Estel: «Ara pensa només en l'Armand que vas estimar».

La sessió ha durat força i, al tram final, quan ha obert les parpelles per mirar l'aigua, ha quedat enlluernada.

—Ens banyem?

—Deu ser molt freda, però en tinc ganes, crec que m'anirà bé.

La idea d'enfonsar-se al mar l'ha frenat durant uns minuts, però s'hi ha acabat immergint a poc a poc, agitant les mans com si espantés mosques, per suportar millor l'agressió picant de l'aigua freda.

Quan ha sortit s'ha eixugat bé, embolicada amb la tovallola, mentre enfonsava els peus a la sorra i notava el pessigolleig del sol al cos enfredorit.

—La terra i el mar curen... —ha dit tot d'una, com si tingués ciència infusa en la matèria—. Els antics no tenien medicines sintetitzades en laboratoris, però probablement estaven més arrelats que nosaltres i menys intoxicats.

—Pot ser —assenteix l'Estel.

Durant una estona han fet silenci, la seva amiga estirada a la tovallola prenent el sol i ella asseguda. El seu cos és un arbre amb arrels profundes heretades dels ancestres, amb branques que s'enlairen cap al cel. Deu ser qüestió de sentir més la vida i de pensar menys. De fluir i no tant de rumiar. Potser és això el que pot aprendre de les dones de la història que està escrivint. Precisament això.

—Ja estic millor —ha reconegut una estona més tard.

S'han vestit per fer una passejada.

—Estàs guapa —ha dit l'Estel—, ningú diria que dorms poc.

La Mínia li ha agraït el compliment amb un somriure, el braç repenjat a les nanses de la bossa de platja. Està més tranquil·la, i es deu notar.

—Vols fer un volt pel poble? Abans era una illa poblada, la Palaiàpolis d'Empúries, el primer assentament dels grecs foceus. Podria ser que el temple de la deessa Àrtemis es trobés al mateix lloc que l'església romànica —especula.

—Explica'm més coses, va...

Més tard han caminat pel passeig, quan l'hora plàcida del matí s'estenia sobre els pins inclinats i les cales rocoses.

S'han creuat amb una parella que caminava agafada de la mà i un home que passejava un gos i ha hagut d'escurçar la corretja perquè l'animal no se'ls tirés a sobre.

La Mínia s'ha fixat en dues noies que es banyaven a la platja com han fet elles a primera hora. Qui sap si també descarregaven noses i pesantors.

Durant la passejada s'ha deixat dur per passos oscil·lants: ara trepitja la ratlla del carril bici, ara torna al de vianants, mentre l'Estel camina al seu costat, dibuixant l'anar i venir amb els braços curts.

Una estona més tard, assegudes als escalons de fusta de la platja, han encetat una conversa pendent.

—Encara no m'has explicat res dels grecs.

—Provenien de Focea, eren bons navegants i comerciants i abans d'arribar aquí ja havien fundat Massàlia, l'actual Marsella. Volien comerciar amb la península Ibèrica i van instal·lar-se primer aquí —assenyala el poble de Sant Martí d'Empúries—, això abans era una illa i ells hi van crear un assentament amb port. També van fundar Rhode...

—Com els van rebre, els indígenes?

—Segurament van entrar a terra en so de pau. Desarmats i amb les mans enlaire per mostrar una actitud pacífica. Potser van deixar algun obsequi visible a la sorra, mercaderies exòtiques luxoses o productes més pràctics... Sobre això s'han elaborat moltes històries fantàstiques.

—M'interessa.

—Hi ha una llegenda que explica que el cap dels indígenes, al segle VI aC, va acceptar que els grecs foceus ocupessin l'illa a canvi d'un carregament de salaons... *Se non é vero, é ben trovato*. Sigui com sigui, els foceus van crear una xarxa de ports comercials i van saber negociar amb els d'aquí. Uns i altres obtenien beneficis del comerç amb els grans centres econòmics del Mediterrani.

—Com eren, els autòctons?

—Al principi vivien en poblats dalt de turons i d'illes que sobresortien dels aiguamolls, un d'ells era a l'antiga illa de Sant Martí d'Empúries, l'altre probablement a Vilanera... Segurament ja tenien un territori ben articulat i, amb el pas del temps, van consolidar el poder de la capital. Els indiketes van mantenir una relació comercial i cultural molt estreta amb els d'Empòrion, això els fa diferents d'altres tribus ibèriques... I els emporitans comerciaven amb Cartago, l'illa d'Eivissa, o *Ebussos*, i moltes ciutats gregues de Sicília, com Siracusa, Himera, Messina, Agrigent o Selinunt, que els servien de port de connexió entre el mar Egeu i el país foceu, a la zona de l'actual Turquia... Aquest lloc té una història molt llarga.

—I una llum impressionant —diu l'Estel.

27

Quadern de notes

27 de juny, 2018

Darrerament surto poc al jardí. L'Armand se'n cuidava molt, el regava cada setmana i tenia la gespa ben tallada, amb un pentinat perfecte, d'un verd arranat com una catifa flonja. Jo el tinc desatès i s'ha convertit en un territori salvatge. Per maquillar l'expressió, podria dir que és un jardí mediterrani, d'aquells que sobreviuen a la sequera i estan coberts per una tofa de pinassa seca en comptes de gespa. L'ignoro com m'he ignorat a mi mateixa. He oblidat que formo part del jardí, de la buguenvíl·lia i el roser, dels pins i les mates d'espígol. Avui, després de la banyada al mar, me n'he anat a seure sota un pi molt gran. M'hi he quedat molta estona, en silenci, amb els ulls tancats i l'esquena recolzada a la soca de l'arbre. Sentia el pessigolleig de l'escorça, l'escalfor de la terra sota els malucs, als inguinals, al perineu. El formigueig de l'energia encapsulada als llavis de la vulva, el crepitar del foc que glatia sota meu com un senyal intens de vida. Un volcà adormit. Primer m'hi he resistit una mica, però després m'he anat afluixant. He deixat que els braços invisibles del pi m'abracessin mentre m'enfonsava, a través de les seves arrels, fins al cor de la terra. M'hi he perdut. Ni tan sols era jo, sinó una sensació, una pulsió intensa. No havia experimentat mai això...

Malgrat l'estat de calma que he aconseguit durant unes hores, al vespre m'ha revingut la tristesa i m'he quedat una estona amb el cap repenjat a la mà, sense intentar fugir del que estava sentint. Després m'he preparat un gintònic amb glaçons i un tall de llimona, per reanimar-me.

5 de juliol, 2018

Ara mateix només aspiro a curar-me per retrobar l'alegria. Sé que puc estar bé sense haver d'anar apuntalant-me contínuament. M'esforço per aconseguir-ho.

A la protagonista de la història que estic escrivint li he fet dir unes paraules que són de la meva mare: «Les dones som prou fortes per aguantar la incertesa». Bé, l'expressió exacta va ser «per aguantar el que calgui». La mare hi va afegir unes quantes frases contundents que m'han quedat gravades a la memòria: «La vida és plena de pèrdues. No és un camí planer, però no deixis de confiar-hi. Sé que te'n sortiràs de tot». Ho recordo perfectament, com si la tingués davant meu, havia escoltat totes les meves queixes sense bellugar ni un dit ni donar cap senyal d'alteració, amb l'aire calmat amb què acostumava a entomar les discussions quan la meva germana i jo érem més joves, quan deia: «Què en traieu de barallar-vos? Haureu d'acabar fent les paus igualment, perquè si no, alguna de vosaltres sobrarà en aquesta casa».

«Tu ets més important que tot el que et pugui passar». M'ho va dir el mateix dia que la vaig anar a veure per explicar-li que havíem partit peres amb l'Armand per primer cop. D'això fa quatre anys, abans que caigués malalta, a cavall de la metàstasi. Abans que la memòria li comencés a fallar.

La mare volia que jo estigués bé, per damunt de tot. Fos quina fos la situació que em toqués viure. Era un desig que agraeixo. Miro de posar distància entre mi i els sentiments que em trasbalsen. Penso alliberar-me de coses que ja no vull a la meva vida, espolsar càrregues inútils, posar distància en les relacions que no van enlloc, cicatritzar les ferides que m'han causat les pèrdues. Voldria esbandir pensaments que no m'aporten res. De manera fluïda, generosa, igual que fa Ekinar amb la seva esclava, quan entén la situació. Quan compara la injustícia que ella pateix amb la que ha sofert Ateranina. Quan s'adona que l'experiència de les altres dones s'assembla molt a la seva.

M'agrada gratar, furgar la vida d'una dona de qui, en realitat, no sé res, llevat que la van enterrar al costat del fill sense seguir el costum. M'he atrevit a inventar-me com era, què pensava, com vivia fa més de dos mil anys. Escriure sobre ella no deixa de ser un exercici agosarat, però em sento compensada.

Aquesta història em fa bé. M'ajuda a passar les hores d'insomni, em permet imaginar altres mons, perquè aquest no se'm faci massa feixuc. És un antídot contra el sentiment d'absència, quan l'acabi potser l'hauré paït una mica.

Li he agafat afecte a Ekinar, empatitzo amb la ràbia que li desperta la traïció que ha patit el seu fill. Sé prou bé com se sent.

8 de juliol, 2018

Avui és diumenge i he aprofitat el dia per endreçar la casa i regar una mica el jardí, perquè a partir de demà estaré molt ocupada. Comencem a excavar i em quedarà poc temps per a mi.

La nit passada m'he dedicat a buscar informació per documentar tot el que estic escrivint. No se sap del cert quines eren les deesses i els déus que presidien els altars dels temples nous d'Indika, edificats a principis del segle III *aC, just a l'època que va viure Ekinar. O sigui que hauré d'especular sobre el tema. El panteó dels déus ibèrics és confús i varia segons el territori. Una cosa tinc per segura: la influència de divinitats fenícies, púniques i gregues apareix a totes les tribus ibèriques i, a Indika, aquesta petjada es troba a les restes d'estatuetes, figures i peveters que han aparegut entre els jaciments dels temples i a les tombes. Caps de la deessa Demèter, del monstre de la Gorgona, del déu Bes, d'origen egipci, que es representa de forma arcaica, vestit amb una faldilla curta i fent un llengot. No té res a veure amb la icona d'Einstein, excepte que comparteixen un gest transgressor.*

Segurament adoraven un déu guerrer consort que acompanyava la deessa mare. Potser era Banbaibar, un nom que apareix en moltes inscripcions de caràcter ritual. En alguns santuaris ibers del sud apareix Betatun, deessa de la fertilitat que presidia algunes coves sagrades com les de La Lobera de Castellar o Las Atayuelas de Fuerte del Rey, a Jaén. Sigui com sigui, la deessa principal dels indiketes devia assemblar-se una mica a les gregues Àrtemis i Demèter, mare dels cereals. I qui sap quin paper tenien Apol·lo i Asclepi. Els devien acompanyar també les divinitats de la tribu i alguns animals totèmics com el porc senglar i el llop.

Abans jo m'imaginava un país tribal, concentrat en pocs nuclis de població, però tot el que anem sabent sobre el país d'Indika ens dibuixa un territori espurnejat de pobles i de llocs rurals que vivien del conreu de cereals.

Més d'una vegada ho hem discutit amb companys d'arqueologia. En Magno n'és un. Ell diu que estaven molt ben organitzats. La idea de la població dispersa de l'Empordà actual, que d'un campanar de poble veus l'altre, és el que ja existia llavors. Només cal esborrar els campanars i posar-hi torres de defensa, granges ramaderes i petits poblats, i ja tens la composició. I la mateixa idea es pot aplicar a tot el territori dels ibers del nord.

Encara que no es pugui afirmar amb certesa, Ekinar hauria mort aproximadament a l'entorn de l'any 270 abans de la nostra era, si hem de fer cas de la prova de carboni 14 i de la datació de les restes de terrissa.

Però per quin motiu el cap del seu fill, i anys més tard el d'ella mateixa, no van ser cremats? Què devia passar?

Tercera part

EKINAR

28

(279 aC)

Tot el que li havia explicat Nalbe, el vespre que la va anar a veure d'amagat, era molt greu. Només d'entrar al pati de casa, el jove guerrer havia tocat la mà freda d'Atabels amb llàgrimes als ulls. Ekinar el va fer passar a dins i li va oferir una banqueta per seure.

—Jo seguia el teu fill a la rereguarda —va començar a desgranar Nalbe—. Era massa fosc per veure res i ell galopava tan veloç que li vaig perdre el rastre... Atabels era el millor guerrer, mai no fallava.

—De què li ha servit? —es va queixar ella amb to amarg—. La seva valentia l'ha perdut, és mort i tant li fa que el reconeguin amb honors.

—No és això el que venia a explicar-te...

Els llavis de Nalbe es van serrar per un moment, en una expressió continguda que ella va interpretar com un gest d'espera.

—Doncs què? —va acabar preguntant amb esglai.

—Quan feia estona que el buscava, vaig sentir un

trot a la meva esquena, un genet se'm va avançar i no vaig ser capaç d'aturar-lo.

Al principi, la foscor li havia impedit veure res, només una ombra confusa.

—Era un dels atacants?

—No ho sé... Hi va haver un moment, quan em va passar davant, que un raig de lluna va treure el cap entre els núvols... Era una llum miserable... El genet ja era lluny de mi i amb prou feines li vaig veure l'ombra.

El jove guerrer havia afluixat la veu i va acabar fent una pausa tensa, els ulls d'un negre brillant.

—Podia ser un dels vostres? —va preguntar, fiblada pel malestar d'uns pensaments funestos.

—Diria mentida, només sé que al cap de poc vaig sentir renillar un cavall... Ja no vaig tornar a veure el genet, però vaig trobar el teu fill... —Tot d'una, la veu se li va afeblir—. Ja estava ferit de mort.

Ekinar va gemegar, estremida:

—Infeliç de mi! Com he de suportar una calamitat tan gran? Quina sort tan terrible!

—Em sap greu no poder-te consolar en l'infortuni... Tampoc tinc certesa de res i encara menys cap prova. Només són sospites.

Nalbe va prosseguir el seu relat recordant el cos esllanguit del seu amic, que ja agonitzava. A Atabels, li faltava l'alè però havia murmurat apagadament: «A-juda Ni-su-nin».

—Ja no va dir res més.

S'havia desplomat i ell el va portar sobre el cavall fins a arribar a l'escamot de guerrers.

—Vaig intentar que parlés més, però ja no respirava...

—Déus del cel! —Ekinar es va tapar la cara amb les mans.

—Quan vaig arribar, els nostres ja es preparaven per tornar —va prosseguir Nalbe—. Jo hauria tornat en pau, tot i la desgràcia, si no hagués vist el que vaig veure...

—Què insinues? Digues!

—Binturke anava dalt del cavall brandant sobre la llança el cap del capitost dels sordons i el mostrava amb orgull... L'hi vaig retreure que se l'hagués apropiat, però ell se'm va encarar amenaçant-me.

Nalbe s'hi havia apropat a frec de cavall: «Com goses portar un trofeu que no has guanyat tu?». Binturke no havia reculat ni una passa: «Guarda't bé la mentida, ningú et creurà i et faré expulsar del cos de guàrdia».

—Em va assegurar que, si insisteixo, perjudicarà la meva família.

—Desgraciat! Quanta injustícia! Que caigui sobre ell la fúria de la deessa! I si és ell qui ha planejat la mort del meu fill?

Un to penetrant de veu va travessar la capa d'indignació que l'embolcallava i els seus ulls de mare es van enllorar, vençuts per la ràbia.

—Vull pensar que no.

—Fill de porca! Ha mamat la pitjor llet, Gaunin és enterca i ambiciosa, capaç de fer qualsevol cosa perquè l'adulin!

Aquell traïdor tenia la carn flonja dels consentits, havia crescut massa complagut per la garsa perversa de la seva mare.

—Quan el teu fill va recular per perseguir el qui comandava els sordons, vaig enviar un company perquè anés a buscar reforços, però no en va venir cap... Després he sabut que Binturke ho va desestimar.

—Malnat! Tant de bo la deessa el castigui!

—Crec que vol tenir Nisunin i mirarà de convèncer el pare de la noia —va afegir Nalbe desviant la mirada, com si sabés el mal que podien fer aquelles paraules en el cor d'una mare.

—Només la deu voler per rebolcar-s'hi, perquè no té collons d'actuar amb noblesa, el gusarapa, i després es buscarà una esposa que sigui ben rica —es va queixar ella.

Era increïble tanta malvolença. No podia permetre que el malànima de Binturke enganyés Nisunin afalagant-la amb paraules complaents i riqueses per amagar les seves traïdories.

29

El tercer dia de la mort del meu fill, jo tenia el cor ressec i ple de records esmicolats, com les restes d'àmfores trencades que ja no serveixen per a res. Dins meu havia anat creixent d'una manera insuportable el sentiment de venjança. Àmnia va dir que, quan fos l'hora, tot estaria a punt per a la cerimònia de cremació. Al vespre, havia tornat molt cansada i se'n va anar a dormir. Jo em vaig estirar a la màrfega de llana; anava fent sons curts mentre ideava com podia castigar Binturke perquè pagués el preu que li pertocava per la mort del meu fill. De tant en tant, invocava la deessa que adorava la meva àvia demanant-li justícia; si tenia poder de provocar aiguats i d'arrencar tempestes, també podria ajudar-me. La impotència feia créixer dins meu la ràbia i l'atiava com fa una bafarada de vent sobre el foc. Vaig pensar en la fortalesa insubornable que havia dut a la mort el meu Atabels. Les paraules de Nalbe ressonaven com cops de martell dins el meu cap, una i altra vegada.

L'endemà Àmnia va dir que Saratin havia acceptat

oficiar la cerimònia fúnebre. Jo vaig callar, però, com que ella i jo ens enteníem amb una mirada, em devia llegir el pensament. «No sé què tens al cap, germana», va dir, «però ves on vulguis. Jo em quedo aquí i, si ve algú, ja el rebré de part teva».

No em vaig fer pregar gaire, convençuda com estava que em calia acudir als homes del consell que governaven la ciutat per exposar les meves queixes. M'hi presentaria sense haver demanat audiència. Era probable que no volguessin escoltar-me i que el mala sang de Binturke em fes fora amb alguna excusa ignominiosa. La meva obstinació havia crescut després de nits de desvarieig en què havia tingut massa temps per rumiar. Un cop més, vaig descartar parlar amb el vell Nabar, perquè la caiguda que havia patit anant al galop semblava haver-li afectat el seny, fins al punt de no ser-hi tot. Tampoc tenia cap intenció de demanar empara a l'escurçó de la seva dona. Gaunin no me n'hauria donat, ben al contrari; s'havia mostrat amb mi com una fera ambiciosa i, per desgràcia, ja la coneixia prou bé.

Quan vaig quedar vídua, Nabar va influir en el consell d'ancians perquè em fos retirada una paga de mitja sitja de blat a cada nova collita que havien concedit al meu espòs, en compensació als serveis que els havia prestat. Uns i altres es van desentendre de la meva queixa i Nabar es va excusar de rebre'm. Llavors vaig anar a veure Gaunin, pensant que ella m'escoltaria. Em semblava que, coneixent-nos des que érem petites, entendria el meu dret i intercediria davant del seu espòs. Il·lusa de mi! En comptes de donar-me el condol per la mort del meu home, em va retreure que volgués privilegis: «Per què vens a pidolar? Què t'has cregut?». Després, quan jo encara no havia paït les seves males paraules de greuge, va dir: «Ves-te'n», amb una mala bava que em va fer encendre. Se'm van remoure les entranyes i vaig cridar: «Per més riqueses que tinguis i per més que t'hi esforcis, no seràs mai una dona noble!». Vaig veure clar que ella havia influït en el seu home perquè el consell de govern em retirés la paga. Abans d'anar-me'n de casa seva, vaig escopir a terra maleint-la. Des d'aquell dia, mai més ens havíem tornat a dirigir cap paraula.

Recordar-ho em va avivar el disgust, però també va atiar el meu enginy. Per un instant, amb una lucidesa extrema, vaig saber què em calia fer. Aquella mala puça tampoc devia veure amb bons ulls que Saratin oficiés al temple de la deessa ni que defensés davant la llei les noies que eren víctimes de maltractament.

A les males, Gaunin podria haver buscat la ruïna del meu germà Basped. Em calia actuar directament i presentar-me davant Bilostar, l'ancià que millor coneixia la nostra tradició i que acostumava a defensar els homes i les dones lliures com jo. M'acolliria a la seva jurisprudència per queixar-me del tracte que havia rebut el meu fill. No confiava poder aconseguir gaire res ni tampoc desemmascarar la conducta de Binturke, que aspirava a ser el nou cap dels guerrers i del consell, però havia de fer honor a la meva nissaga. O sigui que em vaig plantar a la casa del consell.

Amb la certesa que no podia fer-me enrere, vaig traspassar la llinda de l'edifici on estaven clavats deu caps d'enemics, trepanats cadascun d'ells amb una punta llarga, de dalt a baix. Vaig evitar mirar-los; tenia la mort massa present per poder-m'hi encarar.

—Teniu permís, dona?

—Soc Ekinar, la vídua d'Utibels.

El guerrer que guardava l'entrada em va barrar el pas, a recer del porxo de bigues de fusta. Em va repassar amb una mirada freda. Jo li vaig dir que em recordava el meu fill quan feia guàrdia a la muralla. Anava armat com ell, amb una espasa llarga penjada a l'esquerra del cinturó, però en comptes del casc, lluïa una cabellera esbarriada, recollida per una cinta de cuir. Vaig aguantar la seva mirada amb la fermesa que atorga l'autoritat d'una dona que ha perdut l'home i el fill i que vesteix de negre de cap a peus.

—Tu devies conèixer el meu fill Atabels, ja deus saber que ha mort lluitant i que ell no pot demanar audiència... El seu cos encara és calent i reposa a casa meva. És en nom seu que soc aquí, et prego que m'anunciïs als nobles que es troben a la casa... Si pot ser, a Bilostar...

Bilostar era un dels ancians més venerables de la ciutat i vaig pensar que m'escoltaria.

—Avui no és dia de rebre ningú, senyora —va replicar el guerrer.

Jo sabia que l'accés estava restringit a pocs visitants, excepte en dies assenyalats en què impartien justícia. Però la meva causa no podia esperar.

—Quan un guerrer ha defensat bé la seva gent, té dret a ser escoltat... El meu fill ha mort per fidelitat i jo el represento, és un cas de justícia. Pots fer el que t'he dit?

La meva tossuderia el devia convèncer i em va deixar passar al pati de la casa, sense dir cap més paraula.

Vaig entrar al recinte vedat on solien trobar-se els homes més poderosos de la ciutat: nobles altius, guerrers de reconeguda nissaga, comerciants rics, administradors importants, ancians ben respectats i el sacerdot Korbis. Malgrat que tots ells retien un pacte de fidelitat al cap del consell, cosa que implicava obediència, tenien potestat en tot: podien escollir un nou cap, donar el vistiplau al candidat que hagués proposat qualsevol home del consell o prendre decisions sobre els assumptes de comerç i de política que afectaven el nostre territori.

Aquella casa de govern compartia pati amb l'edifici on els guerrers celebraven cerimònies, allà mateix havia begut vi el meu fill en els rituals de guerra. A l'altre costat del pati s'aixecava l'habitatge luxós de Nabar i la seva família, que era molt extensa, comptant-hi tota la nissaga de germans, cosins i fills d'uns i d'altres.

Des de sempre, els caps que presidien el consell de la ciutat eren escollits entre els nobles de les famílies més poderoses. Podien ser propietaris importants o guerrers forts i valerosos, i el costum no impedia que fos proclamat algun fill, germà o familiar d'algun d'aquells capitostos, però això només succeïa quan l'aspirant havia adquirit bona fama. Vaig recordar l'admiració que el meu home sentia per Nabar, qui havia presidit un temps de pau i de riquesa al nostre territori. Res feia pensar, en canvi, que el malnascut de Binturke, que aspirava a presidir el consell, fos estimat com el seu pare. Jo tenia, a més, moltes raons de pes per odiar-lo.

Durant l'estona que vaig estar esperant sota el porxo em vaig sentir molt estranya. El cor em bategava fort. Tot i això, fer el pas tota sola no em feia sentir desprotegida, encara que sabia que no seria ben rebuda com ho hauria estat el meu home, que coneixia alguns d'aquells poderosos i els havia servit en qüestions de comerç en més d'una ocasió.

Finalment va reaparèixer el jove guerrer.

—Podeu passar.

Va ser tot el que va dir mentre feia un pas al costat i em deixava entrar al recinte.

Jo ja havia pres la decisió de marxar d'Indika i deixar la casa del puig a Basped; la dels meus pares, a l'illa, ja pertanyia a la meva germana gran. A Indika, jo havia tingut una vida pròspera i feliç al costat del meu home, però m'havia convertit en una dona trista i injuriada. Vaig pensar que, si m'hi hagués quedat, m'hauria sentit massa sola. A més, si arribava a reeixir en la meva revenja, amargaria els dies al meu germà i la seva família. Era millor marxar a Empòrion, a viure a casa d'Àmnia. D'aquesta manera estalviaria problemes a Basped i jo quedaria a resguard de la solitud i em podria allunyar de tot el que em feia patir. Abans intentaria acomplir el meu pla amb molta prudència. Sabia que era gairebé impossible que es fes justícia, però no pensava renunciar-hi.

Vaig entrar a la casa de govern. Recordava haver traspassat aquell llindar una vegada, en companyia del meu espòs, que havia merescut reconeixement per la seva feina. Però aquell record se'm va fer més punyent, pensant en com havien tractat el nostre fill.

Al cap de poc vaig traspassar la llinda de la sala on

impartien justícia, una estança gran, coberta amb embigat de fusta i voltada per parets emblanquinades que estaven decorades amb franges de pintura vermella, viva com la sang. Hi havia tres nobles asseguts dalt d'un podi, en cadires amb braços de lli brodat i un setial pintat amb colors vius que era buit. Devia correspondre a Nabar, tal com pertocava al dignatari més alt. Malauradament Binturke era a la sala. Seia a un costat del setial, i Bilostar i un altre noble a l'altre. Em van venir ganes de cridar: «Usurpador, desitges ser cap del consell però no pots seure al lloc del teu pare!». Aquell traïdor no s'assemblava gens al guerrer brut i sangonós que havia vist pocs dies abans. Anava polit, amb la barbeta ben arranada, la túnica negra amb sanefa porpra, i calçat amb sandàlies de cuir vermell. Tanmateix, però, li vaig veure un reflex furiós als ulls.

Feia calor i la llum xardorosa que entrava per la porta oberta i les finestres que donaven al pati es repartia per la sala, unint-se amb la de les llànties que il·luminaven la paret del fons. Binturke no es va dignar a mirar-me; es va dirigir a l'ancià que jo volia veure.

—Creieu que hem d'escoltar aquesta dona, Bilostar?

El venerable m'havia reconegut.

—Senyor, és neta de Bilistegues i Aiunin, esposa d'Utibels i mare del guerrer Atabels, que us va acompanyar en l'escaramussa contra els sordons...

Per fi, Binturke va dreçar el cap i em va mirar amb gelor. Em va semblar que dissimulava alguna inquietud. «Bé saps què et pertorba, malànima», vaig pensar.

—Per què no heu demanat audiència? —va retreure'm amb veu pretensiosa.

—No he tingut temps, he estat vetllant el cos del meu fill.

Cap paraula de consol no va sortir d'aquella boca mesquina; al contrari, els llavis prims se li van estirar en un gest orgullós.

—Parleu, doncs.

—He vingut a denunciar que ell és mort perquè va ser abandonat en combat.

El rostre de Binturke es va tensar, irritat, i l'ancià i l'altre noble es van mirar amb desconcert.

—Què dieu, dona?

Aquell traïdor em va escrutar, rabiós, i jo li vaig aguantar la mirada, com qui rebutja un cop d'espasa amb un altre. Crec que, si hagués pogut, m'hauria escanyat amb les seves pròpies mans.

—Era un guerrer valent, per això el vam enviar a la rereguarda, ell mateix hi va voler anar... Alguns dels nostres homes han rebut ferides greus i el vostre fill va tenir la desgràcia de perdre-hi la vida.

El seu cinisme indigne em va fer saltar.

—No és veritat! —vaig alçar la veu—. Ningú el va anar a socórrer quan us van venir a avisar del perill que corria!

—Esteu ofuscada i us inventeu coses —va contradir-me amb to insultant.

—Ho sé del cert! Tinc un testimoni, però no puc demanar que ho faci públic, si no és amb garanties que no serà castigat o expulsat.

Binturke es va enfurir.

—Dona mentidera! —va clavar un cop de puny sobre el braç de la cadira.

En sentir-ho, van venir a mi totes les forces funestes que hauria pogut invocar i vaig respondre:

—Jo soc d'una nissaga respectada! M'insulteu perquè sabeu que dic la veritat. I els homes del consell l'han de conèixer també —m'hi vaig encarar, rabiosa.

—La veritat d'una mare enutjada? —Binturke va prendre un to sarcàstic—: Ja sabem com són les dones quan no poden descarregar la seva ira.

—La veritat no té pits —vaig defensar-me—, és veritat i prou.

—Boca nècia! —em va insultar.

Arribats aquí, l'ancià Bilostar el va mirar amb desconcert i va trencar el silenci que havia mantingut durant estona:

—Això no us honora, senyor —el va replicar—, hem deixat entrar aquesta dona, escoltem el que ens hagi de dir.

—Sé molt bé el que em dic, venerable —vaig insistir embravida. Jo ja no tenia aturador, m'era igual que em fessin sortir de mala manera, no pensava callar—. El que heu fet al meu fill és una traïció —vaig acusar Binturke— per servir-vos d'ell, va anar a la rereguarda en un mal pas de muntanya, exposant-se completament a la mort. No vàreu procurar defensar-lo per a res. Ell ha estat fidel i li heu pagat el favor deixant-lo morir en mans d'enemics ben armats. Per què? Tinc les meves sospites...

—Calleu!

Les meves paraules el van fer saltar del seient. Es va alçar abrivat, desafiant, i va aixecar un dit acusador:

—La ràbia us cega, guardeu-vos-les, les vostres argúcies! El vostre fill anava escortat per un altre guerrer.

—Deixeu-la acabar —va insistir Bilostar.

—Ai, desventurada de mi, què m'he d'escoltar? El vàreu llançar a la mort. Sabíeu que era valent i no fugiria. Va obeir-vos i, amb això, va signar la seva condemna! I què heu fet, en arribar? Vanagloriar-vos enlairant un cap d'enemic que no us pertany i oblidant el servei que el meu fill us va fer! I tot per aconseguir que... Bé sabeu de què parlo. —Vaig estar a punt de dir: «Desitges el que estimava el meu fill, t'has apropiat del seu trofeu i ara vols la noia que s'havia d'esposar amb ell». Però vaig callar per no revelar uns fets que no podia provar. M'haurien acusat de perjuri i l'honor de la nostra família hauria quedat en dubte.

—Calleu, dona, no caleu més foc del que podem apagar!

L'ancià el va aturar amb un gest:

—Binturke, refreneu-vos, el seu home era ben vist pel vostre pare.

Jo vaig prosseguir:

—No sortiré sense haver dit abans el que penso: Nabar ha estat un gran guerrer, és un home valerós i el van escollir els nobles per presidir el consell, cosa que vós encara no podeu fer.

—Què insinueu, dissortada? Sortiu d'aquesta sala! Val més que marxeu de la ciutat!

—Senyor, aquesta és una decisió que hauria de prendre el consell —va dir Bilostar—. Aquesta dona és la mare d'un bon guerrer i no se la pot humiliar.

—No caldrà que em feu fora —vaig dir—, ja ho tinc tot a punt per anar-me'n. No vull veure la ciutat on he nascut mal governada.

Binturke es va tornar a enfurir, assenyalant-me amb el braç com qui acusa un criminal:

—No trigueu gaire, perquè així que em nomenin cap del consell us faré expulsar!

El noble que havia callat fins a aquell moment va parlar:

—Fill de Nabar, aquesta dona mereix ser escoltada en una nova audiència.

—Us creieu els seus rumors i les seves mentides?

Bilostar el va aturar amb un gest.

—La llei de la nostra tribu no us dona cap potestat afegida.

Binturke va fer una pausa, els ulls plens de ràbia. De seguida, però, va afluixar el to, com si volgués treure-hi importància, i va prosseguir amb veu impassible:

—Doncs canviarem la llei... Suposo que espereu continuar tenint els privilegis de què fins ara heu gaudit, les pagues de béns de luxe, i la part d'impostos que us corresponen. Ja sabeu que tinc els guerrers a favor meu.

En sentir-lo, em va pujar un glop de fel a la boca. Aquell mala sang semblava fet de pedra seca. Va esbiaixar la boca, com si hagués begut vi ranci i volgués escopir-lo:

—Hem acabat, podeu sortir.

Cap dels dos homes el va tornar a replicar ni va sortir una sola paraula més de la boca de l'ancià Bilostar. Llavors em vaig retirar de la sala, perquè vaig comprendre que no hi tenia res a fer. Només em consolava haver vomitat tot el que pensava. Era amarg veure com s'havien comportat aquells nobles del consell; encara que pensessin que jo estava carregada de raó, pesaven més les qüestions d'interès. La certesa que no em farien justícia em va reafirmar a prendre-me-la pel meu compte. Vaig tenir clar que no mourien ni un dit per escatir la veritat i que cap d'ells aniria en contra de Binturke perquè era fill de Nabar. Encara que no tingués la bona fama del seu pare, ja que era de domini públic que no posseïa el caràcter temperat de Nabar, el deixarien fer i, quan tingués més poder, es comportaria com un tirà. Si el pla que el meu germà Basped portava en silenci no reeixia, tan bon punt fos reconegut pel consell, Binturke em faria fora de la ciutat. Vaig pensar que, si els homes del consell deixaven que se sortís amb la seva, acabarien odiant-lo com jo, perquè els faria caure la cara de vergonya. Però, qui em podia assegurar que Binturke no tenia comprats altres homes importants? Davant d'aquella possibilitat, poca cosa podrien fer els que dissentissin de la seva pretensió de presidir el consell.

L'espasa de la justícia només podia escapçar la injustícia si jo hagués pogut demostrar el que m'havia explicat Nalbe. Però l'amic del meu fill devia fidelitat al cap dels guerrers i, com que Nalbe no tenia cap altra prova que el seu propi testimoni, hauria estat acusat de difamació i condemnat a mort.

Vaig sortir d'aquella casa pensant que em calia tirar pel dret i actuar. La fúria m'encegava tant que vaig rumiar venjar el meu fill pagant l'amant d'una serventa de la casa de Nabar perquè enverinés Binturke posant-li extracte de cicuta i estramoni a la beguda. M'hauria estat fàcil aconseguir aquelles substàncies i preparar-les jo mateixa, seguint el que havia après de la meva àvia. Fins i tot podia invocar la deessa que venjava les víctimes i que els emporitans anomenaven Hècate.

«Sigues prudent, germana». Tot d'una, vaig recordar les paraules de Basped. Si em deixava dur per l'odi, perjudicaria tota la nostra família, fins i tot les meves nebodes i nebots i els seus fills. En algun moment, també vaig arribar a pensar que la meva ànima es faria esclava. Un acte d'aquella naturalesa em pesaria al damunt com una llosa. Per això, vaig estar sospesant una altra idea. Tot primer aniria a parlar amb Nisunin i li explicaria el que m'havia dit Nalbe.

Però la meva intenció immediata es va tòrcer, just sortir de la casa de govern. En enfilar el carrer de tornada a casa meva, vaig veure el temple de la deessa que brillava sota el sol i em vaig recordar del que m'havia dit Saratin. Què havia volgut dir amb allò de...? Potser ella em podria ajudar.

30

Després de l'època de sega, una munió de sitjars que els propietaris rics tenien a tocar dels rius i dels camins de pas més importants s'havia omplert de cereals. La capital indiketa estava ben proveïda de cara als rigors de l'hivern que havia de venir. Durant l'estiu bona part de l'excedent de gra s'havia anat transportant cap a Empòrion i altres poblats de costa que comerciaven amb aquella mercaderia. Aquí i allà, entre les feixes, sobresortien petits emparrats de vinya que es conreaven per fer una mica de vi des dels inicis de l'arribada dels fenicis i dels grecs.

Les acaballes de l'estiu havien portat un canvi de temps. Uns nuvolots espessos van cobrir els aiguamolls provocant una gran xiscladissa d'ocells i crits de xatracs, que sentien arribar el temporal. Els bernats pescaires xipollejaven entre les terres fangoses provant de capturar peixos d'aigua dolça i les granotes, empatxades d'insectes, raucaven com si estiguessin posseïdes per mals esperits. Serps d'aigua, llúdrigues, tortugues i anguiles buscaven refugi en les arrels dels joncs i de les balques. Els ocells més grans que hi hivernarien eren a recer als nius, i les orenetes es preparaven per iniciar el viatge de retorn i deixar enrere l'estuari.

El vent de llevant havia començat a bufar amb ratxades fortes i, a tocar de la costa, feia roncar el mar a cada escomesa contra els espadats i els roquissers.

Aquell canvi de temps anunciava que s'havia acabat l'època de bonança que s'allargava des de la primavera fins al final de les Plèiades, que s'esqueia a mitjan setembre o, com a màxim, octubre. Aviat començaria l'estació dolenta, que els grecs anomenaven *cheimon* o *theros.* A partir de llavors les dificultats per navegar impedirien el comerç a llarga distància. Basped ho sabia molt bé, per això s'havia apressat a anar a trobar aquell home.

Després de parlar amb Ekinar havia fet cap als embarcadors d'Indika. N'hi havia dos, un de més antic, orientat al nord i proper a la ciutat de l'illa, i un altre a la banda de llevant. Basped va baixar per un carrer angost, que desembocava al portal nord de la muralla. En aquell barri la ciutat del turó s'atapeïa, les cases s'estrenyien i els patis amb prou feines respiraven. Aquí i allà, feinejaven dones velles, nenes de trenes molsudes i criatures brutes amb la cara mocosa. Algunes d'elles trinxaven gra als molins de mà, donant voltes a un capçal de fusta de tres pues que feia girar una pedra mòbil sobre una altra de fixa. D'aquella manera anaven trinxant el cereal fins a convertir-lo en farina, a mesura que quedava picolat entre les dues pedres.

En una d'aquelles cases hi vivia una vídua que tenia unes quantes noies al seu càrrec. Totes s'havien posat sota la protecció de la sacerdotessa Saratin, eren lliures i ben vistes a la ciutat, i s'oferien sense cap pudor a donar plaer als homes que no havien pres muller o els demanaven serveis, a canvi de rebre favors en espècies i manutenció. Solien fer ablucions amb aigua de ruda i farigola, amb l'aire de decència que els atorgava el fet de servir a una deessa de gran bellesa, que els grecs anomenaven Afrodita i era nascuda de l'escuma del mar.

Mentre deixava enrere aquella casa, Basped va pensar en la dona que en un altre temps li havia donat plaer a Empòrion, una hetaira bella i refinada que acostumava a cobrar un preu força alt.

Poc després havia sortit per la porta de la muralla que s'obria a l'estany. Al costat de ponent hi havia un magatzem d'àmfores i gerres —decorades amb pintures de blanc calç i de negra cendra— on els terrissers fabricaven les peces en torns giratoris. Des d'allà es veia bé l'istme de la ciutat insular i el camí principal que vorejava l'estany.

Alguns s'havien ofegat en aquelles aigües fondes, aparentment plàcides, esteses com un bassal tranquil que reflectia el cel. A mesura que el tel emboirinat de primera hora del matí anava desapareixent, la superfície de l'aigua es tornassolava, brillant sota el sol; al vespre, en canvi, prenia reflexos d'or robí. A les vores més llunyanes, a resguard del pas continu de barques, hi creixien joncs i canyissos que la gent tallava per fer els encanyissats dels sostres. Més enllà, en terra ferma però humida, els camperols cultivaven lli i espart que servien per fer teixits i fabricar calçat. Els camps de l'entorn eren en aquell moment d'un groc palla que contrastava amb el verd fosc dels alzinars que cobrien les muntanyes del sud.

Basped va seguir en direcció a la banda oriental de l'estany, fent via cap al segon embarcador. Allà mateix s'aixecava un magatzem on les famílies riques de la ciutat adquirien béns exòtics. Uns quants homes col·locaven àmfores plenes de cervesa en bancs de fusta alineats. Segurament servirien per pagar serveis i generar deutes entre els homes importants de la ciutat.

La majoria de mercaderies arribaven a través de les aigües fluvials i dels aiguamolls, perquè transportar segons quins carregaments per terra requeria més temps i molts animals de tir i carros, que sempre alentien la marxa. Un sol vaixell, en canvi, podia carregar més àmfores, tot i les dificultats de salvar les aigües entollades que sovint connectaven els aiguamoixos amb els rius. Els indígenes també sabien vorejar la costa fins a ports segurs on els grans vaixells, capaços de suportar càrregues de mil àmfores, salpaven per navegar en mar obert.

Més enllà del camí que feia Basped, uns quants mestres d'aixa locals construïen naus planeres i senzilles. Utilitzaven taulons de fusta de pi per al buc, alzina per a la quilla, i roure o vern, que es vinclaven millor, per fer les quadernes. Aquelles barques, que navegaven sense quilla, lliscaven bé sobre les aigües somes, de poca profunditat. Dos d'aquells homes, d'aspecte rude i braços secs i musculosos, muntaven una nau que devia tenir prop de deu metres d'eslora.

A Basped l'extasiava aquella art pacient. Els va saludar amb un gest i es va aturar a veure què estaven fent. Tenien les quadernes que servirien per bastir el terra de la barca a punt de ser col·locades i lligades. Amb mans destres i oscades, havien començat a unir els taulons del buc fent encaixar unes mosses laterals amb llengüetes de fusta. Encara haurien d'estacar les llengüetes a cada tauló amb una clavilla. Aquell era un sistema que havien après dels antics fenicis, segles enrere. Finalment clavarien l'arbre que sostindria la vela.

Quan acabessin la feina, els calafaters segellarien les fustes i les protegirien amb una barreja de cera d'abella, greix, resina de pi i restes d'encenalls de fusta i fragments de terrissa trencada que ja no servien per a res.

En aquell indret s'obria una gran passarel·la de fusta, afermada amb pals verticals. Hi estaven amarrats uns quants llaguts i barques de poc calat, dues d'elles força grans, amb rems a coberta i vela quadrada, que podien navegar a través del riu i els aiguamolls i permetien travessar les aigües baixes de la maresma fins a arribar al mar.

Aquelles dues barcasses eren seves. Portaven dotze rems per assegurar les naus contra els vents desfavorables i la deriva que comportava navegar sense quilla per la costa marítima. El cap dels remers que treballaven per a ell ja havia protegit les naus amb el ritual acostumat: una moneda de bronze encastada al pal de cada barca i dos caps de terrissa amb la figura d'una Gorgona, que els evitaria qualsevol malvestat en mar: cops de vent, temporals i possibles atacs, si era el cas. El déu del mar i els grans cetacis que a vegades vorejaven la costa també els protegirien.

Basped va pensar en la feina que l'esperava: aviat hauria de transportar les pertinences de la seva germana. De seguida va accelerar el pas mirant d'evitar que el veiessin els qui treballaven a l'embarcador. Aquells homes suats, de braços nerviüts, tenien feina a carregar mercaderies.

El comerciant va esquivar la mirada i va resseguir un camí que es perdia sota el puig d'Indika.

«Buscarem el millor postor», li havia assegurat el seu cunyat Agató, que era un comerciant expert, i ell hi confiava. La riquesa depenia en bona part de saber establir bones relacions personals, basades en l'hospitalitat i a fer regals que sempre eren agraïts per qui els rebia. A la pràctica, Basped havia après a llegir els contractes i conèixer les normes que els regien, prou complexes pel que feia a la preparació d'una expedició comercial. Sabia que, en les transaccions importants, a més dels crèdits, interessos i terminis, es feien préstecs de gran aventura, quan el viatge era molt arriscat; llavors, tant la càrrega com el vaixell es feien servir com a garantia. Agató tractava amb propietaris de vaixells grecs que participaven en aquella mena d'empreses, però Basped preferia les petites rutes fluvials.

Amb pas segur i sense entretenir-se, va arribar a un indret més solitari d'on sortien barquetes que anaven a pescar anguiles.

En un racó apartat l'esperava un home de cara rústega. Ell hi va reconèixer la mateixa persona que havia saludat dies enrere al moll d'Empòrion. Era un negociant que treballava per a un comerciant molt ric que tenia tractes amb els indiketes. L'hi havia presentat el seu cunyat. Agató s'havia dedicat durant anys a comprar vaixells i dirigir afers importants de mercaderia, un ofici que els grecs anomenaven *naukleros*. Coneixia bé l'art de la navegació i les rutes transmeses pels antics comerciants, i havia fet periples llargs per mar, però hi havia renunciat per quedar-se a Empòrion a fer una vida més tranquil·la, al costat d'Àmnia.

L'individu s'havia escurat la gola sorollosament.

—Ho porteu tot? —va preguntar-li en l'idioma dels grecs.

Per un moment, Basped va dubtar de si s'havia de fiar del tot d'aquell home barbut d'aspecte adinerat que vestia una túnica llarga, o himatió, i lluïa un braçalet d'or. Va tenir la mateixa impressió que la primera vegada que el va veure. Malgrat les aparences que volien ser refinades, gesticulava com els barquers rústecs que coneixia. Però aquell grec venia de part d'Agató, per qui ell hauria posat la mà al foc.

—El vostre cunyat m'ha avisat, per això soc aquí... No hauria vingut, si no esperés tancar un negoci favorable —va prosseguir l'home—. Tinc un comprador al port de Saiganthe que està interessat en la mercaderia i la pagarà a preu d'or.

—Hi guanyareu i el vostre client quedarà content, us ho asseguro.

—Això espero, no li puc fallar. De moment he fet tots els passos perquè el comerciant de Massàlia que es va comprometre amb Binturke es desfaci del tracte que tenien emparaulat —la veu del grec havia acabat en un murmuri gairebé imperceptible—. A més, l'intermediari de Binturke no n'ha de saber res, de tot això.

Basped va escrutar els ulls del seu interlocutor com si hi busqués algun senyal que li pogués desmentir les paraules que estava sentint.

—M'he de refiar de vós, i hem d'aconseguir que no sospitin res de res —va assentir finalment, en un to apagat i baix.

El foraster es va gratar la barba amb aire tranquil.

—Ja li he pagat bona part de la mercaderia al de Massàlia... M'ha enviat un emissari que tenia molta pressa. Li he dit que només tenen una carta comercial de compromís i que la llei els permet desdir-se del tracte. Es poden excusar dient que han trobat un comprador millor i que encara no havien signat cap contracte... S'ha fet fort dient que el seu amo s'hi juga molt, però ho acceptarà sempre que li torneu la paga i senyal amb una compensació per la pèrdua del carregament que haurà de restituir a Binturke, a més d'una part afegida, a canvi de fer-li baixar la xerrameca.

—Quina part?

—Una novena de la paga i senyal.

—Demaneu molt.

—Sabent quina una en porteu de cap, amb el vostre cunyat, i a qui voleu perjudicar, haureu de pagar també el meu silenci, bé que ho val, aquesta empresa... Voleu tancar el tracte o no? El que demano és just, tenint en compte que m'he compromès a fer tota la transacció: convèncer el de Massàlia, restituir-li la paga i senyal i buscar un nou comprador... Encara em caldrà assegurar la mercaderia, perquè arribi bé al seu destí.

Basped va arrufar les celles, contrariat. Estava acostumat al regateig, però s'hi jugava molt, en aquell afer.

—Quantes monedes voleu per a vós?

—Vint.

—*Orkei!* —va exclamar Basped d'improvís en la

seva llengua. Va tornar a repetir el número—: *Orkei?* Això és més de la part que heu dit... Us en donaré deu... —havia abaixat el to dient-s'ho per a ell mateix—: *Abar.*

—He dit vint.

—Ni *orkei* ni *abar* —va negociar l'indiketa—, quedem en quinze... *Abargeborst.* Tracte fet?

Encara van estar discutint una estona, fins que l'intermediari va dir:

—Setze, un més per a mi.

—D'acord, *abarsei* —va assentir Basped—, si és segur que teniu assegurada la revenda.

—Per descomptat.

—I si la càrrega no arribés al port, tot i el vostre interès perquè sigui així?

—Voleu dir si s'enfonsés al mar? L'assegurança ens cobriria l'esquena i es podria tornar la paga i senyal al nou comprador.

Basped va pensar en la part bona d'aquella situació: hi havia un client ric disposat a pagar una mercaderia cara i, amb aquella operació, impedirien que Binturke tingués el que necessitava amb urgència, tots els béns de prestigi amb què pretenia guanyar-se el favor dels homes que l'havien d'escollir nou capitost dels guerrers i del consell de nobles. Quan Binturke sabés que havia perdut la mercaderia s'enfuriria, però només podria reclamar que li fossin retornats els diners i una indemnització.

L'home va sospesar la bossa que li havia donat.

—Un assumpte tan delicat com el vostre val això i més —va mig somriure.

—No us he demanat opinió.

Basped va arrufar els llavis en una ganyota de fàstic.

Tractar amb comerciants de sotamà tenia això. Calia aguantar-los. Va pensar que l'empresa s'ho valia i li convenia cultivar la paciència. D'alguna manera, es va sentir satisfet imaginant el disgust que tindria Binturke quan veiés que havia perdut un carregament tan preuat. Precisament cent àmfores de vi i una vintena de cofres que transportaven joies, a més de peces de terrissa luxoses, provinents de Roma i d'Etrúria. Completava el carregament tota una col·lecció d'objectes antics, que els nobles de la ciutat tenien en gran estima, peces de terra cuita negra de Corint i d'Atenes decorades amb imatges de color porpra i daurat, a més de recipients de terrissa de boca ampla amb anses... Aquelles *Krateras* eren de Milet i Lesbos, tots antics, també, i ben valorats. Havien de servir per barrejar l'aigua amb el vi a les reunions dels homes del consell i acabarien sent utilitzades com a urnes d'enterrament. Finalment, encara, l'espai buit que quedava entre les àmfores encaixades s'havia omplert amb un centenar de flascons de vidre blau, ben embolicats i estotjats, que contenien perfums de Nàucratis que complaurien les dones dels homes del consell.

—Són bones... Em vau dir que les preferíeu...

Hauria pogut pagar amb plata a pes, tal com s'acostumava a fer en algunes empreses importants, però volia evitar una càrrega que el pogués delatar davant els ulls curiosos dels homes dels embarcadors. Feia anys que els ibers com ell, que intercanviaven mercaderies i espècies, havien adoptat la moneda per tractar amb els comerciants grecs i púnics. Els dracmes d'argent eren peces molt estimades, més valuoses que els òbols, que eren una sisena part del dracma, i s'encunyaven en prou quantitat a les seques de

Rhode i d'Empòrion. Havien nascut inspirades des del principi en encunyacions fetes pels grecs de Siracusa i circulaven entre els navegants amb una certa abundància.

L'afer que Basped tenia entre mans requeria una quantitat considerable de peces d'argent, però no pas fins al punt que s'hagués vist obligat a obtenir talents, cadascun dels quals valia sis mil dracmes. La sort l'havia acompanyat en el negoci i acabava de rebre un miler de dracmes emporitans, a canvi de carregaments de cervesa i cereals. Una petita fortuna. Aquella era una quantitat que li permetria sortir del laberint en què s'havia ficat per venjar el seu nebot. D'altra manera, si hagués pretès bescanviar mercaderies per aconseguir algun talent a correcuita, probablement hauria despertat sospites.

Basped havia recomptat les monedes tres vegades abans de ficar-les al sarró i donar-les a l'intermediari.

L'estranger va començar a repassar les peces amb un moviment àvid, com si li cremessin als dits: setze dracmes de plata emporitans, gravats amb un cap de la deessa Persèfone i la llegenda ENPORITON en grec a l'anvers. Al revers, un cavall parat que era sobrevolat pel símbol de la victòria amb una corona. Poc després, amb un gest crispat, va agafar una moneda i la va mossegar.

—Són bones, us ho ben asseguro. Les podeu fer valorar, si en teniu cap dubte.

Estaven certificades per la seca emporitana.

—Està bé o no?

El comerciant va assentir.

—El vaixell sortirà aviat d'Empòrion, de bon matí prendrà rumb cap al sud i navegarà arran de costa, per poder refugiar-se si hi ha tempesta.

Basped es va tranquil·litzar amb aquelles paraules. Era molt difícil que el fill de Nabar trobés un altre carregament tan luxós. Aviat vindria el mal temps i els vaixells deixarien de navegar. Hauria d'esperar moltes llunes, segurament fins a la propera primavera, per tornar a disposar d'una oportunitat com aquella. Tot allò dificultaria que, de moment, aquell mala bèstia s'assegurés el suport majoritari dels qui l'havien de reconèixer per presidir el consell. Però l'èxit de l'empresa exigia un silenci absolut que ell garantia pagant generosament. Aquell foceu aviat tornaria a la seva terra, després d'haver donat la càrrega al millor postor. La càrrega aniria lluny, fins a Saiganthe, i, una vegada el comerciant de Massàlia hagués restituït la paga i senyal i indemnitzat Binturke, no el podrien acusar de cap afer il·legítim.

Poc després, el foceu amb qui havia tractat li va mostrar una làmina de plom que havia extret d'un sarró de cuir. L'havia desenrotllat a poc a poc i l'hi havia desplegat davant la mirada.

—Aquí teniu el que em vau demanar.

Amb tot el que havia après els anys que va viure a Empòrion, al costat d'Agató, Basped va ser capaç de llegir el document. Estava signat pel mercader de Massàlia i s'hi detallava el carregament. També s'hi especificaven el destí i l'itinerari, que ara era un port del sud, a més de la càrrega i els ports prohibits en funció del dret d'embargament o *sulai*. Al final, hi constaven els terminis per al pagament del deute i les deduccions, per si hi havia contingències o el carregament era atacat pels pirates, a més de les sancions estipulades en cada cas.

—A la carta comercial no hi figuraven les condicions finals —va dir el grec— i això ens servirà per justificar que un altre client hagi pagat el doble del que Binturke s'havia compromès a pagar.

—D'acord —va fer Basped—, però tot plegat ha de quedar ben lluny dels ulls de l'altre intermediari.

—Estigueu-ne segur, m'hi va la pell... Penso continuar fent transaccions a la *deigma* d'Empòrion, quan passi l'hivern. Quan tot estigui fet, destruiré aquest document —va assegurar-li—. M'interessa més que a ningú continuar ser ben rebut en un port on es tanquen les activitats de mercat més bones...

Basped va pensar que Empòrion, més que cap altra prebenda, li assegurava el silenci d'aquell home. Era un lloc ric, un pol d'atracció, un port d'arribada on es trobaven tots els productes que podien cobejar els guerrers i els servidors més nobles. Un lloc on flueixen els vaixells, els homes i les idees. Empòrion feia de capçalera de moltes rutes comercials de redistribució terrestre cap a totes les capitals de les tribus ibèriques. I la seva, la dels indiketes, no n'era cap excepció.

Es van acomiadar parcament, sense dir-se res més. L'estranger havia pujat a una barca de rem que l'esperava a la riba de l'estany i Basped va retrocedir. Estava satisfet d'haver tancat definitivament el tracte. Havia calgut fer un document per escrit que el seu còmplice faria desaparèixer finalment, perquè no en quedés cap prova. Se'n refiava. Havia ordit un pla i no podia fallar res, perquè s'hi jugava el coll.

31

—És tot el que us puc donar —va dir Basped.

Un home de mans oscades i cara rude, vestit amb túnica de sarja, se'l va mirar amb desconfiança. Pudia a suor covada i, segons va dir, posseïa quatre camps a tocar del riu que li havien donat prou blat per omplir una quinzena de sitges.

Basped havia viatjat a cavall durant dues jornades per camins pedregosos, amb marges de bardisses i garrics, que conduïen cap a les terres interiors. Pel camí havia trobat colles d'homes que desbrossaven espines amb podalls i camperols que llauraven la terra amb bous i arades. La deixarien airejar esperant que plogués.

La feina del camp era extremament feixuga. El cicle de l'any es dividia en dues meitats: el temps clar i el temps fosc. El primer començava amb l'esclat de la natura i la sortida dels ramats a pasturar. El segon estava dominat pel mal temps i el tancament del bestiar als estables.

S'acabava el temps clar, la feina de la sega quedava

lluny i també els dies llargs en què els camperols feien la batuda i el garbellat amb forques i pales al bell mig del camp i després encara havien de separar el gra amb rastells i fer garbes de palla que servirien per fabricar teulades, sostres i rajols de tova.

Els qui es volien construir una casa o refer-la aprofitaven el final d'estiu per fer toves. Aixafaven el fang i la palla amb els peus i, un cop ben pastats, donaven forma a les toves i les deixaven assecar per fer les parets. Als poblats, la gent reparava els teulats vegetals i reforçava els sostres de les cases amb un enteixinat de canyes lligades amb espart.

Els cereals que es cultivaven als camps, l'ordi, el blat, el mill i la civada, estaven emmagatzemats a les sitges i servirien per abastir els habitants del territori. Una part dels cereals, sobretot veça i rafanistre, alimentaria el bestiar domèstic durant la temporada d'hivern fins a la primavera següent.

Els comerciants que havien pogut adquirir el cereal a peu de camp, després de la sega, tenien el gra nou ensacat per revendre.

Basped havia fet tard. Els propietaris que coneixia s'havien venut tot l'excedent durant la collita, o sigui que només li quedava l'opció d'adquirir gra emmagatzemat en sitges.

Volia aconseguir cereals per revendre'ls a un preu més alt. D'aquella manera pensava recuperar els interessos pagats al confident que havia fet la feina bruta, sense comptar amb els guanys que li havien servit per pagar el carregament. No havia estat gens fàcil aconseguir un postor ric que pogués competir amb una oferta que

Binturke creia que havia guanyat d'avançada. Amb un pagament extraordinari, Basped s'havia assegurat que la mercaderia anés a parar ben lluny de qui, als seus ulls i als de la seva germana, era un traïdor envilit que pretenia els honors de la ciutat sense mereixe'ls.

—El gra que voleu val més del que m'oferiu. Pago molts tributs al govern de la ciutat i cada dos anys he de deixar reposar els camps per tenir bona collita —es va queixar el propietari d'aquell tros.

Quan la terra s'esgotava, s'havia d'airejar. Es deixava erma durant un cicle de vint-i-nou llunes i, al final, s'arrencaven a mà les males herbes abans de tornar a llaurar els camps i sembrar-los de nou.

—Bé que podeu cultivar llegum —va fer Basped. Sabia que els camperols sembraven llenties, faves i cigrons per enriquir la terra. Amb aquelles lleguminoses, especialment les faves, la gent més humil feia sopa negra amb sang animal i ceba. Aquell aliment acompanyat de pa era a l'abast dels més pobres i els donava la força necessària per treballar.

—Les herbotes s'apoderen igualment dels sembrats i són difícils de destriar... A més, el gra ensitjat surt més car.

Basped va torçar el coll enrere desafiant la mirada d'aquell home.

—Tingueu en compte que us pago el mateix preu per tot el gra, i les sitges d'ordi i civada no valen tant com les de blat dur —va insistir. Estava habituat a negociar i actuava com un estrateg.

Aquella era la classe de blat que més es conreava en aquell moment; els camperols el preferien a d'altres cereals més antics i poc productius.

Basped va continuar el regateig, sabent que ja tenia comprador per al carregament d'ordi i civada en l'amo d'un taller de cervesa que li pagaria un preu raonable.

El propietari dels camps el va escrutar amb una mirada de gat vell; no semblava gens convençut.

—Els meus jornalers seguen al pic de la calor, queden rostits i volen cobrar la mateixa paga, tant si recullen ordi com blat.

Amb cara de fàstic, va semblar que recomptava mentalment la feina feta per poder obtenir el gra i el temps que es necessitava perquè les espigues maduressin. Era un càlcul incert que depenia del temps i dels animals salvatges. La collita estava sempre a mercè de la pluja i el vent i de la necessitat dels senglars, els cérvols i els conills que acostumaven a malmenar els camps d'espigues.

—M'heu dit que cultiveu raïm i que teniu una mica de vi, no és així? Doncs us hi afegiré quatres dracmes de plata, si em veneu una desena d'àmfores d'aquest vi. —Basped va calcular que hi sortiria guanyant, perquè aquell era un producte escàs i es pagava a un preu alt, si era de bona qualitat.

Feia poc més d'un centenar d'anys que els indígenes havien començat a cultivar una mica de vinya, sota la protecció d'alguns grecs que coneixien el conreu. Però bona part del vi que consumien les famílies nobles encara arribava per mar.

—Només us en puc fer cinc.

Finalment van trobar un acord: un preu mitjà va ser el desllorigador del regateig.

Aquella tarda Basped va veure com obrien les sitges.

El gra estava ben protegit. Les llavors germinades a l'entorn de les parets de la fossa havien format un tel de filaments que consumia l'oxigen i impedia que a l'interior de cada sitja hi pogués viure cap mena d'insecte ni de fong. Una vegada va haver comprovat que els cereals es conservaven de manera excel·lent, va donar al propietari el que havien acordat.

Poc després, uns quants camperols van començar a ensacar el gra i, al final, van carregar les saques i les àmfores de vi en carros estirats per mules. Aquells mateixos homes el van acompanyar l'endemà per transportar la càrrega fins a Indika.

La capital estava ben comunicada. Agafarien un dels camins principals que conduïa a un embarcador del gran riu Teker.

Basped coneixia molt bé aquella ruta que enllaçava amb la Via Heraclea i es despartia en ramals, cap a les terres de l'interior i al llarg de la costa. En més d'una ocasió també havia viatjat a poblats del sud d'Indika, per un camí que transcorria entre camps de cànem, a tocar la pedrera dels Clots, i d'una carena de muntanyasses fosques, plenes de gavarreres i alzinars, on els guerrers s'iniciaven a la caça. En aquella alçada, el vial es despartia en dos trams. Un es dirigia a ponent i l'altre cap al mar, a través d'un llarg itinerari per llogarrets i poblats de la costa, aixecats en turons, ran de cales d'aigües blaves on paraven les naus comercials.

Durant el viatge, ja a prop de les terres d'aiguamolls, els va sobrevolar un estol d'orenetes que havia pres la ruta de retorn; compartien cel per temporades amb agrons, xoriguers, mallerengues, blauets i fotges. En alguns camps fangosos picotejaven els bernats pescaires, les cames seques i el bec llarg, en moviments ràpids. Semblaven figures pintades al vernís, allargades i fràgils.

Basped va pensar que havia estat de sort. Dos anys enrere el temps havia fet la guitza als camperols; quan tocava segar, una llevantada forta havia negat els sembrats. Les espigues de cereal es van entumir, vinclades primer i després aixafades a terra. Recordava les colles de camperols que havien segat a la repatallada, en un exèrcit apressat, amb la falç a la mà, sota la pluja. Havien deixat assecar les espigues sota els porxos i, al final, quan va fer bon temps, les van poder batre. Tot i això, es va perdre una bona part de la collita que havia d'omplir moltes sitges de la ciutat.

En aquella ocasió els homes del consell, alguns propietaris i uns quants comerciants com ell, s'havien reunit, no pas a la casa de govern, sinó sota una alzina enorme, d'ombra acollidora, on deien que habitava la deessa mare i el déu consort Baibar, que protegien el territori de sequeres i aiguats des de temps immemorials. Després d'escoltar Nabar, que encara tenia salut i semblava que no hagués de perdre mai cap batalla, els homes del consell havien valorat les pèrdues de cereal, que eren molt grans. Finalment, van decidir que cadascun d'ells aportaria una quantitat de gra determinada, segons les collites que posseïen a les terres de l'interior, on els aiguats no havien fet destrosses, per garantir l'abastiment de cereals a la ciutat. Basped va contribuir-hi amb més de cent garbes.

Mentre repassava mentalment els fets, la petita comitiva anava prosseguint el camí.

rocosa, que amb el temps van anomenar *Palaiàpolis*, o ciutat vella, i també un altre punt de recalada: Rhode. Més tard, la població de l'illa havia crescut en terra ferma, i el port s'havia estès cap al sud, fins a la gola on un dels braços del riu Teker vessava les aigües.

A mesura que Empòrion havia anat creixent, alhora que expandia el seu poder comercial i mostrava la seva puixança, els indiketes haurien fet prevaldre el dret d'instal·lar-se en un barri de cases fora muralla per poder comerciar. El pare de Basped li havia explicat que aquella era una de les condicions que el consell d'ancians d'Indika havia exigit als homes de l'Assemblea de Notables d'Empòrion. Tots ells, grecs foceus, pertanyien a nissagues que havien fundat la ciutat feia més de dos-cents anys i que es regien per un govern propi.

Amb el pas del temps, la muralla es va engrandir i les bones relacions entre uns i altres van propiciar que el barri indiketa cresqués, separat de la població emporitana només per un mur intern. Tanmateix, disposaven d'una porta d'accés que s'obria a una placeta on feien els tractes comercials. Des d'aquell espai d'intercanvi es podia accedir al santuari d'Asclepi.

El germà d'Ekinar veia els grecs amb bons ulls i havia après l'ofici al costat del seu cunyat. Agató tenia moltes coneixences entre els subministradors i els agents comercials. S'havia convertit en un bon comerciant, un *emporos* ric, i va instruir el jove Basped perquè conegués l'art que havia donat prestigi als emporitans. El grec exhibia amb orgull el seu origen, era descendent dels foceus que havien arribat a les costes de la península buscant metalls preuats, sobretot plata i mercuri, i intercanviant-los per objectes de luxe amb les tribus natives. Tots ells, igual que els seus veïns de Rhode, compartien origen amb els pobladors de Massàlia i distribuïen mercaderies en la navegació cap a ports de la Mediterrània; a més, tenien bones relacions comercials amb els cartaginesos de l'illa *Ebussos*.

Agató havia sabut treure profit d'aquella situació de privilegi, ja que els grecs continuaven mantenint un cert predomini comercial, tot i l'amenaça de les guerres entre cartaginesos i romans, que cada vegada es mostraven més forts i agressius.

Basped havia viscut tres cicles complets, d'estiu a estiu, en aquella ciutat que s'erigia ran de costa, salvaguardada al sud per un gran fossat i una muralla rematada per un bastió a l'angle de ponent que guardava l'esquena al temple d'Asclepi i a la zona de tractes comercials. A llevant, la població quedava protegida pel mar i, al nord de la ciutat, a tocar del port, s'aixecaven uns quants pòrtics on els mariners feien ofrenes a les divinitats Apol·lo i Demèter perquè els concedissin una sort favorable en el negoci i els auguressin un bon viatge. No fos cas que, tot i aprofitant els corrents dominants, el vent del nord, desfermat pel déu Èol, bufés amb tanta fúria que esquincés les veles de les naus i fes perbocar les mercaderies dins el mar.

L'indiketa es va sentir acollit en un món proper on l'activitat comercial era frenètica: mercaders, comerciants, propietaris de naus i mariners convivien en l'anar i venir del port. Dia i nit, la costa portuària estava sembrada de barques de veles quadrades i de naus de gran calat, penteconteres pintades de blau fosc, amb dos ulls dibuixats a la proa, que navegaven amb una cinquantena de remers quan el vendaval els era contrari.

«Si vols aprendre, acompanya'm i fixa't en com es fan els tractes, noi».

El seu cunyat Agató tenia entrada franca a tot arreu i ell l'acompanyava. Sovintejaven el carrer principal de la ciutat i uns quants carrerons angostos on els mercaders oferien productes en petites botigues i obradors mal ventilats, protegits per portes rústiques. La profusió de mercaderia, blat, oli, peix, teixit d'espart i lli, cuir, vi, espècies, peces de terrissa i àmfores, es barrejava amb una amalgama d'olors diverses. La fortor de peix en salaó —sardines, anxoves, tonyina i restes de taurons i de rajades— multiplicava el seu reflux amb les alenades fètides que desprenien les tripes de peix mig podrit, fermentat en sal, que estaven destinades a fer el garum. Tots aquells efluvis pudents contrastaven amb la flaire de pa i el perfum d'olis sagrats que cremaven als altars del temple d'Asclepi.

A vegades Basped anava a buscar homes per transportar les mercaderies, estibar càrregues o encarar altres feines més dures. Els trobava entre els indiketes que freqüentaven un carrer on algunes dones d'origen humil, les *pornai*, s'oferien als que volien acontentar-se sexualment sense gaires fineses. Evitava entrar en aquells bordells bruts on els perfums eren substituïts per greix animal i les cambres feien pudor de suor i de semen ressec. Tot i això, era un jove en plena puixança sexual i Agató li havia consentit que requerís els serveis d'una bella hetaira de la ciutat que es posava pólvores blanques al rostre i dansava sota gases transparents.

«Ensenya'm la fogositat que gasteu els indiketes...».

Sempre recordaria la primera vegada que Berenice el va empènyer als peus d'un llit amb potes de bronze. L'havia fet tombar entre flassades de llana i li va refregar el pubis contra el penis tibat amb descaradura subtil. Perdut entre els malucs d'una dona que el sobrepassava en edat i en experiència amatòria, el jove indiketa havia alleugerit el desig les nits de nostàlgia en què refusava altres consols. Buscava l'hetaira amb delit, s'enfonsava en el perfum embafador dels seus cabells rinxolats i es perdia en aquelles carns blanques i fermes, com si navegués per un riu desconegut.

A la ciutat hi havia dues altres hetaires, prostitutes cortesanes que gaudien del beneplàcit dels ciutadans. Aquelles belleses s'havien instruït en el cant i el ball. Tocaven l'*aulos*, interpretaven cançons amb cítares de set cordes i recitaven poemes. Eren les úniques dones que podien assistir a les reunions d'homes o *symposia*. Pagaven impostos i complaïen els notables i els comerciants adinerats i vivien en cases luxoses que tenien peristil i cambres amb llits, que reposaven sobre paviments decorats i parets encerclades per miralls de bronze d'Etrúria.

Basped es reservava altres plaers per fer coneixences interessades. La conversa animada propiciava els negocis i ell gaudia del vi sempre que Agató el convidava a acompanyar-lo en la celebració d'algun banquet. El seu cunyat tractava amb propietaris rics que acostumaven a sopar plegats. Els comensals que hi assistien es reclinaven sobre un *klíne* encoixinat, un divan de cap alçat, i parlaven a l'entorn d'una taula baixa on no hi faltava mai el vi servit a voluntat. Menjaven i bevien, i es divertien amb converses loquaces, ben assistits per uns quants criats que els servien.

Agató li havia obert les portes de la ciutat. Sovint l'acompanyava a l'àgora. Aquella plaça pública acollia els edificis del Senat —format per arconts o ciutadans nobles que pertanyien a les famílies dels antics fundadors o *nostoi*—, i les dependències d'administració i de justícia de la ciutat, que regia la deessa Themis. El seu cunyat coneixia alguns dels notables que la impartien entre els homes lliures que es consideraven injuriats o que havien patit alguna extorsió i acudien al tribunal.

Durant els anys d'aprenentatge, Basped havia seguit els costums emporitans, tot i saber-se obligat a la tradició d'Indika. De tant en tant, visitava l'Asclepièion o santuari d'Asclepi, déu de la medicina. Aquell déu, fill d'Apol·lo, s'havia mostrat capaç de fer reviure els morts, per això Zeus l'havia castigat fulminant-lo amb un llamp, però, tanmateix, li havia permès curar els homes. Els emporitans havien dedicat el temple a Asclepi, encara que seguissin rendint culte al déu Apol·lo.

El temple es podia contemplar de prop amb tota la seva majestuositat, presidit per un acroteri dedicat al déu Posidó, que, segons deien, imitava el de Súnion, en terra dels grecs.

Fora del recinte de l'edifici sagrat que els oferents no podien trepitjar, hi havia un pou sagrat i unes quantes cisternes que abastien d'aigua les piques on els visitants feien ablucions. En aquell lloc d'acollida o àbaton, els sacerdots que tenien coneixements mèdics i els seus ajudants prescrivien tractaments per guarir els malalts. Com al temple d'Asclepi a l'illa de Cos, on s'havia format Hipòcrates, un doctor eminent, els sacerdots hi practicaven l'anamnesi, observaven els símptomes de la malaltia i prenien nota de l'evolució de cada pacient. Els rituals de curació requerien passar una o més nits al santuari perquè, a través del somni, el déu manifestés als que demanaven curació quina era la causa i el remei de la seva malaltia.

El santuari no tan sols acollia els habitants de la ciutat sinó també els mariners i comerciants d'arreu que freqüentaven el port, atrets per la fama del santuari. Temps enrere, Agató s'hi havia curat d'un mal de pell. Segons deia, després de dejunar, prendre's arrels medicinals i rentar-se amb aigua beneïda, havia seguit el consell dels *kouros* o *iatromantis*, els sacerdots que propiciaven les visions reveladores de la divinitat. Amb aire d'incredulitat resignada, Agató havia ingerit un licor fet a base de belladona i cascall que els sacerdots subministraven segons les necessitats de cada malalt.

El seu cunyat li havia explicat l'episodi amb ulls burlescos: «Mentre em feien les cures van venir un parell de serps gruixudes com un braç que són amansides i no fan res. Després, un sacerdot em va fer estirar sobre un banc de fusta. Jo vaig confiar que, com a mínim, no em moriria, perquè la mort té l'entrada prohibida al santuari i, si et veuen moribund, et fan tornar a casa».

Una dosi quàdruple d'aquell licor podia provocar la mort, però Agató només n'havia pres un dracma. Malgrat que no era creient, com que s'havia curat, respectava les pràctiques del santuari. En aquella ocasió, després de pagar pels serveis rebuts, havia regalat un gall al temple, perquè el sacrifiquessin en honor al déu principal de la ciutat.

En tornar a Indika, Basped havia començat a transportar mercaderia als poblats que remuntaven el riu Teker. Fins i tot feia tractes amb els ausetans i els castellans de terra endins i llogava barques de transport. La navegació fluvial era la més important del seu negoci. Però amb el seu cunyat també participaven en carregaments diversos que provenien d'altres tribus ibèriques o d'expedicions comercials en ports del Mediterrani i del mar Egeu. A vegades feien intercanvis: lli, cereals, mel, espart, cuir o fins i tot llana en brut per productes que provenien de costes llunyanes, fins i tot metalls arribats de ports del sud com Saiganthe o Gadir. Havien arribat a comprar perfums, ungüents exòtics, talismans i escarabeus que provenien de Nàucratis.

Agató sabia trobar els millors postors disposats a pagar un bon preu i li subministrava mercaderia forastera de bona qualitat. Ell, en canvi, preferia controlar el comerç per aigües dolces. Tractava amb barquers que remuntaven els rius del gran estuari. Amb el temps, havia arribat a controlar el transport d'una desena de naus. Aquell negoci comercial li permetia obtenir beneficis considerables i augmentar la seva influència entre els mercaders rics d'Empòrion. D'aquella manera havia pogut tractar amb comerciants grecs prou importants que enviaven un representant, o *metabolos*, perquè vigilés que es complissin bé tots els tràmits. De vegades arribaven a posar les naus a disposició d'uns i altres, després d'haver-se compromès a acomplir tot el que havien acordat.

Ell mateix preparava les empreses de recorregut curt i calculava que es tanquessin a temps. Quan tenia excedents de cereals, era Agató qui s'encarregava de trobar algun navegant expert perquè fes un bon registre del carregament estibat i els assegurés la supervisió de la mercaderia fins a arribar a bon port. Si necessitaven diners, portaven els cereals al lloc on el gra era més car i on la gent estigués disposada a pagar un preu més alt.

Anys després, quan Basped va acomiadar l'home que havia de fer la feina bruta a peu de l'embarcador, va donar per fet que havia aconseguit un propòsit molt més important. Si reeixia en l'empresa, faria justícia a la seva germana Ekinar.

33

(279 aC)

L'alba acabava d'encendre l'horitzó amb reflexos vermells que semblaven haver estat encirats a cops de raspall, però no pas per la mà d'un genet que pentinés la crinera del cavall, sinó per la del déu del mar.

Basped va enretirar el cos lleugerament, admirat per la bellesa del cel matinal, que la gent de la seva tribu atribuïa al moment en què el déu consort i la deessa mare s'acoblaven l'un dins de l'altra per desfer-se en un sol desig d'unió. L'acte de fusió divina s'expressava en els celatges de l'aurora i del capvespre. Basped preferia aquella raó que no pas la idea igualment imaginària que fos el déu Posidó qui encengués el fons del mar a l'horitzó, com creien els emporitans. L'indiketa mirava el mar i el cel intentant saber quin temps faria i quan calia navegar, però també els sabia contemplar amb tota la grandiositat que inspiraven.

Va tardar força a apropar-se a la costa. Feia tan poc vent que la vela desplegada queia esllanguida i es va veure obligat a remar a l'últim tram. Les aigües encalmades semblaven no recordar els embats freqüents del vent del nord i les gropades allevantades permetien entreveure el fons del sorral marí, a tocar del cordó litoral. Havia tingut sort del bon temps perquè aquella barca, la més petita que tenia, estava pensada per solcar les aigües tranquil·les i no resistia gaire bé els embats del mar.

Ja a tocar de terra, d'una braçada, va llançar un cap de corda per fixar-la a un pal que estava ancorat a la rada on recalaven alguns pescadors.

En aquella hora arribaven barques que tornaven de pescar a l'encesa i que es dirigien cap a l'eixugador del port, l'àncora encaixada a proa, les teies de llenya encara fumejants i una captura de sardines o d'anxoves que haurien de desmallar de les xarxes. Altres pescadors tot just sortien a pescar mar endins, carregats amb l'ormeig necessari i canyes, per si calia atrapar calamars o sèpies que, de matinada, s'acostaven a les aigües menys profundes.

Basped havia saltat a la sorra mentre un parell de pescadors feien lliscar una barqueta damunt dels pals enseuats d'un palanquí per treure-la de l'aigua, igual com havien fet a l'hora de varar-la per sortir al mar.

Una estona més tard, davant la porta principal de la muralla d'Empòrion, l'indiketa va mostrar un medalló de plom que l'acreditava com a familiar d'Agató als vigilants que feien la guàrdia, erts com pals, amb un posat esquerp i ferreny.

—Passeu. —L'havien escodrinyat de cap a peus, però al final el van deixar entrar.

A pas lleuger, desplegant les cames robustes sota la

túnica curta de color porpra, cenyida per un cinturó que es desplegava en dues bandes de cuir creuades sobre el pit, Basped va caminar apressat, amb una ofrena votiva oprimida sota el braç esquerre. Quan va arribar al peu de les escales que conduïen al santuari d'Asclepi, el sol ja havia remuntat l'horitzó. Des d'on era es veia l'àrea sagrada, una mica més elevada, amb un altar monumental al bell mig, una cisterna i un pòrtic lateral i, al fons de tot, el temple del déu. Aixecant el cap i empetitint els ulls per allargar la mirada, va veure l'estàtua d'Asclepi, protegida dins la nau, que coronava un pedestal. Els primers raigs de llum, d'un rosa daurat, esquitxaven la cabellera rinxolada, el front i la barba de flocs trenats, i esclataven més avall, en els plecs del mantell i el tors nu del déu, que apareixia alt com un tità, sostenint un bàcul amb una serp enroscada.

Basped va recular un pas, admirat, i abans d'accedir al lloc on era permès fer les ofrenes, es va descalçar i va fer ablucions en una de les piques d'aigua que els servents del temple extreien d'una gran cisterna. Al fons de tot hi havia un pòrtic on dormien els malalts que rebien tractament.

En aquella hora els sacerdots no oficiaven, però l'espai de les ofrenes ja era obert als fidels. Tenia just el que li calia; no necessitava veure cap sacerdot que li augurés el que havia de passar. Si hagués desitjat una predicció, tampoc hauria acudit al temple d'Indika on Korbis rebia els homes del consell que volien conèixer el futur. No es refiava gens del cràpula de Korbis i no creia que aquella mena de pràctiques el poguessin ajudar, preferia fer una petició i deixar-la en mans dels déus i de les forces del destí.

S'havia acostat a un pedestal exterior decorat amb la pintura d'un gall i presidit per l'estàtua d'una serp enroscada que representava els atributs guaridors del déu. Als peus del pedestal, un cremador d'encens exhalava un fum embafador i, unes passes més lluny, a tocar una paret, s'arrengleraven les ofrenes votives dels qui com ell havien anat a sol·licitar algun favor o a agrair-lo: gerres amb mel, figuretes de terracota, cistelles amb fruits secs... El déu de la medicina mostrava un caràcter humil, no demanava objectes de luxe ni cap ostentació, ben al contrari. Fins i tot un plat de granes de blat o una branca de llor bastaven per fer-li peticions, encara que els malalts agraïts com el seu cunyat Agató li portessin una cabra, una gallina o un gall de tant en tant. Aquella acostumava a ser la màxima ofrena. Asclepi era un déu més proper que Apol·lo o Zeus, es compadia dels humans i acceptava presents tan humils com un ram de murtra o una branca d'olivera.

El comerciant va inclinar el cap en una reverència mentre demanava sort i protecció per poder acomplir la promesa que havia fet a la seva germana i sol·licitava salut per a la seva esposa Sosin.

Amb veu xiuxiuejant, havia iniciat un prec senzill, que els déus ja entenien el pensament dels homes, i el fet de demanar el favor de les divinitats, ja fossin pròpies o aliades, era una tradició que ell no volia ignorar. En aquell moment, un pensament sobtat li va retornar la imatge del seu nebot Atabels i va empassar-se la saliva, la gola engarrotada. La vida era massa breu per menystenir les creences heretades dels ancestres que demanaven generositat davant la mort. Podia haver ofrenat als temples d'Indika, però se sentia prou arrelat a Empòrion per considerar igualment el poder dels déus grecs. Capficat en aquells pensaments, va deixar la seva ofrena, un gerra plena de gra de blat, al peu del pedestal.

Poc després es va perdre per un dels carrers principals de la polis, flanquejat per cases d'un pis, amb baixos que servien de lloc de venda. En aquella hora els obradors de terrissa i els venedors de salaons, formatges, vi, oli d'oliva, llegums, blat, fruits secs i fruita fresca es preparaven per iniciar l'activitat diària. Alguns que el coneixien el van saludar.

Una estona més tard, va deixar enrere una casa luxosa que tenia un peristil interior. Quantes vegades no havia tustat aquella porta amb els artells de la mà? L'hetaira Berenice acostumava a rebre'l asseguda al seu *klismós,* una cadira de potes corbades, vestida com una deessa, amb una túnica transparent d'amorgina, el lli més delicat que es teixia a l'illa d'Amorgos. Més d'una vegada s'havia llevat els escarpins vermells per dansar davant d'ell descalça, els plecs de la túnica ballant entre les cames, mig ensenyant el bosc del sexe. Solia agafar-lo per les espatlles, mentre ell s'agenollava als seus peus i ficava el cap per sota la túnica. Berenice l'empenyia fins al llit i ell li tenallava les natges fermes i l'escometia. Ja no era una dona jove, però tenia la frescor de la finesa que no gastaven altres hetaires maquillades que els homes miraven d'esquitllentes, dissimulant.

La darrera vegada que s'havien vist, Berenice l'havia rebut amb un humor canviat. Li va etzibar: «A partir d'ara no rebré visites, m'he compromès a servir un notable que em vol per a ell sol, vull una vida més tranquil·la i amb tu no la tindria. A més, què et penses, d'on creus que em pervenen tants luxes?». Es va sentir ferit. «No m'humiliaràs, Berenice, la meva dona està malalta, prou que ho saps». Estava casat i no deixaria mai Sosin. Ella li havia donat tres filles boniques com un sol i, per més que la malaltia li provoqués espasmes i tremolors i s'hagués convertit en un cos fràgil i queixós que ell ja no podia posseir, era la seva esposa.

Un baf de vent salobrós va inundar la plaça de l'àgora. Pujava del port, on una nau descarregava sal provinent d'una salina de la costa sud. L'àgora era força deserta en aquella hora i tot l'estatuari, escultures d'homes notables de la polis i emblemes que representaven el poder civil i la justícia contemplaven l'inici del dia amb l'aire impertèrrit dels qui s'han convertit en pedra o marbre. Els funcionaris de l'administració i del tribunal de justícia encara tardarien estona a travessar la plaça. Els ciutadans que tenien dret a ser escoltats i podien prendre la paraula per queixar-se o fer peticions davant l'Assemblea de Notables tampoc hi acudirien fins ben entrada la tarda. Empòrion, com Massàlia, Rhode i altres *polei*, o ciutats autàrtiques i independents de Grècia, havia estat regida des dels inicis per homes acabalats que formaven part de les famílies fundadores de la ciutat, però amb el pas del temps la influència d'Atenes havia propiciat alguns canvis democratitzadors que donaven veu als ciutadans. El dret de parlar a l'àgora provenia d'aquella voluntat.

Agató volia evitar cap altre intermediari, tal com havia quedat amb qui el rebria, i va entrar sol a l'edifici del tribunal de justícia. Un grec d'aspecte noble, el mantell recollit a l'espatlla dreta, l'esperava en una sala de doble columnata. El va escrutar amb uns ullets punyents com espases, sense dir res, i amb el braç que li quedava lliure, el va guiar fins a una petita avantsala que s'obria en un angle lateral.

Poc després, es van asseure sobre una banqueta de fusta molt austera, com tot el mobiliari de l'avantsala, que, exceptuant una arca de fusta de noguer amb incrustacions de bronze, no s'excedia en res.

—Suposo que heu rebut el que us vaig prometre —va dir Agató, posant les mans als genolls des d'on es desplegava al seu aire la túnica llarga.

Sense ser comerciants ni prestadors, alguns homes nobles també acceptaven or i argent a canvi de favors.

—Per descomptat, però sapigueu que la nau que aquesta nit ha vingut de Massàlia no podrà salpar cap a Saiganthe fins que arribin tres vaixells grans que s'hauran de descarregar primer... Estan destinats als alts funcionaris i no els podem fer endarrerir.

—Llamp de Zeus! —va saltar Agató—. Us hi vau comprometre, vam quedar que el carregament que m'interessa marxaria avui mateix!

El notable va corrugar les celles. Al fons de la mirada li brillava una gelor enterca que es podia interpretar com un reflex d'indiferència.

—No us impacienteu, procurarem que surti tan aviat com sigui possible, i no serà més tard de migdia... Encara estem de sort, Agató, les ambicions dels cartaginesos i l'enfortiment dels romans comencen a amenaçar la navegació del nostre comerç entre Siracusa i Massàlia, i això afecta també les naus que arriben.

—Però això no hauria d'afectar la mercaderia que ens interessa...

—Hem patit endarreriments per aquesta causa, per tant, considereu-vos afortunat.

Agató va reprimir les ganes d'estampar un cop de puny a la cara d'aquell home. Se'n fotia d'ell, l'estava acollonint? Fos com fos, li calia cedir per força, no podia imposar-se ni anar contra les decisions dels qui governaven la polis, encara que hagués engreixat la voluntat d'un funcionari prou influent que s'havia avingut a ajudar-lo.

Poc després, fora, a l'àgora, va caminar taciturn pensant que hauria d'avisar l'intermediari que feia el seguiment de l'empresa i confiar que tot aniria bé.

—Que els déus et guardin, cunyat.

La veu ferma de Basped el va treure de cabòries.

—D'on surts? —li va tustar l'esquena amicalment.

Basped es va fixar en les venes visibles i les taques que clapejaven les mans d'Agató. La constatació que el seu cunyat es feia vell el va entristir i es va escurar la gola per treure's la nosa que se li acabava d'instal·lar al coll, com un moc que calia escopir. No volia ni pensar en la mort.

—He passat per casa teva i un dels teus servents m'ha dit que havies marxat en direcció a l'àgora. —Basped va recordar l'esclau vestit amb *exonis*, una túnica que deixava l'espatlla dreta i tot el braç al descobert, que l'havia rebut a pas de porta.

—Saben més els criats que l'amo. —Un mig somriure va ablanir el rostre sorrut d'Agató. De seguida afegí—: Com es troba Ekinar?

—Molt afligida, té sort d'Àmnia. No conec dues germanes que s'avinguin més.

—La meva dona és una bona companyia.

—La deus trobar a faltar... —va fer Basped.

Àmnia era la senyora de la casa, la mestressa de l'*oikos*; governava amb mà justa tots els afers diaris, la compra d'aliments, les petites disputes entre els fills, l'ordre quotidià i les instruccions que calia donar als servents.

—El que és primer va primer. No estaria bé a casa sabent que la vostra germana la necessita.

Agató va fer que no amb el cap com si no valgués la pena posar en dubte res de tot allò.

—No t'han convidat a entrar a casa?

—Soc jo, que tenia pressa.

La darrera vegada que Basped havia anat a casa del seu cunyat, Àmnia el va rebre amb una cistella amb magranes, figues i fruits secs i una gerra de llet de cabra perquè s'entaulés i li parlés de la família.

—No he pogut veure els teus fills —va dir Basped.

—El noi gran està rebent instrucció i la petita devia ser a la cambra. Àmnia ha deixat una esclava al seu servei perquè la cuidi i li ensenyi a teixir i filar.

Havien travessat la plaça plegats, parlant en veu baixa. «Com va tot? La sortida de la mercaderia s'endarrerirà una mica, però ho controlarem... L'intermediari ja està al cas, s'espera al port».

Quarta part

MÍNIA

34

Quadern de notes

19 de juliol, 2018

Ja fa deu dies que treballem de valent. Només excavarem una petita part de les restes del castell medieval. És una feina delicada que exigeix molta atenció, a l'hora d'analitzar el terreny i d'aprofundir els nivells. He de controlar que no ens deixem cap element, perquè el detall més petit pot tenir importància. Els primers dies van ser durs, suant amb el pic i la pala, sempre amb l'ai al cor per por de carregar-nos res del que pogués aparèixer. Ara seguim igual, però amb més calma, perquè anem prou bé de temps.

Vaig classificant tot el que traiem amb molta cura, ja que, quan extreus restes, d'alguna manera estàs destruint. Porto el registre de tot, faig fotos i fitxes, i estic pendent que no es barregi res, a mesura que aprofundim. M'agrada aquesta feina més científica que requereix molta observació. Si no saps desmuntar i veure clarament la manera com s'ha anat transformant allò que trobes, no arribes a saber mai res.

Fins ara només trobàvem restes de terrissa, però ahir van aparèixer objectes interessants: fragments de gerres i plats de ceràmica que segurament podrem reconstruir, i una capa espessa de carbons que fa pensar que, en algun moment, hi va haver un incendi. No crec que només siguin traces d'una llar de foc, són massa abundants. Haurem de comprovar la datació de les cendres, a veure què.

Cal seguir excavant sense pausa durant un parell de setmanes més. Encara que sigui una obra menor, no em deslliuraré d'haver de redactar les memòries. El llenguatge burocràtic sí que em fa mandra, però m'hi hauré de posar.

Treballar per compte propi té les seves servituds; sovint, toca fer més feina de gestió i d'administració que no pas treball de camp, que és el que més m'agrada.

Al llarg d'aquests anys n'he vist de tots colors. Tot i això, no em queixo d'haver perdut les oposicions per entrar en un centre de recerca. Espavilar-se com a autònoma no és fàcil, però em sento lliure. M'he fet forta en el meu terreny i no vull acontentar ningú, sinó demostrar que els resultats de la meva feina són bons.

Als vespres continuo escrivint. M'he embolicat en una ficció prou complicada. Ekinar no vivia aïllada, tenia família i relacions socials. Tenia arrels. Parlar d'ella m'obliga a pensar en les persones amb qui va compartir la seva vida.

No vull deixar aquesta història, em distreu i ara mateix és un bàlsam que m'ajuda a asserenar-me. Escriure em compensa, tot i l'esforç que suposa treure l'entrellat de qüestions que no sempre estan ben documentades.

Penso anar compaginant la feina diària amb aquestes hores d'escriptura.

20 de juliol, 2018

Tinc el cap de setmana lliure, tot per a mi. Resulta que, treballant tant com faig, estic menys adolorida. He passat bé la darrera revisió ginecològica: ha desaparegut la inflamació a la matriu i els miomes s'estan quiets. Aquests dies noto el canell com si el tingués espunyit. Per sort, no em fa punxades i me l'embeno abans d'excavar per protegir-me'l.

En realitat, no m'inquieta estar sola, però reconec que tinc tendència a donar corda als pensaments. M'he proposat trobar temps per distreure'm, baixar a fer alguna remullada a la platja i continuar escrivint.

He estat revisant informació que m'ajudi a saber com negociaven els comerciants a l'època d'Ekinar. En una làmina de plom anomenada Carta d'Empúries *del segle* VI *aC es donen instruccions per fer una proposta de negoci a un agent comercial iber, això significa que els documents mercantils eren un fet habitual.*

També fa dies que busco dades sobre el santuari d'Asclepi a Empòrion i he trucat a un company que coneix bé el tema perquè em resolgui uns quants dubtes.

«Ja deus saber», ha pressuposat, «que l'estàtua que es va trobar a Empúries representa Asclepi i és del segle II *aC; en aquell moment hi havia també un segon temple dedicat al déu Serapis. El va fer construir un tal Numas d'Alexandria».*

Per què haurien entronitzat un déu egipci més tard? Va ser només un acte de donació per part d'un foraster important que volia introduir els seus déus a la ciutat? O aquest fet potser obeïa a un canvi de costums i de mentalitat? Els grecs creien que només les ànimes de les per-

sones altament virtuoses mereixien una estada eterna a l'Elisi, mentre que les altres anaven a l'Hades a patir un destí trist; Serapis, en canvi, prometia una vida feliç després de la mort.

35

S'ha despertat de sobte, sobresaltada, com si l'haguessin punxada amb una agulla fina. Per un instant, dubta de si es tracta d'una impressió que culmina el final d'un somni matinal que no és capaç de recordar. Però de seguida descarta aquesta possibilitat. Sembla més aviat una intuïció, un atac d'inspiració abrupta com els que pateix a vegades. No s'atreviria a dir que sigui cap mena d'idea intel·ligent, ni tan sols que tingui sentit; tanmateix, l'han assaltat unes quantes imatges. Està segura que no és cap mena d'il·lusió òptica de les que apareixen en tancar els ulls, quan t'has enlluernat i es creen espirals de llum que es descomponen en multitud de fractals de colors, ni tampoc són fotogrames o flaixos visuals relacionats amb cap record. El que ha vist al moment de desvetllar-se eren imatges tan nítides que gairebé punxaven, igual que la llum que salta pels batents de la finestra en aquest moment.

«Quina visió tan descabellada, és absurd... Si ja han passat més de tres mesos de la descoberta de les tombes... Per què no se m'ha acudit abans?». No pot controlar aquesta mena de mecanisme mental que apareix de sobte i li mostra un detall, una escena visual, un pensament molt vívid. A vegades se li presenta com una hipòtesi que acaba essent certa, com el dia que va pensar que les restes de la segona tomba eren les d'una dona. En d'altres ocasions, és la resposta a un problema que queda resolt, després d'haver-hi donat moltes voltes. Però també pot anticipar la descoberta d'un element desconegut que acaba apareixent sobre el terreny.

Aquesta tercera possibilitat és la que l'ha feta aixecar de pressa del llit de bon matí. Ha vist unes imatges claríssimes. Acabaven d'irrompre a la seva imaginació, en cascada. I se les ha mig cregut. Vol confiar en el seu instint, que no acostuma a fallar.

És diumenge, farà un bon sol i té tot el dia davant.

Després de dutxar-se, s'ha pres un cafè ben carregat i un bol de cereals amb llet. Ja no arrossega tanta son. La tranquil·litza saber que l'obra d'excavació va a bon ritme i que està ben protegida. Rodejada per tanques grogues i cintes vermelles i blanques, perquè els caps de setmana ningú ho vigila i cal evitar que algun vianant s'hi acosti, caigui a dins i tinguin un ensurt.

No ha tardat gaire a sortir de casa. Pel camí ha deixat enrere un calaix de muntanya on la carretera circula en paral·lel a un ramal de l'antiga Via Heraclea, ara emboscat i cobert de vegetació. Al voral hi havia escampat un reguitzell d'ampolles i de llaunes llençades per alguns conductors. S'ho ha mirat amb decepció mentre mussitava per a ella mateixa: «Els incívics de torn no són senglars ni ocells; els invasors som nosaltres».

Durant una bona estona ha tornat a viatjar d'esma, sense fixar-se en gaire res, conduint per una carretera de marges perillosos i acanalats que separen la via asfaltada dels camps de conreu i dels pals elèctrics que ranegen l'asfalt. A tot arreu la sega ha deixat una catifa seca de rostolls i bales de palla, aquí i allà, embotides en plàstics arrapats com mitges de niló. A tocar dels masos escampats, les fileres de xiprers que priven de l'embat de la tramuntana resten immutables, indiferents als arbres esgrogueïts de set: acàcies, freixes i pollancres de riera. Els motors de reg deuen anar a tota marxa per abastir els camps de blat de moro. Fa massa dies que no ha plogut i aviat s'acabarà d'evaporar la poca humitat que queda als racons ombrívols; llavors, els gira-sols acotaran el cap, pansits.

Tot d'una té ganes de ballar sota la pluja i tornar a reviscolar, com una tija d'userda o un desmai solitari dels que creixen vora els arrossars, regats amb aigües subterrànies, amb deus que encara solquen la vulva de la terra fèrtil. Enyora la pluja intensament. Voldria veure els camps reverdits i els estanys ressuscitats que apareixen quan hi ha llevantades fortes i plou durant dies i dies seguits.

No li agradaria estar a la pell dels pagesos, que sempre depenen del temps. En certa manera, l'arqueologia també està condicionada pel clima, però sempre li ha semblat una feina més estable que la tasca agrícola, sotmesa a una meteorologia díscola, a vegades massa imprevisible.

Ha deixat enrere extensions amb camps de pomeres protegides amb xarxes, fins a l'alçada de l'últim tram del riu Daró. Ja està a punt d'arribar a destí, a tocar de la necròpolis ibèrica. Pensar que aquest indret existeix des de fa més de dos mil anys li desperta una fiblada d'empatia, una sensació de proximitat mòrbida i estranya que no sabria explicar.

Ha deixat el cotxe aparcat en una vora de camí i, al cap de poc, ha prosseguit per un corriol, resseguint el peu del turó on hi ha el camp d'urnes. És un lloc que passa desapercebut a primer cop d'ull per a qualsevol caminant.

Les mates de llistó, farigola i fonolls secs, plens de cargoletes blanques, petites com botons de nacre, cobreixen el petit pujol i, enmig de la vegetació baixa, sobresurten de tant en tant rocalles grises, entre garrics i espines.

Ha caminat fins a la banda est del turó, on van trobar les tombes d'Atabels i Ekinar. El perímetre ja no està protegit amb pals metàl·lics ni malles protectores, però encara hi ha el senyal inconfusible de l'excavació: dos forats oberts i traces de terra fresca apartada que testimonien el rastreig dels arqueòlegs. Queden al descobert les dues obertures còncaves, ara buides, on fa mesos van trobar els cranis, les urnes i tots els objectes funeraris.

Durant uns minuts s'ha entretingut a escodrinyar el terreny, resseguint-lo amb la mirada atenta. Després ha tret el mòbil per fer més fotos de les tombes buides.

En acabar s'ha quedat quieta, mirant cap al sud. Des d'on és, en línia recta, es veu molt bé el camp de l'Illa d'en Reixac, on antigament s'aixecava una part de la ciutat ibèrica, sobre l'estany, i al fons, el turó amb el jaciment del Puig de Sant Andreu. Mira a l'entorn amb un punt de recança: ja no queda res del panorama original, tot l'estany va ser reomplert amb terra i, en el seu lloc, s'estenen ara els camps de conreu.

S'ha immobilitzat encara durant uns minuts; intenta esbrinar les coordenades del paisatge, la situació d'Indika i el lloc on es troba ara. Que estrany que és tot això. Està imaginant que trepitja l'empremta dels passos que va fer Ekinar i torça el coll, com si esperés trobar-la, corpresa per una sensació rara d'irrealitat. «Quins rampells que m'agafen». Torna a centrar-se en el que veu.

El fet que la necròpolis d'una ciutat prou gran tingués tan poques tombes és una constant que es repeteix a totes les poblacions ibèriques i que només s'explica perquè els que hi estaven enterrats segurament eren les elits dominants. Quin tractament rebien els altres habitants? Potser els familiars cremaven els cossos i enterraven les restes en llocs diversos, qui sap si venerats per la tradició. En tot cas, no en tenen cap prova.

El rellotge del mòbil marca les onze del matí. Què està buscant, en realitat? S'ha d'espavilar. Ha tornat a fer una ullada al voltant de l'indret, sense donar res per perdut.

Tot d'una s'ha ajupit, amb la mirada fixa en un punt proper a una de les tombes. Allà el terreny s'enlaira una mica. Només es tracta d'uns centímetres de desnivell. «Pot ser una falsa impressió, el terra és molt irregular».

Recorda unes paraules d'en Magno: «Tenim massa feina amb el fossat i no farem cap radiografia del subsol a l'entorn de les tombes, creiem que no val la pena».

Aquesta mena d'anàlisis només es fan quan la importància de l'excavació ho requereix, i aquest no és el cas. No tenen, per tant, cap rastreig sobre el terreny que està observant.

Passa la mà per sobre la superfície del sòl amb molta delicadesa i els dits li llisquen a poc a poc, com si volguessin apamar la turgència del terreny. No pot estar segura de res, fins que no puguin gratar la terra i saber si aquest angle desigual amaga alguna cosa més que pedres, o bé hi ha algun cantell de llosa que hagi estat col·locada per la mà de l'home. Vol estar-ne segura, però no pot iniciar una excavació clandestina. Haurà d'esperar que inspeccionin el que podria ser una troballa.

De seguida ha fet unes quantes fotos del desnivell per ensenyar-les als arqueòlegs del museu, a veure què en pensen.

36

Quadern de notes

22 de juliol, 2018

Avui, a mig matí, en Magno m'ha enviat un missatge: «Sembla que sota el desnivell hi hagi una llosa, no descartem que sigui una altra tomba... De moment no podem tocar res, però ja hem demanat permís per excavar, t'avisaré quan ens ho confirmin».

He represès la feina i m'he oblidat d'aquest tema. Tenim l'excavació molt avançada, perquè només treballem en una petita part de jaciment que quedarà visible al públic. La resta del castell medieval, que era molt gran, seguirà enterrat sota el paviment de la plaça.

Els darrers dies han començat a aparèixer restes d'armes: eines de tall, espases, cascos i alguna ballesta. De moment, les estic classificant i vaig traient conclusions a mesura que excavem. No es pot assegurar res, però tot apunta que hem descobert el cos de guàrdia del castell, ja veurem si es confirma.

No tot són facilitats. Després d'haver concretat algunes qüestions tècniques amb l'arquitecte, ha aparegut un responsable d'urbanisme que volia parlar amb mi. S'ha queixat que estem endarrerint les obres, perquè els obliguem a canviar l'enllosat que ha d'assenyalar el perímetre del castell. Que exagerat! Les lloses que ens han portat no són les que vam triar de bon principi. Ens hem enganxat una mica per això; jo he defensat que si no posen les peces adequades, no quedarà bé. De moment, poden deixar el perímetre sense cobrir, fins que arribin les llambordes bones. Entenc que és complicat, però tinc l'obligació de fer bé la meva feina. Excavar en una plaça urbana sempre és un maldecap, i a vegades només hi ha una solució que no pot agradar a tothom. Ell encara insistia, però li he deixat clar: «És el paviment que consta a l'informe i ja està aprovat». Al final, se n'ha anat amb cara de pomes agres.

Malgrat tot, la tasca d'excavació va tal com estava previst i acabarem a finals de mes.

23 de juliol, 2018

He tingut una altra mala nit. Ahir al vespre vaig obrir l'habitació d'en Jan amb l'excusa de ventilar-la una mica, però de seguida em vaig penedir d'haver-ho fet. Em va agafar tanta tristesa que vaig recular de pressa a tancar la porta d'un cop sec. Em pensava que seria capaç de tornar a encarar els records sense enfonsar-me, que podria començar a buidar la cambra, però m'he equivocat. Encara estic massa adolorida. Tot està tan perfectament col·locat... El llençolet de cotó blanc, el coixí de llana bio, les cortines amb l'estampat de gelats, tan alegres, el ninot de peluix... Tot, absolutament tot m'eixorda. El nom del meu fill ressona a les parets, als angles, al sostre, per terra. A tot arreu hi és ell.

L'he tornat a veure, tal com el vaig tenir sobre el pit. Ahir les cames no m'obeïen i em vaig repenjar en un angle de paret. Em sentia abatuda. És un record massa viu, que encara cou massa, i se'm van disparar totes les alarmes: punxades al ventre que no tenen res a veure amb els símptomes menstruals que ja conec ni amb les fiblades al canell... Els records sortien com projectils i impactaven contra el meu cor, Déu meu.

De nit, el dolor m'ha tornat a mossegar com un gos rabiós. Prou que el conec. Sé que no és malvat, només intenta sobreviure a la muntanya. No és que cap imbècil l'hagi abandonat sinó que campa sol, malalt d'emocions. Jo no soc la seva propietària, però tampoc el puc ignorar. Li he d'oferir un lloc al meu costat i donar-li menjar, només així deixarà de bordar i no voldrà clavar els ullals en mi. Tant de bo un dia s'apaivagui per sempre, sigui un gos lliure i feliç i no mossegui ningú més. Potser llavors la humanitat deixarà de patir.

Al llarg de les hores nocturnes m'he anat prenent un preparat floral d'urgència. Una i altra vegada he carregat el dosificador fins al límit i he deixat caure les gotes a sac, sota la llengua. M'han calmat una mica el neguit, però no he pogut conciliar el son fins a les quatre de la matinada.

Estic decebuda amb mi mateixa, en tot el temps que fa que estic així sembla que no avanci. Quan penso que he millorat una mica, ressorgeix un sentiment cremant que no sé com apaivagar.

Durant les estones llargues que no puc dormir m'he anat fent conscient de coses que no havia pensat mai. Crec que a l'ànima li passa el mateix que als armaris replens de roba vella. Si no es pot desfer del malestar que ha acumulat en els replecs més amagats, si no es buida ni que sigui a poc a poc, no es pot curar de les ferides.

Potser m'he obsessionat amb la maternitat i ara tinc por d'afrontar la realitat, perquè el meu fill no es pot substituir amb cap succedani... Només desitjo estar en pau. Vull creure que podré tornar a gaudir de la vida i sentir-me bé, encara que hi hagi moments que aquest propòsit em sembli una utopia llunyana.

Ben entrada la matinada, m'he vist al mirall i he pensat en la meva mare, que era tan forta. Només ella podria entendre la sensació de desolació que m'incendia. Li he demanat, si em pot sentir, que em doni la força que necessito per encarar tot això.

Per tranquil·litzar-me, m'he preparat una infusió de til·la. L'he abocada en una gerra de porcellana de Meissen d'esmalts policromats que porta la marca d'un sagrat cor d'inspiració bizantina i dues espases creuades que en certifiquen l'autenticitat. L'he mirada a contraclaror del llum de la cuina, com feia la mare. Que translúcida que és.

Vull creure que el mal que m'oxida el cor forma part d'un segrest passatger, però he de fer esforços per no perdre la confiança ni abandonar la certesa que tot el que estic fent m'ajudarà a sortir de la tenebra del pou.

Hi ha moments que em sento presonera d'un laberint intricat. La meva mare és l'Ariadna que em dona el cabdell de fil perquè en pugui sortir, però encara estic tancada a dins amb el monstre del dolor, aquest minotaure terrible.

A mitja nit estava tan desvetllada que ha reconnectat el mòbil. L'iPhone dormia un son manllevat sobre la tauleta de nit i, quan s'ha despertat llampeguejant, ha revisat els missatges, per no passar-ne cap per alt. A vegades se li escapa informació rellevant que li envien a darrera hora o es queda sense respondre alguna petició de feina que li interessa.

Ha marcat la contrasenya i de seguida han aparegut els correus electrònics i les converses de WhatsApp; s'ha reconnectat a Twitter, Instagram i Facebook. Tenia un missatge privat de l'Estel.

Ha caminat fins al lavabo, arrossegant les xancletes d'estar per casa, amb el telèfon a la mà. Després, asseguda a la tassa del vàter, ha tornat a desbloquejar l'aparell. Quina murga. La seva neboda Íngrid hauria fet cara de no entendre res: «Com parles, tia! Per què no dius *quin rotllo* o *quina merda*?». Fa temps que, a la cua del supermercat, la tracten de vostè. Ella es resisteix al pas del temps, sobretot perquè no ha renunciat del tot a ser mare. El temps no té pietat i, en pocs anys, converteix els joves granats en exemplars *vintage*, com ella.

Finalment, el missatge que volia llegir s'ha desplegat sense problemes. «Està de conya?». És una foto de l'Estel estirada al llit, amb la bata blanca d'infermera. Deu haver anat a dormir inspirada, perquè ha publicat un poema d'Emily Dickinson a la secció de «Què estàs pensant?», amb una nota al peu:

Últimament prefereixo la poesia.
En poques paraules ho diu tot.

Però no són
tots els fets
somnis
tan aviat com els
hem superat?

But are not
all Facts Dreams
as soon as
we put
the behind
us?

Ella ha deixat un comentari:

Això tu, que dorms bé.

«No, no, sembla un retret». L'ha esborrat de seguida i ha clicat l'emoticona d'un cor. «No, amb un *m'agrada* n'hi ha prou. O potser no, és massa eixut». Finalment li ha enviat un petó i ha escrit un sintagma nominal i un vocatiu provocador. Pensa en el matí i en el somriure que farà l'Estel, quan obri el telèfon:

Bon dia, bruixa.

37

S'han trucat a mitja tarda.

—Com tens el tema de la demanda contra el teu ex?

—Vull parlar amb la meva advocada, encara no ha respost el missatge que li vaig enviar.

—No esperis que ell es disculpi i accepta que no pots controlar res del que t'ha passat.

—...

Ja no lluita desesperadament contra la fragilitat com fins fa poc, quan intentava recobrir-se amb la cuirassa dels greuges. Tal vegada, a mesura que vagi expressant l'emprenyament, sentirà que fa espai a la vida. Això vol creure i, des de fa dies, valora més que mai les coses senzilles i les persones que li estan fent costat. A l'Armand no l'entén, no sap per què s'ha comportat d'aquesta manera. Potser és una qüestió de sentiments paradoxals, d'ambivalència humana. «Estem fets de contradiccions, vivim dividits entre el cor i la ment. La pèrdua de l'amor o del que creiem que és amor i que pensem que durarà ens provoca frustració i ràbia...». És aquesta incertesa bellugadissa, la que li crea malestar?

A l'altra banda, on és ara l'Estel, s'ha fet una pausa plena d'activitat. Sent veus de fons i un dringar insistent de tasses.

—Em sents? Soc en un bar fent un cafè. Espera, que surto fora.

Ella assenteix. Durant una estona s'esforça a escoltar la veu que s'esvaeix a través del mòbil, emmascarada per un garbuix de sorolls metàl·lics i un traspassar de frecs que no sap què són i que li provoquen una esgarrifança lleu.

—Ara millor? —Finalment la veu de l'Estel li arriba molt més clara—. Mínia, només som responsables del que fem... El ressentiment amarga i l'has de desarmar amb la tendresa.

Durant uns segons, mastega la dosi rebuda amb prou feines sense parpellejar. Sempre que l'Estel esgrimeix arguments parla d'una manera tan natural que les paraules semblen lliscar com peixos dins l'aigua. Potser té raó i l'única manera de fer front al sentiment d'absència és acollir-lo sense cap resistència excessiva.

—Ho dius com si fos molt fàcil —li torna a sortir el fibló.

—Reconec que no ho és gens. Ja saps que jo he trencat més d'una relació que prometia ser estable.

—Ja —fa ella—, però jo no he sortit del pou.

L'Estel ha seguit filosofant sobre conceptes que semblaven no venir al cas amb un to distès, d'estar per casa.

—No t'hi vulguis quedar més del compte... El mite

de la caverna té un sentit simbòlic: els humans vivim en la foscor, dins la cova, fins que algú surt fora i descobreix la llum. Llavors, aquest algú es desperta, però, quan torna i ho explica, ningú dels que són dins la cova se'l creu.

S'ha quedat vacil·lant abans de deixar anar:

—Què vol dir per a tu estar despert?

—Recordar qui ets, deixar de viure com un robot, reconèixer la teva essència, l'amor que pots rebre i donar...

—Creus que allò que corromp els humans només és l'entorn social, doncs? No estic d'acord que l'essència humana sigui amorosa o bondadosa només pel fet que som part de la naturalesa... Potser l'home és un llop per a l'home —replica—. La gent necessita satisfer els instints primaris i apareixen els conflictes que fan creure a alguns que tenen dret a tot.

S'ha fet el silenci. Acaba d'imaginar l'Estel enfeinada classificant arguments i separant-los en compartiments, com si preparés el pastiller amb les píndoles de la setmana per a un malalt desmemoriat. Això interpreta ella.

—Potser cap de les dues idees, ni la teva ni la meva, és del tot encertada... —arrenca l'Estel.

Per fi ha trencat una pausa llarga que ja l'estava incomodant; tanmateix, li nota un fil de dubte a la veu.

—No es pot explicar la complexitat humana només a través de la raó i de la ment —prossegueix la seva amiga—. A més, les creences ens condicionen... Aquesta frase tan coneguda de Hobbes, que pressuposa que el llop és un animal maligne, tampoc és certa. El llop només mata per sobreviure, utilitza l'astúcia per protegir el seu clan —conclou.

—Hi ha alguna creença millor que una altra? —continua burxant amb preguntes. Li costa estar segura de res i l'atabala pensar-hi.

—Els que han contribuït a millorar el món han cregut en la generositat i han actuat amb altruisme.

—Però com s'expliquen determinats comportaments: la mala intenció, la justificació de l'abús, l'impuls egoista, la traïdoria? —insisteix ella.

—Perquè actuem desconnectats de la pròpia consciència, i això ens crea molts problemes.

Tornen a callar. No té ganes de rumiar, necessita buidar el que porta al pap i prou, i espera que l'Estel ho sàpiga deduir per ella mateixa. Durant uns segons desvia la mirada de la taula del despatx, es fixa en el pom daurat de la porta que dona al dormitori i el mirall que penja a la paret del fons. L'hauria de netejar, està entelat, però, tot i això, la llum de la tarda espurneja sobre el vidre.

—Parla'm de tu, com estàs? —reprèn l'Estel.

Esbufega.

—Tinc alts i baixos, aquesta nit no he dormit... Encara no he pogut buidar l'habitació.

—Concedeix-te temps.

—Ja ho faig.

—Segur?

—Sí, de debò, t'he fet cas.

—Del tot o només una mica?

Una estona més tard han tancat la conversa i, poc després, la Mínia s'ha quedat absorta, mirant de cua d'ull la fotografia emmarcada on es veu embarassada, aguantant-se la panxa i somrient a la càmera.

Li cal esperar encara més temps, perquè la decisió de seguir lluitant pugui insuflar-li el coratge necessari. Desitjaria girar full als dies terribles en què les forces minven i creix l'angúnia que tant li afecta els canvis d'humor.

Vol creure que, a poc a poc, guanyarà el pols a l'angoixa i podrà anar encaixant els sentiments trasbalsadors.

A través dels vidres de la finestra pot observar com el moviment suau de l'aire, gairebé un alè de brisa, pentina les branques dels pins que capcironegen sobre els terrats angulosos de les cases veïnes. Entremig de tanta barrera visual sobresurt un colze de mar, amb la certesa que allà sota existeix una cala de sorra granelluda, molt blanca, que s'estira nua als peus de la urbanització.

Quan ja pensava marxar de casa, ha vist un missatge de la seva advocada. S'han emplaçat a parlar per telèfon de seguida.

—Sí, ja ho sé.

Ha acostat la cara a la finestra mentre sosté el mòbil a l'orella i escolta els arguments de Belén Fernández. A l'anunci del gabinet d'advocats que ella va escollir després de trencar la relació amb l'Armand hi consta que són experts en separacions i divorcis i que segueixen una filosofia professional basada en el rigor, l'honestedat i la proximitat, tres condicions que ella troba imprescindibles per fer els tràmits de separació amb garanties.

—Per què vols trencar l'acord a què vau arribar tots dos? —insisteix l'advocada.

Ella li explica tots els perquès, els arguments que ha covat en silenci, i els justifica per sentir-los en veu alta, per tornar-se a afermar en les seves raons.

—Precisament et volia trucar per comentar-te una cosa que probablement no saps —la veu aguda de la seva interlocutora s'aferma, com si prengués un to de sentència. Tanmateix, li parla de tu, tal com ella li va demanar de bon principi.

Imagina l'advocada asseguda al despatx on la va rebre per primera vegada. La veu movent-se segura, amb gestos que inspiren confiança de caràcter i una mirada escrutadora que dissecciona qui tingui al davant, sigui qui sigui. Espera que la Belén li digui el que vol saber.

—L'advocat d'ell em va trucar abans que jo rebés el teu correu electrònic demanant-me que rescindíssim l'acord... La teva exparella ha expressat la voluntat de donar-te el seu cotxe, perquè sap que en necessites un —un petit silenci, com si volgués deixar-li temps per reaccionar—. Sembla que hi està decidit... No creus que això és una mostra de bona voluntat per part seva i que pot compensar la teva demanda?

Després de l'interrogant, l'advocada ha fet una altra pausa que a ella li ha semblat tensa. En mesura la densitat i el pes. La veritat és que no s'esperava el que acaba de sentir en absolut. L'Armand ha fet un gest impensable, sap que ella necessita un cotxe i està disposat a donar-li el Volvo nou que es va comprar amb prou feines fa un any.

—Repensa-t'ho —li ha recomanat l'advocada.

Quan s'han acomiadat amb l'acord de tornar-ne a parlar, si cal, la Mínia ha sentit un tro sostingut dins el cor i una gropada estranya al pit que ha tardat força a identificar com una barreja de sorpresa i vergonya. Vergonya de què? Potser és el pudor que li desperta haver de reconèixer que l'Armand no pensa de manera tan egoista com ella creu. Tal vegada, en la fúria de la separació, ella li ha atribuït intencions que no són certes, ha caigut en un judici fàcil que amaga la rancúnia de sentir-se traïda. La ràbia li ha fet disparar tots els retrets i és en aquest estat d'enfurismament que va escriure la carta de greuges contra el seu ex. Què és el que no tolera d'ell? El fet de saber que s'entén amb una noia jove l'ha feta enfurir com una lleona que voldria protegir els cadells; els plançons d'ella, però, són només els sentiments que la fereixen.

Ha recordat el dia que la seva mare li va explicar uns quants perquès. Encara no estava malalta quan la va arreplegar en un racó de vestíbul, un dia que ella criticava el seu pare. «Mai no em sentireu dir mal d'ell... Tu no ho saps, però ara t'ho dic: després que se n'anés amb aquella dona vaig rebre una carta fent-me saber que m'havia donat la casa i un garatge que em vaig vendre més tard... Em va enviar el document del notari conforme havia fet el canvi de nom i pagat els impostos de transmissió... Pots dir que jo m'ho mereixia, però sé que ho va fer perquè no volia que ens faltés res. El teu pare us estimava».

Si la Quima fos viva, què li diria ara? La miraria al ulls com llavors i la faria ruboritzar: l'Armand t'ha estimat, no ha estat un mal company ni tampoc hauria sigut un mal pare. La seva mare se li aproparia, li sentiria l'alè. «Mare».

Se n'ha anat a caminar per esbandir les ombres que encara s'allarguen dins seu, núvols de ressentiment que vol fer fora amb el ventall de la voluntat, però que no acaben d'aclarir-se del tot.

És estiu, les finestres dels xalets de la urbanització estan obertes i les cortines s'escapen dels marcs i onegen en l'aire que bufa, una brisa aparentment feble que també fa envolar les fulles. Mira al fons d'un jardí i veu unes vambes que pengen en un estenedor. Li recorden les sabates lligades pels cordons que apareixen en diverses escenes de la pel·lícula *Big Fish* de Tim Burton. La vida és un relat increïble amb un destí filat d'on pengen records de fets inesperats que marquen multitud de camins, diferents per a cadascú.

«En què deu estar pensant la gent que em veu des de la finestra de casa seva? Segur que hi ha algun veí que m'està mirant. No sap res de mi i, quan surto a caminar, m'observa. Ignora com em sento, estupefacta i capficada, pensant en l'amor i de quina manera l'amor es guanya i es perd».

Quan es van començar a estimar, l'Armand i ella? Com es pot estimar algú i acabar avorrint-lo? Era amor de bon principi o només enamorament? Què sent ara pel seu ex? Una espècie d'aversió? Malgrat tot, reconeix que ha reaccionat de forma instintiva, gairebé primària. D'alguna manera, s'ha volgut venjar, però l'Armand s'ha avançat a la seva reacció. Per què ho ha fet? No ho pot saber del cert, el cas és que ell ha cedit de manera voluntària, en un gest que no és cap resposta a un atac. L'Armand ha fet un pas que és una mostra d'una certa generositat. Ho pot considerar així? Segurament. Ella també té prou defectes, per exigir que el seu ex sigui impecable.

Per un moment s'escolta el cor, s'adona que batega més serè.

En tornar a casa ha vist un missatge al mòbil que no s'esperava.

Mínia, puc parlar amb tu?

«D'on surt, ara? Per què m'envia un missatge? De moment, no li penso contestar».

Ha begut una mica d'aigua per refer-se del tràngol.

Et puc trucar?

Aquesta vegada ha respost:

Per què?

Què ha passat? Vam arribar a un acord de separació de béns. No vull que m'odïis.

Mira, no vull parlar amb tu, ho he delegat tot a la meva advocada.

Ja saps que ho sento molt.

Doncs has fet molta via a consolar-te.

No em facis culpable, Mínia, tinc dret a fer la meva vida. Però vull que estiguis bé. Només volia dir-te que he pensat posar el cotxe a nom teu. Rebràs un certificat de l'agència que està fent el canvi de propietari, només l'has de signar. Accepta'l, sisplau.

M'ho pensaré, però no m'enviïs més whatsapps, sents?

L'Armand ha assentit amb un sí ras i el mòbil ha deixat de llampeguejar. Ella ha anat a la cuina a buscar aigua. On és la tendresa que l'hauria d'ajudar a fondre l'enuig ara mateix? L'ha de fabricar ella, com va fer el dia que observava els cavalls? S'ha empassat un glop d'aigua. Mama directament del tarot d'ampolla, a veure si pot dissipar l'agror que se li ha instal·lat a la boca de l'estómac.

38

Finalment ha parat per menjar, perquè han estat excavant fins a les quatre de la tarda. Amb prou feines havia esmorzat i tenia gana de lloba salvatge. El mòbil ha guspirejat amb una nota d'en Magno, que torna a donar senyals de vida, saludant-la al bell mig de la pantalla:

Bones, Mínia, ja tenim resultats.

Després de llegir el missatge d'un cop d'ull, li ha trucat esverada. Volia sentir-lo directament perquè li aclarís uns quants dubtes. La sorprèn que hagin anat tan ràpids aquesta vegada, deuen haver aconseguit el permís per excavar amb urgència i el temps d'espera s'ha escurçat.

Quan l'ha escoltat, s'ha vist obligada a agafar aire.

—Impressionant...

L'arqueòleg ha continuat.

—A veure, anem a pams: efectivament, és una tercera tomba, però no conté cap urna.

—Això sí que és estrany.

—Han aparegut un peveter amb el cap de la deessa Demèter, una olla i un os infantil... Un fèmur —en Magno ho ha deixat anar seguit, amb aquella veuassa greu i confiada que li surt, a raig i sense arestes—: recordes un enterrament de criatura que va aparèixer incomplet sota el terra d'una casa? Hi faltava un os de fèmur. És una coincidència que s'haurà de comprovar. En el seu moment, les anàlisis van confirmar que es tractava d'una nena.

—Ostres, això sí que és insòlit!

—Falta saber també si aquestes restes corresponen a un familiar de la dona enterrada a la segona tomba.

—Una filla d'Ekinar! —exclama ella. Està a punt de xisclar.

Visualitza una nena que hauria mort de ben petita. Déu meu. Es fa creus de com poden anar encaixant tants elements inconnexos en aparença. Ha respirat l'aire d'estiu. Una mica de vent, un garbí que ve de mar pot fer reviscolar un mort.

Modificarà la història d'Ekinar per explicar des del minut zero que va tenir un segon part difícil. Potser se li va esguerrar la matriu. Així de bèstia. Sí, com tantes dones en el passat. Ella mateixa, en ple segle XXI, també ha perdut una criatura a mig fer. A diferència d'Ekinar, té altres possibilitats: podria recórrer a la inseminació artificial, fins i tot. «Però què dic, si ja he fet quaranta-quatre anys i tampoc tinc ganes de buscar cap semental».

S'adona que s'ha tornat a perdre en pensaments laberíntics.

—Què hi havia dins l'olla?

Restes que poden ser de menjar i algunes tessel·les de marbre blanc... Fan pensar en peces de mosaic d'Empúries, però no en podem estar segurs.

—Quantes sorpreses —s'ha animat.

Abans de penjar, en Magno ha reconegut que és arriscat treure cap més conclusió.

Encara no s'ha refet de l'impacte del que acaba de sentir.

Ekinar hauria volgut fer lloc al panteó familiar a un nadó mort. Això es contradiu amb la tradició d'enterrar els més petits dins les cases familiars.

Aquesta història li produeix frisança, una barreja de neguit i d'impaciència que pugnen dins seu. Recorda la impressió visual que li va causar veure els objectes mortuoris al magatzem del museu. La figureta del cavall recoberta d'una pàtina de corrosió i la imatge del cap de Demèter, la deessa que va anar a buscar la seva filla a l'infern, una escena que està tan ben representada en vasos grecs delicats que també devien haver fascinat Ekinar.

Sent una mena de pudor íntim. La nota propera, com una antiga companya que ha perdut un nadó, igual que ella, i sap el pa que s'hi dona.

Durant estona, abans de reprendre la història que està escrivint, ha buscat informació sobre antigues pràctiques de curació celtes i gregues. Potser l'ajudaran a deduir com podia haver afrontat la situació Ekinar.

Les coneixedores de remeis i fórmules màgiques sabien administrar extrets de plantes medicinals segons els cicles de la lluna. Segurament prenien substàncies al·lucinògenes per entrar en contacte amb les ànimes dels morts.

Ha especulat amb la idea que algunes dones indígenes d'origen noble devien haver estat reconegudes com a sacerdotesses, de manera semblant a les melisses consagrades a deesses gregues o a les druïdesses celtes. Gràcies a elles, l'herència popular s'hauria elevat als altars de culte oficial.

Probablement els antics rituals de purificació i de neteja en plena natura es combinaven amb cerimònies de culte als temples, similars a les que es practicaven a Empòrion, al santuari d'Asclepi, i qui sap si al d'Àrtemis d'Efes, la deessa principal dels grecs foceus. Segurament els indiketes pelegrinaven des del seu llogarret d'origen cap als temples de la capital a cada equinocci. Devien travessar mals camins per poblats perduts entre aiguamolls abans d'arribar als santuaris enlairats al turó. Aleshores entraven en una regió sagrada on podien fer ofrenes i demanar protecció i curació per a les malalties que provocava el clima insalubre d'aquell territori d'aigües empantanades.

Durant una estona llarga en què ha perdut la noció del temps, ha rastrejat dades, enmig d'una allau de documents que apareixen en pàgines web d'història i d'arqueologia prou fiables. Després d'una recerca gairebé obsessiva, ha anat a parar a textos clàssics que parlen dels misteris del temple d'Eleusis, a l'Àtica grega, on els fidels eren iniciats a experiències que no podien ser revelades. Abans ingerien una beguda al·lucinògena. Com havia reconegut Aristòtil, l'experiència de la iniciació conduïa a un estat de consciència diferent, que permetia a la persona entrar en contacte amb la seva identitat profunda, fins al punt que molts dels iniciats canviaven la percepció que tenien sobre la vida. Quins eren aquells misteris? En què es basaven?

Els sacerdots i sacerdotesses dels santuaris sotmetien els pacients a la *incubatio*, una pràctica que consistia a induir-los al somni perquè els fos revelada la causa de la seva malaltia i com podien curar-la. Molt abans que Sigmund Freud, aquella havia estat una medicina sagrada que es practicava al santuari d'Asclepi. Tot i que els metges grecs basaven la seva pràctica en l'observació empírica dels símptomes dels malalts, no rebutjaven o fins i tot participaven en aquelles cerimònies de curació.

Ha recordat les paraules d'un company especialista en el tema: «Els sacerdots practicaven la màgia simpatètica, devien simular ser el déu que se'ls apareixia en somnis».

L'hi havia dit en to burleta i ella li va seguir la broma. Tanmateix, des que es va morir la seva mare, ha llegit força sobre la psique i l'inconscient i sempre s'ha preguntat fins on arriba el poder de la ment. Tal vegada, els sacerdots guiaven els pacients a través d'estats de consciència alterats i els ajudaven a interpretar el que sentien. No en té ni idea.

Els ingredients principals de la beguda sagrada d'Eleusis, o *kykeon*, probablement eren aigua, civada i herbes. Quines herbes, però?

Els indiketes estaven ben arrelats a la terra, devien conèixer bé les plantes medicinals i la toxicitat d'algunes substàncies. Probablement tenien a l'abast drogues extretes d'herbes o fongs que creixien als boscos, camps i aiguamolls i les utilitzaven en els rituals i les celebracions. I les dones, segurament, n'eren les protagonistes principals.

«Crec que sé quin podia ser el beuratge secret. Els seus components provocarien una dilatació a les pupil-les semblant a la que experimentem quan tenim un orgasme...». Disposa de prou informació per pensar que té una resposta gens descabellada, si més no possible.

Cinquena part

EKINAR

39

(279 aC)

Bufava vent del nord. Ekinar caminava amb decisió, fent gronxar les arracades penjants d'argent, la túnica envolant-se en l'aire de tal manera que semblava que en qualsevol moment li arrencaria la fíbula de bronze que li subjectava la roba al pit. Un cop més, a finals d'estiu, el vent del golf es tornava a desfermar amb força, saltava la muralla i escombrava tots els racons de la ciutat.

Havia apressat el pas en direcció a la part alta del puig. Acabava de deixar enrere un teixit de traçat ortogonal format per cases de dues plantes que tenien dues o tres estances esquifides, separades per envans de tova. Per algunes portes mig badades s'entreveien cambres ombrívoles i fumades que tenien una llar de foc central, bancs per seure, estibes de cistells i telers verticals de fusta, estintolats a la paret. Ekinar va saludar unes dones que teixien assegudes sota un porxo ombrívol, amb els cabells recollits sota el mantell, mentre una vella vigilava la cuita de pa en un forn familiar. En aquella hora el vent portava aromes de sopes de farina i faves, d'herbes aromàtiques i de peix cuit a la brasa que servirien amb salsa de garum, feta amb vísceres de peix blau i espècies.

Els cops de vent la van obligar a cobrir-se amb el vel dues o tres vegades, i es va sentir igual que les espigues que el vent espolsa sense compassió. Les ràfegues s'havien intensificat i bufaven violentes, sobrevolant els racons on s'apilonaven els carros i el bestiar domèstic i empolsegant els carrerons de terra batuda. Es va fixar en les tines que recollien l'aigua de pluja. Eren ben buides; calia que plogués.

Havia enfilat un dels pocs carrers empedrats de la ciutat, a resguard de la muralla oest. Allà hi vivien les famílies més nobles. Les cases eren grans i luxoses en comparació amb les altres, i estaven disposades a banda i banda de l'habitatge senyorial de Nabar, la casa del consell on ella mateixa havia demanat audiència, i les dels guerrers importants que, al llarg del temps, havien rebut distincions per part del govern.

Es va estremir sentint xiular l'aire que, a cada esbufec, feia sacsejar els caps tallats.

Ja a l'alçada del casal de Nabar, va resseguir amb la mirada les bigues de fusta del pòrtic que circumdaven el pati, uns troncs enormes de roure que havien estat transportats des de muntanyes llunyanes, i la façana principal. Al bell mig hi penjaven clavades una desena de testes d'enemics. Una d'elles era un cap amb ulls sangonosos i sòpits, d'expressió horrible. Aquell era el trofeu que Binturke s'havia penjat al coll, en senyal de victòria. Encara presentava traces fresques d'ungüents a l'entorn dels ulls i quedaria exposat com el reconeixement més important d'aquell traïdor, que es vanagloriaria d'haver vençut un capitost dels sordons vora el riu Clodiano. Allà mateix on el seu fill havia perdut la vida. «Maleït sigui». Una buidor rabiosa la corsecava per dins. Què importava ara, tot allò? Tant li feia l'honor i la fama, ella només volia justícia. Tots aquells caps que pertanyien a guerrers nobles derrotats no li retornarien el seu fill. Era per aquella raó funesta que ja no suportava veure com presidien la façana d'una casa on capitanejava la desgràcia.

Va seguir avançant carrer amunt, amb el cor agre i un pes al pit. En aquella hora matinal els homes que feien guàrdia a la muralla s'esforçaven a mantenir les torxes enceses a resguard de la ventada. Als carrers començava a esclatar el brogit diari. A la farga on forjaven eines del camp i refeien espases s'encenien tions d'alzina i de pi, i els homes que treballaven als dipòsits on es macerava el lli destinat a filar preparaven els tanins. Fora muralla, l'embarcador iniciava la seva activitat.

Ekinar va pensar en el foc que cremava als altars domèstics i que ella mateixa, com tantes dones, acostumava a mantenir per fer-hi ofrenes d'espigues i d'herbes aromàtiques. Aquell dia l'havia deixat apagar. Quin sentit tenia invocar els avantpassats? El seu fill era mort. Tant de bo tot allò que estava passant fos només un somni breu com els núvols que esquitxaven el cel i que el vent anava escombrant. Malauradament, però, no era així. Va caminar d'esquena al vent, carrer amunt, sota el traüt eixordador de la ventada que ofegava els cants dels galls i el rauc proper de les granotes als aiguamolls.

Quan va haver enfilat l'últim tram, se li van entelar

els ulls. El pensament que el seu fill aviat reposaria a la necròpolis la va colpir.

Gairebé era al cim del puig. Els dos temples brillaven al sol. Davant del més gran, enlairat i superb, s'estenia una placeta on els fidels feien les cerimònies, i molt a prop del temple petit hi vivia Saratin.

Es va aturar davant la casa de la sacerdotessa on s'hostatjaven també les joves iniciades al culte i va tustar a la porta. Molt aviat el batent va girar sobre un eix de roure massís i es va obrir. Una noia jove, vestida amb doble túnica blanca i amb l'únic ornament d'un collar en forma d'ocell que li penjava del pit, la va convidar a entrar.

—Has tardat prou a venir.

Ja dins la sala principal, les paraules de Saratin van sonar amb duresa, fuetejant-la. Havien rebotit al sostre i van baixar com les ales d'una au rapinyaire que es passegés per les ombres bellugadisses. Una llàntia de greix flamejava sobre un pedestal, al costat d'una espiga de blat, la planta sagrada que alimentava el poble, i una imatge de la deessa mare, a qui les embarassades demanaven un part fàcil. Al seu costat, la figura de Bes, el déu nan protector que espantava tots els mals. Al peu del pedestal reposava un banc de fusta amb peveters de terracota que representaven la deessa Demèter, molt semblants als que s'exposaven al temple i que estaven destinats a aconseguir el favor de la divinitat.

—Ens coneixem massa per tenir-t'ho en compte —va prosseguir Saratin.

La sacerdotessa no s'havia mogut ni un bri. Seia en un angle de la sala, d'esquena a les flames que cremaven en un petit altar domèstic, exhalant perfums d'essències exòtiques; una barreja de mirra i càssia que s'envolava en torterols de fum amb un pampallugueig intermitent.

—Sisplau, no em facis parlar —va dir Ekinar, els ulls clavats al fons, on s'obria una porta que comunicava amb l'estança on vivien les joves iniciades.

Cada equinocci de primavera, les noves aspirants a mantenir el culte ballaven dins el recinte sacre del temple. Serpentejaven entre les columnes, a l'entorn de l'altar de la deessa mare i, en acabar, es comprometien a complir els vots de servei fins que acabessin els dos anys d'iniciació. A partir d'aquell moment es consagrarien a la deessa i la servirien. Mantindrien el celibat tant com visquessin en aquella casa, però també hi podrien renunciar per casar-se, si era el cas. Saratin, en canvi, havia fet vots de castedat de per vida. Estava obligada a mantenir el culte, a conservar el foc sagrat i fer libacions d'aigua, mel, llet i cervesa amb aroma d'artemísia en *kernos* o vasos rituals, i a presidir les celebracions dels solsticis i dels equinoccis. A més, tenia cura de les dones que sol·licitaven la seva protecció.

—Vine.

Saratin va inclinar el tors i, aquest cop, els seus ulls escrutadors la van fitar per sota el serrell arranat, d'arrels vermelloses. Les ombres, però, encara impedien veure-li bé tota la cara. Els reflexos canviants de la llàntia feien lluir el collar de vidre blau cobalt i els braçalets de bronze dels braços, que descansaven sobre els plecs d'una túnica blanca, llarga fins als peus.

Es va fer un silenci tens fins que Saratin va tornar a parlar:

—Per què has deixat l'amulet als peus del teu fill?

Ekinar es va sorprendre un cop més dels dots de vidència de la sacerdotessa. Com podia saber coses que no havia vist? Li venien al cap per revelació, com si fossin pensaments? Ella no ho comprenia, tanmateix sabia que Saratin tenia do profètic i coneixia coses impensables dels qui l'anaven a visitar.

—No em facis cap retret, t'ho prego —estava massa cansada per haver-se de justificar—, he viscut uns dies eterns, no he dormit, i encara he d'enterrar el meu fill.

—Has invocat la deessa mare?

Ella l'hi va negar amb un gest, sentint que res no podia consolar-la. Cap dels rituals que coneixia era prou bo, ni l'ofrena de xais que soterraven dins les cases per protegir les llars, ni el ritus de vessar ordi fermentat en el santuari per demanar clemència. Tampoc les històries que s'explicaven sobre el poder dels llops i dels cavalls, especialment la d'aquelles eugues prenyades pel vent que reben l'alè vital i conceben poltres velocíssims. La contrapartida era que aquells poltres no vivien més de tres anys. El seu fill també era un poltre.

—Res em pot consolar, ha mort massa jove.

Va callar tot el que sabia de més.

—Guardes secrets, i els secrets cremen el cor. —Saratin s'havia aixecat. Les flames li van il·luminar el rostre i es van fer clares les seves faccions: un nas agut, galtes petites i els llavis molsuts. Es va enretirar un plec de túnica amb la mà mentre l'esguardava amb ulls petits de fura, les pupil·les color de mel.

—Primer has de deixar sortir la pena.

—Preferiria llevar-me la vida que oblidar el meu fill.

—Qui ha dit que l'hagis d'oblidar? Sé que coves un dolor profund, però et puc ajudar. Per què has vingut, si no? La gran mare que infon la vida no et deixarà mai sola.

—A fe que ho estic... Me'n vull anar d'aquesta ciutat. —Ekinar va respondre amb una mirada perduda. L'esgarrinxada viva que li partia el cor es va tornar a fer sentir.

—Pensa-t'ho bé. Encara no has invocat l'esperit de la teva àvia.

—Com ho saps?

—Ho dus escrit als ulls, igual que mostres el mal del teu cor, el teu ressentiment, la teva ràbia...

La sacerdotessa va aixecar l'entrecella. Semblava estar al cas de tot, havia après a llegir els sentiments dels qui l'anaven a veure, sabia dels mals que corquen les ànimes i tenia uns quants informadors, criats i esclaves que coneixien els envitricolls secrets de cada casa.

—Me n'aniré a viure amb la meva germana Àmnia, a Empòrion.

—Et costarà una mica acostumar-t'hi, però la ciutat t'acollirà.

Saratin va parlar amb convicció. Coneixia Empòrion perfectament, havia rebut ensenyament durant vint-i-quatre novilunis al temple d'Àrtemis abans de ser sacerdotessa. Sabia que qualsevol dona acostumada als petits luxes se sentiria bé en una ciutat com aquella, on comerciaven els grecs foceus i els indiketes.

—Tardaràs dotze llunes a trobar-t'hi com a casa.

Aquelles paraules premonitòries van ressonar a la sala. Saratin era conscient de l'avantatge de la seva posició social, encara que no li fos permès profetitzar sobre els afers de guerra ni del destí dels nobles de la ciutat. Tenia el do d'endevinar i el defensaria per damunt de tot, si calia, contra l'opinió del summe sacerdot, que s'atribuïa dots profètics entre els homes del consell i l'havia intentat humiliar per aquella raó. Ella sempre havia actuat segons allò que sentia de debò i que donava per cert, i no es negava mai a fer de pitonissa, quan l'hi demanaven. Aquella era una manera de desafiar Korbis, l'escollit que seguia la tradició sacerdotal dels qui es consideraven fills del déu consort, victoriós en la guerra i posseïdor de l'esperit del llop.

Ekinar havia emmudit, els ulls tristos i ombrívols.

—Sé que no em creus —la veu ferma de la sacerdotessa va tallar el silenci—. No recordes què et va dir la teva àvia quan et va iniciar? La terra et donarà llavors i un dia les hi hauràs de tornar.

—L'escollida eres tu —va replicar Ekinar.

—Aquesta és la meva càrrega. La teva és la de ser mare... Vas donar vida al teu fill, però això no vol dir que ell et pertanyi.

Saratin havia tancat els ulls en silenci, mentre un seguit d'imatges envaïa Ekinar, que va recordar les paraules proferides per la seva àvia Aiunin: «Si has de tornar les llavors a la terra...».

—Però per què ha hagut de morir? —va xiuxiuejar, enutjada—. Per què ho ha permès, la deessa? El meu fill ha mort víctima d'una traïció, i això mereix un càstig.

—La venjança que has tramat dins teu només et portarà més tristesa i desgràcia, i tampoc ajudarà la seva ànima —va sentenciar la sacerdotessa. Semblava haver llegit tots els neguits que Ekinar duia escrits al pensament des de feia moltes hores.

—Si pots saber què penso, entendràs que no pugui consentir el que ha fet el malnat de Binturke: va obligar el meu fill a cobrir-li la rereguarda. Sabia que l'estaven atacant i que hi perdria la vida, i no va enviar ningú a socorre'l... Però això no és tot, sé que era un pla premeditat per prendre-li el més valuós...

Ekinar va continuar parlant. Va explicar els pensaments que donaven voltes dins el seu cap com destrals llançades al vent.

—És un assumpte greu que demana justícia, però abans de res has de sortir del pou on has caigut —va dir Saratin—. La venjança no t'alliberarà. Si Binturke ha llevat la vida al teu fill, ja ho pagarà, però no deixis que ell aconsegueixi el teu odi; limita't a buscar la justícia. Els costums que la nostra tradició consent no sempre són un bon camí... Tu no ets una dona qualsevol que es pugui deixar dur per les vísceres, ets neta d'una senyora remeiera i val més que ho acceptis.

—Tu no em pots entendre, perquè no has tingut mai cap fill i...

La veu queixosa d'Ekinar i aquell discurs de retrets es va estroncar. No se li va entendre res més, només podia balbucejar paraules. La tristesa fiblava dins el seu pit com una fulla de ganivet. El llavi inferior li havia començat a tremolar involuntàriament i va arrencar a plorar amb desconsol.

La sacerdotessa no es va moure, aparentment impassible. A les seves pupil·les hi brillava una guspira roja, el reflex del foc que creix, atiat per l'aire i el vigor de les flames.

—No recordes la meva germana petita?

40

Saratin i Ekinar no sabien res del que estava passant fora muralla. Molts habitants de la ciutat tampoc. Els carrers s'havien omplert de carros que amb prou feines entraven als racons més apartats on s'amuntegaven animals domèstics i andròmines, àmfores esquerdades, olles de terrissa sense anses i cistells d'espart trencats que no es podien aprofitar i esperaven ser llençats en alguna sitja abandonada. A tot arreu les dones traginaven gerres d'aigua, coïen pa als forns familiars o teixien dins les cases. Els artesans del cuir, espardenyers i cistellers paraven en una petita plaça que s'allargava als peus dels temples per vendre les mercaderies i, als magatzems a tocar de l'estany, els torns de ceràmica rodaven sota els peus de terrissaires que havien après l'ofici essent unes criatures. En algun indret elevat el vent espetegava amb força, aixecant remolins plens de fulles arrencades als arbres. A cada ràfega portava també veus i renecs de camperols que fuetejaven els ases i les mules, camí de la ciutat.

Tot just aixecar-se el dia, un grup considerable de guerrers havien acudit al relleu de la guàrdia nocturna. L'incident amb els sordons els havia obligat a reforçar la vigilància de la fortalesa i els punts de guaita per prevenir un possible atac dels ibers del nord, que, enfurits per la mort d'un dels seus capitostos, podien contraatacar i assaltar algun poblat per venjar-se. També havien extremat la guàrdia a peu de sitges, per si els sordons tornaven a presentar-se buscant les provisions de cereal que els permetrien passar el temps fosc d'hivern.

Un grup d'homes armats guardava un flanc de muralla, arran de l'espadat vertical que s'enfonsava dins el fossat. Havien obert el portal d'accés principal per deixar passar una minvada comitiva de guerrers.

Més tard es van sentir crits provinents de fora de la ciutat. En un descampat proper, dos cavalls encabriolats arrossegaven per terra un home lligat pels peus a una soga. Li havien arrencat la capa amb què devia haver arribat al lloc i feia una cara esgarrifosa, a cada banda del rostre li regalimava sang que s'escolava avall, per sobre les espatlles. Li havien escapçat les dues orelles i l'arrossegaven com un cavall moribund sobre el terreny pedregós.

Quatre homes formaven part de la comitiva que presenciava aquell càstig sever; un d'ells era Binturke, que s'ho mirava sense moure's ni petja.

—Voleu dir que no té prou escarment, ja? —va dir un dels guerrers que l'acompanyaven—. Només és un serf que us ha fet saber que heu perdut una mercaderia, senyor; l'intermediari grec ja us tornarà la plata que vàreu pagar per endavant.

—M'ha amagat la notícia fins a aquest matí! Aquest esclau és meu i la seva obligació era servir-me. —Binturke semblava que no tenia cap pressa a frenar l'execució de la pena—. Havia de vetllar perquè el tracte amb l'intermediari no fallés i m'ha mentit; té sort que no li escapci les mans.

Més d'un cop, els càstigs infligits als servidors que havien robat o que no havien fet bé la feina era tallar-los les orelles, els dits o les mans.

Binturke havia entrat en còlera en saber que el comerciant de Massàlia no signaria el contracte i aquell esclau havia rebut la pitjor paga.

—Podeu aconseguir una altra mercaderia, senyor. El guerrer que s'havia atrevit a intervenir va tombar el cap lleugerament, amb aire d'obediència, en un gest que semblava voler aplacar la ira de Binturke.

—Mal llamp et parteixi! No pas com la que volia! —va cridar enfurismat, com si es veiés desposseït abans d'hora del seu lloc al consell.

Devia saber que encara que li restituïssin la paga i senyal i tot el que estava estipulat en cas que el comerciant es desdigués de la seva paraula, difícilment trobaria un carregament semblant fins passats uns quants plenilunis. Era probable que l'arribada del mal temps i dels temporals l'obligués a esperar fins a la nova primavera.

41

(295 aC - 279 aC)

Saratin va saber ben aviat quin era el destí que tenia encomanat. Cada ànima naixia amb un propòsit, el del seu pare era curar la gent que patia, i precisament això era el que Saratin admirava d'ell. De ben petita observava embadalida els instruments quirúrgics que Abarquis guardava dins una caixa de fusta, agulles punxants i ganivets de fulla esmolada que ella examinava sense tocar-los, perquè ho tenia prohibit. De seguida s'havia mostrat com una nena de caràcter rebel que només obeïa l'autoritat del pare i que posseïa uns dots intuïtius poc freqüents. Quan tot just es pentinava els cabells rogencs i esbullats en trenes primes, ja havia tingut l'experiència de la florida anticipada d'un ametller i algunes visions que acabarien sentenciant el camí que havia de seguir a la vida; una decisió que ella mateixa va prendre al cap dels anys.

A partir de la pubertat, la filla del metge guaridor s'havia anat descobrint en tota la seva raresa, alhora que començava a comprendre que allò que endevinava era fruit de premonicions que s'anticipaven al futur.

Al principi el seu pare havia permès que acompanyés la vella Aiunin, però més tard va encaminar-la cap a una altra direcció. Durant temps va deixar que la seva filla assistís a cures senzilles i populars que Aiunin aplicava amb assiduïtat. Però el llegat d'una remeiera era massa feixuc per a una jove noble com Saratin i la tradició implicava una renúncia a cap mena de poder que pogués fer ombra als sacerdots del temple, que mantenien el culte oficial i obtenien privilegis dels nobles de la ciutat. Des que se'n tenia memòria, les dones com Aiunin no rebien cap distinció especial, encara que els fos permès celebrar les festes lunars, preservar el coneixement de les plantes medicinals i exercir l'art dels encanteris.

Abarquis va tenir clar que l'esperit inquiet de la filla no es podia conformar a satisfer els anhels de la vella Aiunin i que, per la seva condició de dona, Saratin tampoc el podria rellevar en el càrrec de metge guaridor.

Més endavant, quan la jove va mostrar la voluntat de no prendre cap espòs, i ho va fer amb una convicció indomable que més aviat semblava la d'un home dret i fet que la d'una noia, Abarquis va entendre que no la faria canviar de parer. L'estimava massa per voler forçar-la a acceptar una vida que l'hauria fet infeliç. Ell era un home acostumat a bregar amb assumptes difícils i va convèncer la seva dona que acceptés la decisió de la noia. A partir de llavors, el metge no va estalviar cap esforç perquè la seva filla s'instruís en l'ofici de la medicina i en el coneixement de l'escriptura i de la música. Finalment, havia vist en la decisió del consell d'edificar dos temples nous una oportunitat perquè Saratin trobés la manera d'encaixar el seu desig profund d'independència i el fes realitat. La jove va escollir un camí prou difícil i inexpugnable: fer-se sacerdotessa. Havia fet la tria sense conèixer ben bé què implicava aquella decisió, i el seu pare no tan sols hi va consentir, sinó que la va esperonar perquè anés a iniciar-se a Empòrion, al temple d'Àrtemis.

Saratin era l'elegida, estava feta d'una altra fusta, no s'acontentava amb seguir la tradició i es negava a acceptar que el culte a l'antiga deessa no tingués el reconeixement que es mereixia als temples de la ciutat. Creia que, en algun moment, les dones de la seva tribu devien haver perdut part del poder que els conferia el miracle de la gestació i que les fetilleres i profetesses devien haver renunciat a portar el culte de les coves als temples oficials, deixant pas a sacerdots com Korbis, que festejaven amb els més poderosos i havien anat conquerint massa privilegis.

El fet de tenir entrada franca al temple era una manera de reconèixer el poder que les antigues servidores de la deessa, remeieres i fetilleres com Aiunin, exercien des de sempre. Un saber que s'havia considerat natural, allunyat dels fastos ostentosos que tant agradaven als nobles tribals. Encara que alguns d'ells recorreguessin de vegades a la saviesa d'aquelles dones humils.

Saratin estava convençuda que el saber antic no es perdria mai, les iniciacions a les coves sagrades i als rius seguirien acompanyant la pràctica religiosa dels temples. Això desitjava. I el fet d'oficialitzar el culte a la deessa era una restitució de justícia.

Abarquis va saber fer valdre la seva influència entre els nobles d'Indika, que havien vist la conveniència de mostrar el prestigi de la ciutat amb edificacions que destaquessin per sobre les muralles, perquè Saratin fos acceptada com a aspirant a oficiar al nou temple que dedicarien a la deessa, quan fos el moment.

Primer va haver de convèncer la seva esposa i la filla petita, Dana, que van acceptar-ho a contracor, influïdes per la convicció que mostrava Saratin.

El metge guaridor havia acompanyat la noia a la ciutat antiga d'Empòrion, on els grecs foceus honoraven Àrtemis d'Efes, la deessa principal de la seva terra, Focea, la pàtria mare on l'efèsia tenia dedicat un edifici monumental des de temps antics.

Al temple de l'illa els havia de rebre la sacerdotessa Cassandra, que havia acceptat donar audiència a la jove.

Un cop desembarcats al port, Saratin i el seu pare havien travessat a peu l'istme de terra que conduïa a la Palaiàpolis.

No van tardar gaire a assolir la visió del temple de la deessa. Poc després, Abartis va deixar la noia a la placeta on s'aixecava l'edifici. Saratin va quedar embadalida davant el fris esculpit que presidia el llindar de l'edifici, amb les imatges de dues esfinxs perfectes i contraposades que tenien cos de lleó, ales i cap de dona. Semblaven donar-li la benvinguda, però no sabia si confiar-hi del tot.

Com que li estava prohibida l'entrada a l'interior, va seure en una banqueta destinada als qui visitaven el temple. En aquell espai, davant d'un mur, s'arrenglaraven figuretes de terracota damunt un pedestal baix de pedra tosca. Totes eren ofrenes que dipositava la gent quan anava a demanar curació o volia agrair algun favor a la deessa.

Era un dia sec d'una estació freda. El vent del nord s'havia encalmat i havia deixat pas a un cel lluminós, sense teranyines de núvols. Durant una estona només va veure un home que deixava una moneda dins una àmfora d'ofrenes.

Va restar en silenci fins que va sentir una llepissada freda i el frec d'un cos que li lliscava pels turmells i es va mirar els peus. Va apagar un xiscle. Una gran serp de color verd gris se li havia començat a enfilar pels turmells. Com que tenia prou sang freda es va quedar immòbil, sentint el tacte humit i llefiscós que li recorria les cames amb suavitat i es retorcia sota la túnica fins a arribar a envoltar-li les cuixes. A l'alçada dels genolls, la serpassa es va aturar. Per un moment va témer que aquella bèstia seguís enfilant-se i l'escanyés, però el rèptil va afluixar. Havia començat a desenroscar-se, mentre ella mormolava una fórmula màgica de protecció. Quan va abaixar la mirada, l'animal ja reculava amb el cap girat, traient fora la llengua bífida.

Es va tranquil·litzar mentre observava com la serp s'anava desfent del seu cos i retornava a terra. La va veure reptar fins al davant del temple, silenciosa i enorme, i, un cop allà, es va escolar dins un pou, a tocar del recinte sagrat.

La sacerdotessa principal va aparèixer al cap de poc tota vestida de blanc, el vel embolcallant-li el cap, la túnica i el mantell de llana fina. La va esguardar de dalt a baix i li va donar la benvinguda.

—Soc la filla del metge Abarquis.

—Ho sé... Ja no sortirà més. —Cassandra va assenyalar el pou d'on havia sortit la serp.

—No voldria pertorbar la quietud del santuari —es va disculpar Saratin.

—La teva presència és grata. Emporitans i indiketes hem trenat llaços prou estrets per saber-nos reconèixer...

—Agraeixo la vostra hospitalitat, sacerdotessa.

—Digue'm què vols.

—Doncs...

La jove indiketa havia quequejat una mica, però de seguida va començar a desvelar amb veu ferma que tenia intenció de rebre ensenyament.

Cassandra la va tornar a escrutar amb una mirada ferma i implacable. Va dir que al temple dedicat als déus Asclepi, Apol·lo i Posidó, no només oficiaven sacerdots. Les deesses Demèter i Koré hi eren presents i tenien una sacerdotessa que les servia.

—Per què has escollit aquesta casa?

—Sé que vosaltres sou lliures davant la llei —va puntualitzar Saratin— i jo no vull prendre espòs ni ser companya de cap home.

—Ets llesta... Les dones casades s'han de sotmetre a l'espòs, però si només ho fessis per això, t'equivocaries... Les hetaires també són lliures i tenen privilegis, perquè els homes es disputen els seus serveis.

—Senyora, jo no vull cap home que em protegeixi... No entregaria el meu cos a canvi de perdre la llibertat de la meva ànima.

Cassandra va arquejar les celles.

—Entenc que no voldries servir la deessa Afrodita, en altres terres algunes joves ofereixen el seu cos als homes en el seu nom.

Saratin trobava repulsiu aquell costum.

—Ho respecto, però jo no ho faria mai.

La mirada punyent de Cassandra es va desfer i va deixar pas a un mig somriure de complaença.

—Veig que ets una noia ferma, ho he sabut de seguida. Àrtemis no vol que la servim amb tebiesa ni submissió, al contrari, demana valentia i fortalesa... La serp del nostre temple ha vingut a tu i això és un senyal de reconeixement que t'ha fet la deessa.

La senyora dels boscos i els turons dominava els animals i la naturalesa salvatge amb força guerrera. Els atributs nodridors de la deessa no estaven renyits amb un caràcter cruel, que mostrava quan rebia una ofensa.

—Pots quedar-te amb nosaltres —va sentenciar Cassandra.

Aquell dia Saratin es va acostar al llindar del temple. Per primer cop va veure, a la llum que s'escolava entre les columnes de pedra, l'escultura d'Àrtemis, l'Efèsia, en un altar central, amb el tors nu, revestit de pits que penjaven com mamelles de partera. Aquell era el símbol de fecunditat de la deessa. Li va semblar fascinant i es va quedar observant-la amb deteniment des de fora el recinte.

Poc després la jove Saratin va ingressar al temple i s'hi va quedar a viure dos cicles complets, fins que va ser iniciada com a sacerdotessa d'Àrtemis. Estava segura d'haver pres la decisió correcta i ben aviat va veure acomplert el seu anhel.

Cassandra era una dona instruïda i li havia explicat que algunes sacerdotesses dedicades al culte havien merescut monuments, com Mirrina, que servia la deessa Atena Nike i que en el passat havia estat reconeguda a Atenes amb un monument funerari important.

Durant l'estada a la polis emporitana, Saratin va aprendre a cantar i recitar poesia grega i a practicar ritus que no podien ser desvelats en públic. Cassandra era l'encarregada de vetllar per la pervivència de la pràctica sagrada i comptava amb uns quants *rizótomos,* experts buscadors de tubercles i tiges subterrànies, que li aconseguien les arrels medicinals i els fruits capsulars amb què Cassandra feia preparar el *kykéon,* el beuratge que utilitzaven a les cerimònies d'iniciació.

En temps de festa, al temple rebien ofrenes de cistelles plenes de granes i fruits i, per l'equinocci de primavera, les joves oficiants i els fidels caminaven en processó per recordar Àrtemis i Demèter, que havia perdut la seva filla Persèfone, raptada pel déu Hades mentre la noia recollia flors. Per haver menjat una magrana de l'Hades, Persèfone havia estat condemnada a baixar a l'inframon una vegada a l'any, fins que la seva mare l'anava a buscar. Quan tornava al món dels vius, l'alegria de Demèter feia esclatar les flors i els fruits i s'iniciava el cicle de primavera i estiu.

Els que participaven en la processó, dones i homes lliures, i fins i tot alguns esclaus i prostitutes que no eren jutjats per la seva condició, travessaven l'istme que unia l'illa de la polis antiga amb la terra ferma i arribaven fins a la gola del riu, fent un camí que representava el viatge entre el món dels vius i el dels morts.

La sacerdotessa Cassandra presidia totes aquelles celebracions, mantenia el culte d'Àrtemis i era respectada pels sacerdots d'Asclepi i pels homes adinerats de l'Assemblea de Notables. La devoció que la gent del poble sentia per la deessa efèsia, i sobretot la dels mariners que es llançaven als embats de la mar, era innegable. Tot plegat havia convençut Saratin de la seva pròpia causa: calia oficialitzar el culte a la deessa mare a Indika, perquè conferiria a les dones més poder i capacitat d'influir en el govern de la ciutat.

Malgrat tot, la seva conquesta va tenir una cara amarga. Una nit, quan feia gairebé un any de la seva estada al temple, es va despertar sobtadament. Estava segura d'haver sentit un crit. Va comprovar amb sorpresa que tot al seu entorn estava en calma i que les seves companyes dormien plàcidament. Va saber llavors que havia passat alguna desgràcia que l'afectava de manera directa.

L'endemà, per boca del seu propi pare, que s'havia presentat d'improvís a veure-la, va rebre una notícia terrible: la seva germana Dana s'havia ofegat a les aigües d'un aiguamoll. Les males llengües deien que s'havia llevat la vida ella mateixa, però ningú coneixia el motiu d'aquella decisió funesta, ni tan sols la família.

Saratin es va omplir de retrets per no haver estat al costat de la seva germana; va especular amb la idea que, en algun moment, per la bona avinença que hi havia entre elles, Dana li hauria confessat els motius del seu patiment i les seves intencions i ella hauria pogut ajudar-la i treure-li del cap aquella bogeria. Ho hauria aconseguit, no pas compadint-se'n amb paraules amables, com solia fer la gent, sinó encarant-s'hi.

La mort de Dana la va colpir profundament i, un any més tard, quan va tornar a Indika, convençuda del dret que tenia, va perseguir el propòsit d'oficiar al temple petit amb obstinació. Les influències del seu pare havien facilitat el beneplàcit dels homes del consell, tot i les reticències de Korbis, que exigia el domini del culte.

Saratin va expressar la voluntat de contribuir a elevar la tradició als altars. Al final, els homes del consell la van escoltar. Van veure amb bons ulls que oficiés al segon temple i se li respectessin els drets de cobrar tributs i distribuir-los, considerant que oficialitzar el culte a la deessa mare donaria encara més prestigi a Indika. Davant el pes d'aquells arguments, Korbis va haver de claudicar, a canvi de veure incrementats els drets que ja havia adquirit. Per la seva part, Saratin va guanyar alguns privilegis: quedava lliure d'impostos, podia tenir propietats, emetre documents i argumentar les normes del santuari. A més, rebria una petita part del que es pagava a les ofrenes dedicades a les divinitats. Malgrat tot, Korbis en seguiria obtenint la part principal, que provenia del sacrifici d'animals, i encara cobraria més pels serveis al temple del déu.

Saratin ho va considerar un guany però no pas un triomf, ja que no podia profetitzar com havien fet en altres temps les fetilleres de la tribu. En tenia el do, però no se li reconeixia per tradició. El consell li havia fet saber quins eren els límits, però també s'havia compromès a fer respectar els privilegis que li pertocaven i el pagament dels impostos per al manteniment del temple i la casa de culte on ella vivia: dues sitges senceres de cereals, una de blat i una altra de mill.

Saratin ja havia madurat dins seu el desig d'instruir noies que volguessin dedicar-se a servir la divinitat. Se sabia privilegiada entre moltes dones que duien una vida escarrassada, i les atenia quan l'anaven a veure. En més d'una ocasió havia intercedit davant la justícia per afavorir les devotes humils que anaven a fer ofrenes al temple: segadores, espigadores o eixarcolaires que tallaven cànem als camps a tocar de la ciutat i que tenien les mans tallades i la pell rasposa i dura com una pedra. També li rendien tribut les que es dedicaven al petit comerç i venien sal, llegums, mel, pa o peces de terrissa senzilla, cuita en forns casolans. I les que feinejaven com a llaneres o tintoreres i coneixien l'art dels tanins. Aquestes li portaven regals una vegada l'any, durant la festa de la sega: teles tenyides amb roig, groc o negre que havien estat macerades en pols d'arrel de rogeta, amb flors del safrà bord o amb carbons.

La sacerdotessa s'havia guanyat la confiança de les molineres que venien farina a la ciutat, perquè s'havia mostrat favorable que paguessin menys tributs, considerant que era un ofici molt sacrificat. Calia molta paciència i temps per moldre el gra a mà als molins rotatoris de pedra; totes tenien l'esquena trinxada i, amb el temps, es tornaven geperudes i guerxes.

Saratin també atenia les demandes de les serventes i esclaves i, en alguna ocasió, havia emparat dones que exercien la prostitució d'acord amb el costum d'Indika, que no veia aquesta dedicació com un ofici, tal com l'exercien les hetaires gregues. Les indiketes que s'oferien sexualment als homes rebien pagues i, a canvi, contribuïen al culte amb tributs.

La sacerdotessa havia reclamat justícia als homes del consell quan alguna dona, fos de l'estament que fos, li demanava ajuda perquè havia estat víctima d'abusos.

Aquell era el tribut que havia promès oferir a la deessa al llarg de tota la vida i en honor a la seva germana Dana.

42

(279 aC)

—T'entenc molt bé, Ekinar, però estic obligada a recordar-te la promesa que vas fer quan la teva àvia et va iniciar. Treu la força que tens, només així podràs ajudar el teu fill.

La sacerdotessa la va mirar amb aquells ulls felins, incisius com agulles. S'havia enretirat el vel i va deixar al descobert el front alt, marcat per un serrell afaitat que contrastava amb dos monyets de rínxols vermellosos, recollits al clatell. Acabava de rellepar amb la memòria la cicatriu que li havia causat la mort de Dana i que portaria per sempre gravada a l'ànima amb foc. La vida era desconcertant, i a vegades l'amor hi apareixia vestit de desgràcia.

—He perdut qui més estimo —va murmurar Ekinar.

—L'amor que val no es pot mesurar i s'enforteix en la desgràcia, prou que ho sé... Digue'm què vols que faci per tu.

—Vull justícia... Et demano també que el cap del meu fill no sigui cremat, es mereix el mateix honor que els grans guerrers que venerem.

—Sempre que no te l'emportis amb tu.

—Per què?

—Si ho fas, no podràs suportar-ho. Deixa'l amb les cendres, això li donarà renom per sempre.

—Però...

—No en dubtis.

Ekinar va assentir.

—Tens el meu vistiplau, ho defensaré si algú s'hi oposa. I ara seu —va assenyalar un banc de fusta—. Primer hem de fer una cerimònia de purificació, si no vols emmalaltir.

Un dels coneixements que la sacerdotessa havia après al servei d'Àrtemis era que tota malaltia era un assumpte més complex que qualsevol operació quirúrgica que pogués practicar el seu pare. Alguns mals provenien de l'ànima, a causa d'afliccions que feien perdre la salut a la gent.

—Treu-te el mantell i descalça't —li va ordenar.

Ekinar la va obeir. Sense tardança, va deixar el mantell i les sandàlies de cuir sobre la banqueta i es va afluixar la sivella del cinturó. S'estimava molt aquella peça que li havia regalat el seu home, un fermall de coure decorat amb una roda de quatre eixos que representava el cicle de la vida i, al voltant, una inscripció amb el nom d'ella.

La sacerdotessa havia començat a pronunciar una oració a la deessa de l'inframon, perquè li obrís la porta de la casa dels morts i l'acompanyés.

Mentre feia la invocació, va agafar un vas de vaixella grega decorat amb l'escena d'un gineceu: una colla de dones celebraven l'entrada a la nova llar, alegres. Era una peça semblant a les que es feien servir de joier. Al cul del vas hi tentinejava la beguda sagrada, un licor blanquinós com el que es prenien els malalts que anaven a curar-se als santuaris.

—Té —li va atansar el vas a Ekinar—, recordes quan la teva àvia collia els fongs negres del sègol? Ens refregava pels nassos que érem massa petites i, només pel fet que ens va prohibir collir-los, ens en moríem de ganes.

Per un instant, es va fer present la imatge de la vella Aiunin, alçant els braços cap als sembrats de sègol i recitant paraules incomprensibles que elles reconeixien com una fórmula d'encanteri.

Si hi havia massa humitat, aquells fongs creixien en petites banyes enganxades al cap de les espigues, com barrets torts. Els camperols deien llavors que el sègol era cornut i, abans de la sega, calia arrencar les petites protuberàncies que haurien enverinat la farina. Aquells fongs estaven reservats a les remeieres, que els abastaven directament de les espigues perquè no perdessin les propietats d'ensonyament i de visions estranyes que provocaven en qui els prenia. Aiunin els agafava amb una canya llarga, esquerdada d'un cap, molt hàbilment, i els ficava dins un sarró de cànem. Saratin va recordar que la vella li havia donat la canya: «Prova de fer-ho tu, però no diguis a ningú, ni al teu pare, que has agafat el que és prohibit tocar sense permís».

—Agraeixo a la deessa que em permeti preparar la beguda que ens acosta als nostres familiars difunts. —Saratin va tancar l'oració d'aquella manera.

Cada estiu encarregava a dues remeieres que l'abastissin d'aquelles petites càpsules. Dins la casa de culte, ella mateixa preparava les proporcions exactes, abans de barrejar-les amb suc de cascall vell, la planta adormidora que també utilitzaven les sacerdotesses de Demèter i d'Àrtemis com Cassandra, que prenien una beguda semblant coneguda des de temps immemorials, composta d'aquell ingredient, extracte de llor i fruit verd de rosella. Sempre que feia mescles, Saratin es posava guants de lli i mantenia una cura extrema a l'hora de mesurar les quantitats de cada substància.

—N'he de beure més? —va preguntar Ekinar.

—Només un glop. No tinguis por, només t'arribaran les imatges i les paraules que pots sentir. Si les escoltes, podràs comprendre per què... —es va interrompre.

Ekinar tenia els ulls negats. Tot i que era reticent al que podia passar en endavant, es va empassar el líquid amarg amb un calfred d'angúnia. Havia arrencat a plorar, no pas pel beuratge repulsiu, sinó per la fredor que li gelava l'ànima.

Saratin va prendre també una mica de licor sagrat.

—Estira't sobre el banc, és prou ample perquè hi càpigues.

Rere d'ella descansava un tronc de roure que havia estat completament buidat, de manera que feia conca suficient perquè s'hi estirés una persona.

Ekinar li va fer cas. Mentre s'enfonsava al llit de soca va pensar que potser s'havia mort per dins, i que l'amargor fatal de qualsevol verí era infinitament més suportable que tot el que li estava passant. Amb el cor trencat, va demanar en silenci a la deessa que anés a trobar Atabels. «Fes-lo tornar, si et plau».

En aquell punt els records havien començat a galopar de pressa dins el seu cap, enfebrats, i, al cap de poc, va entrar en un estat de vetlla, entre la consciència i el son induït.

—Què veus? —li va preguntar Saratin.

—Un gran bernat pescaire porta un cor al bec i s'enlaira cap al cel... —Una pausa tremolosa es va installar en l'aire—. Està perseguint un guerrer que exhibeix un cap tallat...

—L'ocell és l'ànima del teu fill, preguntem-li què vol.

Endormiscada, amb una sensació estranya de llunyania, com si hagués sortit del seu propi cos i no fos capaç de moure ni una pestanya, Ekinar va sentir ressonar al lluny les paraules de la sacerdotessa. El pensament emboirat amb prou feines li permetia parlar, però per dins una veu anava dient: «Continua, desvela'm el que sospito».

Saratin va prosseguir, alentida per l'efecte sedant de la beguda:

—El teu fill diu que no li pots fer justícia des de la ràbia, has de defensar-lo amb la força de la veritat, només així et sentiràs en pau.

«No puc, això no, com puc no sentir odi contra qui t'ha traït?». Malgrat l'estat d'endormiscament estrany en què es trobava, aquella veu interna s'entossudia. Va ser capaç de murmurar finalment, els llavis pesants com lloses:

—He de venjar la seva memòria.

—El que et va ensenyar la teva àvia Aiunin ja no et serveix, la revenja t'encadenaria —va dir Saratin—. L'espasa de la deessa et dona el poder. Si ho fas així, l'ànima del teu fill passarà la porta i s'alliberarà.

La veu pausada de la sacerdotessa mantenia un to de fermesa que inspirava respecte. La somnolència en què es trobava Ekinar no evitava que ho pogués captar perfectament. Saratin estava parlant d'una creença antiga de la seva tribu: durant el trànsit de la mort calia que l'ànima travessés una porta per entrar a l'extensa regió de l'inframon. Allà rendiria comptes del que havia fet en vida i, si havia obrat bé, se li presentaria la deessa, convertida en ocell, per alliberar-la.

Una espiral d'imatges va inundar el son desvetllat d'Ekinar. Una tenebror de foscor va donar pas a remolins de llum blavosa al fons dels quals brillava el cos gairebé transparent d'Atabels.

—El que va passar és un assumpte entre ell i Binturke, les seves ànimes havien fet un pacte abans de néixer —va reprendre la sacerdotessa—. T'encomana només que avisis la noia... No cometis cap acte de violència, això carregaria de culpa la teva ànima. Només vol que Nisunin comprengui què ha passat.

Nisunin, havia dit Nisunin? La sacerdotessa acabava de fer una pausa. La seva respiració s'havia intensificat. Panteixava.

—La vida i la mort són part d'un mateix cercle. Ara no ho pots entendre, però el teu fill vol que respectis la seva decisió de marxar. El seu cos no hauria pogut suportar les ferides, hauria quedat esguerrat... La seva ànima ha fet la feina que tenia encomanada. Si intentes retenir-lo, no podrà transmigrar quan sigui l'hora.

Amb aquelles paraules, Saratin es va referir a un dels misteris que eren revelats als iniciats o als qui demanaven resposta com Ekinar: les ànimes neixen per viure experiències a la terra, se'n van en acabar el cicle cap a l'altre món, on s'esborra la memòria del passat, i segueixen el seu camí d'evolució.

«Com sé si tot això és cert?». La veu interna d'Ekinar va tornar a erigir-se dins seu com un punyal. La visió d'Atabels l'havia amorosit una mica, però tenia els músculs adormits i el cor cremant. Alhora una pluja de pesantor s'anava precipitant sobre el seu cos inert, narcotitzat pel beuratge que havia pres.

—Deixa una ofrena de blat sobre la tercera llosa de la sala on reposen els ossos de la teva filla petita —va prosseguir la sacerdotessa.

Les visions apareixien encara que fossin inconnexes i estranyes, i sovint posseïen un gran valor.

Ekinar va començar a tremolar davant d'aquelles paraules. Com podia saber Saratin el seu secret? En aquell moment, tota l'ardència acumulada dins el seu cor va explotar com ferro líquid, roent.

Certament havia portat el darrer embaràs d'amagat, per por de no arribar a cap des d'un primer moment, a causa de les pèrdues de sang que patia. Finalment, la nena havia sortit una mica abans d'hora, desnerida i poca cosa, mentre ella s'anava enfonsant en crits aguts i s'apagava en gemecs, la màrfega xopa de sang. La dona que ajudava les parteres la va cosir amb una agulla llarga, però ella ja estava tan profundament adolorida que no sentia res de res. La natura li havia concedit el do de fer-se de suro que ajuda les dones a suportar els parts i les pitjors malalties físiques. Va salvar la vida d'un pèl, però el cor de la criatura ja no bategava. Malgrat tot, tres dies més tard, es va revestir de valor per aixecar-se de la màrfega, encara enfebrada, i embolcallar la nena amb un llençolet de lli. Només ella i el seu difunt espòs sabien on era enterrada. Havien fet un pacte de silenci sobre aquella desgràcia.

Mentre Saratin seguia parlant, va sentir que s'afluixava una mica, estovada per alguna certesa.

—Deixa que el teu fill marxi on ha d'anar, va ben guiat, no vulguis retenir-lo... Ho has d'acceptar, si t'hi resisteixes, el perjudicaràs. La reparació del mal que ha patit està en camí, confia-hi, t'ajudaré... Tindrà el reconeixement que es mereix. Jo mateixa ordenaré que es conservi el seu cap intacte, com a mostra del valor que ha tingut.

La veu interior va ressorgir: «No el veuré mai més?».

—On és la teva confiança? —va prosseguir Saratin, com si li llegís fil per randa el pensament—. Hi haurà un moment propici per transmigrar com fa la llavor de blat que arrela a la terra i germina.

Tot i la pesantor, Ekinar va ser capaç d'expressar un murmuri:

—Quan?

—Hi ha preguntes que no puc respondre. Ell ha servit al propòsit de la seva vida, ets tu la que encara roman en la fosca; tens dret a estar dolguda, però no covis odi.

Saratin va fer una pausa profunda. Acabaven de passar pel seu cap un reguitzell d'imatges que duia impreses al cor.

—Jo també vaig pensar que no hi havia dret que morís la meva germana. —Havia tancat els ulls, entotsolada, com si un miratge de llum l'encegués. Però no va dir res més; era una història que no descabdellaria en veu alta.

Ekinar l'anava sentint mig condormida; tot i això, aquell estat de consciència li havia aguditzat les percepcions sensorials i un seguit de calfreds li van recórrer l'espinada, despertant en ella la convicció que aquella altra mort, la de Dana, que li havia passat desapercebuda, també estava tenyida per la tragèdia. De res li servia a Saratin ser una dona poderosa i admirada: duia una ferida al cor semblant a la seva que no cicatritzaria mai del tot.

Durant una estona havien fet silenci. Ekinar havia començat a sentir-se els dits i ja no tenia el cos tan inert.

—Encara és aquí? —va preguntar amb veu empastada. Amb prou feines podia articular els sons a causa de la sedació.

—Sí, i insisteix que acceptis la seva decisió.

Ekinar va assentir en silenci. Què més hauria volgut que aplanar el camí del seu fill? Volia creure que tot el que estava passant formava part d'un cicle interminable i que un dia tornaria a veure'l.

En aquell moment va sentir un alè calent a l'orella, el senyal d'una presència propera i invisible als ulls.

—El teu dolor no es calmarà fins que no converteixis la teva còlera en coratge i trobis el camí adequat per fer-li justícia... Treu-te del cap tot el que has covat durant aquestes nits amargues.

Com podia saber el que portava de cap? Li estava parlant del pla que havia rumiat contra Binturke?

—Ja sé que el foc del teu dol no es pot apagar amb

grapats de brossa seca, al contrari, però jo et faré costat. —va prosseguir la sacerdotessa.

Ekinar havia anat recuperant el moviment i, poc després, quan es va poder incorporar sobre el banc de fusta, va deixar que la túnica li caigués sobre els peus nus i es va reordenar el vel i la túnica. Tanmateix, encara no estava gens tranquil·la.

—El traïdor de Binturke vol el poder i els homes del consell li donaran suport.

—El poder és fang, Ekinar. Deixa'm que parli amb qui ho podria evitar. I tu no facis res de què t'hagis de penedir.

Saratin encara havia prosseguit: «Actua, però no agafis l'espasa de la violència, així no repetiràs la mateixa llei de desgràcia i no t'encadenaràs a les conseqüències...».

—Tot això és molt injust.

—T'entenc. Ara no ho pots acceptar perquè el dolor t'encega. Però res no s'escapa del cercle...

Qui coneixia el cercle no temia la mort. Morir i renéixer era el destí de totes les ànimes i aquesta era la idea més poderosa que havia entrat a la vida de Saratin després de la mort de la seva germana. A partir d'aquella experiència, la pràctica dels rituals i les cerimònies de purificació al temple d'Àrtemis havia calat profundament en el seu caràcter. Això l'havia salvat en un moment crucial de la seva vida.

Quan Ekinar va ser fora, Saratin va cridar a una de les joves que vivien amb ella. Havia acollit aquella noia òrfena dos hiverns enrere. En poc temps, la seva casa s'havia convertit en refugi per a les joves que expressaven el desig de servir la deessa. En aquell moment en tenia quatre al seu càrrec.

—Sí, senyora. —Una noia agraciada, de faccions fines, cabells castanys i ulls estirats va recollir el farcell de lli que li donava Saratin.

—Porta això al gran sacerdot... Vinga, afanya't.

Va observar el caminar decidit de la jove amb una espurna de satisfacció a la mirada. Havia valgut la pena ajudar-la, era agraïda i gens servil. No totes les joves responien de la mateixa manera; algunes es deixaven convèncer per qui no els volia bé, i al cap d'un temps tornaven a demanar-li acollida. Ella les readmetia sempre que mostressin el compromís de servir el temple. La convicció profunda que tenien dret a escollir què volien ser l'esperonava a confiar-hi. Se sentia satisfeta de tot el que havia aconseguit. No suportava que cap noia fos forçada a prendre un espòs. Per aquella raó havia pledejat en algun cas amb la justícia del consell. Algunes joves que abandonaven aquella casa acabaven trobant feina com a servidores o teixidores de lli. Cap d'elles s'havia prostituït contra la seva pròpia voluntat.

Havia de fer alguna cosa per Ekinar. L'apreciava, i havia vist massa tristesa i torbació a la seva mirada. La neta d'Aiunin estava passant per un dol difícil.

No es volia quedar amb la recança de no haver-la ajudat prou. Tenia per costum no identificar-se amb el dolor de les dones que l'anaven a veure, però intentava evitar el patiment, si això estava a les seves mans.

43

Aquell matí Ekinar reposava sobre la màrfega. Ateranina també dormia. Quan van tustar a la porta, Àmnia va pensar que no calia despertar-les i va anar a obrir. S'havia passat el mantell de lli sobre els muscles, sense lligar-se'l amb cap agulla. D'una revolada, es va plantificar a l'entrada de la casa.

—Qui demana?

—Vinc per ordre de Nabar.

Àmnia va empènyer el batent. A l'altra banda va aparèixer un guerrer de mitjana edat, amb l'espasa cenyida a la cintura. L'home s'havia quedat mirant-la amb un rictus de satisfacció a la cara; al seu davant, tenia una dona que havia infantat dues criatures però que encara era jove i molt bonica.

—Ets d'aquesta casa?

Ella va arrufar el nas.

—Què hi faig, aquí, si no? La meva germana està de dol. Què voleu?

—Serveixo Nabar i vinc a notificar-vos que no

podeu enterrar el vostre familiar al mateix lloc que...

—És el meu nebot —va tallar-lo Àmnia, irritada pel que havia començat a sentir.

—El consell ha ordenat que no reposi al cim de la necròpolis.

—Per què, si ha estat un bon guerrer? On ha de reposar, doncs? —es va crispar ella.

—No ho sé. Si fos per mi, gaudiria de tots els honors, però tinc l'ordre de fer-vos-ho saber.

Semblava que el guerrer parlés de manera impersonal, però Àmnia li va llegir la torbació als ulls.

—Atabels era més noble que cap de vosaltres —el va increpar.

—Obeeixo una ordre —l'home corrugà el front. El seu rostre es va contreure en una expressió de dubte—, ho sento.

A Àmnia li va semblar que parlava amb sinceritat i que aquell emissari no era un llepaculs de Binturke. Tanmateix, no valia la pena continuar una conversa que no prometia res de profitós. Es feia difícil establir cap mena de complicitat entre una dona que estava de dol i un guerrer que complia amb deures que no tenen sentiments. Amb una mica de bona voluntat podien haver trobat alguna mena de conversa, entre ells dos. Però Àmnia no esperava que allò pogués fer canviar res, sabent de qui venia l'ordre, i no es va esforçar a guanyar-se la simpatia de l'home que tenia al davant. Només es va intranquil·litzar pensant en la reacció que tindria la seva germana quan sabés la decisió que havien pres els homes del consell.

El guerrer s'havia retirat fent un gest respectuós i va enfilar el carrer.

Més tard, quan Ekinar es va llevar, va entrar en còlera.

—Maleït siga, aquell traïdor! Malnat! —va seguir renegant improperis—. No té cap escrúpol. Deu ser ell qui ha donat l'ordre en nom de Nabar; el seu pare amb prou feines sap què es diu... I els del consell són uns còmplices miserables!

Va tornar a sentir l'onada xardorosa de la ràbia, el reflux de les aigües subterrànies que la feien baixar a les fosques cap al fons abismal que ja coneixia. Perduda en les tenebres, va veure el traïdor i l'escurçó que l'havia engendrat, escanyats per les mans venjatives de la deessa que desfermava els tremolors de la terra i ho engolia tot. Durant una estona gairebé eterna, el seu cor va matar la compassió i el rigor contingut del dol i va reimaginar-se mil cares de revenja, en un ruixat violent de pensaments.

S'havia immergit en aquell estat fins que la ira va arribar a un punt àlgid, encara reversible com les dues bandes d'un pont. A una banda galopava el desig irrefrenable de desembeinar l'espasa i clavar-la a fons; en l'altra, la consciència del coneixement que l'avisava dels perills que se li presentaven i de la sort que podia córrer, si ho feia. Va tremolar sobre el pont i, després d'haver-se perdut uns passos cap al costat que demanava revenja, va sorgir de dins seu una certesa: «Si cometo un acte de sang, em convertiré en violenta... Seré igual que aquest criminal... És això el que voldria el meu fill?».

—Germana, germana... —la mà d'Àmnia la va aturar—. No facis cap disbarat, sisplau.

Aquell gest senzill la va rescatar del segrest intern que l'acabava de trasbalsar.

—No, no pateixis —va sospirar—, tinc el cap clar, no faré res que ens perjudiqui i Saratin trobarà la manera... Ella està de part nostra.

Durant estona es van fer companyia l'una a l'altra en silenci. Àmnia havia començat a teixir per apaivagar els nervis i Ekinar l'observava abstreta.

A mig matí, Àmnia va sortir de casa per anar a trobar el seu germà Basped i va aparèixer Ateranina.

—Què hi ha, senyora?

Amb mirada xafardera, va treure el cap pel forat de la porta. Anava de dol també i se li veien les arrels dels cabells que s'amagaven sota el vel negre.

—Què has esbrinat?

—La criada que conec m'ha dit que Nisunin és fora des d'abans-d'ahir.

—Com és això? —va respondre confosa—. Digue'm tot el que saps.

Des de feia dies aquella dona xerraire, menuda i de braços forts, mesurava molt les paraules que deia. S'havia quedat observant-la amb aire contret i adolorit, com si es compadís en silenci de la tragèdia que amargava la vida de qui havia estat la seva mestressa. Ateranina ja no era una esclava, havia obtingut la llibertat i podia haver marxat feia dies. Però sempre l'havien tractat bé en aquella casa i gairebé formava part de la família: havia acompanyat Ekinar en el naixement del seu fill, compartia la mort secreta de la segona filla, i també el dol per la mort de l'espòs. Els havia servit amb respecte i confiança.

—Digues —es va impacientar Ekinar.

—Fa molts anys que us conec. M'heu tractat bé i jo he procurat servir-vos amb estima... Comparteixo la vostra tristesa, per això no sé com dir les coses, em preocupa que no estigueu bé.

—Agraeixo les teves paraules, però parla —va fitar Ateranina amb ulls esgotats. Feia tres dies que no descansava ni menjava; no era ella i, si s'hagués vist reflectida a les aigües clares, s'hauria trobat molt desmillorada. La ràbia, el cansament i el dolor havien revinclat la tibantor de les seves faccions boniques, envellint-les d'un dia per l'altre.

—La criada m'ha explicat que Binturke va anar a la casa del mestre d'obres i va entrar d'amagat a la cambra de Nisunin.

—Mala bèstia! Tant de bo un corb li tregui els ulls! L'ha forçada? —es va esverar.

—No us esvaloteu, senyora, la dida que serveix la noia des que era petita va córrer a avisar Tibastir de seguida i Binturke va haver de marxar amb la cua entre cames... Es veu que, d'ençà d'aquesta feta, els pares de la noia l'han enviada a casa d'uns oncles que viuen a tocar del país dels laietans. Deuen pensar que val més deixar passar el temps, per veure si Binturke la demana per esposa...

—Llamp que el partís! No saps el nom del poblat dels oncles de la noia?

—Només sé que és a tocar el riu Tarn... La serventa m'ha dit que s'hi quedarà una bona temporada, fins l'estiu vinent.

«Ara ho entenc», va pensar, «han fet marxar Nisunin perquè no pugui venir a la cerimònia de cremació del meu fill i, quan torni, sabrà que és mort i enterrat i estarà més predisposada a amistançar-se amb aquell mala ànima. Els pares de la noia deuen veure amb bons ulls que Binturke pretengui la seva filla sempre que hi hagi noces pel mig».

Aquell raonament va tornar a descabdellar dins el seu cap tota una trama de la qual no tenia cap prova.

—He de parlar amb Nalbe, fes-lo venir, és urgent.

Nalbe es va presentar al cap de poc, l'espasa embeinada al cinyell i l'aire trist dels guerrers que han perdut un company estimat. Li va semblar que, en aquella mirada d'ulls foscos, hi pesava l'ombra d'un dubte.

—Ho podràs fer?

—Sí —va reprendre el jove—, però hauré d'esperar que hagi passat la festa dels guerrers... M'hi trobarien a faltar i això podria aixecar sospites —havia abaixat la veu, se'l veia compungit—. Després marxaré... Nisunin ha de saber que Binturke és un traïdor, jo mateix li donaré la notícia. Ella em coneix i sap que no soc cap mentider.

—Porta-li això de part meva —Ekinar li va donar l'ullal de llop que Atabels duia penjat al coll—, ja el reconeixerà.

Va esperar que Nalbe marxés; després, va pujar al terrat per acomiadar-se de tot. Al nord, per sobre la barana de tova de la casa i dels merlets i les torres fortificades de la muralla es veia una panoràmica magnífica. En primer terme, la ciutat insular on ella havia nascut feia trenta-cinc cicles lunars, encerclada per una altra muralla de més de cinc passos d'alçària que es reflectia a les aigües de l'estany; un istme de terra que comunicava l'illa amb la terra ferma, i tot un formiguer de cases arrenglerades entre les quals es trobava la llar familiar, on vivia la seva germana gran. El pensament que els seus avantpassats arrelats a l'illa s'havien emparentat a través d'aliances i noces entre les famílies de la ciutat del puig la va fer sospirar.

Els seus ulls inquiets es van aixecar en línia recta fins a topar amb el turó de la necròpolis, que hauria pogut passar desapercebut entremig de la visió de les serralades llunyanes presidides pel Kanikon i la presència de la muntanya grisa on ella s'havia iniciat.

La llum matinal guspirejava per un enfilall de petites carenes amb prats on pasturaven els ramats d'ovelles i de cabres. Des d'on era podia veure un retall de l'embarcador principal de l'estany i algunes barcasses que navegaven per les aigües poc profundes, àgilment, com anguiles lleugeres i sinuoses. Va pensar en les naus que transportarien les seves pertinences.

—Senyora?

La veu d'Ateranina la va fer tornar en si, i va baixar del terrat amb compte de no empassegar als escalons de fusta.

Ja a l'estança principal, va encendre un ramet d'espígol i el va deixar sobre l'altar familiar, un cilindre de pedra tallada on no havien faltat mai ofrenes des del primer dia que va posar els peus en aquella casa. Procurava que, al plat de terra cuita grisa destinada a recordar els ancestres, no hi faltés mai aigua de romaní que perfumés l'estança. Cada primavera també feia emblanquinar les parets, tal com s'acostumava a fer a les llars, perquè el foc ensutjava les parets i els sostres.

—Ja hem fet el que heu dit —va dir Ateranina.

Ella i un criat de Basped havien aixecat la llosa on era enterrada la criatura. Havien agafat un os de les despulles i recol·locat la pedra a lloc, per no contradir la tradició d'enterrar els cossos dels infants morts dins la casa familiar.

—Tot està a punt —va prosseguir Ateranina—, jo mateixa he posat les restes que us voleu emportar dins una caixa.

Ekinar volia endur-se un record de la seva filla. L'esperit innocent de la criatura s'havia lliurat als déus sense haver arribat a la infantesa feliç. L'havien enterrat a la cambra principal de la casa seguint una tradició immemorial que complien totes les famílies.

Es va quedar una bona estona pensant-hi, sense adonar-se que Ateranina havia sortit i tornat a entrar a la cambra de nou.

—Senyora, el vostre germà és aquí —va avisar-la.

Basped va aparèixer a peu de porta, els cabells recollits per una cinta de cuir i l'aire esquiu d'home ocupat a fer negocis. Tanmateix, a Ekinar no li va passar per alt la tendresa que amagaven aquells ulls, que es mostraven cordials i afables en la intimitat. En aquelles ninetes perlejava un reflex tentinejant ple de matisos, com sempre que Basped parlava de les seves filles o de la família.

—Tot està punt, he fet preparar una altra barca perquè ho puguem traslladar tot, ni que sigui en dos viatges.

—T'ho agraeixo.

—Tingues esperança, acabo de saber que Binturke pot perdre la confiança dels homes del consell... Li han exigit més compromisos, es veu que dubten que pugui assumir el comandament dels guerrers i presidir el consell. Per la part meva, m'he ocupat del més important: ja no tindrà el carregament que necessita i, a hores d'ara, segur que ho saben tots... Això pesarà en contra seu.

Ekinar va torçar la boca.

—Que els déus el castiguin! No em refio gaire dels homes del consell, potser l'obeiran igualment, perquè és fill de Nabar.

—No t'hi facis mala sang, germana.

—Només vull enterrar bé el meu fill i marxar —va parlar amb veu ferma de dona acostumada a decidir en els afers familiars.

—Què més puc fer per tu?

Ekinar li va agrair la bona intenció amb un mig somriure. «No li puc demanar que s'enfronti a Binturke, seria la seva desgràcia i no hi guanyaríem res. Si el meu espòs fos viu, hauria apel·lat als nobles més respectats per exigir que es fes justícia, però és probable que tampoc hagués aconseguit res. Cap dels homes del consell vol perdre el poder que té».

Cap d'ells es podia comparar amb el seu home, que era un administrador honest a qui ningú coneixia cap desig excessiu, cap intent d'abús de poder, ni un sol engany per enriquir-se personalment.

—Me'n vaig, doncs, torno a veure si han preparat el cavall per a la cerimònia. —Basped es va girar cap a la porta i va sortir.

—Senyora... —Ateranina va reaparèixer al llindar, esperant alguna indicació.

Ekinar va dedicar-li una mirada d'agraïment, les parpelles inflades de mal dormir, els ulls vermellosos. Feia molts dies que no se'ls pintava amb carbonet. Es pentinava a desgrat i no s'arreglava per guardar el dol. Ja no s'assemblava gens a la jove que havia dansat amb altres noies en el ritus de pas a l'edat adulta, posseïda per una bellesa salvatge. Amb el pas del temps, tanmateix, quantes d'elles no havien perdut algun familiar o un fill? La música de les flautes havia emmudit i ara sonava l'espetec de bastons i l'udol de les trompetes de bronze que acompanyaven les cerimònies fúnebres.

—Ja s'han emportat tot el parament?

Ateranina va assentir.

—I la vaixella que necessitem per a la cerimònia?

—Està ben encaixada i ja és al carro... De tan fina com és, sembla que les figures estiguin a punt de parlar. —La veu d'Ateranina va sonar tremolosa, semblava contenir l'emoció—. Voleu alguna cosa més?

Ekinar la va esguardar uns instants en silenci.

—T'he donat la llibertat i tu has volgut fer-me companyia fins ara —va reprendre—... Si no vols marxar, podries servir de criada en aquesta casa quan la meva neboda hi vingui a viure, ella et tractarà bé.

—No crec que els meus pares siguin vius, i potser no trobaré cap germà, però m'agradaria tornar...

—Marxa quan vulguis, doncs, ja et vaig dir que el meu germà et farà acompanyar fins a Massàlia.

Ateranina va cloure les mans en una reverència afectuosa.

S'estava fent tard i no es podia entretenir més. La casa tenia un aire desert: havia fet retirar els llençols de lli de la màrfega on dormia, el bagul de fusta de roure de la seva cambra era buit, igual que les lleixes de l'estança.

El seu espòs havia vist aixecar aquelles parets; en la cerimònia fundacional de la casa havien sacrificat cinc cabres i ovelles, que, enterrades sota el paviment, protegirien la llar i els que hi havien de viure. S'estimava aquell lloc, però havia pres la decisió ferma d'abandonar-lo. S'enduria les joies, collarets d'argent, unes arracades amb ambre vingut de terres llunyanes i aquella fíbula decorada amb corall extret de les illes que es trobaven a la gola del riu Teker. També molts teixits, dos telers de fusta bona, lli amb brodats fins i uns quants fusos de terra cuita que portaven el nom familiar. Deixaria, però, el rebost ple de provisions perquè la seva neboda Ikeatin tingués de tot: saques plenes de blat, mill i ordi, àmfores amb vi, garum i salaons de peix.

A fora al pati, el cos d'Atabels encara reposava sobre la fusta que li havia fet de llit aquells dies.

—Digues al criat de Basped que porti el cavall del meu fill i que prepari el carro.

Va abandonar la casa poc després, a pas alentit, conscient del que estava a punt de fer: segurament mai més no tornaria a posar els peus a Indika, tot i els lligams afectius que guardava amb la família.

Fent via cap a l'estany, va caminar apressada per un carreró estret, fistonejat per cases humils. Va saludar dues dones que feinejaven fora, a l'entrada de la casa, i una vella que mastegava lli. L'estovava amb les poques dents que li quedaven perquè les joves de casa poguessin filar-lo i teixir-lo. Ben aviat va arribar al portal de la muralla que donava a l'embarcador del nord, d'on sortien les naus de la ciutat de l'illa. Una desena de barques petites sobreeixien damunt les aigües quietes, tres d'elles carregades amb feixos de cànem que serviria per fer cordes i saques. Uns quants homes de braços musculosos transportaven sobre les espatlles un carregament d'àmfores de cervesa, penjades, per les anses, de dos pals llargs de fusta; poc després, ja dins la barca, les encaixarien sobre un banc per assegurar-les bé.

En aquella hora un dit de boira blanca surava en l'aigua fangosa. Quan bufava vent del nord, en canvi, el cel s'encenia amb reflexos d'or vermell, el color de la gran deessa. Les muralles de la ciutat de l'illa desplegaven la seva majestuositat sobre les aigües tèrboles. Ekinar va aixecar la mirada per damunt dels murs, pensant en la casa familiar on havia nascut i on ara vivia la seva germana gran.

Va girar el pas cap a l'est, camí de l'altre embarcador. En aquell lloc, dos servidors de pell fosca que treballaven per al seu germà acabaven d'estibar les caixes i els baguls que contenien les seves pertinences en dues barcasses. A terra, un home de braços cepats els anava donant ordres perquè lliguessin bé l'equipatge.

Demanaria ajuda a Saratin per trobar un lloc digne de repòs per al seu fill. Abans de tot, agrairia als veïns i amics que hi havien anat a fer vetlla i s'acomiadaria de la família de la ciutat; tots guardarien un dol llarg i durant un equinocci sencer no celebrarien festes ni portarien joies.

44

A mig matí Basped havia portat el cavall d'Atabels agafat amb una brida. Quan el va veure arribar, Ekinar va arrencar a caminar obsedida, fregant sense voler l'empunyadura del punyal amb el colze a cada pas que feia.

Va acariciar la crinera estarrufada del cavall recordant les vegades que el seu fill l'havia muntat. Sense voler, li va revenir la imatge d'Atabels fendint l'espasa i descavalcant del llom de l'animal amb la mateixa destresa que un falcó pelegrí es llança sobre una presa.

—La sacerdotessa m'ha assegurat que tenim un lloc per enterrar-lo sota el turó —va dir Basped— i farem la pira amb tots els honors que li pertoquen.

Ella va assentir en silenci.

Una estona més tard van arribar Nalbe i uns quants guerrers joves, disposats a conduir els cavalls, i, al cap de poc, van aparèixer les teixidores que treballaven per a Ekinar i la volien acompanyar. S'havien presentat davant d'ella, els vels foscos engolfant les cares tristes; la van anar abraçant una a una entre plors, i es van retirar a l'arribada dels familiars per esperar-se fora al carrer. Ekinar va sortir poc després amb les seves germanes, Àmnia i Bilana, totes tres de negre rigorós, les túniques tenyides amb cendra. Havien començat a caminar, seguides per una comitiva familiar formada per Basped i la seva dona, Agató, l'espòs de Bilana, i tot una restinyera de cosins, nebodes i nebots que es va anar eixamplant a mesura que les teixidores i els veïns que coneixien Ekinar de tota la vida s'afegien a la cua de la processó.

Dos cavalls ben raspallats havien tirat el carro mortuori en què viatjava el cos d'Atabels i, una estona més tard, ja fora muralla, havien prosseguit per un camí de terra, tot vorejant l'estany de l'illa i deixant enrere el curs del riu d'Indika per continuar cap al nord. Calia avançar amb lentitud per no malmetre el llit mortuori. Pel camí es van creuar amb camperols que llauraven el camp per sembrar bulbs i tubercles sota la terra aparentment morta. Eren dies de lluna minvant.

Un tram més enllà, el camí transcorria al costat d'un segon estany rivetejat per freixes, joncs i balques que no deixaven veure les aigües tèrboles.

Nalbe i els altres guerrers van conduir els cavalls fins al peu de la necròpolis.

El camp d'urnes tenia un aire pedregós i ombrívol, tot sembrat de lloses on reposaven les restes dels ciutadans de famílies nobles de la ciutat.

Allà els esperava Saratin. La sacerdotessa havia expressat la decisió d'oficiar la cerimònia després que Korbis hagués declinat presidir-la.

—M'han cridat al consell per dir-me que hem d'acatar la decisió de no enterrar-lo al cim.

—No has pogut fer res més?

Saratin la va esguardar de fit a fit. La seva mirada pròxima traspuava la mena de confiança entre qui guarda una amistat que perdura, malgrat el pas dels anys, i la distància que imposa la vida als qui fan camins diferents.

—Ja saps com t'aprecio —va dir—. L'estupidesa només es pot contradir amb una acció justa. Enterrarem el teu fill sota el turó però farem tota la cerimònia al cim, amb tots els honors que reben els guerrers.

—I el que et vaig demanar?

Saratin va assentir. Sabia que el poder té uns tentacles molt llargs i no és en el món dels homes on triomfa la plena justícia, però no pensava consentir que la voluntat d'una dona noble i lliure no fos respectada. S'havia compromès a guardar el cap d'Atabels.

—He fet marxar els guerrers que havia enviat el senglar perquè ens vigilessin —va dir referint-se a Binturke. I prosseguí—: també he parlat amb el pare de Nisunin.

Un vespre el mestre d'obres l'havia visitat d'amagat. Acabava de perdre la dona i volia que la sacerdotessa profetitzés sobre el seu futur. Saratin li va anunciar: «Has d'allunyar la teva filla del senglar... Pretén posseir-la i enlluernar-la amb riqueses, però la faria desgraciada». El pare de la noia semblava haver-li fet cas. En aquells moments, Nisunin es trobava a molts dies de camí d'Indika.

Van pujar al cim de la necròpolis. La pira on havia de cremar el cos d'Atabels ja estava preparada. A terra, sobre unes fustes llargues, s'arrengleraven ceràmiques, bols de vernís negre, coques de mill amb figues i una àmfora de vi, que servirien per celebrar el banquet ritual durant la cremació. Lligat a una estaca, hi havia un xai que seria ofert en sacrifici, a tocar d'un foc que cremava dins un cercle de pedres.

El dia abans alguns companys d'Atabels havien cavat la petita fossa on calia dipositar l'urna i l'aixovar del guerrer a peu de necròpolis.

Quatre guerrers van carregar el cos del difunt a les espatlles i el van deixar sobre la pira. El jove vestia robes de lli brodat. Les guspires de sol feien brillar el fermall de bronze del cinturó gravat amb el nom familiar damunt la túnica escuada a genoll i unes botes de cuir encirat. Abans de vestir-lo, Àmnia i Ateranina l'havien estat rentant amb olis perfumats d'almesc i essències de romaní, farigola i espígol per amortir les primeres fortors de putrefacció que aviat començaria a desprendre el cadàver.

Saratin va iniciar la cerimònia. Duia una espasa cenyida sobre una túnica amb brodats d'argent, el serrell rapat, i una caputxa negra d'oferent. Va ordenar a Nalbe que separés el cap del cos d'Atabels i el guerrer la va obeir. Amb els llavis serrats per l'emoció, Nalbe va tallar el cap del seu amic d'uns quants talls nets d'espasa.

Ekinar havia tancat els ulls, magolada i adolorida. La seva ferida sagnava al mig del pit i va plorar amargament, sota l'escalfor del braç d'Àmnia, i esperonada pels laments de les seves germanes. Havia agraït les mostres d'amistat de les teixidores i les veïnes que l'havien anat a acomiadar abans de sortir amb la comitiva. L'estimació sincera d'aquelles dones li acariciava el cor com una música suau.

Nalbe va recol·locar el cos inert del jove sobre la pira funerària, aixecada sobre soques de roure i pi sec i, al seu entorn, Saratin va aspergir olis perfumats. Mentrestant, en un altar fumejant cremaven feixos de romaní i farigola als quals, per voluntat d'Ekinar, s'hi havia afegit resina d'encens, una aroma valuosa que provenia de terres llunyanes.

A la necròpolis hi havia una pedra sacrificial de roca sorrenca, amb una cassoleta de la mida d'un palmell de mà, oberta per un costat, per on s'escorria la sang dels animals que mataven per ofrenar als déus.

Saratin havia beneït el xai abans que els guerrers el degollessin i el deixessin dessagnar sobre la pedra. Després, la sacerdotessa va recollir la sang i la va aspergir a l'entorn dels que participaven en la cerimònia.

En acabar el sacrifici, van posar l'animal a coure sobre les brases. Basped va encendre la pira. En absència del pare d'Atabels, ell era el familiar més proper que el podia representar. Torxa en mà, amb lentitud dolorosa i silent, va anar encenent els angles de la torre de llenya, vigilant que les flames no s'apaguessin. Ben aviat, el foc es va atiar i un núvol dens de fum es va enlairar cap al cel. En aquell moment molts dels qui els acompanyaven, aclaparats per la commoció, no van poder contenir les llàgrimes. Ekinar es va intentar consolar pensant que l'esperit del seu fill ascendiria dins la nuvolada i podria alliberar-se.

Més tard, mentre les germanes d'Ekinar oferien xai i coques als assistents, dos joves guerrers van preparar el vi rebaixant-lo amb aigua. El van servir en petits bols mentre Saratin invocava déus i deesses perquè ajudessin Atabels en el trànsit a l'altre món i conjurava els mals esperits per tal que no hi interferissin.

L'àpat mortuori va durar fins al capaltard, mentre el foc anava cremant a la pira. Encara tardaria molt a consumir-se del tot. Basped va dir que ell mateix s'encarregaria de vigilar la cremació i que podien marxar tranquils.

Abans d'anar-se'n, Nalbe es va acostar a Ekinar. El jove guerrer no s'havia tret el casc de cuir en cap moment. Armat amb l'espasa i enfundat dins un mantell negre que li cobria la túnica curta, va acotar el cap. Ella va endevinar-li el desconsol i el va mirar amb ulls de mare.

—El cavall del meu fill és teu.

—Senyora, no us cregueu obligada a res, jo només he fet el que sentia. —Nalbe havia desencastat la mirada del terra.

Ekinar li va veure els ulls plorosos.

—Vull que te'l quedis.

—He demanat testificar contra aquell qui sabeu —el guerrer va parlar amb veu molt fluixa, segurament per prudència, intimidat per la gent que els acompanyava i que, a poc a poc, havia començat a abandonar la necròpolis—, tinc un company que va veure com prenia el trofeu de guerra i testificarà davant el consell... També sap coses més velles, de quan van iniciar-se al bosc... Aquell covard, en comptes de caçar per sobreviure, es va refugiar amb uns llenyataires que li donaven menjar... Va deixar sol el teu fill, que era l'únic capaç de caçar senglars i enfrontar-se als llops.

—T'agraeixo el que fas, Nalbe, però és difícil que us escoltin.

—Cada dia que passa va perdent suport...

Ekinar va reconèixer la bona voluntat que mostrava el jove amb un somriure arrencat a la tristesa.

Tres dies més tard, els familiars van tornar a la necròpolis. Basped havia tirat aigua sobre les cendres perquè es refredessin i ja no fumejaven. Àmnia i Ikeatin van agafar amb delicadesa els trossos d'ossos i les altres restes. Les van rentar i fregar amb olis perfumats abans d'embolicar-les en un sudari de roba. Després van oferir-les a Ekinar, que les va posar dins el vas antic de terrissa grega, rematat per una vora girada i decorat amb ratlles ondulades de color vermell. El va deixar dins la tomba, al costat del cap del seu fill. Hi va dipositar també la figureta del genet, una copa amb anses decorada amb ulls i una altra gerra antiga decorada amb figures vermelles de l'Àtica, molt valuosa. En el recipient hi havien posat fruits secs, pa i tres magranes, com a símbol de vida eterna, que l'acompanyarien en el viatge a l'altre món. Només amb aquells fruits senzills n'hi havia prou i no hi deixarien cap ofrena metàl·lica com acostumaven a fer els grecs, que posaven una moneda a la boca del cadàver perquè el barquer Caront el transportés a través de la llacuna Estígia cap al regne dels morts. L'esperit d'Atabels només aspirava a ser transportat per la deessa-ocell. Hauria de vèncer el llop i el cap d'àguila que protegien la porta d'entrada al més enllà. La deessa de la mort prendria forma d'au i s'emportaria la seva ànima.

Basped havia inutilitzat l'espasa del jove, fent escalfar la fulla al caliu encès i doblegant-la i la va dipositar amb les altres pertinences.

En acabar van omplir el nínxol amb rocs i terra, el van cobrir amb una llosa i van anellar l'entorn amb còdols de riu. Més tard, quan la pira ja era apagada, els familiars que els havien acompanyat es van acomiadar d'Ekinar.

Durant nou dies i encara sis llunes més persistirien en les pregàries als déus. Ella portaria el seu fill al cor, lluny de la ciutat que l'havia vist néixer. Volia creure, com li havia dit Saratin, que l'ànima que no mor turmentada va a un món elevat per viure una vida feliç. En aquell moment, el sol va emergir entre els núvols, despartit en un feix de reflexos lumínics que li parlaven d'una realitat que no es podia copsar amb els sentits. Va sentir la presència serena que li inspirava la deessa. I el seu cor abaltit, aclaparat pel dolor, es va assossegar una mica.

45

Aquell vespre tots havien begut molt, excepte Nalbe, que arrossegava una tristesa èbria de per si. Tenia molt present la mort del seu amic Atabels i, mentre els altres guerrers aixecaven les gerres i engolien vi i cervesa amb fruïció, drets o reclinats sobre bancs amples de fusta, ell s'havia assegut en un catre, a tocar dels escuts. Sabent-se victoriosos, els seus companys menjaven un cabrit que havia estat cuinat sobre una gran brasa central. A cada mossec, engolien la millor cervesa d'ordi i blat amb aroma d'artemísia, fermentada en tines de roure que es buidaven aviat, perquè aquella beguda preuada no es conservava gaire temps. També van servir un vi grec tan fort que hauria fet tombar un bou semental. Ell tenia la boca de l'estómac tancada i el cor encès de ràbia.

Dos criats anaven abocant els craters, gerres de terrissa fina amb què servien el vi, imitant el costum dels grecs foceus. Tanmateix, ells seguien un ritual diferent: feien ablucions i acompanyaven la beguda amb carn i sang cuita. Nalbe va deixar que li omplissin el vas una i altra vegada, però només va prendre uns quants glops de cervesa. A cada ronda, llençava el líquid per una escletxa de ventilació que s'obria a la paret de la casa de Nabar.

Aquell dia celebraven la festa del déu llop. Era una festivitat per commemorar els combats que havien lliurat els homes de la tribu i per recordar la memòria de les gestes dels avantpassats que seguien vives en els relats de la gent: assalts, incursions per consolidar el territori, saqueigs contra tribus enemigues, combats atzarosos, lluites esgotadores, galopades nocturnes... Tot allò era recordat a través de la ingesta de carn i d'alcohol. Bevien i bevien fins que vomitaven fins i tot el calostre que havien mamat en néixer.

Binturke estava exultant, no parava d'alçar la gerra i cridar consignes de victòria. Uns quants guerrers l'havien començat a aclamar com a nou capitost, tot i que encara no ho era, i ell es mostrava d'allò més complagut.

Nalbe el va observar de reüll, desitjant-li la pitjor sort. Durant molta estona de silenci havia fet veure que acompanyava els guerrers en l'alegria desfermada, però estava perdut en pensaments.

Un moment, quan pel forat de la finestra va entrar un raig de lluna que va rebotar sobre els escuts, va recordar Dana, la noia que havia estimat, i va pensar també en Nisunin. Tant ell com Atabels no podien gaudir de l'amor. Ells dos n'havien parlat molts cops, de les seves promeses. Eren guerrers però necessitaven l'amor de la mateixa manera que els joncs necessiten aigua. La victòria de la lluita, el reconeixement del valor mostrat, els caps tallats dels enemics no eren suficients per als homes com ells. Els calia amor i no perdonaven la traïció, perquè oferien el seu compromís de manera sincera i no menyspreaven a qui els mostrava agraïment.

Binturke es va espolsar el cap. S'havia vessat una gerra de vi per sobre la cabellera i la va sacsejar com si fos un gos. Nalbe el va mirar amb fàstic. Aquell malànima era incapaç de sacrificar la vida en combat, com havia fet Atabels; això hauria estat una acció honorable. Però el fill del vell Nabar no semblava interessat per res més que no fos el poder que arriba amb facilitat. Si hagués pogut, en aquell moment Nalbe s'hauria llançat contra Binturke, però tenia les de perdre. Ja sabia com les gastava el fill de porca; fes el que fes, probablement aconseguiria el favor del seu pare, que ja no feia ni desfeia res. A ell, en canvi, si s'hi enfrontava, el castigarien a passar pel turment d'una espasa roenta, això si no el decapitaven.

A mesura que avançava la nit, els guerrers havien començat a caure abatuts de tan embriacs com anaven. Alguns s'estiraven sobre els catres que els servents havien disposat a la cambra, d'altres jeien per terra. Només uns pocs seien encara a les banquetes i continuaven bevent.

Binturke es va tornar a posar dret i va exclamar:

—Aixequeu-vos i aclameu el vostre cap!

A Nalbe li va semblar que veia un voltor assedegat que anava a xuclar la sang d'algun cadàver i no es va poder mossegar la boca.

—Traïdor! —va cridar serè.

Alguns guerrers van aixecar una cella, però devien estar tan beguts que el cos no els responia.

—Què dius, desgraciat? —La veu ferma de Binturke evidenciava que havia resistit prou bé la ingesta etílica.

Nalbe va veure com se li acostava i es va aixecar. Binturke tentinejava una mica.

—No fugis... Sé que malparles de mi als teus companys —li havia barrat el pas.

—Per culpa teva Atabels és mort —el va acusar Nalbe.

—Jo no l'he matat, ell mateix es va arriscar.

—El vas enviar a la mort. Sabies que seria fidel al teu pare i lluitaria fins al final... Ho vas fer perquè la volies a ella...

—Calla! —Per un instant, als ulls vermellosos de Binturke va semblar que guspirejava un reflex de súplica. Va començar a dir—: Jo apreciava el teu amic, però em va prendre Nisunin... Saps què vol dir, això? Però no li he desitjat la mort.

Mai no podria superar la celebritat ni la bona reputació del pare, això li havia dit sempre Gaunin: «Demostra que ets fill del guerrer més poderós, fes-te valer». Havia mamat aquell greuge de ben petit. «No t'assemblaràs al teu pare encara que t'hi esforcis, no li arribes a les soles de les sandàlies, au, ves, i porta trofeus que t'honorin». Quan encara tenia el cap clar, el seu pare, ja vell, l'havia advertit: «Si no adquireixes fama, el consell no et reconeixerà mai per a res de bo».

Nalbe es va atrevir a dir:

—No soc l'únic que sap que vas prendre el cap del capitost dels sordons, i tinc més testimonis —va mentir per protegir-se—, i demà ho sabran els homes del consell.

Binturke el va agafar per la túnica:

—T'acusaré de perjuri, ho perdràs tot i la teva família serà mal vista —va murmurar amenaçant.

En aquell moment, Nalbe es va sentir una punxada al braç. Binturke l'acabava de ferir; tenia un punyal a la mà i estava colèric.

—Faré que et desterrin! —va cridar gemegós, com si el vi l'hagués fet caure en un estat de fúria trista.

Nalbe va reaccionar i, en un gest reflex, li va clavar la fulla del ganivet al pit.

Binturke es va contorsionar, replegat sobre el ventre. Dos guerrers que havien begut menys es van aixecar, i un d'ells va cridar amb veu empastada:

—Ha ferit Binturke, agafeu-lo!

Nalbe es va mirar la rascada del braç, conscient que li calia anar de pressa i escapar-se, abans que se li tiressin al damunt i que el cos de guàrdia de Nabar es presentés per agafar-lo.

Havia pogut sortir per una portella que donava a la muralla i escalar després un mur, per saltar enmig d'un carreró. La foscor l'emparava i va córrer sota les ombres que la lluna minvant no arribava a desvelar. Ja dalt del carrer, va tustar a una porta.

46

—Senyora, senyora! —La veu apressada d'Ateranina la va treure del silenci que s'havia fet a l'estança—. Us porto una bona nova.

La dona havia entrat esperitada, amb aire de voler encalçar el vent. Ekinar va assenyalar-li un cap de banc.

—Seu i explica-m'ho.

—La sacerdotessa m'ha fet entrar a casa seva, us ho creieu o no.

—Ja és ben estrany.

—Ara us serveixo perquè vull, no em cal mentir.

—Vols dir que abans m'entabanaves? —La va esguardar amb ulls ferris. La duresa li va durar uns instants, només. Va mig somriure tan bon punt Ateranina plegà els braços sobre les cames i arrufà el nas, amb aquell rictus de dona sedassera, capaç d'ensumar com un gos llebrer els caus privats de les vides alienes.

—Voleu que us ho expliqui o no? Us consolarà una mica.

Ekinar va clissar-la amb desconfiança. No creia que pogués trobar consol en res.

—Què saps? —va dir, malgrat tot—. Què t'ha explicat, Saratin?

—El senglar és mort, senyora, l'ha matat aquell guerrer que us va venir a veure i que era amic del vostre fill.

—Nalbe? Oh, déus, el torturaran fins a la mort! —va exclamar Ekinar, compungida.

—No, senyora. L'amic del vostre fill va quedar malferit. Es va refugiar a casa de la sacerdotessa, i ella l'ha protegit d'amagat i l'ha curat. Es veu que Nalbe va actuar en legítima defensa, però igualment l'haurien condemnat... Al final, ha pogut fugir.

—Com és que no he sabut res de tot això fins ara?

—Recordeu l'altre dia que sonaven els corns i em vau preguntar què passava? Ni el vostre germà ni jo us hem volgut dir res perquè no patíssiu més... I això de Saratin és un secret... La sacerdotessa ha estat molt prudent, no us ha cridat per no despertar sospites i m'ha fet jurar silenci. Només us ho puc dir a vós...

—Bona una, tu, per callar —la seva mirada d'estilet va travessar Ateranina—. Què més t'ha dit?

—Ha aconseguit que el summe sacerdot ajudés el noi.

—Què? —Ekinar va torçar els llavis en una ganyota d'incredulitat—. Aquell mal representant dels déus?

—Us ho podeu ben creure. Korbis ha permès que Nalbe s'amagués dins el carruatge cerimonial per viatjar lluny.

—Com pot haver acceptat una cosa així?

—La sacerdotessa m'ha donat a entendre que sap coses del summe que no agradarien als homes del consell i que ella el podria descobrir, si volgués.

—I?

—Ja no sé res més —va dir Ateranina.

Ekinar va xiuxiuejar: «Almenys s'ha fet justícia». I per un instant, després de molts dies, al seu rostre va brillar la serenitat.

Només el record, que porta el registre de tots els fets, hauria pogut reproduir la trobada de Saratin amb Korbis, al temple gran. Ella s'havia encarat a l'home d'ombra repartida en un cos petit, ample d'espatlles, que recordava un déu Bes, petit i sorneguer, amb un cap rodanxó de lluna plena, a punt de fer un llangot sarcàstic. Li havia parlat amb acritud, que era el bé més preuat que ella posseïa perquè la respectessin els homes com Korbis: «El que sé us compromet». El rostre grisós de malastrugança del vell sacerdot havia pres un aire lasciu: «Només has vingut per esmolar la teva llengua llarga? Mira'm amb aquests ulls salvatges que esgarrapen, no dissimulis que tens sentiments. Podria fer-te agenollar». Però ella va anar a l'atac, com una lloba que protegeix els cadells: «Us puc acusar de traïdoria».

Era un fet greu haver-se posat de part del cosí del vell Nabar, que volia usurpar el poder del cap dels guerrers. Saratin tenia un testimoni fidedigne, la dona del cosí mort, que quedava ara protegida per un nou espòs ric i influent, i que hauria estat disposada a parlar. «Korbis, soc aquí per recordar-vos que heu de pagar una falta greu. La podeu redimir ajudant un jove que necessita fugir... No vull que matin cap altre innocent», havia dit tranquil·litzant el posat. Li calia guardar les formes, encara que ja sentís l'alegria interior de qui sap que ha reguanyat la partida.

47

Un home de confiança del sacerdot havia fet lloc a Nalbe dins el carruatge cerimonial, un vehicle de quatre rodes i més de deu peus de llargada, cobert per un tendal de lli blanc.

Korbis s'havia fet acompanyar per un cotxer que s'hauria deixat tallar la llengua abans de trair-lo. També va permetre que un guerrer fidel a Nalbe els protegís la rereguarda durant tot el viatge, perquè no descartaven cap atac imprevist. Malgrat que el territori estava vigilat, podien trobar algun lladre de camí que volgués assaltar-los, atret per un carruatge luxós que era del tot aprofitable: la cobertura de tela bona, les rodes d'eixos perfectes, les volutes de bronze repujat que adornaven cada angle de tendal i pertinences valuoses i envejables: monedes d'argent, estris de bronze brillant destinats a oficiar les cerimònies i un parell de gerres amb aliments.

A l'alba havien deixat enrere la ciutat d'Indika per seguir un camí que travessava les muntanyes de gavarreres i evitava el pas per la plana d'aiguamolls, en direcció a Kerunta. Un cop allà, a tocar el riu, van emprendre el camí cap a les terres del sud.

A cada pas de control, quan els guerrers veien el carruatge de Korbis, els deixaven pas franc. Nalbe s'amagava dins un bagul ple de túniques i robes de cerimònia, cohibit i insegur després de les primeres paraules que li havia dirigit el sacerdot:

—Sàpigues que no et tinc cap estima i que faig tot això a contracor.

—Senyor, jo no el vaig voler matar, ell es va abraonar contra mi.

—Era el fill de Nabar.

—Es va comportar com un traïdor amb Atabels.

Assegut al banc de fusta de roure, Korbis havia empetitit els ulls, la mirada fixa en un punt, com si rumiés la manera de saltar un barranc. Semblava forçat a donar una resposta que, tal vegada, l'enfrontava amb contradiccions enutjoses. Va quedar mut, com si reconegués que la traïdoria sol actuar en els homes ni que sigui un cop a la vida.

—Espero que els déus em perdonin, senyor —havia dit Nalbe.

—No demanis tant, tenen molta feina.

Una estona més tard van trobar un nou control de guàrdia enmig del camí.

—Belluga't, t'hi jugues el cap —va dir Korbis—. Puc dir que m'has assaltat, i et decapitaran segur.

—Per què m'ajudeu a fugir, si tant m'odieu?

—Hi ha preguntes que no es poden respondre, no t'ho han ensenyat mai, això?

Un cop més, van sortir del mal pas perquè Korbis es va acreditar com a sacerdot de la capital del territori.

Al llarg del trajecte alguns carros de transport de mercaderies, reconeixent el carruatge cerimonial, els deixaven pas fent-se a un costat del camí.

Korbis atiava el cotxer contínuament. Tenia pressa per arribar a Blanda, on havia de presidir la cerimònia fundacional de la casa d'un terratinent noble. Li caldria oficiar el sacrifici d'animals sobre els fonaments i fer-los enterrar sota les futures estances, perquè protegissin el lloc. Faria engalanar les banyes d'un cabró i l'immolaria juntament amb els cabrits i els xais que li portessin. Degollaria els animals davant de l'altar i recolliria la sang en una cassoleta, la sang amb què ell mateix arruixaria els fonaments, vestit amb un mantell amb banda de porpra, com un déu humà.

El paisatge havia anat canviant: de les terres baixes i la plana de joncs a muntanyes altes boscoses que permetien accedir a valls més elevades, envoltades per tots costats de serres boscoses que limitaven l'horitzó. En més d'una ocasió, s'havien alentit perquè ensopegaven algun mal tram de camí i la marxa es convertia en tot un rebombori de peülles i renills de cavalls.

Abans que la nit els aclaparés, van arribar a un establiment de camperols rics que els van rebre amb reverències. Nalbe es va tornar a fer invisible dormint dins el carruatge.

L'endemà van reprendre la marxa i, a mig matí, es trobaven a prop de la seva destinació.

—Mirarem de deixar-te en un lloc segur i t'espaviles —li havia dit el summe sacerdot.

El camí, a voltes fressat entre alzinars frondosos, s'havia fet menys costerut. Baixaven ara cap a una plana de camps de cereals i farratges, amb la visió del llogarret de Blanda al fons, i un braç de mar llunyà.

Van seguir avançant en direcció al sud per acostar-se a la riba del Tarn, que marcava els límits del territori indiketa, a tocar de la frontera amb el país dels laietans. Després d'enfilar una pujada que havia alentit la marxa del carruatge, el cotxer va obligar els cavalls a aturar-se en un paratge boscós, sobre un petit puig.

En aquell punt, Nalbe va sortir a l'estampida. Abans havia donat les gràcies al cotxer després d'acomiadar-se de Korbis, que amb prou feines se'l va mirar, com si es tragués de sobre una nosa. Al guerrer que els acompanyava, li havia demanat un favor:

—Pregunta per la casa dels oncles de Nisunin —li havia posat l'ullal de llop d'Atabels entre els dits—: mira de trobar-la i explica-li el que ha passat... Ho faria jo mateix, però no em puc arriscar que m'agafin.

Nalbe no va esperar que el carruatge s'allunyés. Havia arrencat a córrer per amagar-se enmig d'un bosc d'alzines. Més tard, va resseguir amb precaució la riba del Tarn, buscant la manera de travessar-lo i entrar a la terra dels laietans per un indret prou inaccessible, per no trobar guerrers que controlessin els límits. Riu amunt, va descobrir un rai de fusta vell que devia haver servit per navegar en aquelles aigües fluvials.

Es va fer un rem amb un tronc d'arbre mort que havia estat arrencat per alguna rierada i va esperar a la caiguda de la tarda per travessar a l'altra banda. Probablement l'acabarien fent captiu, però almenys no el decapitarien d'entrada. I si demostrava les seves habilitats amb les armes, potser li perdonarien l'esclavatge. Mentiria, diria que s'havia arruïnat al seu país i tenia tants deutes que havia decidit canviar de terra i començar una vida nova. Si tenia sort de trobar algun senyor que no fos malfiat en excés, intentaria guanyar-se la seva confiança i ser-li fidel, perquè l'emparés. D'aquella manera s'asseguraria que no l'expulsessin.

Quan ja fosquejava, va encalçar la nova terra.

48

A trenc d'alba, Basped l'esperava a l'est de l'estany, fora muralla. Els murs coronats per merlets de la ciutat de l'illa estaven embolcallats per una boira fina que emergia de l'aigua i s'escampava cap a l'altra riba, fins a tocar dels blocs de pedra de la muralla del puig. Les dues ciutats tot just començaven a despertar-se. A llevant, el barri del moll s'aixoplugava sota la rocalla muntanyosa, en una restinyera de cases pobres, totes amb estenedors de canya d'on penjaven xarxes i salabrets que servien per pescar anguiles. Bona part de la gent que vivia allà treballava en el taller de terrissa que estava instal·lat vora la ribera. Alguns buscaven les millors argiles i les depuraven mitjançant decantat, d'altres havien après l'art de tornejar el fang en torns de fusta; fabricaven àmfores i peces de terrissa difícils, que es tancaven amb coll i boca. En aquell lloc funcionaven també tres forns de terra cuita de planta circular i tir vertical amb doble cambra; a la inferior, cremaven les feixines de llenya i, a la superior, coïen recipients grans, sobretot àmfores i urnes que requerien un domini empíric del foc.

Més enllà encara hi havia uns quants safareigs on tenyien teles de lli i de llana. Les peces de roba es remullaven dins les aigües de colors —groc, vermell, negre i blau— en una visió cromàtica que contrastava amb les aigües brutes de la riba.

Ekinar freqüentava aquell barri quan li calia fer tenyir fil o roba per brodar. Havia apressat el pas pensant en la nit anterior, quan havia acomiadat tota la família, després de fer prometre a les seves nebodes que la visitarien a l'estiu.

Només d'arribar al moll, es va fixar en una barcassa carregada amb recipients, tota una restinyera de gerres i marmites tapades amb retalls de pell lligats amb cordills. Estaven ben assegurades per troncs de fusta. Devien transportar mel, segurament.

Va pensar en tot el que deixava enrere, ja sense recança, mentre el seu germà, les cames eixarrancades sobre el pont de fusta, l'ajudava a pujar en un dels dos navilis que la transportaria a ella i les seves pertinences fins a destí. Aquella nau feta amb quadernes lligades amb cordes i de fons planer, com totes les que recorrien les aigües estancades, tenia una gran vela horitzontal i quatre rems per banda, i anava carregada a vessar. Dos telers verticals sobresortien entre les caixes d'equipatge. Ekinar els havia escollit abans de repartir entre les nebodes bona part dels objectes amb què s'havia guanyat bé la vida fins aleshores i que li havien permès mantenir la riquesa familiar després de quedar vídua.

A partir d'aquell moment, seguiria dedicant-se a teixir només per a la seva germana Àmnia.

—Han prohibit fer transaccions i negocis com a senyal de dol durant nou dies i nou nits —va dir Basped. Ell mateix havia vist el cadàver de Binturke, que havia estat exposat durant tres dies a la casa del consell, abans que el cremessin. Molts nobles acompanyats per les seves dones havien passat a donar el condol al vell Nabar i a Gaunin.

Ekinar va imaginar com devia ser el dolor de Gaunin. Qui sap si tota la fúria hauria deixat pas al desconsol de mare. Per un instant, se'n va compadir una mica. Amb el pas dels dies el seu cor havia anat deixant caure el pes de la rancúnia i el desig de venjança. Tant de bo no hagués calgut que morís ningú, però, en certa manera, s'havia fet justícia.

—Arribarem bé? —va preguntar.

—Que no confies en mi? Aquesta nau està tipa de navegar per la costa i l'altra també —va somriure Basped. Tenia prou experiència per saber que, tot i que estaven preparades per navegar pel riu i les maresmes, aquelles barcasses podien solcar bé el mar, sense endinsar-s'hi gaire.

El seu germà li va fer lloc entre una arca de fusta de noguer i uns quants baguls plens de roba i teixits, que quedaven falcats per una desena de caixes. La més gran de totes contenia estris de teixir, agulles, punxons i cinc pintes d'os de les que servien per estrènyer els fils del teler, decorades amb filets de plata bona i amb una sanefa de línies ondulants, a més de tisores, ponderes i pesos de teler. A les altres hi havia enfonyat tota mena d'objectes, després de protegir-los amb palla i fulles de jonc. No hi faltava la vaixella decorada amb pintura blanca que Ekinar havia aconseguit tenir al llarg del temps, ni tampoc pintes, cinturons amb sivella de bronze, fíbules circulars o en forma de tambor i una capseta amb les joies que no perdria de vista on havia guardat les arracades d'or en forma de lluna del seu fill, uns quants collarets de plata i braçalets de denes de pasta de vidre de Nàucratis que li havia regalat el seu home.

L'hora era força tranquil·la, encara que al moll de l'illa hi havia almenys cinc barques amarrades i, a mesura que avancés el dia, començarien a arribar-ne i a marxar-ne d'altres, sempre carregades, per aprofitar el viatge de retorn. Si havien sortit replenes d'àmfores de cervesa d'ordi i saques de cereal, o bé amb estibes de garbes d'espart, tornarien amb àmfores de vi o d'oli grec. Farien trajectes cap a ports propers i, fos quin fos el carregament, no s'aventurarien a anar mar endins. «Som un poble que navega per aigües dolces», li havia sentit dir més d'un cop al seu germà, «no tenim experiència marinera».

—Sembla que tindrem bonança —va dir Basped—. He fet avisar Agató i la teva germana que arribarem a mig matí, si tot va bé.

Ekinar no havia sortit mai a navegar i el mar amb onatge li feia basarda. Anava abrigada, calçada amb sabates de cuir i protegida per un mantell de plecs molt amples amb vel, per si es girava vent fort.

Quan ja estava instal·lada a la barca, van arribar els quatre remers que havien de conduir-los fins a port. Eren homes de braços gruixuts com troncs, recoberts amb fang per evitar picades de mosquit, i amb els cabells lligats per una tira de cuir. De seguida que van tenir la barca desamarrada es van asseure a lloc per remar.

En sortir de l'estany Ekinar va contemplar amb una esgarrifança al cor les muralles de la ciutat de l'illa que es reflectien a les aigües tèrboles, allargant-se com ombres imponents. No va girar el cap per mirar la ciutat del puig, per por de no saber resistir l'emoció i que el seu germà se n'adonés.

Durant molta estona, després d'haver sortit de l'estany, havien franquejat aiguamolls fangosos. Dos dels remers, a cada costat de la barca, s'havien vist obligats a perxar amb pals llargs per no quedar entrapats en algun punt on l'aigua soma gairebé fregava la superfície. També els havia calgut esquivar unes quantes barques de pescadors d'anguiles. La manca de pluja dificultava el trajecte. Caldria esperar que la deessa mare fes aixecar el vent de llevant i els enviés núvols curulls de pluja.

Havien avançat penosament fins a arribar al riu i als aiguamolls més grans; a partir de llavors, va ser més fàcil prendre la direcció del mar, encara flanquejats per zones pantanoses, entre joncals on es criava una infinitat de mosquits que infectaven la gent amb febres dolentes. Per sort, l'hora matinal no els convidava a picar, però, pensant-hi, Ekinar es va relligar el vel sota el coll.

El sol ja era més alt a l'horitzó i il·luminava els joncs i les riberes d'un verd infinit que parlava de la fecundació constant de la terra a cada lustre, en cada cicle de vida. El sol que marcava la vida de l'espiga des que els camperols la sembraven en fileres fent clotets al sòl humit, enfonsant-hi el pal de fusta i deixant caure el gra perquè germinés. Ekinar va recordar la saviesa de la seva àvia. Aquell era el principi que regia el món: el gra penetra la terra, que es deixa fecundar. Després neix una petita tija que creix a redós del sol i de la lluna. Fins que grana i espiga per donar fruit i alimentar els homes, que encara serven una part de les llavors per tornar-les a plantar. «Heus aquí el cicle de la vida», es va dir.

Quan van arribar al mar, els homes van haver de remar a l'unísson, en batecs compassats, fent xocar les pales sobre la superfície aquàtica per encarar la barca al nord. De seguida van hissar la vela i, a partir d'aquell moment, la navegació es va fer més plàcida; les aigües estaven encalmades i bufava un vent suau que els empenyia en la bona direcció. Havien vorejat unes illes rocoses on alguns indiketes agosarats pescaven corall com el que lluïa a la fíbula d'Ekinar, encastat en una gota de sang presa, menstruada per la mar.

Basped va agrair en silenci que el vent del nord, furiós de mena i capaç de capgirar les naus, no hagués triat aquell dia per escampar la seva rauxa. Estava molt callat observant-ho tot; s'havia lligat un mantell sobre la túnica i, assegut en un travesser a proa, tenia l'aire tranquil de qui ha fet mil vegades un trajecte conegut.

Havien vorejat la costa abrupta, resseguint els penya-segats imponents que queien sobre el mar i petites cales rocoses on l'aigua era d'un blau transparent. En algun moment, els remers s'havien vist obligats a remar per redreçar la direcció, ja que les barques patien una mica de deriva, a causa de no tenir quilla.

Lluny d'ells, dins la mar oberta, navegaven barques

de pescadors i algun d'aquells *gauloi* o vaixells de càrrega rodons i panxuts.

De camí cap al nord-oest van deixar enrere un cap rocós ben retallat. Des d'allà havien navegat amb el vent de través; això havia obligat de nou els remers a redreçar la direcció i salvar el desviament per arribar al port emporità. Poc després, en un nou viratge, van veure la part nord de l'estuari, que destacava entre la ratlla clara dels sorrals i la verdor monòtona de la plana d'aiguamolls, i al fons, en un punt llunyà que clapejava al nord, la fortalesa de Rhode.

Basped s'havia aixecat per anar a seure al costat d'ella.

—Estàs bé, germana? Demà transportarem l'altra barca amb tot el que encara falta, no pateixis.

Ella va assentir amb el cap; tenia por de fer veu sorruda davant del seu germà i no li va sortir cap paraula.

A mesura que la barca avançava van deixar enrere una platja oberta al vent del nord on feien escala algunes barques de pescadors. Havien prosseguit cap a la costa, al mateix temps que es feia més clara la visió de la ciutat grega, el port atapeït de navilis, les torres principals de la muralla sobre la qual destacava el temple d'Asclepi i, a l'oest, l'antiga ciutat emmurallada sobre l'illa, amb el temple d'Àrtemis on Saratin havia rebut acolliment.

—Espero que puguem amarrar de seguida —va dir Basped.

Una estona més tard, arribaven a la boca del port. Una colla d'estibadors descarregaven mercaderies en el moll aixecat sobre la roca mare i, més enllà, mariners i pescadors preparaven ormeigs de pesca. Dins l'aire circulava una barreja profusa de flaires, sobretot d'olor de brea i de salnitre, i una fortor intensa de peix mig podrit.

Aquella ferum va despertar en Basped el record dels dipòsits on salaven tonyina i obtenien garum amb tripa de peix i espines fermentades sobre les quals, quan començaven a podrir-se, llançaven vinagre abans de posar-les en gerres grans de terrissa. Tota aquella producció de garum i de peix salat servia als emporitans per comerciar amb els romans. El seu cunyat Agató també se'n beneficiava, d'aquella mercaderia, tot i que no es refiava gaire dels estrangers romans, que semblaven més disposats a la guerra que al comerç.

Amb aquell record se'n va desencadenar un altre: el perfum que desprenia la bella Berenice, que ell havia revisitat no feia gaire.

Ekinar observava el seu germà i es va preguntar què devia estar pensant.

La barcassa havia deixat enrere la part nord del moll, on atracaven vaixells menors.

—Allà hi treballen calafaters i fusters de ribera —va dir Basped. Coneixia alguns d'aquells homes, els havia vist com armaven els bucs de les naus: després d'aconseguir corbar les quadernes amb un sistema de cordes, vestien l'esquelet de la nau, trepanaven fustes subjectant-les fermament, clavaven les peces del buc i cosien la carcassa. Més d'un cop havia observat com construïen les barques i, igual que el que havia vist a Indika, sempre li havia semblat un treball difícil. Els grecs emporitans construïen un pont amb bigues gruixudes i armaven el governable protegint-lo amb cistells de vímet, perquè la barca resistís millor el xoc de les onades. Els pals i les veles també eren més ferms que els de les naus indiketes, per poder aguantar els temporals.

Una dotzena de navilis grans esperaven mar endins l'hora d'amarrar al moll, descarregar el que duien i tornar a omplir-se de mercaderies per aprofitar el viatge.

Basped va donar ordres als remers perquè s'allunyessin de les grans naus i anessin en direcció a l'indret on ancoraven les barques més petites.

Va ser llavors que Ekinar va veure Agató al costat de la seva germana, que estava dreta sobre el moll de fusta, vestida amb una túnica de lli blanc cru, esvelta i fresca com un arbre de riu. Qui sap quan feia que eren allà, esperant-los. Àmnia somreia, encara massa lluny per veure-li bé les faccions que ella li coneixia: els ulls allargats, la pell més clara que la seva i una boca prima d'on sortien sempre les millors paraules.

Va donar gràcies a la deessa per haver-li donat una germana així.

Tot el que va passar després a la llar familiar que l'havia acollit només ho podria explicar ella mateixa.

49

(270 aC - 194 aC)

Anys més tard, Àmnia va guardar les cendres de la seva germana dins un *pelike* de ceràmica àtica molt bonic i, al costat, hi va dipositar la falcata de l'àvia Aiunin i unes quantes tessel·les de marbre, peces sobreres d'un mosaic que el seu home havia encarregat per decorar una de les cambres principals de la casa familiar d'Empòrion. També havia fet obrir una tercera tomba per deixar memòria d'aquella nena que no havia viscut, tal com desitjava Ekinar.

Els nebots i les nebodes van col·locar una vintena de fusaioles i ponderes dins la fossa mortuòria, perquè la deessa tingués constància de tot el que la seva tia havia arribat a teixir i la rebés gratament. Mentre Saratin alçava els braços iniciant una pregària i les herbes aromàtiques impregnaven l'aire amb alenades de perfum, Àmnia va demanar al cel que acollís l'esperit d'Ekinar, que havia acomplert una vida profitosa. Recolzada al braç de la seva neboda Ikeatin, es va obligar a recordar que la seva germana veuria la deessa i retrobaria el seu fill.

Àmnia s'havia amagat el collaret amb incrustacions de corall sota la túnica; era un record de la seva germana que no li esqueia lluir, perquè estava de dol. L'ocultaria als ulls de la gent, però no se'l trauria de sobre. Es va posar la mà al pit i, en algun moment, va mirar enlaire, per sobre les tombes i la muntanyeta de restes pètries. S'havia quedat immòbil, com si el seu cos, arrelat a la terra aspra, afermés l'equilibri. Es va veure des de dalt, tota vestida de negre, la cara blanca i jovenívola, els ulls cansats, a l'epicentre de l'escena. Una dona exposada al dolor que intentava consolar els altres. Es va enlairar encara més, a l'alçada dels núvols, en un viatge boirós, travessant distàncies impossibles. De tant en tant, la boira s'anava esvaint i, entre clariana i clariana, van aparèixer els fills del seu fill i de la seva filla i, més enllà, les imatges borroses dels nets i dels besnets que encara no coneixia...

Vuitanta anys més tard, els descendents d'Àmnia havien rebut els seus parents llunyans al cor d'Empòrion.

Era un dia d'hivern i un home jove va travessar el llindar d'una casa amb peristil.

—Egeu, els hem d'ajudar, són de la nostra família.

—Miraré què puc fer per ells, mare. Podrien anar a viure al poble indiketa, a tocar de la nostra ciutat, com molts dels qui s'hi han refugiat aquests dies...

—No vull que les passin magres, fill, estarien millor aquí, més a prop de nosaltres.

—S'han rebel·lat contra els romans i ho han perdut tot, ningú no els fiarà cap deute.

Els besnets de Basped s'havien vist obligats a deixar les seves cases i abandonar la ciutat d'Indika. La guerra entre cartaginesos i romans per aconseguir el domini de la Mediterrània havia complicat la situació fins a l'extrem. De bon principi, Roma havia aconseguit arravatar Sicília als de Cartago i l'havia convertit en la primera província romana, l'any 241 aC. Malgrat tot, els romans s'havien vist obligats a treballar de valent per fer front al poder naval dels cartaginesos, que era molt superior. En poc temps, havien incorporat ponts de setge a la proa dels bucs per poder abordar els enemics i entrenat les tropes fins a l'extenuació. Aquell esforç colossal els havia permès guanyar la batalla d'Agrigent. Més tard, l'any 226 aC, Roma i Cartago havien pactat el Tractat de l'Ebre en què els romans es comprometien a no traspassar el límit nord del curs del riu i, al seu torn, els cartaginesos s'avenien a no trepitjar les terres que quedaven a la banda sud.

—Què hauríem fet nosaltres, si un enemic ens prengués les nostres terres i volgués sotmetre'ns? —Amb mà ferma, la dona va enretirar-se una punta de vel rere l'orella. En cap moment havia deixat de mirar el seu fill amb uns ulls negres i escrutadors que espurnejaven sota el vel fi, del mateix color blauet que la túnica.

—Nosaltres no hi tenim cap responsabilitat, vam haver de preservar la ciutat fent-nos aliats de Roma... Com a mínim, podrem seguir comerciant i fent la nostra vida, els cartaginesos ens haurien trinxat.

Feia anys que els grecs foceus veien amb preocupació l'amenaça d'invasió dels cartaginesos. Aquella temença fundada havia empès els assentaments importants com Massàlia i, de retruc, Empòrion i Rhode, a aliar-se amb els romans per tal d'evitar l'envestida dels homes d'Anníbal, qui, després d'establir bases al sud de la península, havia pres la decisió d'atacar directament Roma travessant els Pirineus i els Alps. Això havia provocat el contraatac dels romans, el 218 aC. Empòrion va permetre llavors el desembarcament pacífic de les tropes romanes, un contingent important comandat per Gneu i Publi Corneli Escipió. Un cop instal·lat el campament fora de la ciutat, els romans havien pogut dominar tota la costa fins a l'Ebre i el sud de la península, amb la intenció de tallar el camí de retorn d'Anníbal cap al nord d'Àfrica i Cartago. Dotze anys més tard, un cop derrotat Anníbal, els cartaginesos havien estat expulsats d'Ibèria.

—Tenim pau, fill, però a quin preu? —va sospirar Aethra.

Egeu va aprimar la mirada i, a l'instant, una arruga se li va marcar entre els ulls, tibant-li lleugerament les entrades dels cabells al front, uns petits buits que, tot i la seva joventut, ja anunciaven els primers símptomes de calvície.

—Pagarem més tributs a la república de Roma i s'apropiaran del nom dels nostres déus, però ens respectaran com a ciutadans.

La pacificació aparent de la situació s'havia desfet ben aviat, com un miratge. La derrota infligida a Anníbal havia donat carta blanca als romans per afermar la conquesta de la península fins a convertir-la en un territori de províncies dependent de Roma. Calia només que els pobles indígenes se sotmetessin a la república i paguessin l'estipendi, un tribut prou alt. L'amenaça de ser dominats per un poble estranger que ja es veia a venir de feia temps s'havia convertit en realitat. Finalment, els pobles ibers s'havien acabat revoltant contra els romans.

—Els nostres parents indiketes van decidir prendre part en la rebel·lió, mare...

—Ells no, només són víctimes. Són els homes del consell, els qui es van revoltar i els que s'han vist obligats a anar claudicant.

—Els que tu aprecies han salvat la vida, mare, molts altres han mort...

—Maleïdes guerres! Aquest cònsol vell que fa cara de pomes agres hauria de tenir més pietat... Tant de bo la tramuntana hagués tombat les seves naus a alta mar!

Malgrat tot, el cònsol romà havia fondejat les naus en bon port. L'austeritat de Cató semblava posseir el tremp del millor ferro, forjat sobre el rigor, la senzillesa de vida i l'aferrament a la tradició que li havien donat fama d'home insubornable. Als trenta-sis anys ja s'havia guanyat el sobrenom de *censor* a Roma per la seva severitat. Tanmateix, havia acceptat dirigir la campanya a Hispània després de ser escollit per sorteig.

—És un home exigent fins i tot amb els seus, però hauria estat molt pitjor el jou de Cartago.

Egeu sabia fins a quin punt la batalla de Cató contra els revoltats s'havia cobrat víctimes entre els ibers. Les tropes romanes havien destruït la fortalesa de Rhode només d'arribar a la badia, perquè els indígenes revoltats l'ocupaven. Poc després, Cató havia aixecat un campament prop d'Empòrion, en un altiplà rere la ciutat des d'on podia controlar el port, la població indígena i el rerepaís. El cònsol havia entrenat els seus homes amb duresa extrema, obligant-los a practicar cops de mà i fer saqueigs sistemàtics sobre el territori enemic. Com que era temps de sega, havia aconseguit provisions suficients per a les seves tropes.

Al final, l'enfrontament havia tingut un resultat cruent: milers de guerrers ibers morts en una lluita en què els romans comptaven amb un exèrcit fort. Poques setmanes enrere, munts de cadàvers jeien sobre el camp de batalla, a unes tres mil passes del campament que l'exèrcit romà havia establert a Empòrion. Cames i braços amputats, arrencats del cos i escampats arreu en una estesa sangonosa; caps esclafats sota el trepig dels cavalls que havien combatut, esgotats per l'esforç, i una esbarriada d'espases i d'escuts abandonats a terra. El rostre de la mort i la desolació imprès a les cares funestes d'uns guerrers valerosos que ja havien traspassat i que miraven la mort amb ulls perduts. Uns guerrers que, fins i tot, havien inspirat respecte i temor entre els cartaginesos més ferotges.

—Però no tenen res... Al teu pare li hauria semblat bé ajudar-los... La meva mare m'explicava que la teva besàvia Àmnia va acollir una germana que va marxar d'Indika... Les desgràcies es repeteixen, fill, i la família és el primer de tot... Jo tinc prou plata estalviada perquè els nostres parents puguin aconseguir una casa senzilla i paguin els impostos al govern de la ciutat. Ja m'ho tornaran quan puguin, ells són comercians com tu, es poden guanyar la vida amb l'experiència que tenen, i a més, les seves dones teixeixen molt bé.

Amb prou feines els coneixia, però els faria confiança. El dia abans, acompanyada d'un servent, havia seguit un missatger fins a la porta principal de la muralla. Els d'Indika l'esperaven a fora: tres homes i tres dones joves. Dos d'ells i una de les dones van dir que eren besnets de Basped. Aquella dona tenia una retirada familiar i uns ulls d'argent viu negres com el sutge semblants als d'Aethra, i li va mostrar un plom gravat amb els noms familiars que es remuntaven als rebesavis. L'aspecte fatigat i trist dels parents va commoure Aethra.

—Parlaré amb un funcionari de confiança, mare, miraré si podem aconseguir que els eximeixin de la servitud i puguin viure a Empòrion pagant més tributs. Ho intentaré, però no t'asseguro res —va assentir Egeu.

—Vols dir Adras, l'estrateg?

—Sí, té bones influències entre els nobles de l'Assemblea.

A primera hora de la tarda, un bernat pescaire va sobrevolar l'estany. La ciutat d'Indika apareixia al cim del puig com un gegant amb peus de fang. L'altivesa antiga de les muralles havia pres un aire trist i moribund on el silenci s'escampava creant una sensació estranya d'abandonament. Una corrua de gent caminava fora muralla, amb carros replens de pertinences arrossegats per mules i ases. Els reblums de la càrrega deixaven veure àmfores mal falcades, teixits plegats a correcuita i saques de gra amuntegades que els permetrien sobreviure. Marxaven plegats com les darreres gotes d'una torrentada pel camí pedregós. Semblaven xaragalls d'aigua perduda que s'escola després de la pluja. Caminaven exhaustos i aplacats pel desànim.

Els indiketes més rics, que havien perdut les possessions i haurien de pagar tributs quantiosos als conqueridors romans, ja havien abandonat la ciutat feia dies deixant-la a mercè dels voltors. De manera que aquella corrua bigarrada estava formada per gent humil que arrossegava els peus entre els animals de càrrega i animals domèstics. Gossos, gats, porcs, xais, mules i ases. Molts havien pagat el preu de sobreviure sota la condició d'esclavatge.

El portal principal de la muralla havia estat tapiat abans que els guerrers marxessin a lluitar contra les tropes de Cató. La batalla havia estat terrible i el cap dels guerrers i molts indiketes hi havien mort. Després de la derrota, els qui quedaven a la ciutat van rebre una milícia romana que es va reunir amb alguns homes del consell per pactar la rendició de la ciutat. Els romans havien deixat que els familiars recollissin els cossos dels guerrers morts i els cremessin. Tanmateix, però, van imposar el dret de victòria i van ordenar que Indika, la capital, fos abandonada, igual que altres poblacions importants que havien participat en la revolta. A canvi, es van comprometre a respectar les vides dels qui quedaven i els van deixar refugiar en poblats propers o en llogarrets on tinguessin familiars o poguessin reprendre les obligacions que els permetrien pagar la submissió a la república.

Durant dies, els pobladors havien anat desallotjant les cases.

Aquella era la darrera comitiva de gent que, passant per una de les portes de la muralla que no estaven barrades, havia sortit de la ciutat. Rere d'ells, les rates s'havien començat a ensenyorir de l'indret, indiferents als caps tallats que penjaven dalt de les portes de les cases més nobles, i es passejaven per les cambres on feia anys havia caminat Binturke. Dues d'elles acabaven de rosegar una portella de fusta que reposava sota una llosa on dormia una caixa plena de monedes d'argent que ningú havia estat capaç de descobrir.

Sisena part

MÍNIA

50

Fins a la mitjanit ha estat rastrejant dades històriques sobre els antics pobladors. En un diccionari etimològic ha trobat que la paraula *undika*, en iberobasc, significaria «terra d'aiguamolls». Troba que és un nom escaient per a la capital dels ibers del nord, gens descartable, tenint en compte que la llegenda *untikesken* apareix en una moneda de bronze encunyada a la seca emporitana, després de la victòria del cònsol Cató.

Alguns autors romans com Livi van deixar escrit que hi havia una *oppidum* indígena a tocar d'Empòrion. Les descripcions sobre la situació d'aquesta població són contradictòries. D'una banda, afirmen que estava separada per un mur i juxtaposada a la muralla emporitana; d'altra banda, comenten que els murs de la ciutat grega donaven als camps. Per tant, l'emplaçament de la població indiketa propera a Empòrion avui dia encara és incert. En tot cas, es trobaria a la banda de ponent de la muralla grega o al nord de la ciutat romana, que, després de la conquesta, va eixamplar els murs per créixer i convertir-se en un centre comercial encara més important.

S'ha enfonsat a la cadira ergonòmica, amb la sensació d'haver acabat una recerca apassionant. El pas del temps dibuixa una corba llarguíssima que cap humà és capaç de capir en tota la seva dimensió.

Ekinar potser va tenir un ble de sort dins la desgràcia. Es va estalviar de veure la desfeta cruel que van viure els successors de la seva família. Ella també s'havia revoltat a la seva manera, però no li va caldre passar per aquells darrers esdeveniments ni veure com Indika s'apagava en l'oblit.

Probablement els besnets d'Àmnia devien ajudar els de Basped. Els d'Indika havien perdut les cases i les terres, i els d'Empòrion, no. Uns i altres eren de la mateixa sang i cap estranger els podia negar l'instint de germanor ni tampoc l'orgull de pertànyer a la mateixa tribu. Eren indiketes. *Undikesken.*

51

Quadern de notes

4 d'agost, 2018

Ja he gravat el document al disc de memòria. M'he acomiadat d'Ekinar, però la sento molt propera i present. Per una banda estic satisfeta d'haver acabat el relat; per l'altra, en canvi, em fa recança deixar-lo. Hi he dedicat prou hores, mirant de respondre els interrogants que plantegen les tres tombes i els objectes que les diferencien i tinc la sensació que he resolt amb encert alguns dubtes importants. És versemblant o, si més no, una hipòtesi gens descabellada, que Ekinar rebés el mateix tractament funerari que el seu fill. Hauria prevalgut el dret a ser enterrada amb els seus familiars a la necròpolis de la ciutat que l'havia vist néixer.

Vull pensar que he rescatat una altra dona noble de l'oblit. Segurament és una bestiesa, però ho sento així. Tant li fa que pertanyi a una època remota: em recorda la mare, l'àvia, la besàvia que ja no vaig conèixer... Els nostres arbres-espiga s'assemblen, els braços creixen arborats, el cor impulsa el batec, les cames ens arrelen. Busquem el sol, però les arrels burxen avall, s'entrellacen i ancoren terra endins. La nostra història es va teixint en una xarxa de filaments subterranis, atapeïda i ben tramada que, si es pogués seguir amb els ulls, es veuria tan extremament complexa com l'univers. Les hormones, la combinació dels cromosomes XX al parell 23, l'activació de capacitats cognitives a l'hemisferi dret, el flux menstrual i el cicle ovàric, el gresol de l'úter... La tendència a l'empatia, els rols assumits, la lluita per alliberar-nos-en... Els homes estimats, els amants passatgers, els fills, les filles, els vincles familiars, els naixements, les pèrdues. Una xarxa infinita d'experiències compartides de passat a present.

Ekinar viu tan lluny de mi i tan a prop... M'alegro de coses tan estranyes com el fet de pensar que es van complir les seves últimes voluntats.

8 d'agost, 2018

Per fi s'ha acabat l'excavació. Hem anat un pèl justos de temps per complir els terminis, però ja està tot: han quedat a la vista els fonaments de la torre d'homenatge del castell, protegits per una barana baixa. Les restes d'armes i els fragments de ceràmica estan tots ben classificats i he fet reconstruir les gerres de terrissa menys malmeses. Puc respirar tranquil·la pel que fa a la feina i, si no sorgeix cap entrebanc, espero que no, em podré permetre uns dies de vacances, un parell de setmanes a tot estirar. Ser autònoma té aquestes limitacions; tanmateix, necessito descansar. Penso fer un viatge que ressegueixi rutes iberes, és el que em ve més de gust. Ja sé que a l'agost hi ha massa gent a tot arreu i fa una xafogor insuportable, però al setembre m'hauré d'espavilar amb nous projectes. És ara que em puc concedir un temps de llibertat absoluta, i m'agradaria que l'Estel m'hi acompanyés.

Estic més recuperada anímicament, malgrat que encara hi ha hores negres en què el dolor bombeja dins meu i em retorna la fiblada del patiment. Estones amargues que formen part de la meva curació. Això vull pensar. D'altra banda, la sensació d'absència ja no em cou tant, s'ha mitigat una mica i no em tortura com al principi. Vaig convivint amb tot plegat, tot just surto del remolí que m'ha tingut atrapada durant aquests mesos. Em va bé tenir-ho present, així no perdo l'esperança ni em culpo d'anar massa lenta. M'ocupo de reconstruir la meva vida.

He pogut deixar els ansiolítics, estic farta de dopar-me i no me'n vull fer dependent. Em provocaven un mareig estrany i, a estones, ensopiment, pesantor al cap i un tremolor desagradable als braços i les cames. És molt frustrant sentir-me embolcallada de sensacions que no són meves, que m'impedeixen tornar al meu estat natural, a un benestar que vaig perdre però que conec. Tinc ganes de tornar a ser jo mateixa. M'he promès guanyar les tenebres que em fan ombra.

9 d'agost, 2018

Per fi. Avui he estat prou forta per fer el pas: he desmuntat l'habitació del nen. M'he passat el matí traslladant mobles, objectes i roba. El llitet plegat, els calaixos de la tauleta, els quadres amb imatges infantils, el ninot de peluix, llençolets i mantes, la roba de nadó... Ho he guardat tot al garatge de casa, les peces de roba protegides amb boletes de càmfora, dins l'armari que vaig fer restaurar fa poc. Encara no sé què en faré, de tot plegat... De moment quedarà endreçat. Em desprenc també d'una història que no ha pogut ser. De moment, no vull pensar en el futur, no em plantejo res. Només desitjo tenir-ho tot guardat i conservar-ho dins el cor. Sento que l'experiència que estic vivint forma part d'un aprenentatge i vull quedar-me amb el record d'un amor autèntic i entranyable que em conforta per dins.

Quan he acabat, m'he assegut davant el balcó del menjador mirant el jardí i he pres un vermut. Vull obsequiar-me amb plaers ínfims. M'estic preparant per tornar a sentir com s'encén dins meu el foc de viure i d'estimar.

Avui l'Estel m'ha dit: «A urgències estic sempre en contacte amb el dolor i les pors dels pacients. N'he vist morir algun, també, i sé de què parlo... Davant la mort, la vida pren un sentit més alt, la gent vol anar-se'n en pau. El dol és només una etapa de creixement, pren-t'ho així, vindrà un moment que sentiràs —d'una manera que no sabràs explicar— que hi ha alguna forma de transcendència».

Jo també vull creure que pertanyo a una existència que ens depassa, un cercle interminable que no puc entendre.

10 d'agost, 2018

Ja l'hi he dit. Al matí hem anat al far de Sant Sebastià. Estic millor i volia celebrar que he acabat la història d'Ekinar i la feina d'excavació, una doble coincidència que em tranquil·litza i m'anima. Hem passejat entre les restes del poblat ibèric de Sant Sebastià de la Guarda, just al costat de l'ermita i el far.

Després, pel caminet que voreja la muntanya, tot solcat d'arrels nerviüdes que fan d'escalons, hem vorejat el penya-segat. M'he repenjat a la barana de fusta, contemplant tot el que es veu des del cingle i, en mirar cap avall, he sentit vertigen. Només una bafarada de vertigen, però concentrada i intensa. Als nostres peus es dibuixava un salt mortal sobre les roques. És un panorama que impressiona: la costa abrupta, les pinedes espesses, els roquissers que cauen en picat sobre la mar oberta, punxeguts com agulles... Allà dalt sents la salabror que puja dels esquitxos d'ona que s'enfilen després de xocar contra el rocam.

He estès els braços, petrificada davant tanta bellesa. «L'antic poblat de Bekuro, avui dia Begur, queda allà darrere al nord —he dit—, i si anéssim en direcció al sud trobaríem el poblat de Castell a Palamós, el Fortim de Sant Feliu de Guíxols, l'Agulla de Pola a Tossa de Mar, el Puig de Castellet, Montbarbat, a prop de Blanes, el Turó Rodó a Lloret de Mar...».

Ens hem fet moltes fotos, unes quantes selfies*; he activat una aplicació que es dispara en mode ràfega, com una bateria: Cra-cra-cra-cra-cra-cra-cra-cra-cra... Amb cinquanta imatges seguides aconsegueixes alguna imatge bona. En una d'elles quedem emmarcades entre un pi i Llafranc al fons, esquitxat de cases blanques. «Potser és aquí on es trobava l'establiment grec de Cypsela. Qui sap si els que hi vivien el van abandonar segles més tard per anar a viure a Ermedàs, a tocar Palafrugell», m'he aventurat a dir. L'Estel ha estirat el coll per mirar on assenyalava. Li espurnejaven els ulls gris cobalt. «Tenim tanta història que no ens l'acabem», ha dit. M'ha semblat que estava exultant: «Estic contenta perquè veig que estàs millor».*

Li he dit que vull fer rutes iberes, primer a peu, per algun tram proper, d'Ullastret a Cruïlles, on el camí d'Empúries enllaçava amb la Via de la Ganga fins a Calonge, i prosseguir després cap a Madremanya, Sant Martí Vell i Celrà, resseguint el peu de les Gavarres fins a l'antiga Kerunta, el poblat ibèric de Sant Julià de Ramis que servia de pas de control i que va acabar donant nom a Gerunda, quan els romans van desplaçar-lo a un lloc de més fàcil accés. Des d'allà puc anar amb tren fins a Sils i continuar la ruta a peu per Maçanet de la Selva i Tordera.

També penso viatjar cap a l'interior, passar per l'Esquerda, a Roda de Ter, arribar als Vilars d'Arbeca de Lleida, una fortalesa dels ilergets, i seguir cap al sud. «M'agradaria que m'hi acompanyessis», li he proposat.

S'ha disparat fent preguntes i, al final, hem quedat que visitarem Burriac, a Cabrera de Mar, la ciutadella de Calafell, Banyeres del Penedès, Tarragona i les Terres de l'Ebre, fins al Matarranya.

Una estona més tard, aparcàvem al peu del massís del Montgrí. Com que anàvem ben calçades, hem emprès el camí vell d'Empúries que voreja la muntanya d'Ullà passant vora l'ermita de Santa Caterina. Feia un matí xardorós, però entre les ombres del camí m'ha semblat veure passar, feréstec i deforme, el bestiola de l'Ànima, que perviu a les pàgines de Solitud, *de Víctor Català.*

Tot seguit hem franquejat un tram mig ocult per la vegetació voraç fins a arribar a Bellcaire i Sobrestany, on el camí ressegueix sinuós la riba de l'antic estany. Hauríem pogut prosseguir fins a l'Escala per Torre Ferrana i, més enllà, reprendre entre carreteres en ziga-zaga un ramal del camí vell d'Empúries, a l'alçada de Vilanera, però feia massa calor.

Al final hem tornat a casa.

L'Estel s'ha enfonsat en una de les gandules que tinc al

jardí, jo en una altra; ens hem servit un cava nature ben fresc i hem brindat. «No sé què celebrem, però no et portaré la contrària».

En algun moment, m'ha clavat aquella mirada de fura que té: «Encara estàs en guerra amb el teu ex? Hauries de fer net d'aquesta història... Tu també reconeixes que li vas fallar una vegada, no?».

Ja. M'ha fet envermellir de vergonya i de ràbia, una mica de cada. Em sap greu que m'ho hagi recordat així, tan directament, perquè, quan confies un secret a una bona amiga no tan sols esperes que no l'expliqui a ningú, sinó que se'l reservi davant teu. No sé quina cara dec haver fet, però tinc clar que no vull estar ressentida amb l'Armand, de veritat. En tinc prou que ell accepti les condicions principals de la meva demanda. Ho vull deixar estar d'una punyetera vegada, em toca girar full.

52

L'ordinador d'en Magno llampegueja en un racó de taula, al magatzem del museu.

—No t'agradaria tenir un despatx? —L'Armand repassa d'un cop d'ull la visió que li ofereix la post de fusta on s'apilonen objectes desordenats: fragments de terrissa, safates amb restes de ceràmica, pinzells, fitxes desendreçades i pols dispersa on els àcars invisibles als ulls deuen campar al seu aire.

—M'agrada el treball de camp, ja ho saps; estic més a fora que aquí. —A l'altra banda de la taula, en Magno aparta una carpeta amb tapes de cartró negre.

—Que incòmodes que són, aquestes cadires. —L'Armand separa l'esquena del respatller recte, com si tingués por d'enrampar-se. Tot d'una deixa anar—: No tens whisky escocès? Té un regust de torrat de malta i fusta de roure que no te l'acabes...

—Amb una cervesa no fas? —somriu en Magno—. Ets un sibarita, tio.

—I tu, un avorrit que no fa honor al seu nom...

Ja suposava que no en tindries, però avui m'he deixat la petaca d'auxili a casa. —Torça la boca en un rictus sarcàstic.

—Vols dir que no en fas un gra massa?

—Em fa bé... Mai m'ha recat gastar-me els diners per tenir content el paladar. —Mentre parla, l'Armand inspecciona els ulls mig ensonyats del seu company.

—Ja arribes a ser hedonista...

En Magno s'aixeca. S'acosta a la nevera del magatzem. L'obre amb lentitud i extreu dues cerveses d'entre una restinyera de begudes ensucrades que s'amunteguen sobre una lleixa.

—En vols, sí o no?

—Si no tens res més...

L'Armand agafa una llauna de cervesa. Amb una punta de dit arrenca la pestanya d'obertura. En surt un reflux de bromera blanca i en beu un, dos glops. S'eixuga els llavis amb el dors de la mà. Fa el mateix que quan està excavant i necessita apagar la set.

—Què? Parlem de resultats d'anàlisis?

—Això mateix.

—Començo pel que és secundari, doncs: és impossible saber l'origen de les tessel·les de marbre blanc... Hi ha la possibilitat que provinguin d'Empúries, però en cap cas es podrà demostrar. En canvi, i ara ve el més important, es confirma el parentiu de mare i filla entre la criatura a qui pertany el fèmur i la dona de la segona tomba... I encara hi ha una altra coincidència: l'os de la nena es correspon amb les restes de la tomba que van aparèixer enterrades a la casa de la ciutat del puig.

—Això sí que és excepcional!

En Magno, fent ulls d'esperitat, clava un cop de puny sobre la taula que fa ballar les llaunes de cervesa.

Un gest ràpid de l'Armand impedeix que la seva caigui i es vessi.

—Se'ns confirma una hipòtesi ben estranya —prossegueix l'altre com si res—: la Mínia la va encertar.

S'instal·la en l'aire una tensió d'alt voltatge. L'Armand fa cara de pomes agres.

—No me l'anomenis, n'estic fart; ara vol trencar l'acord a què vam arribar.

—Jo no em vull ficar a la teva vida, però no creus que t'has passat una mica amb ella?

L'Armand arrufa les celles. Hi torna a haver un silenci llarg, ple de tensió continguda.

—T'asseguro que no m'ho ha posat fàcil, hòstia... —reprèn l'Armand amb la mirada interrogant d'algú que se sap incomprès—. Et penses que no em sap greu haver perdut un fill?

En Magno estreny els braços, els ulls li brillen compungits.

—Ho sento; jo no dic això, home.

—Ella ha canviat molt... No era així fins que es va obsessionar per ser mare.

L'Armand serra els llavis mentre dibuixa un record de la Mínia de qui es va enamorar al principi. Lliure, sensual, afectuosa. La Mínia que es deixa guiar per l'astúcia impagable de la intuïció. Sempre enriolada i feliç, amb aquella bellesa subtil que li acompanya els gestos i la tossuderia que la fa discutir fins al límit. La Mínia amb qui va compartir xerrameca sobre les coses que els interessen: l'art, l'excavació de restes arqueològiques, el gust per la bona vida... En el sexe, ella s'estremia amb un rictus de nena trapella adorable, la cara enfonsada enmig de la cabellera abundant, vermella com una cirereta.

Un nou silenci espolsa el record que ha acabat de sorgir.

—Jo no l'he enganyada mai... Mira, tinc quinze anys més que ella i ja no pensava tenir fills —prossegueix—. Ho vaig acceptar per ella... Al final, m'ha fet sentir com si estiguéssim en temps de descompte, a la recta final del partit... Quan va quedar embarassada es va tornar freda com el gel àrtic i va continuar així fins a l'últim moment. No cardàvem ni per casualitat, ni una fel·lació compassiva...

Li revé el programa: primer toca follar cada vegada que la Mínia ovula, com si ell fos una màquina. Després, queda embarassada i la situació es capgira: el metge li prescriu llit i ella té tanta por de perdre la criatura que ni la toquis, que ha de fer repòs absolut.

—He hagut de prendre molta paciència, no et pensis, li he aguantat el mal humor i respectat els silencis...

—Entenc que tens les teves raons —diu en Magno— però admet que t'has passat, collons.

—Tu no saps res de... Ella me la va fotre primer amb un altre, un antic nòvio... Fa anys, d'això. No t'ho havia dit mai, tu no ho sabies... Quan vam tenir la primera crisi, es va tornar a enrotllar amb aquell tio hippiós. Encara no entenc què li va veure... Sí, es coneixien d'abans, però i què? Em va saber molt de greu que aquell cabró s'interposés entre nosaltres dos i que la Mínia em digués que n'estava enamorada. Em vaig sentir un cornut i un cràpula... Jo estava enamorat d'ella encara i, quan em va dir que aquella història estava acabada i que ens donéssim una segona oportunitat, em vaig avenir a reprendre la relació. A més, jo no l'he deixat tirada, ens hem separat de mutu acord.

—Tio, no en tenia ni idea... Però això no treu que et pugui dir el que penso: acabes de trencar una relació i vas i t'emmerdes amb una noieta que podria ser la teva filla.

L'Armand s'apuntala a la cadira, a punt de sortir disparat.

—Qui... Qui t'ho ha dit? —Corruga el front i se li marquen les arrugues d'home granat—. Mira, no em donis lliçons, no penso amargar-me... Quin mal hi ha que surti amb una noia jove? Ho dius com si fos una barbaritat.

En Magno inspira amb força:

—T'ho havia de dir, no vull que li facis mal.

—No fotis, hòstia, tu ja em coneixes, tan mala persona em veus? Per què cony t'hi fiques? És la meva vida, no?

—Conec molt la tia de la Noa. Sí, sé que es diu Noa —afirma contundent mentre fita l'Armand amb fermesa—, i podria ser la teva filla.

—Càgon la puta! —exclama l'Armand. Una rafegada de ràbia li encén els ulls—. Jo no he forçat res i et juro que a la més mínima me n'allunyaria... Soc un home separat i aquesta noia és major d'edat i hi ha consentit.

La Noa és molt jove. I la joventut té força per fer caure el pragmatisme d'un adult, per retornar-lo al terreny del desig instintiu, per guanyar-li el seny amb la rauxa agosarada de qui tot just es descobreix en el sexe, de qui enarbora encara la innocència primerenca davant les atzagaiades que vindran al llarg de la vida.

Una calma tensa s'instal·la entre ells dos. En Magno s'empassa un glop de cervesa.

—M'he sentit molt sol, ho pots entendre? —diu l'Armand—. Les he passat molt putes... Te'n recordes del dia que em vas venir a buscar per treure'm de casa?

Mesos enrere, en Magno s'havia presentat al xalet i se l'havia endut a caminar: «Anem». Van avançar l'un al costat de l'altre, en silenci, durant quatre hores, fins que el va abordar: «Parlem o què?».

—Aquell dia vaig ser conscient de la situació, vaig entendre que no em podria aproximar mai més a la Mínia, estava massa dolguda i separar-nos era l'única sortida possible. Soc un home lliure i no ho sé fer millor. Sé que la relació amb aquesta noia té data de caducitat, però només vull viure-la. Vull sentir-me bé, estar bé, hòstia...

—Per això folles amb ella?

—Collons, Magno, ni m'ho plantejo... Em resisteixo a ser un vell prematur, un home fracassat, ple d'agror i de mal humor.

La Noa és una bomba. Traspua erotisme, la sensualitat li regalima fins i tot de sota les aixelles. És una qüestió gairebé química: la testosterona segregada pels testicles actua, les cèl·lules del cervell produeixen dopamina i provoquen l'erecció. Quan es descarrega sent plaer, alhora que allibera grans dosis d'oxitocina i d'adrenalina. L'asma desapareix. El cor i la respiració se li acceleren, sua i enfonsa el cap sobre el pit tou de la noia. Abans, l'ha feta gemegar satisfeta. Probablement el coit no és un fet que es pugui analitzar de manera estrictament biològica, tal com ells dos acostumen a fer quan examinen materials arqueològics. El desig existeix també en el tacte i la mirada, en la sensació de sentir bullir la sang d'una dona quan es té a sota.

—Et juro que m'apartaré d'ella, si cal, però no em demanis que ho faci ara mateix... Admeto que he fallat en moltes coses... La Mínia, vull que estigui bé i acceptaré les condicions que vol afegir a l'acord. Li donaré el cotxe i la vull compensar perquè assumeixi més fàcilment la part d'hipoteca del xalet que queda pendent.

En Magno assenteix.

—Sempre he sigut fidel a mi mateix, i ara necessitava un revulsiu. No estic enganyant a ningú i tinc vida al davant. M'agrada el sexe, la bona teca i el bon beure... Què hi ha de mal, en això?

—Deixem estar el tema —diu en Magno. La veu li surt com un lladruc apagat que el retorna al posat tranquil de sempre.

L'Armand s'arrepapa a la cadira. Escura el dit de cervesa que queda al fons del got amb fruïció, com si fos whisky escocès.

53

Quadern de notes

16 d'agost, 2018

El comentari que em va fer l'Estel l'altre dia em va doldre molt. Sé que ho he d'assumir, té raó. No soc perfecta, cometo errors i tinc les meves contradiccions.

L'Iu va ser el meu primer nòvio. Ens portem tres anys de diferència, a favor d'ell, i vam sortir junts quinze mesos. Va irrompre a la meva vida amb una força inesperada. Jo tenia vint-i-sis anys, en aquell moment. Me'n vaig enamorar, el trobava diferent dels altres nois, més madur, de ment oberta i molt lliure. Em refereixo que feia una vida independent, no creia en les relacions per sempre ni volia lligar-se a res. Tenia la mateixa llicenciatura que jo, però havia escollit viure al seu aire. Canviava sovint de domicili i portava de cap viatjar, encara que no tingués gaires diners. Normalment se sortia amb la seva, d'alguna manera, perquè té prou capacitat per fer negocis. Se sap espavilar i, al principi, s'havia buscat la vida aquí i allà, amb feines esporàdiques i venent els quadres que pinta de manera amateur en mercats artístics. A l'època que ens vam conèixer havia obert un bar amb un soci amic seu i hi exposava pintures impressionistes, acrílics i olis de colors vius i impactants.

Jo era una jove perfeccionista, ho jutjava tot amb una vara de mesurar molt rigorosa, una mica deformada per la cultura acadèmica que he rebut i influenciada pel patró d'exigència que em va imposar el meu pare des de petita. L'Iu, en canvi, té el do de l'adaptabilitat i de la impermanència i, en aquell moment, es va encarregar de trencar la cuirassa d'imparcialitat que jo acostumava a mantenir, basant-me en l'observació i la pràctica dels fets. «No existeix res perenne, estem mal educats», recordo que em va dir. «El canvi és constant però fa por a molta gent».

Vam ser intensament feliços durant uns mesos. Jo estava penjada de la relació. L'Iu és dels qui es mouen per pulsió; tot ell era una sorpresa, un foc que s'anava encenent dins meu. Se'ns barrejaven olors, tacte, passió i també amistat. El nivell d'atracció que jo sentia per ell era molt alt i, com que tendeixo a aferrar-me al que m'agrada, no vaig encaixar bé que em deixés per anar-se'n a voltar món.

D'un dia per l'altre, va vendre la part de negoci que li pertocava al seu soci i em va dir que marxava a Suècia per una temporada, a provar sort amb la pintura. Com que parlava bé l'anglès, de bon principi s'espavilaria per sobreviure, ni que calgués fer de cambrer i, a més, aprendria suec.

Vull pensar que aquella circumstància va ser un aprenentatge per a mi, una oportunitat per deixar anar, per no agafar-me al ferro roent de cap rutina, de cap estabilitat preconcebuda. Però em va costar pair que fos ell qui decidís trencar i que m'ho digués sense filtres, mentre la decepció esborrava en mi les il·lusions que m'havia fet de manera inconscient, malgrat totes les meves prevencions i el meu tarannà solitari.

Durant un parell d'anys la feina va ser la meva taula de salvació, un rai on surar per les aigües del dia a dia, una motivació fidel que em permetia concentrar-me de manera exclusiva i projectar les meves dèries i satisfaccions en coses concretes i immediates. Més endavant, al llindar dels trenta anys, vaig conèixer un empresari turístic, un home atractiu i força ric, que afalagava el meu costat més banal i acomodat. Vam mantenir una aventura passatgera, perquè de seguida me'n vaig cansar.

Vaig tardar molt de temps a embolicar-me seriosament amb algú. Simplement vivia dedicada a la feina. Treballava amb tota la intensitat i l'aviciament possible.

L'Armand va aparèixer més tard. Va sorgir tot d'una i em va impactar, com un alè d'aire que d'alguna manera reconeixes. Era el professor de to erudit que sempre m'havia agradat escoltar, un home força més gran que jo, de posat presumptuós fins a cert punt i de paraula atractiva. Vam fer amistat. Jo no n'estava enamorada, però la nostra conversa cordial va acabar al llit, com una fatalitat inevitable.

Vam viure com a parella de fet durant set anys, fins que vam decidir trencar la relació de mutu acord. No pas perquè s'hagués fos la química, per emprar una expressió banal i abstracta que no se sap ben bé què significa, sinó perquè teníem projectes de vida diferents: jo volia fills i ell no. M'enganyaria, però, si digués que ens vam allunyar només per aquesta causa.

Mesos abans de separar-nos, vaig tenir un ensurt gros a la carretera.

Recordo perfectament que jo estava baixa de moral, ha-

víem discutit amb l'Armand i, abans d'agafar el cotxe vaig pensar: «Quina merda de vida, no sé què estic fent». Tinc gravat aquell pensament perquè estava en crisi, m'havia apuntat a un curs de programació neurolingüística i a estones practicava l'autoobservació. El professor ens havia dit en algun moment: «Recuperem un concepte oblidat, el filòsof romà Marc Aureli va deixar escrit que la felicitat de la teva vida depèn de la qualitat dels teus pensaments. Observeu quins són els vostres».

Aquell dia vaig sortir d'un estop sense mirar. Venia un cotxe embalat per l'esquerra. Vam estar a punt de xocar, gairebé era inevitable, però l'altre automòbil va renillar en una frenada espectacular, fins a engolfar el carril oposat i aturar-se en sec, vora una tanca metàl·lica protectora, just a l'altra banda de la carretera. Va ser qüestió de segons. Per sort no hi havia trànsit. Jo tenia el peu clavat al fre, el morro del cotxe fora el senyal de circulació El cor em bategava a mil pulsacions i vaig veure venir l'altre conductor, els braços aixecats, increpant-me. Estava atuïda i, sense sortir de dins el cotxe, vaig ajuntar les mans demanant disculpes.

Poc després, l'expressió ens va canviar a tots dos. Ens vam reconèixer. «Ens podíem haver matat, sempre condueixes així?», va dir l'Iu. I jo: «Disculpa, disculpa, ho sento molt, no t'he vist, de debò...». El nostre espant va deixar pas a un somriure lleuger de compassió que en el fons volia amagar fins a qui punt m'avergonyia de la meva distracció.

Retrobar l'Iu em va impulsar de nou. L'endemà vaig anar al port de Palamós. «Et presento casa meva, visc aquí dins», em va dir. Tenia un veler força gran, amb un buc afuat i un pal on s'hissaven veles altes. A la popa brillava un nom pintat en lletres negres: CAPITÀ MARLOW, *en majúscula i inclina-*

des. «Últimament m'he aficionat a la lectura, m'agrada molt Joseph Conrad, saps? Has llegit El cor de les tenebres*? Em va impactar tant que, com que havia de rebatejar el veler, m'ha semblat un nom adequat... Soc una mica com el protagonista, molt crític amb una economia que es basa en l'explotació salvatge...». Va parlar l'Iu més autèntic, el que em feia vibrar.*

L'interior del veler era de fusta envernissada i s'hi podia viure amb una certa comoditat, la més essencial. De seguida ho veies tot: una cabina prou àmplia, un petit saló amb sofàs estrets i una taula plegable, un lavabo, una cuineta de petroli i un matalàs en forma de punta encaixat a la proa, a tall de llit. «Estic bé, fins i tot tinc wifi... Vull posar dues plaques solars i un aerogenerador, perquè el veler s'autoabasteixi d'energia».

M'agradava aquella casa cargol, era una síntesi de la vida. «Un espai reduït com aquest t'obliga a tenir només allò que és estrictament necessari. Et quedes amb el que és fonamental, ets més lliure; a més, estalvies», va comentar l'Iu, «em provoca més claustrofòbia un bloc de pisos que dormir en un vaixell».

També va dir que allò nostre no era casual sinó causal, que jo i ell estàvem fets per trobar-nos fora del circuit habitual, i em va acariciar els llavis. Jo no em vaig saber contenir; la flaquesa del moment em va encetar un tremolor a la veu i ens vam abraçar com si només hagués passat un dia des de l'última vegada. Vam quedar enredats en un cabdell embolicat.

Recordo una tarda d'estiu que havíem amarrat el veler a tocar d'una cala deserta i vam nedar fins a una balma rocosa. Em vaig desbocar, perquè tinc una manera de ser que, quan començo el joc eròtic, no sé parar, perdo la voluntat de dir prou, de saber recular. Aquell dia em vaig deixar anar sexualment com mai ho havia fet.

Amb l'Armand llavors ja no fèiem vida en comú, però cap

dels dos era capaç de posar les cartes sobre la taula i plantejar clarament la separació. Durant unes setmanes, poques, em vaig mantenir en aquella situació tan incòmoda, que em feia sentir culpable, fins que ens vam separar. Des de feia temps el mal ja era inevitable i, en un primer moment, la raó principal que vaig esgrimir va ser la maternitat. Més tard, l'Armand ho va acabar sabent tot per boca meva. Vam discutir de valent i jo vaig entomar la part de responsabilitat que em pertocava. No tenia intenció d'enganyar-lo, m'havia inhibit per no fer-li més mal, però li devia una explicació i no volia que ho sabés de manera fortuïta, perquè no s'ho mereixia.

Vaig aparcar llavors el meu instint maternal. En aquell moment no volia pensar-hi. L'Iu mai no m'havia promès res. «No vull fer plans a llarg termini, ja em coneixes, de moment visc aquí, estic venent productes de segona mà per internet, objectes de nàutica, mobles redecorats que trobo als mercats... M'he creat un web i vaig fent...». En aquell moment no pintava gaires quadres, només per a algun client que el coneixia i l'hi demanava expressament. Havia redirigit la seva creativitat, li agradava cuidar el veler, «soc un manetes, ara he tornat a envernissar l'interior». Llegia i navegava per la costa els dies que podia.

M'agradava retrobar-lo al vaixell. M'hi vaig enganxar com a una droga. Gemegava llargament, els ulls tancats, com si somiés, i el meu cos es tornava tou com la molsa. Fèiem l'amor bressolats pel vaivé suau de l'aigua del port. I després, quan sortia fora, amb la cara encesa d'haver-me rebolcat al llit, veia el cel net i sentia una calma molt difícil de trobar enmig d'una ciutat o, fins i tot, en una vila tranquil·la. En aquell moment, el pis que havia llogat als afores de Girona era força més sorollós.

No sé si em vaig arribar a reenamorar de l'Iu, m'ho vaig prendre com una experiència que havia de viure, i em vaig deixar sentir per primera vegada, sense càlculs mentals ni fer-me pel·lícules sobre si allò nostre duraria o no. Em vaig permetre seguir-li el joc, ja era prou madura per poder-ho fer. M'havia preparat per ser fidel a mi mateixa i, quan vaig començar a sentir que necessitava una altra cosa i ja no estava disposada a mantenir una itinerància de trobades esporàdiques que no em portava enlloc, que m'estava fent mal, el vaig deixar. Abans que l'Iu se'n cansés —no sé si hauria estat així ni ho sabré mai—, me'n vaig acomiadar jo primer. Aquesta vegada sense concessions. Vaig posar la distància que havia après a fabricar en tots aquells anys.

Érem a principis del 2015. A la primavera va reaparèixer l'Armand. Encara m'estimava, va dir, i em va venir al darrere per tornar a estar junts; estava disposat a recórrer un nou tram de vida amb mi.

54

Quadern de notes

2 de setembre, 2018

S'han acabat les vacances, hem passat quinze dies extraordinaris seguint rutes iberes. Bona part del viatge hem fet estada en cases rurals i hostals senzills, nets i d'ambient agradable.

A Calafell ens vam fer una idea molt clara de com era la ciutadella ibèrica més important de la tribu dels cossetans. L'antiga muralla està reconstruïda aprofitant les restes que es van trobar en el seu moment, però també es veu perfectament com va anar canviant la fortificació des del segle v aC, l'època en què es va aixecar el Partenó d'Atenes. L'antiga ciutadella, flanquejada ara per construccions i carreteres, és un testimoni d'un paisatge gairebé extingit: torrents i rieres entre aiguamolls abundants i rics, com els de l'antiga Indika, on hi devia haver abundància de peix i d'aus al llarg de l'any.

Les terres de l'Ebre també són meravelloses. Miris on miris, veus els ports de Beseit imponents al fons. Hem viatjat per la comarca del Matarranya, prenent la Fresneda com a punt central, amb radis repartits on es dibuixen poblats ibèrics i coves sagrades, envoltats d'olivers, vinyes, presseguers i ametlers, com diuen allà. Des de Vall-de-roures, que era el nostre punt d'avituallament, vam emprendre primer la ruta de Queretes i Massalió; després cap a Torre del Comte, per una carretera estreta i mal senyalitzada. El paisatge cada vegada es torna més sec, amb camps d'ametllers ben cultivats sense un bri d'herba. Un dia vam pujar en direcció a Calaceit, cap a poblats ibèrics petits com la Torre Cremada, el Tossal Montañés i el Tossal Redó... Hi ha molts túmuls funeraris de pedra de forma circular que em tenen el cor robat.

Finalment vam visitar el poblat ibèric dels Castellans, el de Sant Antoni i l'ermita de Sant Cristòfol, des d'on hi ha unes vistes espectaculars de tota la comarca.

Cada nit sopàvem a tocar del pont gòtic de Vall-de-roures, que s'aixeca elegant sobre el riu Matarranya. Hem fet un munt de fotos, assegudes al pont, amb el portal de Sant Roc, el fons petri del castell palau i l'església de Santa Maria la Major al fons... Quants bons records que guardem d'aquest viatge...

4 de setembre, 2018

He acceptat el Volvo de l'Armand, ja el tinc; gairebé és nou i m'hi sento segura. El vaig anar a recollir ahir al taller mecànic. Reconec que m'anirà molt bé per encarar els viatges de feina que m'esperen només de començar la tardor.

Encara arrossego una mica d'insomni, però els símptomes d'estrès s'han anat esvaint i estic molt més animada. Trio viure, i no tinc temps per perdre en rancúnies ni retrets. He llegit que les cèl·lules s'obren i es tanquen set vegades per segon; no ho fan al mateix temps, però sí de manera coordinada. Deu ser una forma de coherència invisible. De fet, som energia condensada en un cos. Paquets d'energia. Quina cola uneix els àtoms? Què integra les nostres múltiples contradiccions en una sola persona? El cervell? L'ànima? La professora de ioga diu que a través de la meditació s'activen les ones gamma, de quaranta a cent herzis, i això provoca un estat de benestar on no funciona la llei de l'atzar que va formular Heisenberg ni tampoc la de Murphy. S'aguditzen els sentits, la memòria, l'autocontrol, la calma interior. He experimentat tot això en moments de generositat i d'amor, i només que pensi en el meu fill em converteixo en una gota de pluja, allargada per dalt i arrodonida per baix, que cau per la galta d'un oceà. Des que puc ser pluja em sento força millor.

Els diumenges que l'Estel no té guàrdia esmorzem juntes. Seiem al jardí, amb la porta oberta, i esperem el borbolleig de la cafetera al foc de la cuina. Aquests dies s'està llegint el meu relat i a estones parlem sobre el que he escrit. Les nostres converses giren a l'entorn de la simbologia que ens agrada: el pa, la torxa, el corn de l'abundància de la deessa Demèter, que fa néixer la primavera cada any, quan treu la filla de l'infern; la unió entre l'inframon, el món visible de tres dimensions i el món celestial; l'univers i la possibilitat que existeixin altres dimensions, a més d'altres galàxies habitades... Compartim especulacions, alguns coneixements que hem après i tot el que encara ignorem i traginem amb nosaltres com una mancança irreparable. Trepitgem terrenys íntims.

L'Estel juga a disfressar el seu coneixement. Avui m'ha dit: «Saps per què em vaig fer infermera? Per donar consells que jo no m'aplico».

És tremenda. La conec prou bé per saber que té raons més profundes que amaga per pudor. Igual que jo, no accepta que el sofriment sigui estrictament necessari per canviar algunes actituds de vida, per créixer i no quedar-se encallat en el victimisme. Sé que ella també ha necessitat algun revulsiu dolorós per poder reaccionar a situacions insostenibles, com la que ha viscut amb el cirurgià cardiòleg que està casat amb una doctora.

Fins fa poc treballaven a la mateixa planta. L'Estel feia substitucions al quiròfan, amb un bon equip d'infermeres, ajudants quirúrgics i anestesistes. Amb el cirurgià, van començar creuant mirades, protegits per la mascareta, que dona una imatge d'higiene màxima. Ja me la imagino, amb els guants i la bata d'un sol ús inflada com un globus i aquelles bosses tapasabates tan incòmodes... Devien dissimular la pressa, tots dos... Jugaven a llegir-se els ulls. Els veig. Veig la barreja de desig i de curiositat que proporciona la dosi justa de narcòtic. Els seus companys d'equip se'n devien adonar en algun moment, però ningú va dir res, esclar. Als quiròfans sempre hi fa fred, però el desig crema per dins i qualsevol llambregada pot acabar en un incendi. El metge cirurgià... Un dia l'Estel em va confessar que ja sabia que, si es deixava tocar per ell, podia perdre una virginitat més important que la física, la del cor. Però va sucumbir, com jo amb l'Iu.

Es van trobar als vestidors de les infermeres. Tal com és ella, li devia ser igual ficar-se en un embolic i va deixar que ell li airegés la bata i l'arraconés a la paret.

«Saps, però, quan vaig decidir que allò no estava bé?», em va confessar l'altre dia, «quan vaig conèixer la seva dona. Vam coincidir en una xerrada informativa. És una metgessa guapa, esvelta i simpàtica, i parla sense gens d'altivesa. Em va semblar una bellíssima persona... Aquell dia vaig entendre que ell

no la deixaria mai… Quan li vaig plantejar que no podíem continuar d'aquella manera, ell es va fer el distret i va buscar excuses per no perdre'm. Va dir que em volia seguir tenint. Però jo no soc de ningú i he de ser honesta amb mi mateixa. Cap plaer em compensa del sentiment d'estar faltant a la meva consciència. Per això el vaig deixar».

Entenc molt bé a què es refereix, la consciència de ser incoherent pot matar qualsevol mena de plaer.

Des de fa temps, tant ella com jo tornem a viure concentrades en la feina, fins i tot en això coincidim. He gravat el que m'ha dit aquest matí:

«Estic habituada a tractar malalts que ingressen a urgències, però no m'acostumaré mai a veure patir la gent, al contrari… Fa més de quinze anys que treballo a l'hospital, miro de no identificar-me amb els pacients ni emportar-me els seus problemes a casa, però tampoc em poso cap cuirassa. Els he d'atendre i ells volen atenció i humor. Necessiten que algú els escolti. No em vull tancar en l'automatisme de l'anar fent, hi ha un dolor que va més enllà del mal físic… El patiment emocional també s'ha de confortar, tu ho saps molt bé. Per a un pacient és tan important prendre's la medicina com que li estirin l'arruga d'un llençol o li lliguin bé el cordó de la bata i li diguin bon dia».

Hi estic d'acord. Tocar la mà d'algú que està enllitat o mirar-lo als ulls cura ferides invisibles. Pensar en la mort em fa enfadar, però ja no m'exaspera tant.

26 d'octubre, 2018

Continuo tenint la sensació d'haver de lluitar contra un món hostil, però també és veritat que, d'alguna manera, no he estat mai sola del tot. Al principi, la meva teoria, elaborada en les nits d'insomni que he omplert d'una dosi considerable de pastilles i de paraules vessades a l'ordinador, era que no he tingut una família mínimament cohesionada on poder aixoplugar-me, i això sempre et deixa una mica desprotegit, encara que edifiquis les teves defenses. L'ombra de la separació dels meus pares, que va pesar en mi a l'adolescència, i l'animadversió de la meva germana no m'han permès créixer sota el record de cap amor indestructible i potent, d'aquells que et serveixen per afrontar la foscor de la solitud. Només puc admirar la fortalesa de la meva mare. Ja sé que les famílies són imperfectes, però amb un sol record feliç d'un estiu d'infantesa pots tornar-te a aixecar quan caus al pou del desànim i reviscolar en les adversitats. Tot i això, reconec que en l'etapa que deixo enrere, tan agitada i dura, sempre he tingut al meu costat alguna persona que m'ha ajudat a recuperar el coratge que necessitava. M'he sentit acompanyada en els moments més crítics. Primer per la meva mare, que havia fet el camí del dolor i em podia entendre, i ara per l'Estel, que sap que les emocions i els estats d'ànim s'escapen de qualsevol explicació mental.

Ella és de l'opinió que, a més d'amors i d'amics, tenim el bagatge dels nostres ancestres que ens acompanya. Es nega a acceptar que tots els aprenentatges adquirits es perdin completament: «Què hi ha d'estrany a pensar que el principi científic, segons el qual l'energia no mor sinó que es transforma, no ha de funcionar igualment en les persones?».

És discutible, em sembla una gosadia parlar d'aquest tema

amb tanta desimboltura, de la manera despreocupada com ho fa ella, però m'agrada veure com corruga els llavis i li brillen els ulls quan raona sobre deduccions indemostrables. M'admira aquesta capacitat de deixar anar interrogants equívocs que no tenen res a veure amb la interpretació categòrica que faria un tarotista d'aquests que s'ofereixen a donar consell ben entrada la matinada per televisió o s'anuncien a la premsa com a successors d'antics nigromants que practiquen l'endevinació i la mediumnitat. No és això. No soc cap il·lusa ni tampoc suporto els gurus i els venedors de fum. D'altra banda, a aquestes alçades de la vida, qualsevol hipòtesi sobre l'existència d'una consciència col·lectiva que pesa sobre nostre no em provoca cap rebuig frontal. Està per demostrar, com tot el que desconec... En qüestió d'assumptes intangibles, la meva intuïció l'encerta més que cap tirallonga ni filigrana de raonaments intel·lectuals.

Durant mesos m'he aferrat al dolor, però la vida continua i el goig i el dol en formen part. Només puc confiar en això.

Pel que fa a la meva vida amorosa, fa temps que s'ha reduït a una tranquil·litat absoluta de monja zen, que alguns definirien com a estat catatònic. Jo no considero que sigui cap desgràcia. Estar sola no m'espanta, però tampoc estic tancada a res.

2 de març, 2019

Torno a reprendre les notes personals després de mesos. Entre una cosa i l'altra, les tenia ben oblidades.

Les darreres setmanes m'he trobat bé. A mesura que transcorren els dies sento que la pell de cuca es va esclovellant com si fos una tavella de pèsol i dins meu bateguen unes ales que perlegen en la foscor. Les imagino com gotes de pluja sobre els vidres freds i rígids.

Estic girant full d'un període que s'ha arrossegat amb lentitud de cargol bavallós, però no em resisteixo a seguir enfilant la vida.

Durant tot aquest temps he maldat per remuntar una onada gegant que em podia engolir. He trobat molt a faltar la meva mare, que m'hauria acompanyat en aquesta travessia difícil. Segurament em diria que li agrada veure'm créixer i avançar i que voldria haver-me pogut ajudar a salvar el temporal.

Tot just ara començo a reordenar i encaixar els fets. És cert que no ha passat res del que jo hauria desitjat durant aquest període de mala maror, però, d'alguna manera, he aconseguit el que necessitava: soc capaç de reviure-ho tot dins la memòria per fer cau i net. Vull pensar que la vida no es mou empesa per un atzar estèril i que l'amor i la mort són cosins germans que es troben a les reunions de família. La meva, tanmateix, ha estat una llar difícil. Tot i això, durant aquesta etapa de sacsejades importants, he tingut qui m'ha ajudat a travessar les onades altes i agitades.

Bé, torno al present. Hauria de regar el jardí; això sempre m'enerva. D'un temps ençà, però, m'he acostumat a estirar-me sota els arbres amb la intenció il·lusòria de sentir-los bategar. La natura em reconforta. Copso la vida i la penso menys. Ja no descarto res que em pugui ajudar.

Si he après alguna cosa és a valorar el que tinc. Entenc les relacions amoroses d'una altra manera. L'amor autèntic no s'esgota. Els altres amors petits, passions i rebolcades, són simulacres, rèpliques inexactes, succedanis, intents de plagi que assages per necessitat... Necessitat d'estimar, de sentir-te estimat, d'estimar-te tal com ets.

4 de març, 2019

Tinc en Jan molt present. Avui l'he tornat a invocar però d'una forma diferent, amb un plor silenciós que m'inspira tendresa. Deixo enrere dies de tristesa i silenci. Dies de malsons. Els meus dolors físics s'han fet suportables i la meva vida ha pres una fisonomia força més agradable. Encara he de suportar les punxades al canell que s'han cronificat, però només em molesten quan ha de canviar el temps.

L'altra cicatriu hi serà sempre i se'm mostra tal com és: un tatuatge de foc inscrit a l'ànima.

Penso centrar-me en tot el que tinc, obrir-me a rebre una mena de força inclassificable, la que prové de la convicció de qui sap que traurà ales i tornarà a volar. La de qui és conscient que la vida s'explica per ella mateixa.

Aquest és el regal que m'ha fet el meu fill. Li agraeixo l'aprenentatge. Això no és cap mèrit, sinó una decisió personal que he pres.

No sé si tot plegat obeeix a un pla que no depèn de l'atzar capriciós sinó a un propòsit de creixement, amb un aprenentatge final que és la pràctica de l'amor sense condicions. Si fos així, en Jan me l'ha mostrat.

Tinc la certesa absolutament íntima que ell i la meva mare m'acompanyen. Potser la vida culmina en una metamorfosi. Estic d'acord amb l'Estel que, sigui o no veritat, aquesta manera de pensar ajuda a viure amb més serenitat. M'acosta a una felicitat que no és ingènua ni estúpida, perquè té com a propòsit l'amor. Només per això ja resulta útil i suficient.

55

Quadern de notes

18 d'abril, 2019

No sé com començar, només puc dir que des de fa dies torno a sentir delit per viure. Avui he baixat saltironejant els escalons que porten del menjador al jardí de casa meva. Quant de temps feia que no experimentava aquest delit?

Estic vivint un episodi revelador, gairebé un somni que no m'acabo de creure. Tinc una massa de fils perbocats que m'emboliquen el cor com feia temps que no em passava. Però ja no vull ficar-me dins de cap amagatall, la situació és la que és i hi vaig de cara. No negaré pas que tinc dubtes. De manera inesperada, he pujat dalt d'un escenari nou on han aparegut elements que m'il·lusionen. Cadires velles restaurades, una galleda d'aigua fresca, una finestra oberta a un jardí, un actor que juga a fer-me excitar amb dits de prestidigitador. El conec. Ja el coneixia d'abans.

Fa dues setmanes vaig tornar a la vila de mar on vam

excavar l'estiu passat, perquè m'han fet un nou encàrrec de feina: volen consolidar els fonaments d'un antic hospital. Ja he acceptat el projecte. Necessito la feina i, per sort, les ganes de treballar no se m'estronquen mai.

Aquell dia tenia una entrevista per demanar un avançament del pressupost; no vull patir a l'hora de pagar a la gent de l'equip que excavarà amb mi.

*Després de sortir de la reunió vaig caminar una estona per la plaça resseguint les lloses del nou paviment que imiten les llambordes de pedra volcànica. Vaig mirar-me amb satisfacció la pedra tallada que encercla l'espai excavat i on es veuen els fonaments del pati d'armes i un peu de contrafort de l'antic castell. Em vaig alegrar d'haver deixat al descobert una part de mur que conserva un fragment d'*opus spicatum*, tan habitual a l'edat mitjana, amb pedres tallades i col·locades de manera esbiaixada, en forma d'espina de peix.*

La constatació d'haver aconseguit acabar bé la meva feina em va despertar el bon humor i vaig voler autocompensar-me fent un toc en un bar de la plaça.

Feia un aire fresc, havia plogut i uns quants raïms de núvols pesaven dalt del cel. Els cabells se m'havien arrissat com sempre que se m'humitegen; em queden estarrufats igual que una escarola. Són cabells fabulosos, segons la meva neboda, però jo no ho tinc tan clar.

A la terrassa hi havia una parella que compartia taula i un home solitari. El vaig escanejar d'un cop d'ull furtiu; portava una camisa blanca amb els botons de dalt descordats, uns pantalons foscos i unes esportives. No el vaig reconèixer fins uns segons més tard, quan es va treure les ulleres de sol i es va quedar mirant-me fixament. La mirada fiblant, els ulls foscos i una mata de cabells castanys que li blanquejaven a tocar de les temples i que el feien atractiu. Em vaig ruboritzar. Era l'Iu. No havia canviat gaire després de quatre anys. En devia haver fet quaranta-nou però tenia l'aire juvenil de sempre. «D'on ha sortit, què hi fa, aquí?».

Instintivament, li vaig esquivar la mirada mentre m'aguantava el riure perquè m'acabava de venir al cap una imatge dels primers temps que el vaig conèixer. Això era als anys vuitanta, quan la moda punk havia tombat la indumentària hippie i es portava roba atlètica. Aquell Iu llunyà vestia com un progre de poble, amb samarretes llargues i pantalons texans de camal ample, estripats a les vores, que li sobrepujaven les sabates. Però tant l'Iu que jo havia retrobat feia quatre anys com el que ara seia al bar, en canvi, havien arraconat qualsevol indici de deixadesa, i tant la camisa com les esportives eren de marca.

Em va cridar pel nom i ja no vaig poder dissimular. Em vaig asseure a la seva taula. Entre nosaltres s'aixecava una petita barricada de cervesa on surava un dit d'escuma blanca, com un núvol espès. Em va preguntar què volia beure. «Una copeta de cava?». Jo vaig assentir amb veu eixuta, perquè encara no havia acabat de refer-me de la sorpresa. Em calia reaccionar. Vam passar uns instants així, mentre jo feia lliscar el dit sobre la pantalla del mòbil per no mirar-lo directament als ulls.

«He de pensar que això és casualitat?», vaig acabar dient. I ell: «Ja saps que només crec en les causalitats, i ahir vas escriure al teu Facebook que pensaves venir... T'he anat seguint, m'agrada saber què fas i com estàs, però no t'he dit res per no atabalar-te».

De què m'estranyava? Jo mateixa li havia donat totes les pistes. Em va dedicar un d'aquells somriures que franquegen les portes d'entrada i se'm va despertar una esgarrifança d'enyorament en recordar les sacsades de desig que el feien agitar quan fèiem l'amor al veler. Fins que s'espolsava sobre mi i jo sentia el goig d'haver arribat primer a l'orgasme, abans que ell, i la joia de donar-nos plaer. «Ara no, ara no». Em vaig obligar a no pensar-hi.

Ell va continuar: «Em vaig vendre el veler per anar a Suècia, però he tornat... El clima del nord em mata i no em veia treballant un altre any a Estocolm... Els suecs no tenen petulància, però són tan freds... Ja no tinc ganes de voltar tant, estic cansat de viatjar».

Va esbiaixar un somriure mentre jo anava fent que no en silenci. M'estava escanejant amb la mirada i no volia seguir-li el joc, que no es pensés que estava massa interessada a escoltar-lo.

«Al final t'he vingut a veure, et volia enviar un missatge o trucar-te, però m'ha semblat millor així».

«M'he canviat el telèfon», vaig dir jo. «Ah, no ho sabia», va respondre. I va agafar la directa: «És veritat que t'has separat?».

«Qui t'ho ha dit?»

«Fa temps vas publicar un comentari al Facebook que ho donava a entendre».

Il·lusa de mi. Maleïdes xarxes socials, sempre hi acabes caient de quatre potes com una mosca en un pastís i dones més informació personal que no caldria.

Es va disculpar de seguida pel seu atreviment, d'aquella manera que sap fer, amb una expressió acriaturada, els ulls implorants com els d'un nen entremaliat. Jo me'l mirava amb aire estupefacte. Li vaig retreure que hagués tardat tant a dir-me res, vist que semblava estar al cas de tot.

Després vam acabar parlant del que hem viscut aquests darrers cinc anys. La meva experiència de casada i de mare que ha perdut una criatura a mig fer; la seva, d'home sense compromís. Em va semblar que ell guardava encara l'emoció intacta d'un desig innocent de llibertat, però que havia deixat pas a la necessitat d'arrelar en algun lloc. «No et pensis, he canviat una mica, tinc ganes de quedar-me aquí, crec que puc viure d'una manera independent i estar acompanyat... Tot és qüestió de saber pactar i de deixar-se espai mutu».

«M'ho he de creure?».

«Com vulguis. Potser tu i jo no ens coneixem tant com penses».

«Pse, no ho sé», vaig dir.

Em va sotjar de nou amb una mirada insistent i al mateix temps delicada. Aquell tu i jo *em va sonar massa íntim, gairebé provocador. Vaig refrenar l'alenada d'escalfor que m'abrusava el pit, mentre feia volar una mà per sobre el braç de la cadira, en un gest que pretenia ser d'indiferència.*

«T'he tingut present aquests quatre anys», em va dir amb un to de veu molt segur, gairebé aclaparador.

Jo em debatia per dins. Vaig sentir l'impacte dels seus ulls a l'entrecella mentre intentava esbrinar la barreja estranya de sentiments que oscil·laven en mi i que se situaven entre el desig, la necessitat de fer distància i l'emoció sincera de retrobar-te amb algú de qui coneixes cada pam de cos, amb qui t'has estimat, amb qui has gaudit del sexe moltes vegades.

Al final li vaig ordenar que callés. Jo no volia dir res, no pretenia escudar-me en les paraules. Però ell va insistir encara: «Parlo seriosament. Ja saps que m'agrades molt... La segona vegada, quan em vas deixar per anar-te'n amb ell, vaig respectar la teva decisió. Però han passat moltes coses i he pensat que potser ara... T'ho dic de debò», va mussitar.

Havia tirat el cos endavant i li vaig veure un borrissol de pèl sota l'escot de la camisa.

«Ara mateix no estic pel tema, Iu».

«Ho entenc. Puc esperar el que faci falta».

En aquell moment vaig pensar que tot s'esborraria, però l'endemà em va enviar uns quants missatges seguits:

Vull una paraula teva, és l'únic
que et demano.
No necessito distraccions, només
m'agradaria compartir conversa.
Una mica de companyia.

Tens raó de recriminar-me que hagi
estat tant de temps callat, però he
respectat la teva vida i la d'un home
a qui no he volgut fer cap putada.

Estic pensant en tu. Soc un paio que
t'aprecia, m'agrada com ets... No, no
faig comèdia. Ens podem veure per
sopar?

Li vaig respondre:

Vull quedar amb tu,
però no sé si estic prou bé encara...

M'ho vaig rellegir. Em va semblar una frase desafortunada i la vaig esborrar de seguida. Què carai estava fent? Al final, vaig escriure:

On ens veiem? Quin lloc proposes?

Fa una setmana que ens anem trobant. Encara no sé ben bé per què li he obert la porta, però em sento lliure de fer-ho i penso viure aquesta experiència. Fa temps que ja no pesa en mi cap por del desencant ni tampoc m'ha guiat la intenció d'embolicar-me amb ningú. L'atonia i el cansament han desaparegut. Vull deixar-me anar, sentir el que sento sense pensar si es desinflarà o no.

L'Iu ha tornat i s'escampa dins meu.

Epíleg

56

(Octubre 2019)

L'Estel ha marxat abans que comencés a ploure. Tot d'una, les ratxades de vent que arriben des del mar sacsegen les cortines. Han començat a caure unes gotes espesses que peten contra el marc de la finestra. Corre empesa com si nedés a contracorrent, amb els braços oberts i les mans que intenten parar l'aire, que li fa aclucar els ulls. Per fi, arriba a tancar els batents.

S'ha quedat a la finestra mirant el jardí. Plou d'una manera que ni recordava; un ruixat fort i persistent ha desplegat una cortina d'aigua que eclipsa la visió del jardí i, en pocs minuts, el caminet ressec s'ha convertit en un torrent exuberant de fang de color xocolata que arrossega la pinassa i les fulles seques dels pins i de la buguenvíl·lia. Tot avall, empès per l'aigua que raja a dojo com una artèria principal.

Contempla la virulència de la pluja amb incredulitat. La compara amb la desgràcia que ha viscut, l'equipara al dolor liquat que li ha negat el cor durant un any. Un període que s'ha fet molt llarg, en què ha caminat sota el xàfec, seguint camins per on amb prou feines es pot avançar. Podria haver reculat a aixoplugar-se i deixar que la tempesta passés? Ha intentat ofegar els sentiments que cridaven fent el cor fort, mirant de contenir-los...

«He estat lluitant desesperadament i només em cal recordar que la meva essència viu a recer de tot el que podria arrossegar-me».

La seva tribu ovàrica està sota mínims; tanmateix, la possibilitat de reverdir per dins existeix i deixarà que germini: ja no es tracta de cap òvul fecundat sinó del desig de viure. Encara té temps. Temps per experimentar l'equilibri d'estar sola i de compartir moments al costat de l'Iu. Temps de viure la proximitat amb un home d'una manera diferent.

«Sé per on perdo oli, em conec més, la tendència al perfeccionisme m'és útil en qüestions de feina, però tendeixo a ser rígida en les relacions personals... La vida familiar m'ha acorralat a vegades, no l'he sabut gestionar prou bé, però penso aprofitar els bons moments i generar alegria».

El temporal ha anat minvant a poc a poc i, a mesura que les ràfegues esdevenien pluja fina, les fulles seques han quedat apilades al costat del camí, porugues i esbalaïdes. Llavors ha sortit fora, sota l'ala de teulat que s'obre al mar i als xalets que s'escalonen encaixats a la muntanyeta de la urbanització. Mentre el ruixim s'apaga i plovisqueja, com si el cel aspergís el jardí, inspira a fons l'aire humit, l'olor de terra molla que fertilitza.

Li retorna la imatge d'Ekinar. Una altra dona que habita un món imprecís. Hi sura lluminosa, aureolada, amb una fíbula cenyida sobre el muscle esquerre que li recull el mantell. Irradia llum difosa, els peus diluïts sota una túnica llarga. Els seus ulls penetrants s'han dulcificat, com si hagués vist una altra realitat que l'ha rescatada de la mort. Potser la deessa, convertida en un gran ocell d'ales esteses, li ha permès volar perquè tingui una visió completa de l'existència, en un univers sense temps.

«Dones i homes compartim la força dels ancestres. La història ha passat, generació rere generació, fins a arribar a mi. Prenc el relleu amb honor i vull viure plenament».

Nota per als lectors

Les protagonistes principals d'aquesta història comparteixen vida. Una d'elles imagina l'existència de l'altra, però en realitat totes dues s'enfronten a les dificultats, les absències i les pèrdues vitals en èpoques molt distants. Tanmateix, tenen com a tret comú la fortalesa i la capacitat de seguir lluitant.

Aquesta història vol ser un homenatge a les dones de tots els temps. Alhora és també un reconeixement a la cultura ibera —indiketa i dels ibers del nord— i l'hel·lènica, que subjeuen en el substrat de la nostra pròpia cultura.

Pel que fa al passat, he aprofundit en el coneixement de les antigues remeieres i sacerdotesses a partir de la informació que existeix sobre les dones iberes, les sacerdotesses gregues i els misteris d'Eleusis que es practicaven en santuaris com el del déu Asclepi a Epidaure i, probablement, a l'Empòrion dels grecs foceus. Basant-me en això, he construït la figura d'una sacerdotessa ibera amb influències hel·lèniques.

Tots els personatges d'aquesta història són ficticis, tant pel que fa al present com al passat, exceptuant el cònsol romà Cató. Tot i això, he procurat documentar bé la informació històrica existent, perquè el lector es pugui fer una idea versemblant de l'època que narro. He tingut dificultats per comprovar dades i encara més per entrar en detall en el món quotidià dels emporitans i dels ibers indiketes, tot i que cada vegada se'n coneixen més aspectes. Aquesta circumstància ha complicat el procés d'escriptura i m'ha obligat a una feina intensa, contrastant informació i detallant-la. Malgrat tot, el relat m'ha conduït per camins apassionants.

Amb aquesta novel·la he recorregut vies antigues —camí vell d'Empúries i Via Heraclea— en l'intent de dibuixar el paisatge antic. He resseguit rutes iberes sobre un territori extens, alhora que aprofundia en el coneixement de rituals ancestrals que ajudaven els homes i les dones de l'antiguitat a encarar la vida i la mort.

A la meva novel·la, Empúries i Indika caminen plegades. Empúries és una font d'inspiració constant; al mateix temps, sempre m'ha interessat el coneixement sobre les tribus iberes que ens han precedit.

Els indiketes, o indigets, són un dels pobles que formen part del que es coneix com a cultura ibèrica, situada entre el Llenguadoc i Andalusia, en una franja àmplia que abraça també territoris interiors, durant un període que es perllonga des del segle VI aC fins a la conquesta romana de la península Ibèrica. Aquesta cultura es desenvolupa a partir de les poblacions de l'edat del bronze o anteriors, en el moment que els pobles indígenes entren en contacte amb altres pobles que comercien al llarg del Mediterrani i que representen cultures més avançades, com els grecs foceus, els fenicis i els púnics o cartaginesos, que dominaven l'illa d'Eivissa (*Ebussos*).

El conreu de cereals té un paper essencial en l'economia dels ibers, especialment en el cas dels indiketes. Una altra característica d'aquesta cultura és que cremaven els cadàvers i dipositaven les cendres i les restes en vasos de terrissa.

La proximitat a l'assentament dels grecs foceus a Empòrion, l'actual Empúries —fundada el segle VI aC—, va propiciar l'intercanvi cultural i comercial.

Els indiketes van viure una època de gran prosperitat entre els segles V i III aC. Havien creat una estructura política i territorial i tenien una capital important a tocar d'Empòrion, segons narren els historiadors clàssics. De la mateixa manera que Kesse era la capital dels cossetans o Ilirta la dels ilergets, es considera que la ciutat ibèrica d'Ullastret era el centre de poder dels indigets, o indiketes, i és versemblant que s'anomenés Indika o Undika. Com la resta de pobles ibers, utilitzaven un sistema d'escriptura compartit (un doble sistema prou complex). Malauradament, fins avui no s'ha trobat cap text llarg traduït al grec o al llatí que permeti comprendre el significat de les inscripcions de les làmines de plom que s'han conservat, tot i que es continuen estudiant i transcrivint els textos.

El costum dels caps tallats i enclavats és una tradició dels ibers del nord compartida amb altres tribus de la banda septentrional dels Pirineus i amb la civilització celta.

En època dels romans la comunitat ibèrica que residia a Empòrion va començar a encunyar moneda amb la llegenda *undikesken* («dels indiketes o indigets»).

Com he dit al principi, la documentació d'aquesta història ha resultat molt costosa, sobretot perquè no hi ha dades prou clares sobre alguns esdeveniments històrics relacionats amb Indika o Undika.

Pel que fa als rituals ibers, em baso en el coneixement dels costums que es descriuen en treballs d'arqueologia i d'història i, al mateix temps, he pouat en alguns llibres d'investigació sobre les cerimònies de curació que tenien lloc als temples d'Asclepi i les iniciacions als Misteris d'Eleusis, així com en el coneixement de plantes remeieres i al·lucinògenes.

Sobre el panteó dels déus ibers —especialment els del nord— hi ha ben poques referències, exceptuant les troballes de caps de Demèter i de la Gorgona i representacions del déu Bes i de llops, que estan documentades. També es coneix el nom d'alguna divinitat en forma de porc senglar que figura com a Urdal i la inscripció *Banbaibar*, que segurament es refereix a una deïtat.

En referència a Empòrion, tinc en compte les dades històriques corresponents als períodes que relato. Al segle IV aC la muralla es va reformar i ampliar. La ciutat va viure èpoques de gran prosperitat al segle V aC, moment en què s'estableixen acords polítics i comercials amb la població indígena. Més tard, li arribarà una etapa d'esplendor sota el govern de Roma, al segle II aC.

La rendició dels pobles ibers després de la batalla d'Empúries està força documentada. Els romans els van obligar a abandonar les ciutats fortificades i és probable que Indika pactés una rendició, tot i que no se sap exactament en quin moment (de tota manera, aquesta circumstància podria haver-se produït en un moment anterior a la batalla d'Empúries).

Tot plegat no es desdiu en absolut de la visió d'una «Empòrion de les tres portes», on van conviure indiketes, grecs i romans.

La recerca de topònims ibèrics ha estat un capítol a part. Els noms amb què es designaven els rius i les muntanyes dels territoris del nord de la península Ibèrica varien en molts casos, segons els autors clàssics grecoromans. Per això només els anomeno quan necessito situar-los per al lector; és el cas del riu Clodiano i del riu Teker. En moltes ocasions evito dir-ne el nom, llevat que hi hagi coincidències evidents, com la del riu Iber o Ebre. Quan ha calgut, he fet cas de Ptolemeu i també de la interpretació etimològica del lingüista Joan Coromines (*Onomasticon Cataloniae*). Segons Coromines, és probable que el nom Ticer, o Teker, respongui a un orònim preromànic que designaria el riu Ter. Pel que fa al riu Daró, se l'anomena Adaron en un document del segle X, però és un nom que prové d'un antropònim d'origen germànic. D'altra banda, Plini el Vell (segle I dC) cita el riu Tordera com a *Tarnum*, *Armun* o *Larnum*. He optat per la forma Tarn, sense el sufix llatí *-um*, per diferenciar-lo d'alguna manera i ubicar-lo dins el territori que descric.

Finalment, pel que fa a la narració literària, la Mínia relata —en una reconstrucció imaginària— la vida d'Ekinar, que es converteix, al llarg de tot un procés de catarsi, en una fidel companya de viatge.

Índex de dades geogràfiques i històriques

Capítol 9. El passatge es refereix a les muntanyes de Fitor, situades a l'actual parc natural de les Gavarres, Baix Empordà.

He optat per anomenar Teker el riu Ter, tot i els dubtes que es presenten davant dels textos dels autors grecoromans. Al final he fet cas del filòleg Joan Coromines, que afirma que els noms *Ticis* o *Tichis* –esmentats per Pomponi Mela i Plini el Vell— podrien correspondre al riu Tec i que *Ticer* o *Tecer* o *Teker* faria referència al Ter.

A l'edat mitjana l'estany de Bellcaire s'anomenava *Bedenga*, que podria ser un topònim provinent de l'iber, tot i que no es pot dir amb certesa.

Capítol 13. La zona de cereals és al Mas Castellar de Pontós, un punt important d'emmagatzematge en l'àrea geogràfica propera al riu Fluvià, on s'han trobat a l'entorn d'un centenar de sitges. És comparable a la de Sant Julià de Ramis i d'altres poblats del territori indiketa.

He adoptat el nom amb què Ptolemeu designa el

riu Fluvià a l'obra *Geographia: Clodiano*. Coromines apunta la possibilitat que el nom Sambuca, un topònim iber, correspongui a la Muga, i que Sambroca designi el Fluvià. Afirma que Ptolemeu potser es va confondre entre les variants *Sambroca i Sambuca*. Diu Coromines: «Qui sap si l'aparent embolic de Ptolomeu s'explica com a reminiscència d'aqueixa variant entre els dos rius bessons [...] i Sambroca —variant fonètica— de Sambuca, fou alhora nom indigeta del Fluvià». En tot cas, la denominació de Fluvianus és d'origen llatí. Finalment, utilitzo la forma Clodiano per diferenciar el riu Fluvià dels altres rius de l'antic estuari.

La tribu dels sordons es trobava a la banda nord dels Pirineus orientals, fronterera al territori indiketa (zona entre l'actual Llenguadoc-Rosselló i la regió de l'Aude, a l'actual França).

Capítol 14. L'ampliació de la muralla de la ciutat ibèrica d'Ullastret es va fer al segle IV aC.

Capítol 15. La pedrera dels Clots de Sant Julià era una de les més importants i abastia els indígenes de pedra idònia per fer molins de gra, morters i peces esculpides.

Kerunta era el poblat ibèric situat a la muntanya dels Sants de Sant Julià de Ramis. Més tard, hauria canviat l'emplaçament per situar-se a terres més baixes i, en temps dels romans, es va traslladar donant nom a Gerunda (Girona).

Capítol 19. Kesse, Saiganthe i Malaka corresponen a Tarragona, Sagunt i Màlaga.

Capítol 29. L'ús del torn giratori, que tenia un mecanisme de fusta per fer-lo girar amb els peus, va ser un dels estris més importants de la cultura ibèrica.

Capítol 30. Em refereixo als poblats de Sant Sebastià de la Guarda (Llafranc) i de Castell (Palamós).

Capítol 31. Probablement els autòctons habitaven a Vilanera (l'Escala), on hi ha una necròpolis molt antiga.

Al segle IV aC s'amplia la muralla d'Empòrion

Ebussos era tal com s'anomenava l'illa d'Eivissa, que estava sota el domini dels cartaginesos o púnics.

Als segles IV i III aC hi ha una abundant producció de miralls gravats d'origen etrusc. Són articles de luxe per al bany femení.

Nàucratis era una antiga ciutat grega situada al delta del Nil, a Egipte.

Capítol 40. Focea era una antiga ciutat grega de l'Àsia Menor, situada al golf d'Esmirna.

Capítol 42. Segons el lingüista Joan Coromines, *Kanikon*, o *kanikone*, provindria d'un topònim preromà i podria significar «muntanya brillant».

Capítol 43. El segon estany avui dia desaparegut que es trobava més a prop de la necròpolis d'Ullastret era l'estany Adroher.

Capítol 46. El nom més antic del riu Tordera és el que li dona Plini el Vell al segle I dC, que el cita com a *Tar-*

num, Arnum o *Larnum*. He optat per la forma *Tarnum* sense el sufix llatí *–um*, per tant, Tarn. Pel que fa a Blanes, el lingüista es refereix a *Blanda* com a topònim d'etimologia preromana, que hauria donat lloc al *Blandae* llatí.

Capítol 48. Un cop derrotat Anníbal, els cartaginesos van ser expulsats d'Ibèria l'any 206 aC.

El vent del nord és anomenat *tramuntana*. Cal dir però que al llibre *Origenes*, Cató es refereix només al *cercio* i al fet que, quan algú parla, li omple la boca, abat un home armat o fins i tot tomba una carreta carregada.

Capítol 49. El cònsol Cató el Vell havia estat enviat per aplacar la revolta i va aconseguir vèncer els indígenes l'any 195 aC.

Segons fonts històriques, l'exèrcit de Cató era important, probablement tenia entorn de dotze mil homes (dues legions) o més.

Agraïments

He fabricat aquesta història al llarg de quatre anys al meu laboratori de lletres, un espai alquímic on he fet mescles amb dades històriques, biografies i guions abans d'escriure *Ànima de tramuntana.*

Pel que fa a la recerca històrica i arqueològica, vull fer constar el meu agraïment al responsable del Museu d'Arqueologia de Catalunya-Ullastret, Gabriel de Prado; als arqueòlegs Ferran Codina i Aurora Martín, per haver-me facilitat informació sobre la ciutat ibèrica d'Ullastret i les dones iberes; a l'epigrafista Joan Ferrer i Jané, per respondre unes quantes qüestions sobre l'escriptura dels ibers; als treballadors del museu d'Ullastret per obrir-me, quan ha calgut, les portes d'accés al jaciment. També a la responsable del Museu d'Arqueologia de Catalunya-Empúries, Marta Santos; a Joaquim Tremoleda, i a Anna Maria Puig Griessenberger, arqueòlegs, que m'han ajudat a esbrinar dubtes amb les seves indicacions encertades i a esmenar alguns errors; al professor Eusebi Ayensa, per una visita guiada per l'Empòrion grega que sempre recordaré; a l'arqueòleg Joan Santanaca, que ha sabut recrear la ciutadella ibèrica de Calafell; a l'Octavi Serret de Vall-de-roures, a qui dec unes quantes lectures sobre el Matarranya insòlit i la cultura ibèrica al llarg del riu Ebre. Tampoc m'hauria estat possible dibuixar el paisatge i els camins antics sense la informació que he trobat als Arxius Municipals de l'Escala, Figueres, Girona i Torroella de Montgrí.

Cal dir, tanmateix, que aquest relat és fictici i les llicències que m'he pres i que detallo a la nota per als lectors són responsabilitat meva i responen a criteris literaris.

D'altra banda, el meu agraïment també a la meva agent literària, Anna Soler-Pont i a l'editora Glòria Gasch, que sempre han confiat en la meva trajectòria literaria. A Bàrbara Julbe, periodista i autora del llibre *On em portin els ametllers*, que s'ha avingut a compartir la seva experiència de dol perinatal; a l'osteòpata Mireia Planas i Carbonell, que m'ha explicat experiències personals; a la infermera Maria Rosa Torres, bona coneixedora del món hospitalari; a l'artista i empresari Salvador Isern, amb qui he pogut conversar a fons sobre la vida i l'art; a la Conxi Pau Garcia i l'Alexandra Carré Molas, grans coneixedores del món dels cavalls, que m'han apropat a la sensibilitat d'aquests animals. Finalment, el meu reconeixement a Albert Carol i Bruguera i a Rosa Geli i Anglada, pel seu bon criteri, i a totes les amigues i amics que m'acompanyen i amb qui tinc la sort de compartir camí: Milena Llop, Véronique Piguet, Rosa Puerto, Joana Benet, Joan Vera, Isaïes Bitlloch...